dtv

Ein kleines verträumtes Dorf in den französischen Pyrenäen, in dem jeder jeden kennt. Wer würde hier nicht gern Urlaub machen – wenn nicht sogar leben? Mit dem Kauf der schnuckeligen Auberge erfüllen sich Paul und Lorna Webster ihren Lebenstraum. Doch Bürgermeister Papon macht den Zugezogenen das Leben schwer: Dass Engländer seinem Schwager das Restaurant weggeschnappt haben, kann er nicht akzeptieren. Eine Intrige nach der anderen zettelt er an, um die Eröffnung zu verhindern. Zum Glück stehen Gemeinderat Christian Dupy und einige Dorfbewohner den netten Briten zur Seite …

Julia Stagg, gebürtige Engländerin, lebte bereits in Japan, Australien und den USA. 2004 zog sie mit ihrem Mann in die französischen Pyrenäen, wo sie einige Jahre eine kleine Auberge führte. Inzwischen pendelt sie zwischen den Pyrenäen und den englischen Yorkshire Dales. Mehr über die Autorin: www.jstagg.com

Julia Stagg

Monsieur Papon oder ein Dorf steht kopf

Roman

Deutsch von Angelika Naujokat

dtv

Ausführliche Informationen über unsere Autoren und Bücher
www.dtv.de

Dieses Buch ist bei dtv auch
im Normaldruck (21505) lieferbar.

MIX
Papier aus verantwortungsvollen Quellen
FSC® C019821

Ungekürzte Ausgabe 2017
2. Auflage 2017
dtv Verlagsgesellschaft mbH & Co. KG, München

Titel der englischen Originalausgabe:
›L'auberge‹ (Hodder & Stoughton, London 2011)

Umschlaggestaltung: Wildes Blut, Atelier für Gestaltung,
Stephanie Weischer unter Verwendung
eines Fotos von Arcangel Images/Jill Battaglia
Gesetzt aus der Stempel Garamond 12/15·
Gesamtherstellung: Druckerei C.H.Beck, Nördlingen
Gedruckt auf säurefreiem, chlorfrei gebleichtem Papier
Printed in Germany · ISBN 978-3-423-25381-9

Für Mark,
meinen ganz persönlichen Küchenchef
in einem französischen Restaurant

I

»Verkauft? Was soll das heißen, sie ist verkauft?«

Josette schob ihre Brille auf dem Nasenrücken nach oben, schubste die baumelnden Wurstketten zur Seite, die ihr die Sicht versperrten, und beäugte gespannt die Person, die der Gemeinde von Fogas die größte Neuigkeit überbrachte, seit … nun ja, seit Monsieur Sentenac den Vikar in einer kompromittierenden Situation mit Madame Sentenac erwischt und funkelnden Auges mit einem Gewehr herumgefuchtelt hatte, woraufhin der Vikar sich im Bruchteil einer Sekunde von seiner Geliebten und seiner Missionarstätigkeit gleichermaßen verabschiedete, aus dem Fenster sprang und floh. Seither hatte die Kirche keinen Priester mehr gesehen, und das lag jetzt zwanzig Jahre zurück. Aber dies hier war von einem viel größeren Kaliber.

»Soll das heißen, dass sie verkauft ist?«, sagte die größere der beiden Frauen über die Theke hinweg.

Josette beobachtete, wie Véronique, die Postmeisterin von Fogas, die dramatische Pause auskostete, das Baguette von der rechten in die linke Hand gleiten ließ – wobei sie sich hütete, es auf der mit Jagdmessern gefüllten Glasvitrine abzulegen – und sich das überschüssige Mehl von ihrer Strickweste wischte. Als sie den Laden mit leuchtenden Augen betreten hatte, die Lippen zu einem verschmitzten Lächeln verzogen, war Josette klar gewesen, dass Véronique mit neuem Klatsch und Tratsch aufwarten konnte. Und dass sie es weidlich auskosten würde, ihn zu präsentieren.

Mit einem letzten Zurechtrücken des kleinen Kreuzes, das um ihren Hals hing, fuhr Véronique mit ihrer Geschichte fort.

»Sie ist verkauft, und die ersten Papiere sind bereits unterzeichnet.«

Ein lautes Japsen der einzigen Zeugin dieser unglaublichen Neuigkeit – lässt man Jacques einmal außer Acht – stellte Véroniques verblüffende Fähigkeit unter Beweis, die harten Fakten des Dorflebens schon dann zutage zu fördern, wenn jemand wie Fatima Souquet, die Ehefrau des stellvertretenden Bürgermeisters von Fogas, noch nicht einmal ein Flüstern vernommen hatte.

»Aber wie kannst du da so sicher sein?«,

fragte Fatima schroff, und Josette amüsierte sich über ihren kaum kaschierten Unmut.

Véronique lächelte arglistig und lehnte sich vertraulich nach vorn, um ihre Tricks und Kniffe zu verraten. »Weil ich gerade im Rathaus war und mitgehört habe, wie der Bürgermeister mit dem Anwalt telefoniert hat! Der *compromis de vente* wurde letzte Woche unterschrieben, und in weniger als einem Monat wird die *Auberge des Deux Vallées* neue Eigentümer haben.«

Wie auf Kommando drehten die drei Frauen den Kopf und schauten aus dem Schaufenster des Ladens zu dem imposanten Steinbau hinüber, der am Flussufer am Ende des Dorfes thronte. Wild wuchernde Wisterien wanden sich bis zu den Dachrinnen hinauf, Fensterläden hingen schief herab, und eine allgemeine Atmosphäre der Vernachlässigung umgab das Anwesen.

»Aber das ist noch nicht alles«, fuhr Véronique fort, und ihre Stimme nahm einen ernsten Tonfall an. »Der neue Besitzer ist nämlich nicht etwa der Schwager des Bürgermeisters.«

Das war zu viel für Fatima. Die Überraschung war ihr ins Gesicht geschrieben, als sie herumfuhr. »Das kann nicht sein!«, erklärte sie. »Das war eine beschlossene Sache. Sein

Schwager war sich so absolut sicher. Er hat sich sogar schon Geschäftskarten drucken lassen!«

»Na und?« Véronique schürzte achselzuckend die Lippen und verwarf Fatimas Einwand sogleich. »Mit denen wird er jetzt nichts mehr anfangen können. Er wurde im letzten Augenblick überboten.«

Das war der Moment, in dem sich zum ersten Mal eine leichte Besorgnis in Josette breitmachte. Wenn Véronique recht hatte – und das war gewöhnlich der Fall –, würde dies zu gewaltigem Ärger in der Gemeinde führen, und der Zorn des Bürgermeisters war legendär. Der Gedanke daran ließ sie zu Jacques hinübersehen, der, wie immer, in der dunkelsten Ecke des Ladens herumlungerte. Sein weißer Haarkranz leuchtete vor den Regalen mit eingedostem Cassoulet, Feueranzündern und Schnürsenkeln, und es wurde ihr eng ums Herz. Ärger war das Letzte, was er gebrauchen konnte. Er sah so hilflos aus. Und so verdrossen. Aber sie konnte nicht sicher sein, ob sein mürrischer Gesichtsausdruck eine Reaktion auf die neuesten Nachrichten oder auf die Anwesenheit von Fatima Souquet in seiner heißgeliebten *Épicerie* war.

»Nun ja«, sagte sie seufzend und wienerte das Vitrinenglas über den Messern geistesabwesend mit ihrem Ärmel, für den Fall, dass dies die Ursache von Jacques Unmut sein sollte. »Jedenfalls wird die Auberge wiedereröffnet, und das Restaurant kann nur besser werden als das letzte.«

»Ha! Das glaubst auch nur du«, verkündete Véronique und spielte ihre Trumpfkarte aus. »Die neuen Besitzer sind nämlich ENGLÄNDER!«

Fatima taumelte nach hinten und griff dabei unwillkürlich nach der Glasvitrine, um sich daran festzuhalten. Aber sie kam ohne einen Rüffel davon, denn Josette konnte sie gar nicht zurechtweisen, da ihr der Mund offen stand. – Die Auberge war an Engländer verkauft worden. Wie sollte sich die Gemeinde jemals davon erholen?

Merde, merde und nochmals *merde*. Serge Papon ließ seine von Arthritis geplagte Hand ein weiteres Mal auf das Lenkrad herabsausen, was den Wagen gefährliche Schlenker auf der schmalen Straße vollführen ließ, die von Fogas nach La Rivière führte. Mit dem Können, das er sich infolge seiner häufigen Wutanfälle und noch häufigeren Alkoholfahrten angeeignet hatte, riss Serge das Lenkrad herum und steuerte den Wagen Richtung Berghang, bevor er über den Rand rutschen und in die Schlucht darunter stürzen würde.

Irgendjemand musste dafür bezahlen, so viel war sicher. Er hatte Gerard Loubet im letzten halben Jahr umgarnt, um sicherzustellen, dass das Gebot seines Schwagers für die Auberge akzeptiert werden würde. Er hatte dem alten Fuchs in der Überzeugung, dass die Auberge so gut wie ihm gehörte, sogar die Gemeindesteuer erlassen. Und jetzt war Loubet hingegangen und hatte sie einfach vor seiner Nase verkauft und sich am Mittelmeer zur Ruhe gesetzt. Aber was noch viel schlimmer war: Er hatte sie an einen Engländer verkauft.

Pah!

Schäumend vor Wut über diese Unverfrorenheit lenkte Serge den Wagen mit weniger Geschick als üblich um die romanische Kirche, die den Ortseingang von La Rivière kennzeichnete, und wäre in der engen Kurve beinahe an der Mauer entlanggeschrammt.

Aufgrund seiner Lage am Berührungspunkt der beiden Täler, die sich von den Bergdörfern Fogas und Picarets erstreckten, war La Rivière das Bindeglied der Gemeinde von Fogas. Über die Jahre hatte es in dem uralten Streit um die Macht des Öfteren als Friedensstifter zwischen den beiden Dörfern fungiert, was wahrscheinlich damit zusammenhing, dass man, um von einer Seite der Gemeinde zur anderen zu gelangen, hinunter nach La Rivière und auf der anderen Seite wieder hoch musste. Aber in der Stimmung, in der sich Serge Papon gerade befand, wäre mehr als nur geographische Diplomatie vonnöten gewesen, damit er sich wieder beruhigte.

Das Postamt, das nach den morgendlichen Geschäftsstunden geschlossen war, kam in Sicht, und Serge knirschte im Vorbeifahren mit den Zähnen. Die Postmeisterin Véronique Estaque hatte zweifellos keine Zeit verloren, über ihn zu klatschen, und wahrscheinlich lachte bereits die ganze Gemeinde über ihn. Außerdem musste er die Nachricht auch noch seiner Schwester beibringen, eine Vorstellung, die ihn nicht im Entferntesten begeisterte.

Serges Finger krampften sich fester um das Lenkrad, und er schob seinen knolligen Kopf Richtung Windschutzscheibe.

Er würde es ihnen allen zeigen. Er war als Bürgermeister von Fogas mit all der Macht seines gewählten Amtes ausgestattet, und er würde nicht zögern, diese Macht auch auszuüben.

Er lenkte den Wagen mit Schwung um die letzte Kurve und stieg beim Vorfahrtschild auf die Bremse. Als er nach links schaute, fiel sein Blick auf das in der leichten Brise schwingende

Metallschild an dem Gebäude weiter unten an der Straße.

Auberge des Deux Vallées.

Serge Papon blickte finster drein, als hätte ihn das Gebäude selbst irgendwie beleidigt. Er wandte sich mit einem Knurren wieder der Hauptstraße zu und brummelte beim Weiterfahren vor sich hin.

Irgendjemand würde dafür bezahlen.

Die Atmosphäre der Schockstarre, die nach Véroniques Enthüllung immer noch das dämmerige Innere der Épicerie erfüllte, wurde durch die Geräusche von herumspritzendem Schotter gestört, der gegen das Fenster prallte, als draußen ein Wagen jäh abbremste.

Josette war die Erste, die reagierte.

»Das ist der Bürgermeister!«, zischte sie und wedelte mit ihren Händen in Richtung der beiden Frauen, mit denen sie getratscht hatte. Die beiden sprangen sogleich auseinander. Véronique entdeckte ganz plötzlich ihr Interesse an der Käsevitrine, in der halbe Laibe Rogallais und Bethmale lagerten, während sich Fatima in die Feueranzünderblöcke vertiefte. Josette blieb gerade einmal genug Zeit, um zu bemerken, dass sich Jacques' Stirnrunzeln angesichts Fatimas Nähe nur noch weiter vertiefte, als auch schon die Tür aufflog und der Bürgermeister hereinkam.

»Pastis!«, blaffte er Josette an und steuerte zielstrebig auf den Nebenraum zu, der als Dorfbar fungierte, ohne dabei die beiden Frauen zu beachten, die sich alle Mühe gaben, mit den Wänden zu verschmelzen.

Josette folgte ihm und richtete ihm das Getränk auf einem Tablett her, während der Bürgermeister in seiner Jacke nach dem Handy kramte, bevor er sich den Stuhl hervorzog, der dem Kamin am nächsten stand, und sich mit einem frustrierten Seufzer daraufsinken ließ. Er hämmerte mit dem Finger auf das Handy ein, wobei er mehrere Versuche benötigte, um die Nummer richtig einzugeben – woran seine Wurstfinger genauso Schuld hatten wie die Tatsache, dass er zu eitel war, eine Brille zu tragen –, und dann hielt er sich das Mobiltelefon ans Ohr.

»Christian? Christian?«, schrie er. »Setz dich sofort in Bewegung und komm her. Wir müssen eine Dringlichkeitssitzung … was? Ist mir egal, ob du mit dem Arm bis zum Ellenbogen im Hintern einer Kuh steckst. Komm auf der Stelle her. Und bring diesen Idioten Pascal mit«, fügte er hinzu, ehe er das Gespräch beendete, während die Einwände noch aus dem Telefon drangen.

Als Josette das Tablett mit dem Getränk des Bürgermeisters zu dessen Tisch hinübertrug, erhaschte sie durch die Tür zum Laden einen Blick auf Fatimas verkniffenes Gesicht. Sie war zweifellos aufgebracht über die Art und Weise, wie der Bürgermeister über ihren Mann Pascal sprach, und es war auch nicht gerade hilfreich, dass Véronique es mitbekommen hatte, dachte Josette, als sie das Glas Pastis auf den Tisch stellte. Daneben platzierte sie ein Kännchen mit Wasser, von dem sie ein wenig verschüttete, als sie bemerkte, dass Jacques in der Kaminecke hinter dem Bürgermeister saß, ohne sich der Hitze des prasselnden Feuers bewusst zu sein, das Stirnrunzeln nun ersetzt durch ein kleines Schmunzeln. Aber der Bürgermeister blickte nicht einmal auf. Er zog nur das Glas zu sich heran, fügte einen Schuss Wasser hinzu und nahm tief in Gedanken versunken, die listigen Augen zusammengekniffen, einen großen Schluck der trüben Flüssigkeit.

Christian Dupuy griff nach den Wagenschlüsseln am Wandbrett und zog los. Die Stimme seiner Mutter folgte ihm durch die Tür und über den Hof, und sie schien von den weißen Bergspitzen zurückzuschweben, die den Horizont säumten.

»Der Mann ist ein Gauner, Christian. Egal, was er jetzt schon wieder ausgeheckt hat, halte dich da lieber raus!«, mahnte sie ihn und wedelte mit ihrem Geschirrtuch, um zwei Hennen zu verscheuchen, die versuchten, ins Haus zu gelangen.

»Jawohl, Maman«, murmelte Christian, während er seinen kräftig gebauten Körper vorsichtig in den kleinen Panda 4 x 4 hineinschob. Ich sollte mir wirklich endlich mal ein größeres Auto zulegen, dachte er, als er seine Knie unter das Lenkrad zwängte. Aber so, wie es um die Landwirtschaft bestellt war, würde in diesem Jahr wohl nichts daraus werden.

»Sie hat recht«, mischte sich sein Vater von der Scheune aus ein, wo er an einem alten Traktor herumbastelte, von dem Teile um ihn herum verstreut auf dem Boden lagen. Christian beobachtete, wie er dem wachsenden Haufen wieder etwas hinzufügte, und wusste, dass sein alter Herr heute Abend mit der Behauptung zu Bett gehen würde, er habe die Maschine repariert, auch wenn der Haufen abgelegter Teile immer noch so groß war wie zuvor.

»Aber da du schon einmal auf dem Weg bist, könntest du wohl einen Abstecher in den Ort machen und einen neuen Feuerlöscher kaufen?«

Christian zog eine Augenbraue in die Höhe und blickte seine Mutter an, die trotzig die Hände in die Hüften stemmte.

»Ja, ja, es gab da mal wieder ein kleines Missgeschick, na und? Ich hab's ja noch rechtzeitig gemerkt.«

Christian lächelte resigniert und drehte den Schlüssel in der Zündung. In letzter Zeit hatte er immer häufiger das Gefühl, dass er die Rolle des Elternteils in seiner Familie übernehmen musste. Die Unfähigkeit seiner Mutter, ein Essen zu kochen, ohne dabei die Küche in Brand zu setzen, war eine Belastung, und die Tatsache, dass sein Vater mehr über radikale linke Politik als über die Landwirtschaft Bescheid wusste, war bei der alltäglichen Arbeit auf dem Hof auch nicht gerade hilfreich. Und dann wunderten sie sich, dass er mit vierzig immer noch Single war!

Er legte seufzend den Gang ein und bog auf die Straße nach La Rivière ein. Unterwegs fragte er sich, ob er gegen seine politischen Überzeugungen verstoßen und Aktien des Unternehmens kaufen sollte, das die Feuerlöscher herstellte, die er regelmäßig kaufte. Bei dem Tempo, das seine Mutter vorlegte, würden sie eine bessere Einkommensquelle abgeben als die Landwirtschaft.

Während er durch das Dorf Picarets fuhr, tat sich ein prächtiges Panorama vor ihm auf: kleine Häuser, dicht an den Berghang geschmiegt, darunter das Tal und am Horizont die hoch aufragenden Berge – die wahren Gipfel der Pyrenäen. Egal, wie oft er diese Straße fuhr, diese Aussicht begeisterte ihn jedes Mal aufs Neue. Doch als er die Berge hinter sich ließ und in Richtung Wald fuhr, der in das Tal führte, kehrten seine Gedanken zu Serge Papon zurück.

Was zum Teufel war nun schon wieder mit ihm los, dass Christian alles stehen und liegen lassen und auf der Stelle in die *Épicerie* kommen musste?

Josette hatte dem Bürgermeister gerade seinen zweiten Pastis serviert, als die Ladentür aufging, begleitet von einem kleinen Rülpser der alten darüberhängenden Klingel. Die Klingel wurde immer unberechenbarer, gab abwechselnd ein Repertoire anstößiger Geräusche von sich oder blieb einfach stumm. Josette wusste sehr wohl, dass es an der Zeit war, sie auszutauschen, hatte diese Aufgabe aber bislang aus sentimentalen Gründen hinausgeschoben. Insbesondere, da sie Jacques nicht mehr länger darum bitten konnte, es zu tun.

»*Bonjour*«, rief Christian, als er im Türrahmen der Bar auftauchte, und schloss die viel kleinere, zierliche Josette in seine Arme.

»Wurde auch Zeit«, brummte der Bürgermeister, dessen schlechte Laune sich auch nach dem ersten Pastis nicht gebessert hatte.

Christian ignorierte ihn, hielt Josettes Hände fest und blickte sie aufmerksam an.

»Wie geht's dir?«

»Ganz gut«, brachte sie heraus und warf einen Blick zur Kaminecke hinüber, wo Jacques angesichts der Ankunft von Christian über das ganze Gesicht strahlte. Christian war für ihn der Sohn, den er nie gehabt hatte. »Es ist ein Auf und Ab.«

Christian nickte.

»Lass es mich wissen, wenn du Hilfe benötigst.«

»Aber natürlich«, log sie, entzog ihm sanft ihre Hände und ging in den Laden zurück, bevor seine Freundlichkeit ihr die Tränen in die Augen trieb.

Véronique hatte es sich auf einem Hocker hinter der Theke gemütlich gemacht. Offenbar beabsichtigte sie nun, da die Dinge interessant wurden, nicht so bald zu gehen. Aber als sie Josette hereinkommen sah, stand sie sofort wieder auf.

»Hier, setz dich nur, Josette«, sagte sie und

deutete auf den nun leeren Hocker. »Ich werde mich drüben um die Getränke kümmern. Du siehst müde aus.«

Josette lächelte. Sie wusste, dass Véroniques Angebot größtenteils aufrichtig gemeint, aber auch von ihrem unstillbaren Verlangen motiviert war, den Finger am Puls der örtlichen Politik zu haben. Doch Josette nahm trotzdem Platz. Sie musste zugeben, dass sie sich tatsächlich ein wenig erschöpft fühlte. Sie nahm ihre Brille ab und massierte ihre Schläfen. Vielleicht war es die Aussicht auf den drohenden Ärger in der Gemeinde. Was auch immer der Grund sein mochte, es ließ sie jedes ihrer siebenundsechzig Jahre spüren.

Josette bemerkte erst jetzt, dass der Laden leer war. »Wo ist Fatima?«, fragte sie.

Véronique nickte mit ironisch verzogenem Mund zum Schaufenster hinüber.

»Die bereitet ihren Mann wie immer auf das Treffen vor.«

Und tatsächlich hatte Fatima Pascal vor der Anschlagtafel am Ende der Gasse, die zum Postamt führte, in die Enge getrieben. Außer Sichtweite der Bar gestikulierte sie wild, während sie ihm ihre Anweisungen einbläute. Pascal hatte das Aussehen eines Mannes, dessen geistigen Fähigkeiten alles abverlangt wurde, während er versuchte, sich all das zu merken, was ihm seine Frau sagte, und gleichzeitig zu vermeiden, mit seinen auf Hochglanz polierten Schuhen in einen der zahlreichen Hundehaufen zu treten, die dort die Straße verdreckten.

Als sie ihr Motivationsgespräch beendet hatte, trat Fatima zurück und erlöste ihren Mann von den Qualen. Er warf einen letzten prüfenden Blick auf sein Spiegelbild im Autofenster, fuhr sich einmal durchs Haar und schritt dann auf die Bar zu, die er auf direktem Wege betrat, anstatt zunächst die *Épicerie* zu durchqueren.

Josette kicherte in sich hinein. Der arme Pascal. Er mied den Laden, wenn möglich, denn Jacques hatte nie einen Hehl aus seiner Abneigung ihm gegenüber gemacht. Soweit es ihn betraf, repräsentierte Pascal Souquet die allerschlimmste Sorte der Zweitwohnsitzinhaber der Gegend, die ihr hiesiges Erbe in Anspruch nahmen und behaupteten, hier verwurzelt zu sein, weil ihre Eltern in der Gemeinde geboren waren und sie als Kinder die Sommerferien hier verbracht hatten. Dies stellte an sich kein Problem dar. Aber die Mehrheit der Leute, die wieder hierher zogen, um in den Häusern zu leben, die sie geerbt hatten, waren konservativ in ihren Anschauungen. Sie wollten nicht, dass sich etwas in der Gemeinde veränderte, und sie akzeptierten nur sehr widerwillig, dass Veränderung für die jungen Leute hier unerlässlich war. Denn ohne sie hatten sie hier keine Zukunft.

Daher war Jacques bestürzt gewesen, als Pascal sein Netzwerk von Zweitwohnsitzbewohnern genutzt hatte, um seine Wahl zum Vizebürgermeister sicherzustellen. Seine Befürchtungen waren ein wenig zerstreut worden durch die Berufung von Christian Dupuy zum zweiten Vizebürgermeister, was einen Ausgleich schaffte zu den eigennützigen Ambitionen von Pascal und seiner Frau und dem endlosen politischen Intrigieren des Bürgermeisters. Aber dennoch hatte Jacques immer um die Zukunft der Gemeinde gefürchtet.

Als Josette Fatima dabei beobachtete, wie sie in ihrem Wagen Stellung bezog, von dem aus sie in die Bar hineinschauen konnte, da fragte sie sich, ob seine Ängste womöglich doch nicht so unbegründet gewesen waren.

»Du bist spät dran!«, brummte Serge, als Pascal die Bar betrat und ihm seine Finger zu dem weibischen Händedruck entgegenstreckte, den Serge so verachtete. Wenn Pascals eigene Hände nicht so von Arthritis geplagt gewesen wären, hätte er die Hand seines Stellvertreters derart fest gequetscht, dass sein protziger Siegelring einen bleibenden Abdruck hinterlassen hätte.

Ohne sich der düsteren Gedanken bewusst zu sein, die dem Bürgermeister durch den Kopf gingen, wandte sich Pascal Christian zu, begrüßte ihn auf die gleiche unmännliche Art und Weise und zog sich einen Stuhl unter dem Tisch hervor, den er zunächst sorgfältig abwischte, ehe er sich hinsetzte und ein makellos gekleidetes Bein über das andere schlug.

Serge spürte Wut in sich aufsteigen. Es war schon schlimm genug, den ganzen Schlamassel wegen der Auberge am Hals zu haben, aber sich Tag für Tag mit diesem arroganten, eitlen Fatzke abgeben zu müssen war mehr, als ein Mensch ertragen konnte. Unwillkürlich wurde sein Griff um das Pastisglas fester, als er versuchte, sich zu beruhigen, durch die Nase einzuatmen und durch den Mund wieder aus, wie er es bei seiner Frau gesehen hatte, wenn sie ihre Yogaübungen machte.

Frischluft ein. Verbrauchte Luft aus. Frischluft ein. Verbrauchte Luft aus. Ich lasse alles Schwere los, Kraft und Energie durchströmen …

»Serge? Alles in Ordnung?« Christian sprach ihn mit leicht besorgter Miene an, während der Bürgermeister – nun ein gutes Stück ruhiger –

seine Konzentration wieder auf die Bar und den vorliegenden Fall richtete.

»Ja, ähm … also, ähäm.« Serge räusperte sich, trank den letzten Schluck von seinem Pastis und gab Véronique ein Zeichen, während er dies tat. »Pastis, Bier und einen Kir«, bestellte er, ehe die beiden anderen Einwände erheben konnten. Er hatte nicht vor, allein zu trinken, Teufel noch mal!

»Wir haben ein Problem. Ein großes Problem«, begann er und kam gleich zur Sache, da er nun sicher sein konnte, dass er Pascals und Christians volle Aufmerksamkeit hatte. »Die *Auberge* wurde an jemanden verkauft, der nicht von hier ist.«

Serge beobachtete die Reaktion seiner Zuhörer, und er wusste sogleich, dass Christian die Neuigkeit zum ersten Mal hörte. Pascal dagegen war ganz offensichtlich von seinem Frettchen von Ehefrau informiert worden, die vorhin mit Josette und Véronique im Laden gewesen war. Aber das war im Grunde kein Problem. Christian war derjenige, der schwerer zu handhaben war, und den konnte er nun überrumpeln, da er nicht wusste, was kommen würde.

»Aber ich dachte, dein Schwager würde sie kaufen«, erklärte Christian, der sichtlich verblüfft und von Pascals vielsagendem Grinsen verunsichert war.

»Dachte ich auch«, knurrte Serge. »Und wie ich das dachte! Aber Loubet – möge er in der Hölle schmoren – hat uns reingelegt und die Auberge an einen Fremden verkauft. Ohne Rücksicht darauf zu nehmen, welche Auswirkungen das auf die Gemeinde hat.«

»Auswirkungen auf die Gemeinde?«, fragte Christian und wich zurück, als Véronique die Getränke servierte. Er versuchte, die Rundungen ihres Hinterteils zu ignorieren, als sie sich über den Tisch lehnte, um dem Bürgermeister den Pastis zu servieren, und wandte den Blick rasch wieder Serge zu, wusste aber, dass der Mistkerl von Pascal etwas bemerkt hatte, dessen Grinsen jetzt noch breiter wurde. Christian kratzte sich am Kopf, um seine Verwirrung zu überspielen, und entschied, dass es an der Zeit war, mal wieder häufiger auszugehen. Wenn er anfing, ausgerechnet Véronique Estaque mit ihrer Frömmelei und ihrem seltsamen Kleidergeschmack anziehend zu finden, dann musste er wirklich verzweifelt sein.

»Gern geschehen«, sagte Véronique im Weggehen mit sarkastischem Tonfall, was Christian nur noch mehr verwirrte, ehe er begriff, dass ihre Bemerkung sich auf den ausbleibenden

Dank für die Getränke bezog und nicht etwa auf seine deplatzierte Lüsternheit.

Serge beachtete Véronique gar nicht weiter, so, wie er es mit allen Frauen tat, und fuhr fort. »Ja, Auswirkungen auf die Gemeinde. Der Verkauf der Auberge an Fremde wird tiefgreifende Auswirkungen auf die Gemeinde von Fogas haben.«

»Inwiefern?«

»Insofern, als das Restaurant scheitern wird«, warf Pascal mit dem Gebaren eines Menschen, der mit einem geistig zurückgebliebenen Kind spricht, ein. »Und die lieben Bewohner der Gemeinde keinen Ort mehr haben werden, wo sie essen können.«

Serge lehnte sich zurück und beobachtete diese Entwicklung voller Interesse. Pascal war von Fatima gut vorbereitet worden. Ganz offenbar wusste sie, welche Linie der Bürgermeister zu verfolgen gedachte, und war entschlossen, ihren Mann nicht ins Hintertreffen geraten zu lassen. Warum war das wohl so, fragte er sich und schob die Frage in sein Hinterstübchen, zur weiteren kritischen Prüfung, wenn seine Frau neben ihm schnarchte und er wegen der Schmerzen in seinen Händen nicht schlafen konnte. Einstweilen musste er seine fünf Sinne zusammenhalten, wenn er in dieser

Sache das Resultat erzielen wollte, das ihm vorschwebte.

»Aber wieso seid ihr euch denn so sicher, dass das Restaurant scheitern wird, bloß weil es von Fremden geführt wird?«, fragte Christian.

»Weil die neuen Besitzer Engländer sind!«, sagte Pascal in seiner überheblichen Art.

Christian sah erst Pascal und dann den Bürgermeister an und griff anschließend nach seinem Bier.

»Scheiße!«, rief er. »Das ist in der Tat ein Problem.«

Serge hob das Glas an die Lippen, um sein zufriedenes Lächeln zu verbergen. Das Ganze würde doch leichter werden als gedacht.

Einige Stunden und viele Pastis später schloss Josette die Tür der Bar hinter dem Bürgermeister und seinen Gehilfen. Durch die Scheibe konnte sie am Berghang auf der anderen Seite des Flusses die glitzernden Lichter der Gemeinde von Sarrat erkennen – stecknadelkopfgroße Lichtpunkte, zu einem Bündel zusammengefasst. Dagegen verschwand die Straße von La Rivière, die vor der Bar verlief, im Dunkel der Nacht und in der undeutlich erkennbaren Masse des Cap de Bouirex. Josette konnte soeben noch die Umrisse der *Auberge* hinter der Beleuchtung der letzten Straßenlaterne am Ende des Dorfes ausmachen.

Die Dinge waren also in Bewegung. Véronique zufolge hatte der Bürgermeister eine außerordentliche Sitzung des Conceil Municipal, des gewählten Gemeinderats von Fogas, einberufen, die morgen Abend im Rathaus abgehalten werden sollte. Er hatte einen Plan in der Hinterhand, aber Josette fragte sich, ob der auch gut für die Gemeinde sein würde.

Sie seufzte und sperrte die Türen ab, wobei sie darauf achtete, dass die Riegel oben und unten gleichermaßen verschlossen waren. Und plötzlich stand Jacques neben ihr und blickte die Straße hinunter zur *Auberge*.

»Jetzt macht er wieder seine alten Mätzchen«, sagte sie zu ihm.

Jacques antwortete nicht, starrte nur weiter zur *Auberge* hinüber.

»Aber zumindest haben wir Christian als Vizebürgermeister, damit die Sache nicht aus dem Ruder läuft.«

Jacques lächelte bei der Erwähnung von Christians Namen, und Josette war überzeugt davon, dass er ein klein wenig mit dem Kopf genickt hatte.

»So, ich gehe jetzt ins Bett. Ich bin sehr müde. Bis morgen dann.«

Jacques sah sie immer noch lächelnd an, und Josette wusste, dass er versuchte, ihr etwas damit zu sagen. Sie lächelte ebenfalls, um ihre Frustration zu überspielen, drehte sich dann um und ging schweren Herzens zu Bett. Es war nicht leicht. Ihn zu verlieren war schon schlimm gewesen, aber ihn zu diesen Bedingungen zurückzubekommen, war beinahe noch schlimmer.

Sie ging zum hinteren Ende der Bar und stieg die Treppe zu dem leeren Doppelbett hinauf, das im letzten halben Jahr immer größer geworden zu sein schien.

In der Dunkelheit der Bar unten wachte Jacques weiter am Fenster, blickte in die Nacht hinaus und hielt Ausschau nach dem Ärger, den er kommen sah.

2

Der Holzstapel war warm. So ziemlich der einzige behagliche Ort hier draußen, den die wenigen Strahlen der Sonne erreichten, die es Mitte November kaum schaffte, den Hügel gegenüber der *Auberge* zu erklimmen. Sie hatte sich gut versteckt und war durchaus zufrieden. Der Holzgeruch kitzelte ihr in der Nase, und das Summen einer späten Biene drang an ihre Ohren, aber sie rührte sich nicht, kostete die unerwartete wohlige Wärme aus.

»Tomate. Tomate!«

Sie zuckte mit den Ohren, aber ihre Augen blieben geschlossen.

»Tomate. Futter.«

Ein Auge öffnete sich, ein grüner Schlitz im Sonnenlicht, ein Farbtupfer im Vergleich zu dem schwarz-weißen Fell.

»Komm schon, Tomate, sonst bin ich zu spät wieder in der Schule!«

Chloé Morvan ließ frustriert ihren Ranzen auf den Boden fallen und schritt auf den Holzstapel zu. Dabei schüttelte sie den Plastikbehälter mit dem Futter. Sie wusste, wo die Katze war. Sie versteckte sich immer an derselben Stelle und tat so, als sei sie nicht interessiert. Chloé streckte den Arm über ihren Kopf hinauf zur Oberseite des Stapels, schob ihre Hand in eine kleine Spalte zwischen zwei große Holzscheite und spürte, wie ihre Finger warmes Fell berührten.

»Mittagessen, Tommy«, sagte sie, während sie den einzigen Teil der Katze streichelte, den sie mit ihren Fingerspitzen erreichen konnte.

Dann zog sie ihren Arm zurück, öffnete den Plastikbehälter und schüttete ein wenig Trockenfutter in die Schüssel, die auf dem Boden stand. Und wie immer rief das Geräusch des auf Metall fallenden Futters eine Reaktion hervor. Erst tauchte eine Tatze auf, dann eine zweite, und die Katze kam aus ihrem Versteck und gähnte herzhaft, wobei sich ihre kleine rosafarbene Zunge gegen ihren Gaumen zurückrollte. Sie musterte die Welt mit einem fragenden Blick, als wäre sie sich nicht ganz sicher, ob es noch dieselbe war, die sie am Morgen zurückgelassen hatte, als sie die Augen schloss, und dann heftete sie ihren Blick auf Chloé und begann zu schnurren.

»Bist du dir auch ganz sicher, dass wir das dürfen?«, fragte Lorna Webster, ohne die Straße vor sich dabei aus den Augen zu lassen. Ein flüchtiger Blick zu Paul hinüber, und sie müsste sich übergeben. Sie fragte sich nicht zum ersten Mal, ob es für jemanden, dem beim Autofahren immer so schlecht wurde wie ihr, wirklich ratsam war, in die französischen Pyrenäen zu ziehen.

»Der Immobilienmakler ist offenbar der Meinung, dass nichts dabei ist, also warum sollten wir es nicht tun?«, erwiderte Paul. »Außerdem gehört sie ohnehin beinahe uns«, fügte er lachend hinzu. »Nur noch drei Wochen, dann ist es so weit!«

Lorna grinste trotz ihrer Übelkeit. Die ganze Sache war einfach verrückt. Sie mussten doch völlig übergeschnappt sein. Und mit einem Mal verwandelte sich ihr Lachen in blanke Angst. Die Art von Angst, die sie in der letzten Woche um den Schlaf gebracht hatte, als sich langsam die ganze Tragweite ihrer Entscheidung zeigte. Geldumtausch, Versicherungen, Bankkonten, Immobilienmakler, Anwälte, Umzugsfirmen, Rechtsdokumente, und das meiste davon auf Französisch, was sie beide nicht sehr gut beherrschten. Was hatten sie sich nur dabei gedacht? Nein, die Frage sollte lauten: Was ZUM TEUFEL hatten sie sich nur dabei gedacht?

»Alles in Ordnung? Nehme ich die Kurven zu schnell?«

Lorna schüttelte den Kopf und schluckte, um den widerlichen Geschmack loszuwerden, der auf der Woge ihrer Furcht in ihrer Kehle aufgestiegen war. Paul drückte ihre Hand.

»Ist nicht mehr weit«, sagte er, als er den Wagen durch eine weitere Kurve steuerte. Bäume säumten die schmale Straße auf beiden Seiten, klammerten sich rechts an den Berghang und links an das steile Flussufer. Lorna fragte sich, wie jemand jemals ahnen konnte, wo er sich auf dieser Straße gerade befand. Für sie sah alles gleich aus, seit sie sich von St. Girons durch das Tal hinaufschlängelten, die Sicht beschränkt durch die Hänge der Berge, die sie umgaben. Als ihr erneut übel wurde, krallte sie sich an den Rand des Sitzes, und dann bog der Wagen plötzlich um eine letzte Kurve, und sie fuhren aus der Finsternis des Waldes in das Sonnenlicht des Tals hinaus, das sich vor ihnen öffnete. Und da war sie. Die Strahlen der Novembersonne fielen wie gigantische Scheinwerfer auf die alten Steine.

Die *Auberge*.

Und wenn sich Lorna nicht irrte, tollte dort jemand mit einer Katze im Garten herum und vollführte Saltos.

Ein Auto sieht aus wie ein Auto, egal ob man gerade auf dem Kopf steht, wenn man es betrachtet. Normalerweise hätte der Anblick eines Wagens Chloé auch nicht im Mindesten bei ihren Übungen gestört. Aber sein plötzliches Auftauchen in der Einfahrt der *Auberge*, als sie gerade mit dem Kopf nach unten mitten in der Luft hing, reichte aus, dass sie vor Überraschung die Landung verpatzte und knapp neben Tomate sehr unsanft auf ihrem Kreuz landete. Sie blieb heftig blinzelnd liegen, während ihr Verstand versuchte, ihren am Boden liegenden Körper einzuholen. Die Kälte aus der Erde drang in ihre Knochen.

»Oh my god, are you okay? Kannst du dich bewegen? Hast du dir etwas gebrochen?«

Chloé konzentrierte sich auf das Gesicht, das verkehrt herum über ihr schwebte. Eine Frau im Alter ihrer Mutter mit glattem schwarzem Haar beugte sich über sie (die Art von Haar, auf das Chloé versessen war, die Art von Haar, das kein Eigenleben hatte und das man nicht jeden Morgen vor der Schule bändigen musste) und fragte sie etwas, von dem Chloé kein Wort verstand. Ganz offenbar hatte sie sich beim Fallen kräftig den Kopf gestoßen, dass irgendetwas darin verrutscht sein musste, denn sie konnte wohl sehen, wie sich die Lippen der Frau bewegten, sie konnte auch hören, dass etwas aus ihrem Mund kam, aber es ergab einfach keinen Sinn. Sie schüttelte den Kopf, um alles darin wieder an die richtige Stelle zu verfrachten, aber dabei wurde ihr sofort schwindelig, und sie hörte damit auf und ließ sich ins Gras zurücksinken.

Der Vorteil war, dass sie nun nicht mehr in die Schule gehen musste. Der Nachteil, dass Maman ausrasten würde.

»Geht's ihr gut?« Ein Mann tauchte jetzt über ihr auf.

»Ich weiß es nicht. Ihre Augen sind offen, aber sie hat kein Wort gesagt. Oh Gott, wir sollten besser einen Krankenwagen rufen.«

»Was heißt ›verletzt‹ auf Französisch?«

Chloé gab den Seufzer eines Märtyrers von sich und akzeptierte, dass sich ihr Universum für immer verändert hatte. Sie konnte also nicht mehr länger mit der ganzen Welt kommunizieren. Aber wenigstens konnte sie immer noch Trapezkünstlerin werden und hoch oben über den Menschenmassen in einem violetten Trikot dahinfliegen, das geglättete schwarze Haar hinter sich herflatternd, während sie nur eine Handbreit von dem sich wölbenden Tuch des großen Zeltes ihre Kunststücke vollführte, dahingetragen von dem Gebrüll der Menschen unten …

»Are … you … okay? Bist … du … krank?«

Als ihr der Mann die Hand auf die Stirn legte, erlangte Chloé mit einem Mal ihr Begriffsvermögen wieder.

»Bist … du … okay?«, fragte er wieder auf diese Weise, die sie an Gerard Lourde erinnerte, der in der Schule Sonderunterricht bekam, bei dem die Lehrer auch immer ganz langsam sprachen und kurze Wörter benutzten.

»Ich … glaube … schon«, erwiderte Chloé und gab sich alle Mühe, dem Mann behilflich zu sein.

Er lächelte und sagte etwas zu der Frau, die ebenfalls auf Chloé herablächelte. Und dann schob der Mann seine Hände unter Chloés Achseln und stellte sie vorsichtig auf die Beine. Der Horizont schwankte ein wenig, aber das war nichts, womit eine Trapezkünstlerin nicht fertigwerden würde.

Tomate war wieder aufgetaucht, nachdem sie sich von dem Schreck erholt hatte, dass Chloé beinahe auf ihr gelandet wäre, und sie schlängelte sich nun um deren Beine in der Hoffnung, die akrobatische Verfolgungsjagd von vorhin fortsetzen zu können. Die Frau beugte sich herab und rieb Tomates Kopf, was die Katze wie eine Ducati schnurren ließ.

»Ist … das … deine … Katze?«, fragte die Frau lächelnd.

»Sie … wohnt … hier«, erklärte Chloé.

Die Frau wirkte überrascht. »Hier? … In der *Auberge* …?«

Chloé nickte.

»Name?«, fragte die Frau und lächelte Chloé weiter an.

»Chloé.«

Woraufhin sich die Frau vorbeugte und Tomate genau an der Stelle kraulte, die die beste Garantie dafür war, dass sie sich wie ein Hund im Gras herumrollen würde.

»Hallo, Chloé … Hallo, Chloé«, sagte die Frau, während sie Tomates Bauch rieb.

Chloé seufzte zum zweiten Mal an dem Tag. Diese beiden waren wirklich zwei hoffnungslose Fälle.

»Nein«, sagte sie mit einem Anflug von Verzweiflung. »Ich … bin … Chloé … das … ist … Tomate!«

»Du … Chloé? Okay. Okay. Das … Tomate?«

Die Frau nickte schließlich, zum Zeichen, dass sie verstanden hatte, während der Mann begann, Chloés Hand zu schütteln.

»Hallo, Chloé. Ich … bin … Paul.« Er grinste sie an, und sie spürte, wie sie sein Grinsen erwiderte, obwohl sie eher daran gewöhnt war, Wangen zu küssen, als Hände zu schütteln.

»Das … ist … Lorna. Meine … Frau«, fuhr er fort und deutete auf Tomates neue Freundin.

Chloé fragte sich gerade, ob sie mit dieser Unterhaltung noch sehr weit kommen würden, als mit einem Mal das Kreischen von abgenutzten Bremsen ertönte und der klapprige ehemalige Polizeimannschaftswagen ihrer Mutter am Ende der Straße nach Picarets zitternd zum Stehen kam. Maman sprang bei laufendem Motor heraus und rannte über die Hauptstraße auf die *Auberge* zu. Ihre dicken roten Zöpfe hüpften, als sie die kurze Entfernung bis zum Zaun zurücklegte.

»Mach schon, Chloé, sonst kommst du noch zu spät zur Schule!«, rief sie, verstummte aber, als sie bemerkte, dass ihre Tochter nicht allein war.

»Oh, hallo«, sagte sie und kam auf die drei zu. »Tut mir leid. Ich wollte nicht schreien. Sie müssen die neuen Besitzer sein. Ich hoffe, Chloé hat Sie nicht belästigt? Sie kommt immer in ihrer Mittagspause hierher, um die Katze zu füttern. Ich hoffe, das macht Ihnen nichts aus! Claude vom Maklerbüro hat mir gesagt, dass Sie vorbeischauen wollten, aber ich dachte, sie wären schon längst wieder weg …«

Chloé schaute Paul und Lorna an, als Maman Luft holte. Ihre Gesichter trugen den gleichen verzerrten Ausdruck, den sie schon bei Maman gesehen hatte, wenn diese versuchte, Chloé bei den Mathehausaufgaben zu helfen. Sie benötigten ganz eindeutig Hilfe.

»Du musst langsamer reden, Maman! Die beiden haben einen kleinen Webfehler«, erklärte sie mit leiser Stimme.

»Wie bitte?«

»Na, sie sind wie Gerard Lourde aus der Schule«, sagte sie mit einem Schulterzucken.

»Aber nicht doch, mein Schatz! Sie sind Engländer, das ist alles.«

Chloé war sich nicht ganz sicher, ob dies einen großen Unterschied machte, aber Paul und Lorna hatten das Wort »Engländer« aufgeschnappt und nickten energisch, also lag Maman vielleicht richtig.

»Hallo, ich bin Stephanie. Chloés Mutter«, sagte sie und streckte ihre Hand aus. *»Freut … mich … Sie … kennenzulernen.«*

Als sie ihre Muttersprache hörte, entspannte sich Lornas Gesicht, und sie lächelte, während sie einander vorstellten. Und ehe sich's Chloé versah, erklärte Paul ihrer Mutter etwas, das einherging mit einer Menge Gestikulieren und einem gelegentlichen französischen Wort, und mit einem Mal begriff sie, dass sie selbst das Gesprächsthema war.

»Nein!«, rief sie plötzlich, was Paul mitten im Satz verstummen ließ. »Kein Grund, dir Sorgen zu machen, Maman. Ich bin einfach nur hingefallen, das ist alles«, sagte sie und versuchte die Aufmerksamkeit ihrer Mutter auf sich zu ziehen, weg von Pauls Versuchen, ihr zu erklären, was geschehen war. Er malte mit seinem Finger immer noch Kreise in die Luft, um die Schwere des Sturzes zu verdeutlichen.

»Du bist hingefallen?«, fragte Chloés Maman und kniff die Lippen zusammen. »Nur gefallen? Einfach so? Du hast nicht etwa …?«

»Nein, Maman, hab ich nicht. Ich würde doch nicht … Nein. Ich bin bloß hingefallen, als ich Tomate nachgelaufen bin.«

Stephanie starrte in Chloés Augen, suchte darin nach irgendeinem Zeichen von Unehrlichkeit.

»Du weißt, was ich von deinen Akrobatikübungen halte, Chloé. Ich will nicht, dass du Saltos machst, verstanden?«

Chloé nickte, aber sie verstand ihre Mutter ganz und gar nicht. Es war das Einzige, worin sie streng war, das Einzige, worüber sie beide völlig unterschiedlicher Meinung waren. Und mit der Logik, die sie in neun Jahren auf diesem

Planeten erworben hatte, schlug Chloé ihre Saltos eben dort, wo ihre Mutter sie nicht sah: auf dem Rasen der Nachbarn, auf Christians Feldern und im Garten der *Auberge*. Wie sonst sollte sie ihre Träume verwirklichen?

Zufrieden mit dem, was sie in den Tiefen von Chloés Augen sah, streckte Stephanie die Hand aus und zog ihre Tochter an sich, sodass Chloé nur noch den Duft von Räucherstäbchen und Shampoo und Blumenerde riechen konnte. Sie lugte unter Mamans Arm hervor und sah, dass Paul aufgehört hatte zu gestikulieren und Lorna sie anlächelte.

»Hast du dir den Kopf gestoßen?«, fragte ihre Maman und ließ sie endlich wieder los.

Chloé nickte und rieb sich die Stelle unter ihrem dichten schwarzen Wuschelhaar, wo sich bereits eine dicke Beule gebildet hatte.

»Tut's weh?«

»Ja.«

»Wie schlimm?«

»Schlimm genug, dass ich nicht wieder in die Schule gehen kann …«, versuchte Chloé ihr Glück.

Stephanie stemmte die Hände in die Hüften, lächelte und schüttelte den Kopf in gespielter Verzweiflung.

»Also schön. Keine Schule. Aber du kannst

mir doch bestimmt dabei helfen, ein paar frische Ableger einzutopfen, nicht wahr? Jetzt hol deine Sachen und lass die Leute in Frieden.«

Chloé wandte sich ab, um ihr Grinsen zu verbergen, und ging auf ihren Ranzen zu, der immer noch im Gras lag, wo sie ihn hatte fallen lassen. Als sie ihn aufhob, trat Lorna auf sie zu.

»Hat ... mich ... gefreut ... Chloé«, sagte sie. »Nichts ... sagen ... Maman«, und dann vollführte sie eine Looping-Bewegung mit dem Finger, bevor sie ihn auf ihre Lippen legte und ihr zuzwinkerte.

Chloé lachte verschwörerisch, froh, eine Verbündete gefunden zu haben. Sie schwang sich den Ranzen über die Schulter, rief Paul einen Abschiedsgruß zu und folgte Maman zum Tor hinaus zum wartenden Wagen.

Ein schulfreier Nachmittag. Das war nicht ganz so gut wie lebenslang schulfrei, aber besser als nichts.

»Sie scheinen sehr nett zu sein«, bemerkte Paul, als der ramponierte Transporter eine mühsame Wendung um hundertachtzig Grad vollführte und sich wieder auf den Weg den Berg hinauf Richtung Picarets machte. Chloé winkte ihnen vom Beifahrersitz aus zu.

»Ganz reizend«, stimmte ihm Lorna zu, die

dem Wagen nachwinkte, bis er um die Kurve verschwunden war und nur noch ein kräftiger Gestank nach Autoabgasen an ihn erinnerte. Sie ließ den Arm sinken und zog die Schultern in der Kühle des frühen Nachmittags in die Höhe. Es kam ihr so vor, als hätten Chloé und Stephanie die Wärme des Sonnenscheins mit sich genommen. Ein paar Augenblicke lang, während sie versucht hatten, sich mit Stephanie zu unterhalten – sie in ihrem gestelzten Englisch und die beiden in ihrem einsilbigen Französisch –, da hatte sich Lorna vorstellen können, zu dieser Dorfgemeinschaft zu gehören. Aber nun fühlte sie sich wieder wie eine Außenseiterin.

Und wie kam es nur, dass ihr Französisch so schrecklich war? Warum war es so schwierig gewesen, die einfachsten Sätze zu bilden, Sätze, mit denen sie zu Hause in ihrem Französischkurs in Manchester beide keine Probleme gehabt hätten? Es war so unglaublich frustrierend, und Lorna hatte die Befürchtung, dass es in absehbarer Zukunft nicht leichter werden würde.

»Komm schon!«, sagte Paul, schlang einen Arm um ihre Schultern und drehte sie in Richtung der *Auberge*. »Schauen wir uns unser neues Zuhause an. Ich hole die Taschenlampen, du das Notizbuch, und vielleicht hat die Katze ja Lust, sich uns anzuschließen.«

Als spürte sie, dass von ihr die Rede war, kam Tomate auf sie zu. Ihr Schnurren war schon aus der Ferne zu vernehmen.

»Tomate. Was für ein komischer Name für eine schwarz-weiße Katze!«, sagte Paul, als er den Kofferraum öffnete, um die Taschenlampen herauszuholen.

Lorna lachte. Darüber hatte sie noch gar nicht nachgedacht. Sie beugte sich herab und kraulte die Katze unter dem Kinn, was sie nur noch lauter schnurren ließ. Sie hatten nicht damit gerechnet, neben einem neuen Zuhause und einem Herbergsbetrieb als Bonus auch noch ein Haustier hinzuzubekommen, aber sie freuten sich darüber.

Lorna holte ihr Notizbuch aus dem Wagen und folgte Paul und der Katze um das Haus herum zu der kleinen Terrasse auf der Rückseite, die die *Auberge* vom Fluss trennte. Der Beton war mit einer dicken Blätterpampe von der Esche bedeckt, die das Flussufer dominierte, und all die Plastikstühle und Tische lagen verstreut in der Gegend herum – offenbar Opfer der Herbststürme. Sie lehnten die Arme auf die Brüstung und sahen zu, wie das Wasser geräuschvoll über das Wehr fiel, das sich bis zum gegenüberliegenden Ufer mit seinen leeren Feldern und den vereinzelten Häusern erstreckte.

Als Lorna und Paul das Anwesen im Juni zum ersten Mal gesehen hatten, hatten Sonnenstrahlen auf der Flussoberfläche getanzt, und die Bäume, die es umgaben, waren grün gewesen und üppig gewachsen. Aber es war schließlich das schiefhängende, zerfledderte Zu-verkaufen-Schild an der Eingangstür gewesen, das ihre Aufmerksamkeit erregt hatte.

»Na, kribbelt es da nicht bei dir?«, hatte Paul mit einem Lachen gefragt, als sie vorbeifuhren und ihre Augen gierig das prächtige Gebäude, den gewundenen Fluss und die Felder verschlangen, die sich in der Ferne erstreckten. Lorna hatte ihm nicht geantwortet. Paul wusste besser als jeder andere, dass sie davon träumte, ihren Job in der Schulkantine aufzugeben und ihr eigenes Restaurant zu eröffnen. Doch sosehr sie auch mit den Zahlen herumjonglierten, ihre Rechnung ging nie auf. Sie konnten es sich einfach nicht leisten.

Gleichwohl hatte die *Auberge* einen nachhaltigen Eindruck hinterlassen. Kurze Zeit später hatten sie in einem Bergdorf angehalten, um dort zu Mittag zu essen, und waren zufällig auf ein kleines Restaurant gestoßen, das eher wie ein Wohnhaus wirkte. Nachdem sie sich entschieden hatten, draußen zu essen, hatten sie an einem der wenigen freien Tische Platz genommen, die unter den Bäumen auf einem schmalen Gartenstück neben einem Flüsschen verstreut standen. Während sie dort träge in der Sonne saßen und den Kellner, der ihnen mehr wie ein Bauer in der Mittagspause vorkam und weniger wie ein professioneller *serveur*, dabei beobachteten, wie er sich abmühte, einen Stapel Teller in die Küche zurückzutragen, hatte Paul mit einem Mal ausgerufen: »Das könntest du auch!«

»Was könnte ich auch?«, hatte Lorna verwirrt gefragt.

»Das da!« Paul deutete auf die Tische um sie herum. »Du könntest ein Restaurant wie das hier führen.«

Lorna folgte seinem Blick, nahm die zusammengewürfelte Kundschaft aus Arbeitern und Touristen in sich auf, die alle zufrieden unter Sonnenschirmen saßen, während sich der Kellner langsam zwischen ihnen bewegte, hier einen Brotkorb auf den Tisch stellte, dort eine Karaffe Wein und ab und an zu einem Schwatz stehen blieb. Niemand beschwerte sich über das gemächliche Tempo, und das Stimmengewirr der Gäste wurde begleitet vom Zirpen der Zikaden und vom Plätschern des kleinen Flusses.

»Ja«, stimmte Lorna ihm zögernd zu. »Ja, das könnte ich. Aber was würdest du tun?«

»Den gleichen Job wie er.« Paul nickte zu dem Mann hinüber, der in die Küche zurücktrottete. »Wir wären ein Team.«

Lorna lachte. »Du würdest dich im Nu zu Tode langweilen«, sagte sie. Sie wagte nicht daran zu glauben, dass er es ernst meinen könnte.

»Vielleicht. Vielleicht aber auch nicht. Es würde mir möglicherweise die Zeit geben, die ich brauche, um mich darauf zu konzentrieren, Webseiten zu entwerfen.«

Als Lorna den ernsten Tonfall in seiner Stimme wahrnahm, brauchte sie einen Augenblick Zeit, um dies alles sacken zu lassen. Angesichts der drohenden Arbeitslosigkeit in einer sich verschlechternden Wirtschaftslage hatte Paul versucht, seine eigene IT-Firma auf die Beine zu stellen, aber neben einem Vollzeitjob war es schwierig, die nötige Zeit aufzubringen. Eine Teilzeitbeschäftigung als Kellner hatte in seinen Plänen bisher allerdings nie eine Rolle gespielt.

»Meinst du das wirklich ernst?«, fragte sie schließlich.

»Ja.« Ein Lächeln breitete sich auf Pauls Gesicht aus, und er lehnte sich in seinem Stuhl zurück. »Ja! Seit ich diese *Auberge* gesehen habe, die zum Verkauf steht, hat es bei mir klick gemacht!«

Lorna hatte nur noch verschwommene Erinnerungen an das Essen. Sie hatte kaum bemerkt, wie saftig das Steak oder wie vorzüglich die Schokoladenmousse war, und ihr Wein war beinahe unberührt geblieben. Sie war viel zu sehr damit beschäftigt gewesen, die Kosten der Zutaten zu schätzen, die Zahl der Mittagsgäste zu überschlagen und mögliche Gewinne zu ermitteln. Paul hatte einen groben Zahlenentwurf auf einer Serviette niedergeschrieben, und sie waren zu dem Ergebnis gekommen, dass es mit seiner Abfindung und dem Erlös aus dem Verkauf ihres Hauses realisierbar wäre. Alles hing jedoch davon ab, wie hoch der Kaufpreis der *Auberge* war.

Als sie schließlich irgendwann wieder die Köpfe hoben, war die Mittagszeit längst vorüber, und der Kellner und seine Frau, die Köchin, hatten an einem Tisch Platz genommen, wo sie sich mit Leuten unterhielten, die ganz offenbar Stammgäste waren. Lorna überlief ein Schauer der Begeisterung. Das könnten Paul und sie sein, die dort ganz entspannt nach getaner Arbeit saßen und Teil einer Gemeinschaft waren.

»Auf unsere *Auberge*!«, hatte sie gesagt und ihr bislang vernachlässigtes Weinglas gehoben.

»Auf unsere *Auberge*«, hatte Paul grinsend wiederholt. »Am besten rufen wir gleich den Makler an und vergewissern uns, dass wir es uns tatsächlich leisten können!«

Und genau das hatten sie getan. Sie waren überrascht gewesen, als sie den Preis hörten. Es war beinahe zu schön, um wahr zu sein. Nachdem sie sich die *Auberge* angesehen und ihr ganzes Potenzial erkannten hatten, waren sie nach England zurückgekehrt und hatten sofort ihr Haus zum Verkauf angeboten. Die vier Monate, die es gedauert hatte, Käufer zu finden, waren ihnen wie eine Ewigkeit vorgekommen. Aber im Oktober, als auch Pauls Abfindung auf dem Konto eingegangen war, waren sie schließlich in der Lage gewesen, ein Gebot abzugeben. Zu ihrer großen Freude hatte man es angenommen.

In den langen Tagen und schlaflosen Nächten, die folgten, hatten sie es sich in den schönsten Farben ausgemalt, in der *Auberge* zu wohnen und sich in dem wunderschönen Gebäude am Flussufer ein neues Leben als Hoteliers aufzubauen. Doch nun, da sie endlich angekommen waren, floss der Fluss viel schneller dahin, die Bäume waren kahl, und ihre nackten Äste reckten sich in den kalten Himmel – dabei hatte der Winter doch gerade erst begonnen. Es schien alles irgendwie viel trostloser. Offenbar hatte die Wirklichkeit sie eingeholt.

Mit einem kleinen Frösteln kehrte Lorna dem Fluss den Rücken zu und schaute sich die *Auberge* zum ersten Mal seit ihrer Ankunft richtig an. Kaum etwas erinnerte an die einladende Fotografie, die sie in den letzten fünf Monaten auf ihrem Computerbildschirm gehabt hatte. Darauf waren sämtliche Fenster weit geöffnet gewesen, alles schien in weiches Licht getaucht, und man meinte die Wärme förmlich zu spüren. Heute wirkten die Steine der nach Norden gewandten Rückseite der *Auberge* grau und feindselig, die Fenster waren mit abblätternden Läden verschlossen, und abgestorbene Efeuranken bedeckten die Wände.

Das Ganze braucht nur etwas liebevolle Pflege, sagte sich Lorna aufmunternd. Und bevor sie ihren Mut verlieren konnte, überquerte sie rasch die Terrasse und schritt auf eine Treppe zu, die zur Hintertür hinaufführte. Wenn sie erst einmal im Innern wären, würde sich ihre Stimmung gewiss gleich wieder heben.

»Oh Gott. Was haben wir bloß getan?«

Eine Stunde später, zurück auf der Terrasse, ließ sich Paul auf einen der Plastikstühle plumpsen und vergrub das Gesicht in den

Händen. Zum ersten Mal, seit ihr Gebot für die *Auberge* Mitte Oktober akzeptiert worden war, beschlich ihn das Gefühl, dass sie sich übernommen hatten. Er hörte, wie Lorna hinter ihn trat, ihm die Hände auf die Schultern legte und ihn leicht drückte.

Es war einfach nur schrecklich gewesen.

Als sie den großen Speiseraum betraten, der den größten Teil des Erdgeschosses einnahm, hatten sie als Erstes den Geruch wahrgenommen. Er war nicht bloß muffig, sondern zugleich auch süßlich. Eine Kombination aus der fauligen alten Ausdünstung von Verwahrlosung und dem übermäßig süßlichen Gestank von verwesendem Mäusefleisch. In dem schwachen Wintersonnenlicht, das durch die Löcher der vermodernden Läden drang, vermochten sie gerade einmal die dicke Staubschicht zu erkennen, die alles bedeckte, und die riesigen Spinnennetze, die sich von der Wand zur Decke und zum Holzofen erstreckten, und die Unmengen von Mäusekot auf der mächtigen Anrichte.

Bereits entmutigt, waren sie zur Küchentür hinübergegangen. Als Lorna sie aufstieß und den Kopf hineinstreckte, huschte etwas über ihren Fuß nach draußen und flitzte in eine der dunklen Ecken des großen Raumes davon.

Lorna erschauderte und unterdrückte einen Schrei. »Sag mir bitte, dass das bloß eine Maus war!«

»Absolut. Das war eindeutig eine Maus«, log Paul und beobachtete die Gegend um seine Füße herum aufmerksam, für den Fall, dass dem Nager ein paar seiner größeren Kumpel folgten. »Wir hätten besser die verdammte Katze mit hereingebracht!«

Als sie die Küche betraten, rückten sie instinktiv zusammen – der moralischen Unterstützung wegen –, und Paul schaltete seine Taschenlampe ein, um der Finsternis den Garaus zu machen. Er ließ den Strahl über die Edelstahlarbeitsplatte rechts von der Tür wandern. Weitere Mäuseköttel wurden sichtbar und ein Tellerstapel, dem man selbst im schummerigen Licht der Taschenlampe den stumpfen Film von altem Fett ansah.

»Das Umwelthygieneamt würde hier drin Zustände kriegen«, konstatierte Paul und starrte auf eine pelzige blaue Masse auf einem Holzbrett.

»Was ist das?«, flüsterte Lorna.

Paul zuckte mit den Schultern. »Brot? Aber was immer es ist, nicht einmal die Mäuse haben es angerührt!«

Lorna schüttelte ungläubig den Kopf. »Man

kann nur hoffen, dass ihre Kochkünste besser gewesen sind als ihre Hygiene.«

»Hmm, darauf würde ich eher nicht wetten.« Paul ging in die Hocke und deutete auf eine Vielzahl von Dosengroßpackungen für Gaststätten, die in einem Regal standen, und richtete den Strahl der Taschenlampe auf einige der Etiketten.

Soßen für Spaghetti Bolognese und Bœuf Bourguignon, außerdem Coq au vin, Ravioli … es gab sogar mehrere riesige Dosen mit dem Regionalgericht Cassoulet, das aus grünen Bohnen, Würstchen und Entenbeinen bestand. So viel zu der berühmten französischen Hausmannskost. Offenbar hatte sie sich in diesem Restaurant des Dosenöffners bedient.

»Haben wir noch Verwendung dafür?«, fragte Paul.

Lorna ging ebenfalls in die Hocke und nahm einige der Dosen, die mit der unvermeidlichen Schicht aus Mäusekot und Fett bedeckt waren, genauer in Augenschein. Dann stieß sie ein gequältes Lachen aus und wandte sich Paul zu. »Das Haltbarkeitsdatum ist abgelaufen.«

»Schon lange?«

»Bloß zwei Jahre.«

»Du lieber Himmel! Bei allen?«

»Bei den meisten. Bei manchen auch erst ein Jahr«, fügte sie trocken hinzu.

Paul stieß einen leisen Pfiff aus. »Das Essen muss ja schrecklich gewesen sein!«

Lorna nickte zustimmend und überlegte, was dies für sie als neue Besitzer und insbesondere sie als Köchin bedeutete. Da sie sich durchaus bewusst war, welch ein Wagnis es darstellte, zu versuchen, sich mit den Franzosen auf dem ihnen eigenen Gebiet der Kochkunst zu messen, war sie ein wenig erleichtert, sich der Vorstellung hingeben zu dürfen, dass die Vorbesitzer sich darin nicht gerade hervorgetan hatten. Die Einheimischen würden bestimmt überglücklich sein, ein Restaurant zu haben, das endlich echtes hausgemachtes Essen servierte und dazu Gemüse und Kräuter aus dem Garten verwendete, den sie anzulegen gedachte, zudem Zutaten aus der Region.

Im Vergleich zu diesen in Massen hergestellten, industriell verarbeiteten Lebensmitteln in den Dosen vor ihr würde man ihre schlichten Rezepte sicherlich als Leckerbissen erachten. Lorna verspürte einen Adrenalinrausch, als sie sich die Gerichte vorstellte, die aus ihrer Küche kommen würden: gebratene Lachssteaks mit Fenchel und Lauch in Wermutsoße, Hähnchenbrust mariniert in Zitrone, Rosmarin, Thymian und natürlich jeder Menge Knoblauch, Saucisse de Toulouse schonend gekocht in Apfelwein und serviert mit Salbei-Kartoffelpüree ... Während ihre Gedanken abschweiften, begannen ihre Nasenlöcher angesichts der Wohlgerüche, die ihre Phantasie heraufbeschwor, zu zucken. Erst als Paul ihre Tagträumerei unterbrach, bemerkte sie, dass ein ganz anderer Geruch sie zum Zucken brachte.

»Was zum Teufel ist das für ein furchtbarer Gestank?«, fragte er und schnitt eine Grimasse.

Lorna schnupperte zaghaft, und tatsächlich war der vorherrschende Modergeruch, den sie beim Hereinkommen bemerkt hatten, von etwas Stärkerem überdeckt worden.

Sie richteten sich beide auf, wandten sich dem hintersten Ende der Küche zu und folgten dem Gestank, während Pauls Taschenlampe eine Grillplatte ausmachte, die mit einer zentimeterdicken, eingebrannten schwarzen Kruste bedeckt war, und eine Fritteuse mit offen stehendem Deckel, in der eine ertrunkene Eidechse gerade noch sichtbar in den trüben Tiefen des Öls schwamm. Sie starrten für einige Sekunden sprachlos vor Schreck auf das tote Reptil herab, und Lorna zerbrach sich den Kopf, ob die *Auberge* schon derart verwahrlost gewesen war, als sie sie im Juni besichtigt hatten. Oder hatten sie vielleicht nur alles durch eine allzu rosarote Brille betrachtet?

Als sie von der Fritteuse wegtraten und auf den Kühlschrank zugingen, wurde der üble Geruch immer penetranter.

»Verdammt! Was zum Henker ist denn das?«, fragte Paul wieder, der sich angesichts des unerträglichen Gestanks in Notwehr den Arm vor die Nase hielt.

»Ich glaube, das hier ist der Übeltäter.« Lorna zog an dem Griff des riesigen Gastronomie-Kühlschranks und schloss die Tür dann ebenso schnell wieder, wie sie sie geöffnet hatte, weil ihr ein Hustenanfall den Atem nahm. Aber es hatte ausgereicht, um ihr einen Blick auf den schwarzen Schleim zu gewähren, der über die Einlegeböden kroch, und auf die dicke Schimmelschicht, die den Kühlschrank von oben bis unten bedeckte.

»Das kriegst du doch in null Komma nichts wieder sauber«, sagte Paul halbherzig. Lorna warf ihm einen vernichtenden Blick zu und wandte sich zum Gehen. Sie hatte genug. Das Ziel ihrer Träume, in dieser Küche köstliche Gerichte zu kreieren, schien mit einem Mal sehr weit weg zu sein.

Sie nahmen den gleichen Weg zurück durch das große Zimmer, das ihnen nun im Vergleich zu dem Gruselkabinett in der Küche wie ein gemütlicher Wohnraum vorkam, und schritten auf den Flur und die Treppe zu. Paul ging langsam voran. Der Strahl seiner Taschenlampe fiel beim Hinaufgehen auf Jagdszenen, die jedes freie Wandstück zu bedecken schienen. Gehetzte Hirsche, verwundete Wildschweine, flüchtende Pyrenäen-Gämsen – der Treppenaufgang bot eine schier endlose Abfolge toter oder sterbender Tiere des Waldes. Als Paul endlich das Ende der Treppe erreicht hatte, richtete er den Lichtstrahl nach vorn und zuckte zusammen.

»HERRGOTT!«

Er wich instinktiv vor dem Ungeheuer zurück, verlor das Gleichgewicht, und die Taschenlampe fiel ihm aus der Hand. Blindlings griff er nach dem Geländer, um nicht die Treppe hinunterzufallen.

»Was ist denn? Was ist los? Alles in Ordnung?« Lorna war im Nu an seiner Seite.

Mit einem zittrigen Lachen bückte sich Paul nach der Taschenlampe und richtete das weiche gelbe Licht auf die Wand oben an der Treppe.

»Himmel!«, quiekste Lorna, als sie das Glasauge eines an der Wand befestigten Hirschkopfes anstarrte. »Oh Gott, das ist …«

»Scheußlich? Furchtbar? Schauderhaft?«

Lorna nickte stumm. Der von Motten zerfressene, schief hängende Kopf mit dem einen Glasauge und dem kaputten Geweih machte sie für den Moment sprachlos. Als sie sich wieder gefangen hatte, sagte sie: »Der hat aber beim letzten Mal nicht hier gehangen. Oder kannst du dich noch an ihn erinnern?«

Paul schüttelte den Kopf. »So was hätte ich nicht vergessen. Hing an der Stelle nicht ein Foto?«

»Ja, du hast recht. Ein Foto ... eine Luftaufnahme von der *Auberge*.«

»Tja, Monsieur Loubet muss sich wohl entschieden haben, sie mitzunehmen und uns stattdessen den hier hinzuhängen. Was hätte er am Mittelmeer auch mit einem Hirschkopf anfangen sollen?«

Sie lachten nervös. Der Klang hallte laut in dem leeren Flur wider und ließ sie erneut zusammenzucken.

»Lass uns nur einen kurzen Blick in die Gästezimmer werfen«, schlug Paul vor und versuchte, dabei weniger angespannt zu klingen, als er war. »Ich möchte mich gleich noch auf dem Dachboden umschauen, solange es hell ist.«

Lorna, die dem Scheusal an der Wand nur ungern den Rücken zukehrte, schlich hinter ihm her. Sie kam sich zwar irgendwie albern vor, fand ihr Unbehagen aber dennoch völlig gerechtfertigt.

Es dauerte nicht lange, den Wäscheraum und die sieben Zimmer, die von beiden Seiten des Flurs abgingen, einem kritischen Blick zu unterziehen. Abgesehen von einer Menge knallbunter Tapeten und vom Holzwurm befallener Schränke, die wahrscheinlich noch aus den Zeiten Napoleons stammten, bestand das einzige potenzielle Problem in den nun nackten Matratzen. Als sie sich die *Auberge* damals angeschaut hatten, waren alle Betten bezogen gewesen. Nun allerdings, da dem nicht so war, sah man den Matratzen mit ihren zahlreichen Flecken und den gelegentlich kaputten Federn ihr Alter an. Auch einige Bettgestelle befanden sich in keinem guten Zustand mehr: eins wurde sogar nur noch mit einem Seil zusammengehalten, und ein anderes wurde an der Stelle, wo ein Bein abgebrochen war, von einem Stapel Ziegelsteinen gestützt.

Im Schein der Taschenlampe ergänzte Lorna ihre immer länger werdende To-do-Liste. Sie begann sich zu fragen, ob es nicht vielleicht ein wenig optimistisch gewesen war, nur ein Notizbuch mitzubringen. Insbesondere, da für den Wäscheraum schon eine ganze Seite draufgegangen war. Die meisten Betttücher waren zu alt oder zu fleckig, um sie weiter zu verwenden, und die Handtücher so abgenutzt, dass von flauschig keine Rede mehr sein konnte.

»Bist du bereit für den Dachboden?«, fragte Paul, als Lorna mit ihren Notizen fertig war.

»Und wie! Viel schlimmer kann es ja nicht mehr werden.«

Paul schwenkte die Tür auf, hinter der es nach oben ging, trat aber unverzüglich zurück und warf Lorna ein gequältes Lächeln zu.

»Da wäre ich mir nicht so sicher.«

Sie folgte dem Strahl der Taschenlampe, der in den Tiefen des dunklen Treppenaufgangs verschwand, zuvor aber haufenweise dicke Spinnweben beleuchtete, die sich quer über den Durchgang erstreckten.

»Ladies first«, flüsterte ihr Paul ins Ohr und versetzte ihr einen kleinen Schubs.

»Vielen Dank auch«, brummte sie und streifte die von Staub bedeckten Fäden mit dem Griff ihrer Taschenlampe zur Seite.

Sie krochen mehr oder weniger die Treppe hinauf, duckten sich die ganze Zeit, um den schlimmsten Spinnweben auszuweichen. Oben angekommen, standen sie dann auf dem langgezogenen Boden. Die Dachfenster machten ihre Taschenlampen endlich überflüssig.

»Sieht ja im Moment nicht gerade nach einem Wohnraum aus«, erklärte Lorna, als sie den Blick über die groben Fußbodendielen und die mit Ruß und Dreck bedeckten gewölbten Dachsparren wandern ließ, über denen die Unterseite der Schindeln sichtbar war. Sie hatten damit gerechnet, dass es mindestens ein Jahr dauern würde, bevor sie mit den Renovierungsarbeiten beginnen konnten, die notwendig waren, um den riesigen Raum in eine Wohnetage für sich umzubauen. Bis dahin mussten sie sich mit einem der Zimmer im Stockwerk darunter begnügen.

»Nein, aber es wird bestimmt einmal traumhaft werden.« Paul schritt zum nächstgelegenen Dachfenster hinüber und stellte sich auf die Zehenspitzen, um einen besseren Blick durch die kleine Glasscheibe zu haben, die mit den Jahren trüb geworden war. »Schau nur! Man kann die hohen Gipfel von hier oben sehen«, verkündete er aufgeregt, wich einen Schritt zurück, um Lorna Platz zu machen, und trat mitten in eine Pfütze.

»Was zum …?« Paul starrte auf die Plastikfolie unter dem Fenster, wo sich das Wasser sammelte, und mit einem Mal wurde ihm klar, zu welchem Zweck sie dort lag.

»Da muss wohl irgendwo eine undichte

Stellte sein«, konstatierte er und betastete mit wachsender Panik das Holz um das Fenster. »Hier. Fühl mal. Klatschnass.«

Aber Lorna hörte ihm gar nicht zu. Sie betrachtete entsetzt den Dachboden mit den zahllosen leeren Düngemitteltüten, von denen sie geglaubt hatte, dass jemand sie willkürlich dort hatte fallen lassen, um sie loszuwerden.

»Oh, Mist!«, sagten sie beide wie aus einem Munde.

Froh, wieder draußen zu sein, drückte Lorna ein letztes Mal Pauls Schultern und ließ sich dann neben ihn auf einen Stuhl sinken. Sie war sich nicht sicher, ob sie zu einer weiteren Geste der Ermutigung imstande sein würde.

»Herrgott! Wie kann ein Anwesen nur in fünf Monaten so herunterkommen?«

Paul, der den Kopf immer noch in den Händen vergraben hatte, stieß ein Grunzen aus. Er stierte auf den Laubteppich unter seinem Stuhl.

»Na ja, wenigstens wissen wir jetzt, woran wir sind, und müssen uns nicht mehr auf irgendwelche schlimmen Überraschungen gefasst machen«, fuhr Lorna fort und gab sich große Mühe, optimistisch zu klingen. »Und die undichten Stellen werden halten, bis wir nächsten Monat den Besitz antreten.«

Nachdem sie das Schieferdach genauer untersucht hatten, waren ihnen vier weitere große undichte Stellen aufgefallen, die dringender Maßnahmen bedurften. Eine eingehendere Überprüfung der Gästezimmer hatte darüber hinaus Rostflecken und bröckelnden Putz an den Decken ergeben. Da sie im Augenblick nur wenig unternehmen konnten, hatten sie den Dachboden nach etwas Geeigneterem als Plastikfolie abgesucht, um es unter den Löchern zu platzieren. Aber sie hatten nur zugesprungene Mausefallen und jede Menge Mäuseköttel gefunden, was von der Nutzlosigkeit der Fallen zeugte.

Am Ende entschieden sie sich für die nächstliegende Lösung. Eine halbe Stunde und einen vollen Müllsack später standen vier hastig entleerte große, stolze Konservendosen abgelaufener Bolognese-Soße unter den schlimmsten Lecks.

»Wir werden das schon schaffen«, sagte Lorna und lehnte sich gegen Paul. »Es braucht nur ein bisschen Zeit.«

»Und einen verdammten Haufen Geld!«

Lorna betrachtete seinen gebeugten Kopf und die hängenden Schultern.

»Willst du vom Kauf zurücktreten?«, fragte sie. »Noch ist es nicht zu spät. Wir würden zwar unsere Anzahlung verlieren, aber das wäre vielleicht besser, als die Sache durchzuziehen. Was meinst du?«

Als hätte sie ihren Sinneswandel gespürt, sprang Tomate auf die Lehne des Plastikstuhls, in dem Paul saß, rieb sich an ihm und gab kleine Klagelaute von sich.

Paul hob den Kopf, streckte instinktiv die Hand aus und streichelte die Katze.

»Ich will keinen Rückzieher machen. Obwohl der Gedanke daran schon verführerisch ist. Ach, ich weiß auch nicht … Es ist nur alles so anders als damals im Sommer. Überleg doch mal: das Dach … der Öltank … einfach alles! Wie konnten wir das bloß übersehen?«

Lorna nickte. Sie wusste genau, was er meinte. Als sie vom Dachboden heruntergestiegen waren, hatte die Besichtigung des Kellers ihre Probleme nur noch vergrößert. Abgesehen von zwei Gefriertruhen, die im gleichen Zustand wie der Kühlschrank in der Küche waren, hatten sie außerdem noch ein kleines, aber gefährliches Leck in dem riesigen Öltank gefunden, der die eine Hälfte des gewaltigen Raumes einnahm. Gefährlich deshalb, weil sich der Tank in der Nähe des alten Heizkessels befand. Als Ingenieur wusste Paul, dass beide ersetzt werden mussten. Und er hatte zudem eine gute Vorstellung von den Kosten.

»Und nicht zu vergessen die ganzen Mäuseköttel! Wenn wir die zu Geld machen könnten, wären wir reich«, fügte Lorna grinsend hinzu.

Trotz allem musste Paul schallend lachen. Der plötzliche Lärm schreckte die Katze auf, die von seinem Schoß hüpfte und über den Rasen davonsprang.

»Ja, die Mäuseköttel. Sogar in der verdammten Kasse!« Er schüttelte verwundert den Kopf, stand auf und streckte Lorna seine Hand hin.

»Du hast recht«, sagte er und zog sie in seine Arme. »Wir werden schon eine Lösung finden.«

Lorna stieß einen erleichterten Seufzer aus und vergrub ihr Gesicht in seiner Fleecejacke. Trotz all der Katastrophen, auf die sie gestoßen waren, war sie sich immer noch sicher, dass sie das Richtige taten.

»Dann lass uns mal fahren.« Paul bewegte sich von ihr weg und griff nach dem Müllsack voller Bolognese-Soße, der auf dem Boden stand. »Wir sollten dem Makler die Schlüssel zurückbringen, bevor er das Büro schließt und für heute nach Hause geht.«

Gemeinsam mit der Katze gingen sie um die *Auberge* herum auf das Tor zu. Gerade als sie dort ankamen, fuhr ein verbeulter Panda 4x4 aus der gegenüberliegenden Straße, bog auf die Hauptstraße Richtung Dorf ab und hupte ihnen im Vorbeifahren fröhlich zu. Paul und Lorna erhaschten lediglich einen flüchtigen Blick auf den winkenden Fahrer, erblickten kaum mehr als lockiges blondes Haar. Sie winkten zurück, und Paul sagte: »Na, das ist doch ein gutes Zeichen!«, als er den Müllbeutel in den Abfallbehälter warf. »Wir werden auf das Entgegenkommen unserer Nachbarn angewiesen sein, wenn dieser Laden Erfolg haben soll.«

Sie lächelten einander an, stiegen in den Wagen und machten sich auf den Weg nach St. Girons. Zurück blieb die Katze, die es sich wieder auf ihrem Holzstapel bequem gemacht hatte. Sie legte den Kopf auf die Pfoten und fragte sich, was der Rest des Tages wohl noch so alles bringen würde.

3

»Du Idiot!« Christian schlug sich kräftig gegen die Stirn. »Du verdammter Idiot!« Er versetzte sich vorsichtshalber noch einen Schlag, der im blechernen Inneren des Wagens widerhallte.

Er hatte schlicht und einfach instinktiv gehandelt, was dämlich von ihm gewesen war. Und es bewies wieder einmal, dass er, Christian Dupuy, für solche Intrigen einfach nicht geschaffen war.

Was hatte er sich nur dabei gedacht?

Eigentlich gar nichts, denn er war mit seinen Gedanken ganz woanders gewesen. Er hatte den Tag bei einem Treffen des Bauernverbandes in Foix verbracht, der Hauptstadt des Départements, wo verschiedene Experten über den kürzlichen Ausbruch der Maulkrankheit im Département Ariège und die finanziellen Auswirkungen berichtet hatten, die sie auf die Höfe der Gegend haben würde. War es da ein Wunder, dass er, ohne sich etwas dabei zu denken, gewunken hatte, als er auf die Hauptstraße bog und eine Gestalt am Tor der *Auberge* erblickte? Es war ein automatischer Reflex eines Mannes gewesen, der im Allgemeinen all seine Nachbarn kannte.

Und nun war es also passiert. Er war zu einem ebenso hinterlistigen Menschen geworden wie der Bürgermeister. Da winkte er einem Mann zu, während er auf dem Weg zu einer Sitzung war, die man einberufen hatte, um ebendiesen Mann aus dem Geschäft zu drängen.

Christian seufzte und kratzte sich am Kopf, was er immer tat, wenn er unter Stress stand. Und das hier waren stressige Zeiten. Rinder- und Schafbestände in der ganzen Region waren durch den Ausbruch der Maulkrankheit im Spätsommer und Frühherbst enorm dezimiert worden, und die Folgen wirkten sich negativ auf ihrer aller Geldbeutel aus. Bislang hatte er Glück gehabt, denn die Krankeit war an seinem kleinen Hof in Picarets vorübergezogen. Aber er hatte dennoch Geld für einige kostspielige Impfungen ausgeben müssen, und das hatte einiges von dem sowieso schon kleinen Gewinn weggefressen, den er sich ausgerechnet hatte. Und nun spannte ihn der Bürgermeister auch noch für seine Spielchen ein.

In seiner Verdrossenheit schaltete er die Gänge auf dem letzten Stück zur *Épicerie* so heftig herunter, dass es krachte, und als er vor dem Laden hielt, trat er sehr viel heftiger auf die Bremse als beabsichtigt. Er machte den Motor aus und blickte zum Schaufenster hinüber, hinter dem er mehrere Gestalten ausmachte. Das hatte ihm gerade noch gefehlt. Véronique Estaque. Er konnte sehen, wie sie sich auf die Theke lehnte. Der Stoff ihres Rocks straffte sich, und ihre wohlgeformten Rundungen zeichneten sich darunter ab. Seine Handflächen begannen zu schwitzen.

Gott, was war denn nur los mit ihm? Bei allem, was im Moment vor sich ging, hatte sein Hirn doch sicherlich anderes zu tun, als sich mit Véronique Estaques Hintern zu befassen!

Er riss seinen Blick davon los und entschied, einige Minuten zu warten, bevor er die *Épicerie* betrat. Bei seinem verzweifelten Versuch, den Blick auf das Schaufenster zu vermeiden, schaute er die Straße entlang zurück zur *Auberge*, die im Licht der Nachmittagssonne erglühte.

Er fragte sich, ob es richtig war, was sie da taten. Seine ehrliche Seele hatte arg an der hinterhältigen Natur des Plans zu knabbern gehabt, den der Bürgermeister am Abend zuvor umrissen hatte. Christian war in den frühen Morgenstunden aufgewacht, und die Gedanken waren ihm nur so durch den Kopf gerast; er hatte das Für und Wider des vorgeschlagenen

Handelns abgewägt, bis ihn das Krähen des betagten Hahns aus dem Bett gejagt hatte. Schließlich war er zu dem Ergebnis gekommen, dass der Bürgermeister und Pascal nicht ganz unrecht hatten, wenn ihm ihre Lösung auch ein wenig drastisch erschien.

Letztendlich war das Restaurant für ihn ausschlaggebend gewesen. Er hatte dort mindestens dreimal die Woche gegessen und die Speisen genossen, die frei waren von dem aschigen Karbon-Nachgeschmack, der so typisch war für die Gerichte, die er zu Hause vorgesetzt bekam. Das Wasser lief ihm im Mund zusammen, wenn er an Madame Loubets grandiose Bolognese-Soße und an ihr vortreffliches, althergebrachtes Cassoulet dachte, dessen Rezept sie wie einen Schatz hütete. Seiner Meinung nach wäre niemand je imstande, ihre ausgezeichnete Hausmannskost zu übertreffen. Am allerwenigsten irgendwelche Engländer.

Daher waren die Maßnahmen, die sie zu ergreifen gedachten, notwendig. Denn wenn das Restaurant scheiterte, hätte die Gemeinde darunter zu leiden, und das nicht nur in kulinarischer, sondern auch in finanzieller Hinsicht, da ein beträchtlicher Teil der Gemeindeeinnahmen aus der *taxe professionnelle* stammten, die das Restaurant zahlen musste. Und auch wenn dies brutal klingen mochte: Es war ganz und gar ausgeschlossen, dass dieses Lokal unter der Leitung eines Angelsachsen Erfolg haben würde.

Aus diesem Grund war Christian willens, die Abneigung niederzuringen, die er gegenüber der anstehenden Zusammenkunft empfand, und dies spiegelte sich auch auf seinem Gesicht wider, als er die Autotür öffnete.

Bringen wir's hinter uns, dachte er.

»Eschgibtdochböschtimmtnennannern Wegumdaschulööschen!« Annie Estaque hielt inne, um Luft zu holen und ihr schlecht sitzendes Gebiss wieder in den Mund zurückzuschlürfen, was Josette die Gelegenheit gab, Christians Ankunft zu bemerken, der niedergeschlagen auf die Ladentür zugeschritten kam. Seine normalerweise heitere Miene wurde von einem Stirnrunzeln verdunkelt.

»Und hier kommt der Mann, dem sie bestimmt einfällt«, sagte Josette, als Christian mit hängenden Schultern zur Tür hereinkam.

»Was soll mir einfallen?«, fragte er, als er sich herabbeugte, um Annies ledrige Wangen zu küssen, die ein langes Leben als Bäuerin knittrig und faltig gemacht hatte.

»Eine andere Lösung, um diesen Schlamassel

mit der *Auberge* in Ordnung zu bringen. Véronique hat uns gerade erzählt, worum es gestern Abend ging, und Annie hält nicht viel vom Plan des Bürgermeisters.«

Als ob sie ihren Standpunkt noch einmal unterstreichen wollte, schnaubte Annie, stieß dann ein trockenes, stoßweises Husten aus und fuhr sich mit dem Ärmel ihrer Strickjacke über den Mund.

»Du meine Güte, Maman!« Véronique rümpfte angewidert die Nase, und eine ungewöhnliche Verlegenheitsröte erschien auf ihren Wangen, als sich Christian vorbeugte, um sie zu begrüßen.

»Also?«, fragte Josette, als Christian ihr Küsse auf beide Wangen drückte.

»Also was?«

»Hast du irgendwelche besseren Ideen?«

Christian seufzte und lehnte sich schwer auf die Theke – zum einen, um das Gewicht von seinen Füßen zu nehmen, und zum anderen, um zu vermeiden, sich den Kopf an den Wurstketten zu stoßen, die von der Decke herabbaumelten.

»Ist gar nicht so einfach.«

Annie schnaubte wieder.

»Waschischtdarandennschwierisch? Schihamdie*Auberge*verkauft. Punkt.«

Véronique nickte. Sie war ausnahmsweise einmal der gleichen Meinung wie die Frau, die Mutter zu nennen ihr normalerweise peinlich war.

»Es kommt mir ein bisschen unfair vor, sich auf diese Weise gegen die neuen Besitzer zusammenzurotten. Es ist ja fast eine Art Mobbing. Und der Vorschlag des Bürgermeisters ist, gelinde gesagt, ziemlich drastisch.«

»Ihr versteht wohl nicht recht, worum es hier geht«, sagte Christian protestierend und errötete unter den Blicken der beiden Estaques. »Wenn das Restaurant scheitern sollte, wird das der Gemeinde finanziell wehtun. Und das ist, angesichts der Nationalität der neuen Besitzer, ziemlich wahrscheinlich. Jedes Kind weiß doch, dass die Engländer nicht kochen können. Man müsste doch von allen guten Geistern verlassen sein, um dort zu essen!«

»Na ja, was die letzten Besitzer geboten haben, war auch nicht gerade umwerfend, und da hat sich der Bürgermeister nicht die Mühe gemacht, einzugreifen.«

Christian blickte sie aufrichtig verwundert an.

»Was stimmte denn nicht mit Loubets Restaurant? Das Essen war doch toll!«

Annie und Véronique brachen in schallendes

Gelächter aus, was die schwindende Röte auf Christians Gesicht wieder auffrischte. Josette unterdrückte ein Grinsen, als er sich an sie wandte, damit sie ihn unterstützte.

»Was denn? Warum lacht ihr denn alle? Es war ein gutes Restaurant.«

»Esch war scheische!«, platzte Annie heraus, und ausnahmsweise stellte die Kombination aus breitem Akzent, falschen Zähnen und Schnellsprechen einmal kein so großes Hindernis für die Verständigung dar. »DieLoubethattekeinenSchimmervomKochen!«

»Aber … aber … ich fand ihr Essen klasse.«

Véronique lachte wieder, und Christians Gesicht erglühte.

»Das ist ja auch kein Wunder, wo du doch die Kochkünste deiner Mutter ertragen musst. Sie ist die einzige Frau, die ich kenne, die glaubt, dass Karbon ein Gewürz ist!«

Christian hob zum Zeichen, dass er sich geschlagen gab, die Hände in die Höhe und grinste schwach. Dem vermochte er nichts entgegenzusetzen. »Na schön. Ich hab's verstanden. Und was schlagt ihr vor?«

»Ischlaggarnixvor.« Annie sammelte ihre Einkaufstüten ein, um sich auf den Weg zu machen. Sie hatte schon viel mehr gesagt, als sie es gewöhnlich tat, wenn es um Gemeindeangelegenheiten ging. Obgleich unbestritten mit ihr verwandt – ungeachtet der Versuche Véroniques, sie in der Öffentlichkeit zu verleugnen –, teilte Annie ganz und gar nicht die Leidenschaft ihrer Tochter für Lokalpolitik.

»MuschnachHauschdieHundefüttern. – diehammehrVerschtand.« Sie fuhr sich noch einmal mit dem Ärmel über den Mund, amüsierte sich darüber, wie ihre Tochter zusammenzuckte, und verließ den Laden.

Josette und Véronique beugten sich zu Christian hinüber und begannen die verschiedenen Alternativen zu diskutieren, die ihnen blieben. Im Hintergrund lehnte Jacques mit einem breiten Lächeln auf dem Gesicht an dem kleinen Kühlschrank neben der Tür. Er vermochte nicht die genauen Details des Plans zu hören, aber das musste er auch gar nicht. Solange Serge Papon und sein unausstehlicher Handlanger nicht bei allem ihren Willen durchsetzten, bestand noch Hoffnung für die Gemeinde.

Nach den Umwälzungen, die die Revolution mit sich gebracht hatte, hatten die gut tausend Einwohner der drei Dörfer Picarets, La Rivière und Fogas die Gelegenheit beim Schopf gepackt, um sich von der Gemeinde Sarrat auf der anderen Seite des Flusses zu lösen und ihre eigene Verwaltung aufzubauen. Über viele Generationen hinweg hatten sie darüber geschimpft, bei jedem Wetter den Fluss überqueren zu müssen, um zum Rathaus zu gelangen. Nun lag es in ihrer Macht, die Entscheidung über den Sitz ihrer neuen Kommunalverwaltung zu treffen und die Unannehmlichkeiten für immer aus dem Weg zu schaffen. Und sie hatten sich für Fogas entschieden.

Christian verfluchte nicht zum ersten Mal die Dummheit seiner Vorfahren, als sich sein Wagen den steilen Hang hinaufquälte, der zu dem auf einem Bergrücken gelegenen Dorf hinaufführte. Seine Ahnen und deren Nachbarn hätten La Rivière für das neue Rathaus wählen können, das, auf dem Talboden gelegen und zu der Zeit bereits mit einer kleinen *Épicerie*, einer Bar und einer *Boulangerie* ausgestattet, die naheliegendste Wahl gewesen wäre. Aber nein, trunken von der berauschenden Macht ihrer Errungenschaften hatten sie sich für Fogas entschieden und auf diese Weise dafür gesorgt, dass seither die Mehrheit der Gemeindemitglieder die umständliche Reise über die kurvenreiche, schmale Straße hinauf bewältigen musste.

Zu allem Übel führte die Straße einen nicht weit über das Dorf hinaus. Wenn man erst einmal in Fogas angekommen war, schlängelte sie sich einige Kilometer weiter, um sich dann in verschiedene, meist ungepflasterte Seitenstraßen aufzusplittern, die zu kleineren Nestern führten und meist Sackgassen waren. Es gab weder einen Laden noch eine Bar, und selbst die Post war vernünftig genug gewesen und hatte das Postamt der Gemeinde in La Rivière untergebracht. Abgesehen von der Ansammlung von Häusern, die das Dorf bildeten, und dem alten öffentlichen Waschplatz mit dem tropfenden Wasserhahn gab es in Fogas lediglich das Rathaus.

Als Christian den Wagen um die letzte Kurve steuerte und die Silhouette der Pyrenäen im sich verdunkelnden Himmel erblickte, musste er jedoch zugeben, dass die Aussicht grandios war.

»Endlich!«, rief er, als er den Wagen vor dem großen Steinbau zum Stehen brachte, dessen verwitterte Uhr an der Fassade im Winter immer eine Stunde nachging. Aufgrund des Beschlusses irgendeines Rats lange vor Christians Zeit war entschieden worden, dass es möglicherweise schädlich für die Uhr sein könnte, sie in jedem Frühjahr und Herbst umzustellen. Und nicht nur für sie, sondern auch für den betagten *cantonnier*, dessen Aufgabe es war, die Leiter zu erklimmen und die Zeiger vor- oder zurückzustellen. Diese Entscheidung war auch dann nicht gekippt worden, als der fette Bernard Mirouze vor einigen Jahren zum neuen *cantonnier* ernannt worden war, was der mit großer Erleichterung aufgenommen haben dürfte. Der Mann schaffte es ja kaum die wenigen Stufen zu seinem Haus hinauf, ohne zwischendurch zu pausieren, ganz zu schweigen von den Sprossen einer Leiter, die zum Dach des Rathauses hochführte. Daher ging die Uhr nur sieben Monate im Jahr richtig. Im Winter eilte sie eine Stunde vor, als versuchte sie, die Einwohner durch die dunkelsten Monate in Richtung der Verheißungen des Frühlings zu ziehen.

Christian wuchtete sich aus dem Wagen und bemühte sich, die unheilverkündenden Dampfmengen zu ignorieren, die unter der Motorhaube hervordrangen, als er zur Beifahrerseite schritt, um Josette mit der schwergängigen Tür zu helfen. Als sie sich bei ihm unterhakte und sie sich auf den Weg zum Rathaus machten, bemerkte er, dass ihre Hand zitterte und ihr Gesicht bleich war vor Anspannung.

»Du siehst ein wenig blass aus. Das liegt doch hoffentlich nicht an meinen Fahrkünsten?«

Josette brachte ein Lächeln zustande und tätschelte seinen Arm.

»Nein. Ich bin bloß nervös … Ich weiß, ich weiß …« Sie hob die Hand, um ihn von einer Antwort abzuhalten, da sie wusste, wie diese lauten würde.

»Ich weiß. Ich habe jedes Recht, hier zu sein. Ich wurde in einer demokratischen Abstimmung in den Gemeinderat gewählt, nachdem Jacques …« Sie geriet ein wenig ins Stocken, bevor sie sich räusperte und fortfuhr: »Aber es macht mich immer noch nervös. Und heute Abend werden wir einige Unruhe stiften, deshalb bin ich noch aufgeregter als sonst.«

»Jacques wäre stolz auf dich. Nur daran solltest du denken.«

Josette drückte zur Erwiderung seinen Arm, und sie stiegen die Stufen zu dem Licht und dem Lärm hinauf, die durch die Spalten der riesigen Holztüren nach draußen drangen.

»Hast du den Wagen abgeschlossen?«, fragte sie unvermittelt.

Christian warf ihr einen verschmitzten Blick zu.

»Den schließe ich nie ab. Und die Schlüssel stecken in der Zündung. Vielleicht habe ich ja Glück und jemand klaut ihn …«

Sie lachte, warf dabei den Kopf in den Nacken, wie er es schon sehr lange nicht mehr bei ihr gesehen hatte. Egal, was bei diesem ganzen

Palaver herauskam, es war es auf jeden Fall wert, noch einmal Josettes Lachen gehört zu haben.

»Ich möchte mich zunächst einmal bei euch allen bedanken, dass ihr so kurzfristig erschienen seid …«

»Hm! Es sind aber gar nicht alle erschienen.«

Pascal Souquets Lippen zuckten verärgert. Wäre es nicht wirklich großartig, wenn er ein Mal, nur ein einziges Mal, eine Ratsversammlung hinter sich bringen könnte, ohne dass ihn der Pöbel unterbrach? Er riss sich die Lesebrille von der Nase und starrte entlang seiner aristokratischen Nase zornigen Blickes auf den Verursacher seiner Verärgerung herab.

René Piquemal. Natürlich. Wer auch sonst.

»Bedauerlicherweise werden zwei unserer Mitglieder am heutigen Abend durch einen Vertreter wählen, da es ihnen nicht möglich ist, an der Sitzung teilzunehmen«, sagte Pascal mit einem gezwungenen Lächeln.

Aber so leicht ließ ihn René nicht vom Haken.

»Ich möchte fürs Protokoll anmerken, dass ich zwei Stunden früher Feierabend gemacht habe, um hier teilzunehmen«, blaffte er. »Und ich wüsste rein interessehalber gern mal, wie lange es heutzutage dauert, von Toulouse herzukommen. Anderthalb Stunden?«

»Ich finde das auch ein wenig irritierend, um ehrlich zu sein«, warf Monique Sentenac ein. »Ich habe meinen Salon extra früher geschlossen. Wie kommt es, dass die anderen es nicht geschafft haben?«

»Was haben die überhaupt in unserem Gemeinderat verloren, wenn sie nicht einmal an den Sitzungen teilnehmen?«, heizte René die Stimmung mit Begeisterung weiter an.

»René hat nicht ganz unrecht. Sie wohnen ja nicht einmal hier …«

»Das ist doch albern! Sie haben jedes Recht, im *Conseil Municipal* zu sitzen. Ihre Familien haben seit Generationen hier gelebt.«

Und plötzlich, ohne dass sich Pascal wirklich erklären konnte, wie es geschehen war, hatte er die Kontrolle über die Sitzung verloren. Aus dem ganzen Raum ertönten mit einem Mal Stimmen, während Fatima still im Hintergrund vor sich hin kochte. Allein ihre finstere Miene verdeutlichte ihre Wut über die Unzulänglichkeiten ihres Mannes.

»… haben hier gelebt. Sehr richtig, Bernard. Vergangenheitsform! Heute leben sie nicht mehr hier.«

»Aber das haben wir doch schon alles durchgekaut. Wir sollten dankbar sein, dass sie überhaupt bereit sind, im Rat zu sitzen.«

»DANKBAR? Wofür denn? Dass sie uns an Festtagen und Feiertagen mit ihrer Anwesenheit beglücken?«

»Du liebe Güte, René.«

Gerade als die Sitzung kurz davorstand, in ein völliges Durcheinander auszuarten, stemmte Serge Papon seine kräftige Gestalt aus dem Stuhl in die Höhe und hielt Ruhe gebietend die Hand in die Höhe.

»Jetzt beruhigt euch mal wieder! Kommt runter! Diejenigen von uns, die es heute in der Tat hierher geschafft haben, wollen doch nicht die ganze Nacht hier verbringen, oder?« Er wartete, bis die Ratsmitglieder und eine Handvoll Zuschauer verstummten, und wandte sich dann mit einer hochgezogenen Augenbraue und einem sarkastischen Lächeln seinem Stellvertreter zu.

»Meinst du, du bist in der Lage, die Sitzung jetzt allein weiterzuführen, Pascal?«

Ein leises Lachen auf Pascals Kosten ging durch den Raum und ließ Fatimas Gesicht nur noch finsterer dreinblicken. Pascal setzte sich mit roten Wangen seine Brille wieder auf und begann den Antrag vorzulesen, über den in dieser Dringlichkeitssitzung abgestimmt werden sollte.

»Angesichts der Umstände des Verkaufs der *Auberge des Deux Vallées* und des möglichen Schadens, der sich aus diesem Verkauf für die Gemeinde von Fogas ergeben könnte, stelle ich, Pascal Souquet, stellvertretender Bürgermeister von Fogas, hiermit den Antrag auf eine zwangsweise Enteignung der *Auberge* durch die Gemeinde von Fogas aufgrund der von der französischen Republik erlassenen Verordnung …«

Langsam erfüllte aufgeregtes Stimmengewirr den Raum und übertönte Pascals Vortrag über die maßgeblichen Gesetze und Erlasse, da die Anwesenden zum ersten Mal das volle Ausmaß der Intrige des Bürgermeisters vernahmen.

Er hatte vor, die *Auberge* zu kaufen.

Mit Hilfe einer außergewöhnlichen Maßnahme, die jeder Gemeinde das Vorkaufsrecht eines Besitzes einräumte, der innerhalb ihrer Grenzen zum Verkauf angeboten wurde, beabsichtigte der Bürgermeister dem englischen Ehepaar die *Auberge* vor der Nase wegzuschnappen und seinen Schwager als Verwalter einzusetzen. Etwas Derartiges hatte es in der langen Geschichte von Fogas noch niemals zuvor gegeben. Und das alles im Namen der Gemeinde.

Es war ein genialer Plan, das musste Christian einräumen, während er dem erregten Geplapper lauschte und abzuschätzen versuchte, ob die Reaktionen positiv oder negativ ausfielen. Der Bürgermeister hatte sich sogar ein Argument ausgedacht, um die Klausel zu umgehen, wonach die Gemeinde innerhalb von zwei Monaten, nachdem der Besitz zum ersten Mal zum Verkauf angeboten wurde, tätig werden musste. Er hatte dargelegt, dass Monsieur Loubet den Besitz faktisch im Oktober vom Markt genommen hatte, als er zustimmte, ihn an den Schwager des Bürgermeisters zu verkaufen. Dadurch, dass er dann das Angebot des britischen Paares annahm, hatte Loubet laut dem Bürgermeister die *Auberge* wieder auf den Markt gebracht, und demzufolge hatte die Gemeinde das Vorkaufsrecht. Und Serge Papon war entschlossen, dieses Recht geltend zu machen.

»Ist das normal?«, flüsterte Josette Christian zu.

»Was denn?«

»Pascal hat seinen Namen unter den Antrag gesetzt.«

Christian stutzte, erkannte dann aber, dass sie recht hatte. Warum um alles in der Welt ließ der Bürgermeister ihn das tun, wo er den Mann und dessen blanken Ehrgeiz ganz offenbar verachtete?

Pascal, dem klar wurde, dass die Sitzung erneut außer Kontrolle zu geraten drohte, schlug mit seinem metallenen Brillenetui auf den Tisch und rief die Anwesenden zur Ordnung, wobei seine Stimme zitterte, als er seine Autorität geltend zu machen versuchte.

»Wenn wir dann bitte mit der Abstimmung beginnen könnten? Ich würde dich nur ungern länger hier festhalten, als unbedingt notwendig, René!«

Er schenkte dem untersetzten Klempner ein albernes Lächeln, der daraufhin eine Erwiderung brummte, die Christian nicht verstand, die aber bestimmt nicht schmeichelhaft gewesen war. Pascal schien ganz offenbar der gleichen Meinung zu sein, da er René nicht bat, seinen Kommentar Monique Sentenac zuliebe, die das Protokoll führte, noch einmal zu wiederholen. Stattdessen fuhr er mit der Abstimmung fort.

»Diejenigen, die dafür sind, heben bitte die Hand.«

Christian hielt den Atem an.

Er wusste, ohne hinzusehen, dass sowohl Serge als auch Pascal ihre Hände heben würden. Ebenso wie Bernard Mirouze, der unendlich dankbar dafür war, dass er die Stelle als *cantonnier* der Gemeinde ergattert hatte – mit dubiosen Methoden, wie einige vermuteten –, und alles tun würde, worum ihn der Bürgermeister bat. Aber was war mit den abwesenden Stimmberechtigten?

Natürlich! Christian schlug sich mit dem Handballen auf den Oberschenkel. Natürlich! Deshalb hatte der Bürgermeister es Pascal überlassen, den Antrag zu stellen: um die nötige Unterstützung zu sichern.

Beide abwesenden Wähler, Lucien Biros und Geneviève Souquet, Pascals Cousine, lebten ständig in Toulouse und gehörten der Fraktion der Zweitwohnsitzbesitzer an, die Pascal an die Macht gebracht hatte. Das verschaffte ihm fünf Stimmen. Es gab elf Ratsmitglieder, und eine Mehrheit war erforderlich, um eine Abstimmung zu gewinnen. Sie benötigten also lediglich eine weitere Stimme, damit der Antrag angenommen wurde, und soweit es den Bürgermeister anging, gehörte die Christian.

Christian spürte Schweißtropfen über seinen Rücken rinnen, als er das Ausmaß dessen, was er zu tun beabsichtigte, zu erfassen begann. Er war im Begriff, sich den mächtigsten Mann der Gemeinde zum Feind zu machen.

Er verschränkte die Arme und schluckte nervös.

»Diejenigen, die dafür sind ...« Pascal zog das Blatt, das er in der Hand hielt, zu Rate, als lese er es zum ersten Mal. »In Abwesenheit: Lucien Biros und Geneviève Souquet.«

Er hob den Blick und begann die Stimmen im Raum zu zählen. »Von den Anwesenden: Pascal Souquet, Serge Papon, Bernard Mirouze und Christian Dup ...«

Mit einem Mal bemerkte er, dass Christians große Hände unter seinen Achseln klemmten, seine Arme vor seiner breiten Brust verschränkt waren, als hielten sie seinen Körper davon ab, sein Gewissen zu verraten. Pascal verstummte jäh.

»Christian?«, quiekste er.

Christian schüttelte langsam den Kopf. Er spürte, wie die Röte über seinen Kragen hinaufkroch und sein Gesicht zu glühen begann, und er war dankbar für Josettes Unterstützung, deren Hand unter dem Tisch sein Knie umklammerte.

Verblüfft über die unerwartete Wendung der Ereignisse sprang Pascals Blick hektisch zwischen Christian und dem Bürgermeister hin und her, als schaute er sich ein unsichtbares Tennisspiel an.

»Äääh … ja … also … Stimmen dafür … äääh hh … ich schätze, das wären dann fünf. Und, ääh … Stimmen dagegen?«

Christan entließ seine Hände aus ihrer Gefangenschaft und reckte einen Arm in die Luft.

»Tsssssssssssss.«

Das Geräusch stammte vom Bürgermeister und klang wie die plötzliche Freisetzung von unter Druck stehenden Gasen vor einem Vulkanausbruch. Christian konnte die Wogen des Hasses spüren, die über den Tisch strömten. Indem er gegen den Antrag stimmte, machte Christian deutlich, dass er sich nicht einfach der Stimme enthielt, sondern sich gegen den Bürgermeister stellte. Und es damit sichtlich erschwerte, den Antrag durchzubringen.

»Ich auch. Ich bin auch dagegen.«

Josettes leise, aber klare Stimme schien die wachsende Spannung zu durchschneiden und die Ratsmitglieder aufzurütteln, die gebannt den Kampf verfolgten, der dort vor ihren Augen ausgetragen wurde.

»Auf mich kannst du auch nicht zählen. Die Sache ist mir zu anrüchig«, fügte Alain Rougé, der pensionierte Polizeibeamte, hinzu.

Fünf dafür, drei dagegen. Damit blieben nur noch Monique Sentenac, Philippe Galy – der Gerard Loubets hastig geräumten Platz eingenommen hatte – und René Piquemal übrig. Alle drei mussten gegen den Antrag stimmen, um ihn abzulehnen. Enthaltung würde nicht helfen.

Christian heftete seinen Blick auf Monique Sentenac, die sich mit ihrem Stift und zweifellos auch mit ihrem Gewissen beschäftigte. Véronique hatte Christian davon überzeugt, dass Monique – die vor zwanzig Jahren das Thema gnadenlosen Dorftratsches gewesen war, als ihr inzwischen verstorbener Mann sie in der leidenschaftlichen Umarmung eines Geistlichen erwischt hatte – wegen der Rücksichtslosigkeit der vorgeschlagenen Maßnahme dagegen stimmen würde. Als Monique bedächtig den Stift auf den Tisch legte und dann langsam ihre Hand hob, musste Christian zugeben, dass Véronique eine gute Menschenkenntnis besaß.

Ein sehr blasser Pascal fügte der wachsenden Liste einen weiteren Namen hinzu und wandte sich der nächsten Person am Tisch zu. Philippe Galy.

Als neuestes Ratsmitglied hatte Philippe noch nie abgestimmt, und daher hatten Christian und seine Komplizen keine Anhaltspunkte, auf die sie sich stützen konnten. Er war vor einem Jahr in die Gegend zurückgekehrt, nachdem er den kleinen Bauernhof seines Großvaters geerbt hatte, und war allein aufgrund seines Familiennamens in den *Conseil Municipal* gewählt worden, als der frühere Besitzer der *Auberge* sich entschieden hatte, von seinem Amt zurückzutreten. Galy stellte in der Rechnung die Unbekannte dar.

»Philippe?«, fragte Pascal, dem dabei fast die Stimme versagte, was Aufschluss über den Zustand seiner Nerven gewährte.

»Dagegen.«

Unmissverständlich. Bestimmt. Keinerlei Zögern.

Christian spürte, wie sich sein Körper entspannte, seine Schultern herabsanken. Sie hatten es geschafft. Josette tätschelte unter dem Tisch sein Bein.

»Und … äh … René?«

René räusperte sich.

»Ich bin mir nicht sicher.«

Und mir nichts, dir nichts kehrte die Spannung wieder in den Raum zurück. René, der normalerweise ein sicherer Kandidat war, wenn es darum ging, gegen Pascal und seine Fraktion zu stimmen, war unentschlossen. Die Abstimmung hing nun am seidenen Faden.

»Nicht sicher?«, erkundigte sich der Bürgermeister, der sich eifrig auf diese unerwartete Gelegenheit stürzte, mit einer honigsüßen, schmeichelnden Stimme, die nichts mehr von der Giftigkeit ahnen ließ, unter der Christian noch wenige Momente zuvor gelitten hatte.

»Wie kann man da nicht sicher sein? Der Erwerb der *Auberge* wird der Gemeinde zugutekommen. Schließlich«, fügte er hinzu, und sein ausgeprägtes politisches Geschick kam zum Vorschein, »wollen wir doch nicht, dass noch mehr Auswärtige herziehen. Es ist schon schlimm genug mit den Zweitwohnsitzbesitzern, ganz zu schweigen davon, dass Ausländer unsere Geschäfte übernehmen.«

René nickte bejahend, augenscheinlich nicht ahnend, dass man sich seiner wohlbekannten Abneigung gegen die Zweitwohnsitzbesitzer bediente, um eigene Ziele durchzusetzen.

»Ja, da stimme ich zu.«

»Du stimmst zu?«, blaffte Pascal sogleich. »Du befürwortest also den Antrag?«

Aber ebenso, wie der ungeduldige Angler zu früh an der Leine ruckt, hatte Pascals Bestreben, die Stimme zu gewinnen, seine Beute auf seine Gegenwart aufmerksam gemacht.

»Nein. Ich befürworte den Antrag nicht«, erwiderte René mit Bedacht, was den Beginn eines nervösen Zuckens unter Pascals linkem Auge auslöste. Und das mit gutem Grund, da der Bürgermeister, der vollendete Menschenfischer, kurz davor zu stehen schien, ihn wegen seiner Unbeherrschtheit zu erwürgen.

»Ich stimme aber zu, dass wir unsere Geschäfte für die Einheimischen schützen sollten. Meiner Ansicht nach ist dies allerdings nicht der richtige Weg, es zu tun«, schloss René.

Er zuckte mit den Schultern, die Hände ausgestreckt, die Handflächen nach oben, und wandte sich an den ganzen Raum.

»Wenn es vielleicht irgendeine andere Möglichkeit geben würde …?«

Christian ließ den Atem, den er angehalten hatte, zwischen seinen zusammengebissenen Zähnen entweichen. Jetzt oder nie.

»Na ja, vielleicht gäbe es da durchaus eine andere Lösung«, sagte er und erhob sich langsam.

»Du meine Güte. Wir haben's getan. Wir haben es wirklich getan!«, gluckste Josette, sobald sich die Autotür hinter ihr schloss.

Christian lachte, als sie vom Parkplatz auf die steile Straße nach La Rivière abbogen.

»Ja, das haben wir. Aber wir haben noch einen weiten Weg vor uns.«

»Pah!« Sie tat seine mahnenden Worte mit einer wegwerfenden Geste ab. »Wir haben trotzdem gewonnen. Und das gegen den Bürgermeister! Ich kann es kaum erwarten, Jacques davon zu erzählen«, verkündete sie. Ihre Begeisterung war ansteckend.

Christan musterte sie im Dunkeln des Wageninneren von der Seite. Er war sich sicher, dass ihr kleines Versehen in Bezug auf Jacques im Überschwang des Augenblicks geschehen war. Aber ihr Gesicht zierte ein breites Lächeln, und er bemerkte keine Anzeichen von Tränen, als sie vor lauter Freude in die Hände klatschte.

»Ha!«, stieß sie grinsend hervor. »Ich möchte heute Abend nicht in Pascals Schuhen stecken.«

»Wegen des Bürgermeisters oder wegen Fatima?«

»Sowohl als auch«, rief sie, und sie brachen beide in Gelächter aus.

Nachdem sich René endlich entschieden hatte, dagegen zu stimmen, war die Sitzung mit der Ablehnung des ursprünglichen Antrags zu Ende gegangen. Stattdessen hatte er sich überreden lassen, Christians Vorschlag zu unterstützen, der früher am Abend so hastig in der *Épicerie* erdacht worden war.

Mit sechs zu vier Stimmen bei einer Enthaltung hatte sich der *Conseil Municipal* darauf geeinigt, innerhalb von zwei Wochen nach dem endgültigen Kauf eine komplette Überprüfung der *Auberge* anzuordnen. Die *Auberge* würde den Anforderungen dabei zwangsläufig nicht genügen, da der alte Loubet im letzten Jahrzehnt nicht mit den neuesten Brand- und Sicherheitsvorschriften Schritt gehalten hatte. Und wenn die Mängel erst einmal beanstandet wären, hätte der Bürgermeister das Recht, den Betrieb zu schließen, bis alles wieder auf den neuesten Stand gebracht war. Und das kurz vor Weihnachten.

Christian war zuversichtlich, dass ein solcher Verlust des Einkommens in Verbindung mit den Kosten für die notwendigen Reparaturen die neuen Besitzer zum Verkauf zwingen würde. Und das hoffentlich an einen Einheimischen oder zumindest an einen Franzosen, der in der Lage sein würde, das Restaurant gewinnbringend zu betreiben. Schließlich hatte er genügend Ratsmitglieder davon überzeugen können, seinen Vorschlag anzunehmen.

»Warum hat sich der Bürgermeister wohl der Stimme enthalten?«, fragte Josette, die jetzt ein wenig ruhiger war.

»Keine Ahnung. Wer weiß, was er im Schilde führt? Aber eins ist sicher: Ich stehe jetzt auf der schwarzen Liste.« Christian erschauderte, es lief ihm kalt den Rücken hinunter. »Und trotz all unserer Euphorie kommt mir die Sache immer noch ein bisschen hinterhältig vor«, gestand er, als er den Wagen durch eine der vielen engen Kurven steuerte.

»Das ist immer noch besser, als wenn die Gemeinde dem Bürgermeister und seinen Schergen freie Hand mit der *Auberge* lässt! Und ohne diese Alternative hätte der Rat genau das gemacht. Auf diese Weise haben die neuen Besitzer wenigstens eine Chance.«

»Aber keine sehr große«, bemerkte Christian.

»Nein«, stimmte ihm Josette zu. »Keine sehr große. Aber immerhin haben sie eine.«

4

»Hier rüber … nein, hierher bitte … oh, Vorsicht!«

Lorna strich sich mit einer dreckigen Hand durchs wirre Haar und seufzte schwer. Sie fragte sich zum x-ten Male, warum sie nicht auf Pauls Vorschlag eingegangen war, alles zu verkaufen und den Umzug nach Frankreich unbelastet hinter sich zu bringen. Sie sah zu, wie die beiden Möbelpacker, die offensichtlich nicht gerade die Hellsten waren, das Sofa genau gegenüber der Ecke abstellten – oder besser gesagt fallen ließen –, auf die sie gezeigt hatte.

»Na also, passt doch«, sagte der Pfiffigere der beiden.

»Ja, perfekt«, murmelte sie.

»Wär's möglich, 'ne Tasse anständigen englischen Tee zu kriegen, junge Frau? Wo wir doch bei den Froschfressern gelandet sind.«

Lorna war dankbar für die Gelegenheit, dem Chaos zu entfliehen – wenn auch nur für einen Augenblick. Sie nickte und steuerte auf die Küche zu, um den Campingkessel hervorzukramen, wobei sie sich innerlich schon darauf vorbereitete, die Kiste, die sie deutlich mit KÜCHE beschriftet hatte, in einem der Gästezimmer zu finden.

Sie stieß die Küchentür auf und lächelte. Während der einen Woche, die sie bereits hier waren, hatten Paul und sie pausenlos gearbeitet, und nun war der Raum, bei dessen Betreten sie sich vor einem Monat noch vor Ekel geschüttelt hatte, nicht mehr wiederzuerkennen. Die Edelstahloberflächen glänzten, die Fritteuse war sauber und von toten Reptilien befreit, und der Kühlschrank erinnerte nicht mehr länger an das Labor von Alexander Fleming.

Die gleiche Mühe hatten sie sich mit dem Rest der *Auberge* gemacht, unzählige Mäuseköttel entfernt, sämtliche Oberflächen abgewischt und unerwünschte oder kaputte Möbel im Garten gestapelt, um sie dort zu verbrennen. Der einäugige Hirschkopf war als Erstes aussortiert worden, gefolgt von einem Großteil der grausigen Bilder, die den Treppenaufgang gesäumt hatten, und der Flur kam einem gleich viel heller vor.

Auf dem Dachboden waren die großen Konservenbüchsen, die als Ersatzeimer gedient hatten, durch große Plastikgefäße ersetzt worden, unter die sie als zusätzliche Vorsichtsmaßnahme noch Abdeckplanen gelegt hatten. Aufgrund der für die Gegend vorhergesagten schweren Stürme wollte Paul kein Risiko eingehen, insbesondere da sie erst nach Weihnachten in der Lage sein würden, irgendwelche Arbeiten ausführen zu lassen. Selbst nach einigem Jonglieren ihrer Finanzen hatten sie es aufgrund des schlechten Wechselkurses gerade einmal geschafft, genug für die dringendsten Reparaturarbeiten am Dach zur Seite zu legen. Und das auch nur auf Kosten der Erneuerung der Zentralheizung. Bis sie genug für einen neuen Heizkessel und einen neuen Öltank verdient hatten, würde Paul einige Reparaturen, so gut es eben ging, selbst erledigen müssen.

Es stand ihnen ein hartes Jahr bevor, da waren sie sich einig. Aber nun, da sie endlich hier waren, fühlten sie sich optimistischer gestimmt. Und die Mäuseplage schienen sie auch endlich in den Griff zu bekommen. Die aufgestellten Fallen mit der dunklen Schokolade hatten schon zehn der Nager das Leben gekostet. Tomate hatte vier weitere getötet und die Kadaver auf der Hintertreppe liegen lassen. Und Paul hatte instinktiv eine Maus mit der Schaufel plattgemacht, als sie versuchte, vor ihm über den Kellerboden zu huschen. Angesichts der Tatsache, dass sie sich durch seine Schuld in eine zweidimensionale Maus verwandelt hatte, wäre es wohl ungerecht, zu behaupten, Paul sei ebenso traumatisiert worden wie das Tier, aber die Sache hatte durchaus ihre Spuren bei ihm hinterlassen.

Fünfzehn Mäuse in weniger als einer Woche. Das musste ein Weltrekord sein, dachte Lorna, als sie eine der drei Kisten, die auf dem Boden standen, zu sich herüberzog. Nach dem vergeblichen Durchwühlen des einzigen mit KÜCHE beschrifteten Umzugskartons (und die anderen beiden mit SCHLAFZIMMER beschrifteten außer Acht lassend) griff Lorna auf den Kochtopf zurück, der ihr seit ihrer Ankunft als Ersatzkessel diente. Ihre Hand schwebte über der ungeöffneten Schachtel der Teemarke PG Tips, die sie zuvor ausgegraben hatte, entschied aber, dass sie zu kostbar war, um sie an die Umzugsleute zu verschwenden, und wandte sich – wenn auch mit etwas schlechtem Gewissen – dem Lipton's Tee aus dem Supermarkt in St. Girons zu.

Tee gibt's schon, aber nicht wie wir ihn kennen, dachte sie, als sie die Teebeutel in die vier Becher plumpsen ließ, und sie fragte sich, ob ihre Teebesessenheit wohl die letzte kulturelle Hürde sein würde, die es zu nehmen galt. Sie rührte die drei obligatorischen Löffel Zucker für die Umzugshelfer in den Tee, griff sich alle vier Becher und atmete ein Mal tief durch, bevor sie in den Speiseraum zurückkehrte.

Und tatsächlich stand ein Bett in der Ecke, Kistenstapel blockierten die Tür zum Flur, mittendrin Paul, der versuchte, die Männer anzuweisen, und sich dabei ebenso das Haar raufte, wie sie es vor wenigen Minuten getan hatte.

»Nein, dort rüber … dort … na schön, dann lassen Sie ihn stehen …«

Er erblickte die kichernde Lorna im Türrahmen zur Küche und vollführte ein typisch französisches Schulterzucken, als die Möbelpacker den Fernseher auf der Bar abstellten.

»Eine Tasse Tee, Jungs?«, fragte sie.

»Klasse. Und ein paar Plätzchen wären auch nicht schlecht. Arbeit macht hungrig.«

Verdammt. Plätzchen. Die einzige Schachtel in der Küche war in der letzten Nacht Opfer eines Mäuseraubzugs geworden und trug die Anzeichen zahlloser Knabberspuren. Lorna zog kurz in Betracht, einfach die angeknabberten Ecken abzubrechen, konnte sich aber nicht dazu durchringen und griff daher nach Mantel und Geldbörse.

»Ich springe mal schnell zum Laden rüber.«

»Ich geh schon, Schatz. Ruh du dich nur aus«, sagte Paul eifrig, der gesehen hatte, dass sich die

Männer an einem der Tische niederließen und ihm bedeuteten, sich zu ihnen zu setzen.

»Haben wir Ihnen schon erzählt, wie wir den Umzug von Rod Steward erledigt haben und die ganzen Fußballstatuen aus seinem Garten schleppen mussten?«, begann einer von ihnen.

»Nein, das geht schon in Ordnung, Paul. Ich werde gehen«, erwiderte Lorna wie aus der Pistole geschossen.

»Bist du dir da auch ganz sicher?«, fragte er flehentlich.

Sie grinste ihn an, strebte auf die Tür zu und überließ ihn seinem Schicksal.

»Und was seine Kronleuchter angeht …«

Lorna warf Paul eine Kusshand zu, die er mit einer Grimasse erwiderte, und schloss die Tür hinter sich. Sie zog den Mantel gegen den kalten Wind enger um sich und machte sich auf den Weg die Straße hinauf zur *Épicerie*.

Sie hatten drei Tage gebraucht, um den Laden zu finden. Claude, der Immobilienmakler, hatte ihnen versichert, dass es durchaus einen in La Rivière gebe, aber obwohl sie einige Male durch das ganze Dorf gelaufen waren, hatten sie ihn nicht finden können. Das Postamt, gegenüber der romanischen Kirche gelegen, die an der Biegung zur Straße nach Fogas lag, war leicht zu erkennen. Aber nicht der Laden.

Schließlich hatten sie gesehen, wie ein Wagen vor einem der Häuser anhielt, wo die Straße eine scharfe Linkskurve beschrieb. Ein Mann war in ein Haus auf der rechten Seite gegangen und mit einem Laib Brot wieder herausgekommen. Aber es gab draußen kein Schild. Das Ganze sah wie ein ganz normales Haus mit einer Eingangstür und einem Fenster aus. Doch wenn man erst einmal drinnen war …

Als sie die Tür aufstießen, begrüßte sie die alte Klingel über dem Eingang mit einem unflätigen Furzen, und sobald sich ihre Augen an die schwache Beleuchtung gewöhnt hatten, kam es ihnen so vor, als wären sie in ein anderes Zeitalter geraten. Unmittelbar zu ihrer Rechten stand ein Korb mit frischem Brot, eine Holzvitrine an der Wand war mit halben Laiben verschiedener Bergkäsesorten gefüllt, mehrere Plastikkörbe enthielten Früchte und Gemüse unterschiedlicher Qualität, Regale bogen sich unter dem Gewicht von Wein- und Bierflaschen – von denen sich dem Staub nach zu urteilen keine sonderlich gut verkaufte –, und außerdem gab es eine seltsame Frankreich-Karte, die zu verdeutlichen schien, wo die verschiedenen Messerarten herstammten.

Auf der anderen Seite des Ladens gab es noch mehr Regale, die bis zur Decke hinaufreichten und alles enthielten, was der Mensch so brauchte – und eine ganze Menge mehr (zumindest, was Lorna und Paul anging). Reißverschlüsse verschiedener Längen und Farben, die meisten davon verblichen, Streichholzschachteln, Schnürsenkel, Putzmittel, Toilettenpapier, Dosen mit Cassoulet und Confit de Canard, H-Milch, Feueranzünder, Marmelade, Berghonig aus der Region, Schokoladenriegel, Plätzchen, Geschirrspülmittel, Angelfliegen, Angelschnüre und natürlich ein aufrechtstehender Schaukasten mit Messern.

Sie hatten entdeckt, dass die Butter im Kühlschrank neben der Tür aufbewahrt wurde, obwohl der gar nicht eingestöpselt war, und dass die Eier sich nicht in den Kartons befanden, die man ordentlich daraufgestapelt hatte. Was auch gut war, da die aufgestempelten Daten über ein Jahr alt waren. Stattdessen nahm man sich einen dieser alten Karton und füllte ihn mit Eiern von einem in der Nähe befindlichen Haufen. Nach Jahren keimfreier Supermarkteinkäufe hatte Lorna zunächst einen Anflug von Besorgnis verspürt und war sich sogleich wie ein Stadtmensch vorgekommen. Um das wiedergutzumachen, hatte sie sechs Eier ausgesucht und eine Packung Butter, sich aber nicht überwinden können, ungekühlten Käse zu kaufen. Sie würde wohl noch eine Weile brauchen, um sich daran zu gewöhnen.

Während sie dort standen und das Angebot der *Épicerie* bestaunten, entdeckten sie mit einem Mal eine Frau hinter der Theke auf der Rückseite des Ladens, halb verborgen hinter Wurstketten, die von der Decke herabhingen. Sie beobachtete sie aufmerksam, während sie ihre Einkäufe auswählten.

Sie war zierlich, ihr ergrauendes Haar zu einem gepflegten Bubikopf geschnitten. Lorna schätzte sie auf Anfang sechzig. Sie lächelte sie freundlich an, und ihre Augen funkelten hinter den Brillengläsern, als das Paar seine Waren zur Theke hinübertrug. Aber dann hatte Paul das Brot auf eine Glasvitrine in der Nähe der Kasse gelegt, woraufhin sie es mit einem Stirnrunzeln eilig von dort heruntergenommen, ihm zurückgegeben und demonstrativ das Mehl vom Glas gewischt hatte, wobei sie zur Vorderseite des Ladens geschaut und etwas vor sich hingemurmelt hatte. Lorna drehte sich um, hatte aber niemanden entdecken können.

»T-tut mir leid«, stotterte Paul, und sofort kehrte ihr Lächeln zurück. Die Kasse ignorierend notierte sie die Preise jedes Artikels auf einem Notizblock, der mit den Jahren schon gelb geworden war, addierte die Zahlen mit einer Geschwindigkeit, die nahelegte, dass sie im Kopfrechnen hervorragend war, schrieb dann die Endsumme auf und drehte den Block, sodass sie sie ablesen konnten.

Sie wusste ganz offenbar, dass sie Ausländer waren.

Als Lorna der Frau das Geld reichte, lehnte sich diese über die Theke und flüsterte: »Sind Sie die neuen Besitzer?«

Sie hatte dabei zur *Auberge* hinübergezeigt. Ihr Französisch war sehr deutlich und leicht zu verstehen.

»Ja! Die neuen Besitzer«, bestätigte Paul mit einer Stimme, die in dem stillen Ladeninneren mit einem Mal sehr laut klang.

»Schhhh!«, zischte die Frau und schaute zum Durchgang neben der Theke hinüber, der in einen benachbarten Raum führte. Doch es war offenbar bereits zu spät.

»Josette? Wer ist da?«, ertönte eine laute Stimme von dort.

Die Frau verdrehte die Augen, während Paul und Lorna einander ansahen. Sie hatten keine Ahnung, was vor sich ging. Dann war zu hören, wie ein Stuhl zurückgeschoben wurde, und Lorna war sich sicher, dass die Frau »Merde« flüsterte, als jemand schwerfällig aufstand.

»Josette, hast du mich gehört?«

Die Stimme war nun noch lauter und voller Autorität, und dann war er da, ein breitbrüstiger Mann mit kurzen, stämmigen Beinen und Armen, die darauf hindeuteten, dass er vor seiner Pensionierung körperlich gearbeitet hatte, und seine Gestalt füllte den ganzen Türrahmen aus. Sein Kopf, der zu groß zu sein schien für seinen Körper, gipfelte in einer hervortretenden Stirn und Augen, die sie berechnend taxierten.

Während er so dort stand und sie abschätzend betrachtete, breitete sich langsam ein Lächeln auf seinem Gesicht aus, und Lorna glaubte, die Macht förmlich riechen zu können, die er ausstrahlte. Doch als er näher trat, bemerkte sie, dass es sich lediglich um sein Rasierwasser handelte.

»Willkommen! Willkommen!«, rief er mit dröhnender Stimme und hielt Paul seine ausgestreckte Hand hin. »Ich bin der Bürgermeister. Der Bürgermeister von Fogas!«

Bei der Erinnerung daran musste Lorna unwillkürlich lächeln. Ihre offizielle Begrüßung in der Gemeinde hatte mehrere Gläser Pastis beinhaltet, die in der Bar neben der *Épicerie* serviert worden waren. Und was für eine Bar das war! Im Grunde nicht mehr als ein Raum mit einem sehr langen Tisch, der sich in der

Mitte erstreckte und auf dem eine alte Plastikdecke lag, die mit Brandlöchern übersät war. Dazu ein riesiger Kamin in der Hinterwand, der das Zimmer dominierte. Die Dame aus dem Laden fungierte gleichzeitig als Kellnerin, während der Bürgermeister Paul und sie zum Trinken nötigte und Hof hielt. Er hatte einen anderen Mann angerufen und ihn gebeten, sich ihnen anzuschließen. Dessen Französisch war leichter zu verstehen gewesen als das des Bürgermeisters, auch wenn er ihnen ein bisschen überheblich und weniger freundlich vorgekommen war.

Wie war noch einmal sein Name?

Lorna blieb stehen, um nachzudenken. Sie lehnte sich gegen die Mauer der Brücke, wo die Straße einen kleinen Fluss überspannte, der in einen viel größeren mündete. Zu ihrer Linken konnte sie die *Auberge* sehen, die gefährlich nah am Rande des Wassers thronte, während der Fluss um sie herum und über das Wehr toste.

Pascal! Das war es. Pascal.

Lorna hatte den nachhaltigen Eindruck gewonnen, dass Pascal sie die ganze Zeit über von oben herab betrachtet hatte, während Paul weniger negativ eingestellt gewesen war, aber einräumte, dass man um einen solchen Zinken, wie er ihn im Gesicht hatte, wohl gar nicht anders herumschauen konnte!

Als sie schließlich wieder ins Tageslicht hinausgestolpert waren und ihnen das Sonnenlicht wie Nadeln in die nun empfindlichen Netzhäute gestochen hatte, war ihnen der Segen des Bürgermeisters gewiss gewesen, der sich ihrer Pläne für die *Auberge* versichert hatte. Er hatte sie sogar hinausbegleitet, den Arm herzlich um Pauls Schultern gelegt, und ihn als neuen Sohn der Gemeinde begrüßt.

Mit einem Mal fiel Lorna ein, dass sie Paul in den Händen der Möbelpacker zurückgelassen hatte, und sie stieß sich rasch von der Mauer ab und ging weiter in Richtung Laden. Ein kleiner silberner Wagen stand davor. Er sah aus wie das Auto des Bürgermeisters. Lorna lächelte und beschleunigte ihren Schritt. Er würde sich bestimmt freuen, sie zu sehen.

»Und eine davon.« Serge Papon deutete mit einem dicken Finger auf eine der Wurstketten, und Josette durchschnitt die Schnur, mit der sie an der Decke aufgehängt war, um die Wurst dann geschickt mit einer Hand zu fangen und sie der mit Einkäufen gefüllten Tasche hinzuzufügen, die auf dem Boden stand.

»Ist eine Schande, dass mir Jacques nie erzählt hat, wo ihr sie herbekommt«, sagte Serge leichthin und überprüfte dabei eifrig die Einkaufsliste, die seine Frau mit sauberer Handschrift erstellt hatte. »Er wollte es mir verraten, weißt du, bevor er ...«

Josette lächelte nur und zog eine Augenbraue in die Höhe. Manchmal kam man fast nicht umhin, die Dreistigkeit dieses Mannes zu bewundern. Als ob Jacques ausgerechnet ihm das Geheimnis ihrer Saucisson verraten hätte! Es war gerade die Berühmtheit der würzigen Wurst, die Jacques' Familie vor so vielen Generationen auf die Idee gebracht hatte, die *Épicerie* zu eröffnen. Und sie für ihren Teil hatte nicht vor, Serge Papon auch nur irgendetwas darüber zu verraten.

Nur über meine Leiche, dachte sie, als sie die Summe aufaddierte. Oder besser noch, über seine.

»*Bonjour*!«

Josette schaute von ihrem Notizblock auf und erblickte Madame Webster, die gerade den Laden betreten hatte und in eine Wolke Rasierwasser gehüllt wurde, als Serge sie auf die Wangen küsste.

»*Bonjour*, Madame Web Ster«, rief er begeistert, und die Art, wie er ihren Namen aussprach, betonte nur noch dessen Fremdheit.

»Wie geht es Ihnen? Gut? Und Monsieur Web Ster?«

Josette sah zu, wie die arme Frau, die sich von seiner Jovialität täuschen ließ, sein Lächeln freundlich erwiderte.

»Es … geht … ihm … gut«, erwiderte sie mit ihrer bedächtigen Sprechweise, mit der sie die fremde Sprache zu meistern versuchte. »Alles hier. Betten. Tische. All unsere Sachen.«

»Aha! Ihre Möbel sind eingetroffen!«, fuhr Serge fort, so als hätte er nicht bereits den riesigen Möbelwagen mit britischen Nummernschildern gesehen, der draußen vor der *Auberge* parkte.

»Ja. Möbel. Wir … sind … sehr … beschäftigt.«

Madame Webster wedelte mit den Händen und schnitt dann eine Grimasse, um zu verdeutlichen, wie stressig das alles war, was Josette zum Lachen brachte. Auffallenderweise stimmte Serge nicht mit ein. Er beobachtete die Engländerin aufmerksam, und mit einem Mal war da ein verschlagener Ausdruck in seinen Augen. Aber Madame Webster bemerkte dies gar nicht. Sie war damit beschäftigt, Brot und einige Plätzchenschachteln zusammenzusuchen, die sie auf die Theke legte – ein gutes Stück von der Glasvitrine entfernt.

Josette nickte zufrieden. Die lernte ja schnell. Anders als so manche hier.

»Für die Männer, die Möbel tragen«, erklärte Madame Webster. »Mit eine Tasse Tee.«

»Hahaha! Wie typisch englisch!« Serge hielt sich tatsächlich den Bauch und tat so, als lachte er herzlich. »Einä Tassä Tää!«, wiederholte er in grauenhaftem Englisch.

Madame Webster lachte mit ihm, offenbar erfreut über seine haarsträubenden Versuche, den kulturellen Graben zu überwinden, und Josette musste ein verächtliches Schnauben unterdrücken, als sie das Wechselgeld aushändigte.

»Okay. Vielen Dank. Auf Wiedersehen.«

»Auf Wiedärsähn«, intonierte Serge in mühsamem Englisch, als sie den Laden verließ. Er erwärmte sich langsam für seine Sprachakrobatik.

Nachdem sich die Tür hinter ihr geschlossen hatte, wich das Lächeln sogleich von Serges Gesicht. Aber er griff nicht nach seiner Einkaufstasche, um sich auf den Nachhauseweg zu machen, sondern marschierte zielstrebig in die Bar und stopfte sich unterwegs den Einkaufszettel in seine Gesäßtasche. Josette blieb allein in der *Épicerie* zurück und hing ihren Gedanken nach, während ihr Blick Madame Webster folgte, die die Straße hinunterging.

Es war wirklich eine Schande. Sie schien sehr nett zu sein.

Jacques saß in der Kaminecke und döste vor sich hin, als etwas seine Ruhe störte. Es kam nicht mehr so oft vor, dass er Schlaf fand. Das war nur eines von vielen Dingen, die sich im letzten halben Jahr geändert zu haben schienen. Daher schlug er mit einer gewissen Verärgerung die Augen auf, und seine Stimmung besserte sich nicht gerade, als er Serge Papon erblickte, der in den Raum stolziert kam.

Er sah zu, wie der Bürgermeister das Zimmer mit wenigen Schritten durchquerte und vor dem Fenster stehen blieb. Er schaute für ein paar Sekunden mit einem listigen Ausdruck auf dem Gesicht hinaus. Dann fummelte er an seiner Gesäßtasche herum und zog ein Handy daraus hervor, wobei ihm ein Stück Papier zu Boden fiel. Er bückte sich mit einem Ächzen, hob das Papier auf und schob es ungehalten wieder in die Tasche zurück.

Ein Handy.

Jacques verdrehte die Augen. Es stimmte nicht immer, dass man einem alten Fuchs keine neuen Tricks mehr beibringen konnte, dachte er, als Serge eine Nummer in das Mobiltelefon hämmerte und es dann an sein Ohr hielt, während seine ganze Aufmerksamkeit immer noch auf die Gestalt gerichtet war, die die Straße hinunter Richtung *Auberge* ging.

»Pascal?«, fragte Serge mit ungewöhnlich gedämpfter Stimme, als die Verbindung zustande kam. »Ich bin's. Der Bürgermeister. Ist dieses Schreiben für die *Auberge* fertig?«

Jacques lehnte sich vor, konnte aber gerade mal ein Gequäke am anderen Ende vernehmen. Klang eindeutig nach diesem Würstchen Pascal.

»Großartig. Sehr gut. Hör zu, ich will, dass du Christian Dupuys Namen mit aufnimmst.«

Christian? Was war mit Christian? Was hatte der alte Mistkerl denn jetzt schon wieder vor? Jacques war mit einem Mal hellwach und wandte sich vom Feuer ab, damit er besser hören konnte. Es war schon komisch, dass ihn seine Schwerhörigkeit nach allem, was geschehen war, immer noch plagte.

»Nein, das ist nicht normal. Ich weiß … HÖR ZU …«

Serge wurde sich bewusst, dass seine Stimme lauter geworden war, und er blickte sich zum Durchgang um, der in den Laden führte, um sicherzugehen, dass er immer noch allein war. Dann fuhr er zufrieden mit leiserer Stimme fort.

»Hör zu … Tu einfach, was ich sage, in Ordnung? Füge einen Satz hinzu, der Dupuy als Initiator der Überprüfung benennt. Ja, das klingt gut. Und noch eine Sache, Pascal. Ich will, dass das Schreiben bis zum heutigen Nachmittag zugestellt wird. Hast du gehört? Auf keinen Fall später. Es muss heute sein.«

Und damit beendete er das Gespräch unvermittelt und warf das Handy mit einem frostigen Lächeln auf den Tisch.

»Du glaubst wohl, du wüsstest, wie man Politik macht, Christian.« Er kicherte in sich hinein, als er auf seinem Lieblingsstuhl Platz nahm, den Rücken wie immer dem Feuer zugewandt. »Jetzt werden diese Zuzügler in der *Auberge* genau wissen, wem sie die Schuld geben können.«

Er warf den Kopf in den Nacken und lachte. Es war ein schriller Ton, bar jeden Humors.

Von dem plötzlichen Geräusch angezogen, steckte Josette ihren Kopf in das Zimmer.

»Pastis!«, blaffte der Bürgermeister, der wie immer das Beste aus einer günstigen Gelegenheit herauszuholen versuchte.

Josette, dachte Jacques. Er musste Josette wegen des Schreibens warnen, das Christian offensichtlich Schwierigkeiten einhandeln würde. Aber wie? Er versuchte ihre Aufmerksamkeit zu erregen, als sie den Drink an der

Theke am hinteren Ende des Raumes vorbereitete, aber sie wollte nichts davon wissen und ignorierte ihn wieder einmal geflissentlich. Er sah hilflos zu, wie sie das Getränk und den Wasserkrug vor dem Bürgermeister abstellte und sich dann direkt neben Jacques bückte, um das Feuer zu schüren.

Aber ihn sah sie dabei nicht ein einziges Mal an.

Sie ließ den Schürhaken auf dem Kaminboden liegen und verließ das Zimmer. Damit war Jacques wieder mit dem Mann allein, den er im Augenblick mehr als jeden anderen auf der ganzen Welt verachtete.

»Glaubt, er könnte mir eins auswischen …«, brummte Serge in sein Glas. »Er wird den Tag noch bereuen, an dem er sich entschieden hat, Serge Papon die Stirn zu bieten. Aufgeblasener Kuhhirte.«

Jacques spürte, wie sein Blut zu kochen begann. Er musste etwas tun. Irgendetwas. Er blickte sehnsüchtig auf die glühende Spitze des Schürhakens herab und auf das fette Hinterteil, das sich durch die Rückenlehne des Stuhls vor ihm presste. Aber er wusste, dass es sinnlos war. Er wäre nicht in der Lage, den Schürhaken aufzuheben, ganz zu schweigen davon, ihn dort hineinzurammen, wo er es für nötig hielt.

Er wandte sich wieder dem Feuer zu und seufzte frustriert.

Und das Feuer vor ihm begann unruhig zu flackern.

War das nur ein Zufall?

Er atmete aus, und das Feuer loderte ein wenig auf.

Oh mein Gott! Er hatte die Macht! Er konnte die Flammen in Bewegung versetzen.

Also gut, also gut. Was ließe sich nun damit anfangen?

Jacques' Blick wanderte zu Serges Hinterteil zurück und verharrte bei dem Zettel, der dem Bürgermeister so verlockend aus der Gesäßtasche hing.

Das würde reichen! Oh ja! Das würde reichen.

Jacques vermochte kaum an sich zu halten, als er sich Zentimeter für Zentimeter auf das Feuer zubewegte. Die Flammen machten ihm nicht das Geringste aus. Er positionierte sich an seinem Ziel und holte ganz tief Luft.

Und dann blies er.

Die Luft explodierte förmlich vor seinen Lippen, und eine Flamme züngelte hervor, tanzte über den Kaminboden und landete geradewegs auf dem Zettel. Ein Flackern. Ein Zischen. Und dann ging das Papier in Flammen auf.

Jacques lehnte sich zurück und bekam einen solchen Lachanfall, dass er glaubte, sein letztes Stündlein habe geschlagen. Wieder einmal.

Es war der Geruch, der Josettes Aufmerksamkeit erregte. Sie hatte die Bar bewusst gemieden, weil sie weder die Geduld hatte, den Bürgermeister an diesem Morgen länger als nötig zu ertragen, noch die Kraft, sich mit Jacques abzugeben. An manchen Tagen stimmte seine Gegenwart sie einfach schrecklich traurig.

Aber nun, da sie die neue Brotlieferung einsortierte, bemerkte sie einen eigenartigen Geruch aus dem Nebenraum. Es roch wie früher, wenn ihr Vater kochend heißes Wasser über ein geschlachtetes Schwein gegossen hatte. Eine Mischung aus verkohltem Speck und verbranntem Fleisch.

Sie hob die Nase und schnupperte erneut. Ja, da brannte eindeutig irgendetwas.

»JOSEEEEEEEEEEEEETTE!«

Angesichts dieses Schreis der Verzweiflung ließ sie den letzten Brotlaib fallen und rannte los. Als sie die Schwelle überquerte, fand sie sich inmitten einer Szene wieder, die einer Posse von Molière hätte entsprungen sein können.

Jacques rollte sich vor Lachen auf dem Boden, ohne einen Laut von sich zu geben, während der Bürgermeister schreiend um den Tisch hüpfte und dabei nach seinem Hinterteil schlug. Denn das stand in Flammen.

»Josette! Josette! Hilf mir!«, kreischte Serge, als die Flammen heißer und heißer wurden und immer höher schlugen.

Josette reagierte instinktiv, griff mit der einen Hand nach dem Wasserkrug auf dem Tisch und drückte mit der anderen den Bürgermeister mit dem Gesicht nach unten auf den Tisch, um dann das Wasser großzügig über seinen hochgereckten Hintern zu gießen.

Die Flammen zischten und knisterten und hinterließen schließlich nichts weiter als Rauchkränze und das flambierte entblößte Hinterteil des Bürgermeisters.

Josette ließ ihn los und trat zurück. Sie war etwas unsicher, ob es sich schickte, so nahe neben dem Bürgermeister zu stehen, während sein Gesäß immer noch rauchte. Aber es sah nicht allzu schlimm aus. Durch die zerfetzten Reste seiner verbrannten Hosentasche schaute ein wenig Fleisch hervor.

»Ich werde etwas Salbe holen …«, hob Josette an.

Aber der Bürgermeister hatte nicht vor, seiner Würde noch größeren Schaden zuzufügen, und er war nicht in der Stimmung, weitere Peinlichkeiten zu erdulden.

»Nicht nötig. Alles in Ordnung«, blaffte er barsch, während er den Schaden vorsichtig mit seinen Fingerspitzen betastete und dann die Überreste seines Portemonnaies aus der Gesäßtasche zog.

Das erklärte den Schweinsgeruch, dachte Josette, als sie zusah, wie er den verbrannten Lederklumpen auf den Tisch pfefferte. Zumindest war dies eine von zwei möglichen Erklärungen.

»Wie um alles in der Welt …?«

»Dein Feuer!«, brummte der Bürgermeister. »Es sollte von Gesetzes wegen eigentlich einen Feuerschirm haben. Gefährliche Sache.«

Josette betrachtete das Feuer, das ruhig im Kamin brannte. Und dann wanderte ihr Blick zu Jacques hinüber, der unschuldig dreinblickend danebensaß. Offenbar war sein Lachanfall fürs Erste vorüber. Er schenkte ihr ein engelgleiches Lächeln, aber sie ließ sich nicht so leicht zum Narren halten. Sie hatte keine Ahnung, wie er es angestellt hatte, aber sie war sich ziemlich sicher, den Schuldigen gefunden zu haben.

»Nun, vielleicht solltest du dich nicht so nahe davorsetzen«, erwiderte Josette, die den Bürgermeister und den Geruch, den er von sich gab, mit einem Mal zu seinem eigenen Schutz aus ihrer Bar heraushaben wollte. »Bist du dir auch ganz sicher, dass ich nicht etwas Salbe drauftun soll?«

Der Bürgermeister starrte sie wütend an, griff nach seinem Handy und den Überresten seines Portemonnaies und ging in den Laden hinüber, um seine Einkäufe zu holen. Dann verschwand er, ohne ein weiteres Wort zu verlieren, zur Tür hinaus. Er ging wie John Wayne, als er auf seinen Wagen zustrebte. Als er sich vorsichtig auf den Sitz schob und dabei eine Grimasse schnitt, begann Josette zu lachen. Und sie lachte und lachte und lachte, umklammerte ihre Rippen und hielt erst inne, als sie Atem schöpfen musste.

Jacques stand neben ihr und lachte auch. Es war wie in alten Zeiten. Sie hatte sich seit einer Ewigkeit nicht mehr so gut gefühlt.

5

Als der Schulbus der Gemeinde am späten Nachmittag in die Haltebucht gegenüber der *Auberge* einbog, fiel Chloé ein Stein vom Herzen. Es war jeden Tag während der elenden Schulwoche das Gleiche. Was nicht etwa daran lag, dass sie dumm war oder nicht mit den Anforderungen der kleinen Schule in Sarrat klarkam, die oben am Hang auf der anderen Seite des Flusses thronte. Weit gefehlt! Sehr zum Leidwesen von Madame Soum war Chloé trotz ihrer Angewohnheit, aus dem Fenster zu starren und sich ihren Tagträumen hinzugeben, regelmäßig Klassenbeste.

Nein, es lag nicht daran, dass sie den Lernstoff nicht bewältigen konnte. Der Grund war schlichtweg der, dass sie nun einmal nicht dafür geschaffen war, für längere Zeit zwischen vier Wänden eingesperrt zu sein.

Die frühmorgendlichen Unterrichtsstunden begann Chloé immer mit guten Absichten. Sie war wild entschlossen, sich zu konzentrieren und den scharfgeschnittenen Gesichtszügen von Madame Soum mindestens ein Lächeln zu entlocken. Aber wenn der Morgen voranschritt und der Unterricht sich immer länger hinzog, wanderten Chloés Blicke unweigerlich zu den Fenstern hinüber und zu den hohen Bergen an der Grenze zu Spanien. An einem klaren Tag standen sie majestätisch da, oftmals mit Schnee bedeckt, und ihre Umrisse zeichneten sich scharf am blauen Himmel ab. An wolkigen Tagen waren sie kaum zu erkennen, und nur undeutliche Schatten wiesen auf ihre Existenz hin. Und an den seltenen Tagen, wenn sie gar nicht zu sehen waren, gab sich Chloé damit zufrieden, so zu tun, als wäre die graue Decke des Himmels die Plane des Zirkuszelts, und in ihrer Phantasie drehte und überschlug sie sich inmitten der Wolken hoch über den Tälern, während ihr Körper an einen Schreibtisch gefesselt und in einem Klassenzimmer eingesperrt war, das viel zu klein für sie war.

Bis dann auch ihr Geist durch das energische Klopfen eines Lineals auf ihrem Tisch und das gereizte »Na, na!« der Lehrerin unweigerlich wieder auf den Boden der Tatsachen und in die tristen Wände zurückgeholt wurde, die sie umgaben. Und so vergrub Chloé ihren Kopf in den Büchern und fing an, die quälenden Stunden bis zum Unterrichtsende rückwärts bis null zu zählen.

Heute, nach einem besonders langweiligen Tag, an dem Madame Soum rekordverdächtige sieben Mal mit dem Lineal auf Chloés Schreibtisch geklopft, zwölf Mal »Na, na!« von sich gegeben und ihr eine mündliche Verwarnung erteilt hatte, war sie endlich frei. Auch wenn die Lehrerin ihr zusätzliche Hausaufgaben aufgebrummt hatte, nachdem Chloé zu erklären versucht hatte, dass ihre Unaufmerksamkeit nichts mit den Fähigkeiten der Lehrerin zu tun habe, sondern lediglich damit zusammenhing, dass der Mont Valier in der Wintersonne so wunderschön aussah. Aus irgendeinem Grund hatte das Madame Soum nur noch wütender gemacht. Chloé schüttelte die Erinnerung daran ab und sprang mit einem Hauch von Mitleid für die Handvoll Schüler, die noch den ganzen Weg nach Fogas hinauf durchstehen mussten, hinter den Rogalle-Zwillingen und Gerard Lourde aus dem Bus. Sie drehte sich um, um ihnen zum Abschied zuzuwinken, und bemerkte dabei einen riesigen Lkw, der vor der *Auberge* stand. Während sie ihn musterte, erwachte sein Motor zum Leben, und er fuhr davon, ins Tal hinunter Richtung St. Girons.

Der Lkw schien auch Mamans Aufmerksamkeit geweckt zu haben, die dastand und mit ihrer Nachbarin, Annie Estaque, plauderte. Als Annie sah, dass Chloé auf sie zugelaufen kam, brach sie das Gespräch ab, um ihr einen Kuss zu geben. Chloé fühlte Annies trockene Haut rau an ihrer Wange. Auch wenn sie Annie über alles liebte, hielt Chloé stets die Luft an, wenn Annie sie zur Begrüßung in ihre Arme schloss, denn Annie roch ständig nach Kühen – und nicht etwa nach dem milchigen Teil.

»UnwiegehschdennmeinerKleinen? WardieSchuleschoschlimmieimmer?«

Chloé verzog das Gesicht und nickte.

»Madame Soum hat mir zusätzliche Hausaufgaben aufgebrummt!«

»Schon wieder?«, fragte Stephanie mit scharfem Tonfall. »Hast du vor dich hin geträumt? Wir hatten uns doch darüber unterhalten!«

Chloé scharrte mit den Füßen und starrte zu Boden.

Annie schnaubte, legte eine runzelige Hand auf Chloés Kopf und strich ihr über die schwarzen Locken.

»HalbschowildChloé«, kicherte sie. »MadamischnealteSchrulle!«

»Annie! Ermutige sie nicht noch!« Aber Chloé konnte sehen, dass Maman ein Lächeln unterdrücken musste. »So, dann mal los. Lass uns kurz in der *Auberge* vorbeischauen, und dann geht's nach Hause, und du setzt dich an deine Hausaufgaben.«

Als sie sich bückte, um den Ranzen aufzuheben, den Chloé zu Boden geworfen hatte – der erste Impuls ihrer Tochter bestand immer darin, die Reste des Schultages so schnell wie möglich loszuwerden –, deutete Stephanie auf die beiden prallgefüllten Einkaufstaschen zu Annies Füßen.

»Soll ich dir die Taschen auch bestimmt nicht zum Hof hinauftragen?«, fragte sie.

Annie, die kein Auto fahren konnte und auch nicht willens war, es zu lernen, marschierte einmal in der Woche zur *Épicerie*, um ihre Haupteinkäufe zu erledigen. Für den Rest war sie auf Verkaufswagen angewiesen. Aber sie verteidigte erbittert ihre Eigenständigkeit, wenn es darum ging, ihre Einkäufe nach Hause zu schaffen, daher war ihre Antwort keine wirkliche Überraschung.

»Alschowennischdaschmalnischmerkanndannwarschdasch.«

»Ganz sicher?«

»Aberja. Schagmirwieschdadrübengelaufenisch.«

Sie nickte kurz zur *Auberge* hinüber, tätschelte Chloés Kopf ein letztes Mal wie bei einem Lieblingshund, hob dann ihre Einkaufstaschen auf und begann ihren langsamen Marsch den Hügel hinauf zu ihrem kleinen Hof in Picarets.

»Wie sehe ich aus?«, fragte Stephanie ihre Tochter, sobald Annie außer Hörweite war.

Chloé bemerkte erst jetzt das Erscheinungsbild ihrer Maman. Anstelle ihrer gewöhnlichen Kleidung, die meist aus zu großen Pullovern und wallenden, vielfarbigen Röcken bestand, trug sie ihre beste Jeans, eine weiße Hemdbluse und eine modische Jacke. Und wenn sich Chloé nicht irrte, waren die Jeans und die Bluse sogar gebügelt! Ihr Haar hatte sie, so gut es eben ging, gebändigt, die roten Locken zu einem Pferdeschwanz gebunden, und ihre riesigen Kreolen waren durch konservative Goldohrstecker ersetzt worden. Und davon zierten nur jeweils zwei jedes ihrer Ohrläppchen!

Chloé wusste nicht genau, wie sie es beschreiben sollte.

»Du siehst irgendwie … ordentlich aus.«

»Wie eine Kellnerin?«

»Na ja … ich denke schon. Warum?«

Stephanie deutete zur *Auberge* hinüber.

»Nein, Maman! Das kannst du nicht! Du weißt doch, was beim letzten Mal passiert ist.«

Stephanie setzte sich in Bewegung, und Chloé begriff, dass sie es ernst meinte.

»Aber du hast es doch selbst gesagt, Maman«, keuchte sie, als sie hinter ihrer Mutter herrannte und versuchte, mit ihren größeren Schritten mitzuhalten. »Nachdem dich Monsieur Loubet gefeuert hat, hast du gesagt, dass du nicht mehr kellnern würdest. Du hast es gehasst!«

Stephanie blieb unvermittelt stehen und wandte sich ihrer Tochter zu, deren Züge vor Besorgnis so angespannt waren, wie es eigentlich Erwachsenen vorbehalten war. Sie legte ihre Hände um Chloés Gesicht und streichelte sanft ihre Wangen.

»Ich muss es aber tun, mein Schatz. Wir haben keine andere Wahl. Wir brauchen das Geld.«

»Aber ich könnte ja mit der Schule aufhören und arbeiten gehen.«

Stephanie lachte leise. »Du bist neun, Chloé! Ich sehe deine gute Absicht, aber du musst weiter zur Schule gehen. Wird schon nicht so schlimm werden«, sagte sie, legte den Finger unter Chloés Kinn und hob deren gesenkten Kopf, sodass sie ihr ins Gesicht blicken konnte. »Die beiden scheinen doch sehr nett zu sein.«

»Sie werden bestimmt nicht mehr nett sein,

wenn du … wenn du noch mal die Beherrschung verlierst.«

»Das ist mir doch nur ein einziges Mal passiert«, erwiderte Stephanie. »Der Kerl hätte mich nicht in den Hintern kneifen sollen! Vor allem nicht, während ich einen Teller mit Cassoulet in der Hand halte.«

Chloé musste trotz ihrer Befürchtungen kichern. Die Vorstellung von dem lüsternen Gast und dem erstaunten Ausdruck auf seinem Gesicht, als ihm die Kellnerin den Teller mit Bohnen und Würsten über den Kopf schüttete, amüsierte sie.

»Und sooo schlimm kann es auch nicht gewesen sein«, schloss Stephanie mit einem Lachen. »Seine Frau hat mir schließlich ein dickes Trinkgeld dagelassen!« Sie zwinkerte ihrer Tochter zu, nahm ihren Arm, damit sie sich bei ihr unterhakte, und dann überquerten sie gemeinsam die Straße und schritten auf die *Auberge* zu.

»Gott, bin ich froh, dass sie endlich weg sind!«, verkündete Paul, als er die Haustür hinter dem abfahrenden Möbelwagen schloss.

Lorna antwortete nicht. Sie stand mitten im riesigen Speiseraum, umgeben von Kisten, und sah völlig erschöpft aus.

»Womit fangen wir an?«, fragte sie mit leiser Stimme. »Wir sollen doch schon in gut einer Woche eröffnen!«

»Als Erstes gönnen wir uns mal eine Tasse Tee, und dann öffnen wir die Post. Der Rest kann warten.« Paul legte einen Arm um ihre Schultern und führte sie zu dem einzigen noch erkennbaren Tisch – der Rest war unter Sofakissen, Computerzubehör, Bettdecken, Kopfkissen und einem Meer von Kisten verschwunden.

Lorna ließ sich dankbar auf einen Stuhl sinken und griff nach dem Stapel Post, der auf Pauls Laptop verstreut lag. Als er mit dem Tee zurückkam, jagte die Katze einem zusammengeknüllten Briefumschlag durch den Raum hinterher, während Lorna bereits drei Karten von Freunden studiert hatte, die ihnen alles Gute für ihr großes Wagnis wünschten, außerdem eine Stromrechnung für Monsieur Loubet, die dieser raffinierterweise vergessen hatte zu bezahlen, und einen Katalog mit Restaurantmöbeln. Aber es war der zuletzt geöffnete Brief, der ihre Aufmerksamkeit in Anspruch nahm und sie vor Konzentration die Stirn runzeln ließ.

Da der Umschlag nicht mit einer Briefmarke versehen war, hatte sie den Inhalt für harmlos gehalten, aber eines der Blätter darin trug die Insignien des Rathauses.

»Was ist das?«, fragte Paul, als er sich neben sie setzte.

»Ich bin mir nicht sicher, aber es scheint etwas Offizielles zu sein.« Sie legte die erste Seite auf den Tisch, sodass sie beide einen Blick darauf werfen konnten. »Es geht wohl um irgendeine Überprüfung, wenn mich nicht alles täuscht.«

Paul überflog das Schreiben, aber abgesehen von einem Datum, einer Uhrzeit und ein paar Namen, die er zu entziffern vermochte, war er nicht schlauer als zuvor.

»Wozu gibt es denn Online-Übersetzungsprogramme!«, rief er, zog sein Laptop zu sich heran und tippte den französischen Text ein. Als die Übersetzung auf dem Bildschirm erschien, lehnten sich beide vor, um besser lesen zu können:

Herr,
habe ich die geschätzte Ehre, Ihnen mitzuteilen Inhaber Pension der Beiden Täler, dass die Fraktion der Kommission der Sicherheit besuchen Sie werden zu fortfahren Sicherheitskontrollen an Ihrer Einrichtung am 15. Dezember um Uhr 10:00.
Dieser Besuch ist auf Antrag von Herr Vizebürgermeister Christian Dupuy der Gemein-

de und der Grund für die Anfrage wird der Wechsel der Eigentümer durchgeführt werden. Die verantwortliche Person, einberufen von Herr Vizebürgermeister Christian Dupuy der Gemeinde, wird nehmen alle erforderlichen Maßnahmen, zu erlauben Kontrolle über seine Einrichtung und insbesondere der technischen Anlagen.

Ihr findet hiermit eine Kopie des Schreibens von Abteilungs-Behörde in Brand gesetzt und Hilfe von Ariège.

Wir bitten Sie, sehr geehrter Herr, ihnen die Zusicherung unserer aufrichtigen Gefühle zu glauben.

Herr Bürgermeister von Fogas

»Tja, das macht die Sache natürlich gleich viel verständlicher«, sagte Paul sarkastisch, als sie die zweifelhafte Übersetzung erneut durchlasen. »Um was für Sicherheitskontrollen mag es dabei wohl gehen?«

»Keine Ahnung, aber sie scheinen eine Menge Leute zu erfordern!« Lorna zeigte ihm die zweite Seite, die im Grunde eine Wiederholung der ersten Seite darstellte, mit der Ergänzung einer Liste von Namen, die alle mit einem Titel versehen waren.

»Soll das hier etwa *Polizei* heißen?«

»Ich glaube schon.«

»Die POLIZEI kommt zu uns?« Pauls Stimme wurde immer höher und verwandelte sich in ein Quieken. »Tragen die Beamten hier in Frankreich nicht Schusswaffen?«

»Die Polizei, der Bürgermeister, jemand von der Abteilungs-Behörde in Brand gesetzt und Hilfe von Ariège, jemand vom Veterinäramt und noch irgendjemand. Ich habe keine Ahnung, wofür die Buchstaben DDE stehen.«

Paul ließ die Schultern sacken und rieb sich mit der Hand über das müde Gesicht.

»Also, ein Polizist, ein Feuerwehrmann, der Bürgermeister, ein Unbekannter und ein Tierarzt! Das ist ja ein ziemliches Aufgebot an Leuten. Wir könnten ein wenig Hilfe gebrauchen, um zu verstehen, worum es eigentlich geht.«

»Aber wen sollen wir fragen?« Lorna warf den Brief auf den Tisch. Sie spürte die Anfänge einer Migräne hinter ihrem linken Auge.

»Bonjour! ’allo! Störe ich? ’abe Kuchen!«

Stephanie erschien an der Hintertür mit einem Teller in der Hand und Chloé an ihrer Seite. »Stephanie!«, rief Lorna. »Sie schickt der Himmel!«

»*Et voilà* … das ist es.« Stephanie lehnte sich vom Tisch zurück und zuckte mit den Schultern. »Sie ’aben eine Prüfung an die nächste Montag.« Sie zog sich das Band aus den Haaren, und ihre Locken sprangen sogleich in die Höhe, froh, der Gefangenschaft entkommen zu sein. Stephanie massierte sich den Schädel. Gott, Englisch zu sprechen war wirklich verdammt harte Arbeit. Diese komische Aussprache. Das klang ja, als wenn sich Annie Estaque die Seele aus dem Leib hustete.

»Eine Prüfung. Am Montag. Und heute ist Freitag!« Paul schüttelte ungläubig den Kopf. »Das kommt mir alles sehr kurzfristig vor.«

»Und wir wissen immer noch nicht, was sie überprüfen wollen«, fügte Lorna hinzu.

»Vielleicht ist es, wie Sie sagen. Routine?«

»Ja, vielleicht. Es scheint mir nur ... ich weiß auch nicht ... irgendwie eine ernstere Sache zu sein. Und wer ist dieser Kerl überhaupt? Dieser Monsieur Dupuy?«

Stephanie betrachtete den fettgedruckten Namen, auf den Lorna zeigte, und sie verspürte ein beklemmendes Gefühl in der Brust. Sie zuckte erneut mit den Schultern, in der Hoffnung, eine Gleichgültigkeit auszustrahlen, die sie gar nicht empfand.

»Christian? Der ist bloß *adjoint*, wie sagt man, eine ... Stellvertreter?«

»Aber warum hat er diese Prüfung verlangt?«

»Ich weiß nicht.« Das war die einzige Antwort, die Stephanie zu geben vermochte. Sie hatte keine Ahnung, warum eine Überprüfung vorgenommen werden sollte. In all der Zeit, die sie in der *Auberge* gearbeitet hatte, hatte der alte Loubet ihres Wissens niemals von irgendwelchen behördlichen Besuchen gesprochen, und deshalb konnte sie sich nicht vorstellen, dass etwas anderes als eine Routinekontrolle dahintersteckte.

Wesentlich verwirrender war die Rolle, die Christian bei der ganzen Sache spielte. In dem Brief wurde er eindeutig als Initiator der Prüfung benannt, und das beunruhigte Stephanie sehr. Da stimmte etwas nicht. Aber solange sie nicht mehr wusste, hatte sie nicht vor, ihre Bedenken mit jemandem zu teilen.

»Vielleicht hat Stephanie ja ins Schwarze getroffen. Vielleicht ist das alles nur Routine, und wir müssen uns keine Sorgen machen.«

»Hmm.« Selbst für Stephanies nichtenglische Ohren klang Lorna nicht überzeugt. »Es wäre nur nett gewesen, wenn er mit dem Brief vorbeigekommen wäre und die Sache erklärt hätte. Ich hätte den Mann gern kennengelernt, bevor er seinen Einfluss geltend macht. Und er hätte sich einen besseren Zeitpunkt aussuchen können!« Sie deutete mit der Hand auf das Chaos, das sie umgab. »Das Wochenende wird dafür draufgehen, all den Kram wegzuräumen, da wird uns keine Zeit mehr bleiben, Vorbereitungen für eine Prüfung zu treffen!«

Stephanie vermochte nicht dem ganzen Gespräch zu folgen, aber sie begriff das Wesentliche und musste sich auf die Zunge beißen, um Christian nicht in Schutz zu nehmen.

»Tja, jetzt ist es zu spät, um noch irgendetwas zu unternehmen. Das Rathaus wird geschlossen sein. Aber«, sagte Paul und wandte sich der Kaffeemaschine zu, die leise hinter der Bar zischte, »da wir nun schon einmal einen Kuchen haben, würde ich gern einen Kaffee dazu anbieten. Das heißt, wenn ich es schaffe, die Maschine in Gang zu bringen.« Er klappte den Filter heraus, füllte ihn mit frischgemahlenem Kaffee und schob ihn dann in die Maschine zurück.

»Da hilft wohl nur Daumen drücken«, murmelte er, als er den Espresso-Knopf betätigte. Aber nichts geschah. »Verfluchtes Ding!«

»Sie brauchen eine Klaps«, teilte ihm Stephanie mit.

»Wie bitte?«

»Eine Klaps. Dahin.« Stephanie lehnte sich über die Bar, und Paul, der sich über ihre Absichten nicht ganz im Klaren war, zuckte zurück. Aber sie ignorierte ihn und versetzte stattdessen der Kaffeemaschine einen kräftigen Schlag auf die Seite. Daraufhin begann diese zu glucksen und zu blubbern, und dunkler Kaffee lief in die Tasse.

»Oh, ich verstehe. Ein Klaps. Die Maschine braucht einen Klaps. Natürlich. Was auch sonst!« Paul versuchte Lorna zu ignorieren, die in sich hineinkicherte, als sie sich auf den Weg zur Küche machte, um Teller und ein Messer zu holen. »Woher wussten Sie das, Stephanie?«

»Ich 'abe gearbeitet 'ier.«

»Sie haben hier gearbeitet? Für Monsieur Loubet?«

Stephanie nickte und entschied, dass der Moment gekommen war, um ihr Anliegen vorzubringen.

»Des'alb ich bin 'ergekommen. 'ier ist meine Lebenslauf. Vielleicht Sie brauchen Kellnerin?« Sie überreichte ihm ein DIN-A4-Blatt, das sie an Christians Computer geschrieben und wofür sie eine halbe Ewigkeit gebraucht hatte. Dieser ganze technische Kram war nicht gerade ihre Stärke. Und nun wurde sie mit einem Mal nervös, als sie sah, wie Paul die knappe Seite überflog und Lorna über seine Schulter hinweg mitlas. Es war erstaunlich, wie banal einem ein

Leben vorkam, wenn es bloß auf die Arbeit reduziert wurde.

Stephanie starrte aus dem Fenster und war froh, Chloé zu sehen, die mit Tomate im Schlepptau die Hintertreppe hinaufgesprungen kam. Die Stille im Raum war immer schwerer zu ertragen.

»Sie haben ja schon die verschiedensten Dinge gemacht«, bemerkte Lorna, als Chloé und die Katze zur Tür hereinkamen.

Dies war der Punkt, ab dem ihre Bewerbungsgespräche meist schiefliefen, und Stephanie begann nervös an ihrem Haarband herumzuspielen.

»Sie haben als Traubenpflückerin gearbeitet, in einer Käserei, Yoga unterrichtet, in einer Band gesungen. Nicht schlecht!« Lorna schenkte ihr ein ungekünsteltes Lächeln. »Was für ein interessantes Leben!«

»Aber hallo!«, sagte Paul begeistert. »Faszinierend. Warum haben Sie denn in der *Auberge* aufgehört? Sie waren doch – warten Sie mal – zwei Jahre hier?«

Stephanie fiel blitzschnell eine Lüge ein. Aber dann blickte sie auf Chloé herab, die zu ihr herübergekommen war und sich mit nach oben gerichtetem Gesicht an ihre Mutter schmiegte und sie ansah.

Sie brachte es einfach nicht fertig. Nicht einmal in einer Sprache, die ihre Tochter nicht verstand.

»*Eh bien* …«, begann sie. »Ich wurde an die Tür gesetzt.«

»An die Tür gesetzt?«, fragte Paul.

»Ich glaube, sie meint, sie wurde gefeuert.«

»Sie wurden GEFEUERT? Wieso das denn?«

»Da war ein Gast, der mich ’at gezwickt in Po. Da ’abe ich ihm gezeigt, dass ich darüber nicht sehr fro’ war.«

»Alle Achtung«, erwiderte Lorna. »Wie haben Sie das angestellt?«

Stephanie holte tief Luft und machte stur weiter damit, die Wahrheit zu sagen. »Ich ’abe ihm eine Teller Cassoulet auf die Kopf gekippt!«

Lorna stieß ein kreischendes Lachen aus, das Mutter und Tochter zusammenfahren ließ, während Paul lediglich von einem Ohr zum anderen grinste.

»Bravo!«, verkündete er. »Gut gemacht!«

»Sie finden das nicht schlimm?«, erkundigte sich Stephanie ein wenig verdutzt.

Paul schüttelte den Kopf und blickte zu Lorna hinüber, die sich Tränen der Heiterkeit abwischte.

»Ich glaube, sie ist genau die, die wir brauchen. Meinst du nicht auch?«

»Absolut. Können Sie gleich nach Weihnachten anfangen?«

Stephanie war sprachlos. Es war ganz einfach gewesen. Sie hatte den Job. Und noch dazu bei netten Arbeitgebern, die so ganz anders waren als dieser alte Bock Loubet, der ihr immer nachgestellt und darüber hinaus noch versucht hatte, ihren Lohn zu kürzen. Diese Engländer mochten zwar ein wenig verrückt sein – das bewies schon allein ihre Bereitschaft, sie einzustellen –, aber sie waren gute Menschen.

»Ja«, krächzte sie schließlich und sprudelte ihrer Tochter wegen einige Worte auf Französisch hervor.

Chloés Augen wurden kugelrund.

»Du hast die Stelle? Und du hast ihnen von der Cassoulet erzählt?«

»Ja.«

Chloé betrachtete die beiden Engländer hinter der Bar, die damit beschäftigt waren, Kaffee zuzubereiten und den Kuchen aufzuschneiden. Sie wollten Maman tatsächlich anstellen. Aber sie hatten ja auch noch nicht von dem Gewürzkuchen gekostet. Und da sie Mamans Kochkünste kannte, versprach das sehr interessant zu werden.

»Lassen Sie mich das klarstellen«, begann Lorna, als sie sich alle an den Tisch setzten. »Monsieur Loubet hat Sie gefeuert, weil Sie einen Gast aus der Fassung gebracht haben?«

»*Mais non*, nicht deswegen. Monsieur Loubet schert sich nicht um die Gast.«

Paul runzelte die Stirn. »Warum denn dann?«

Stephanie zog überrascht die Augenbrauen in die Höhe. »Warum? Weil ich 'abe verschwendet die gute Cassoulet natürlich!«

Paul und Lorna brachen erneut in Gelächter aus, während Stephanie nachsichtig lächelte. Es stimmte also doch, was man so über *les anglais* sagte. Sie hatten keine Ahnung, was den Franzosen ihr Essen bedeutete.

»Igitt, Maman! Das ist ja eklig!« Chloé spuckte den Kuchenklumpen auf ihren Teller aus, griff nach ihrer Orangina und stürzte sie hinunter, um den Geschmack wegzuspülen.

»Was zum Teufel ist denn los?« Stephanie biss in ihr eigenes Kuchenstück und sah im selben Moment, wie Lorna und Paul begannen, leise an ihren Bissen zu würgen. Sie kaute, und es war so weit alles in Ordnung. Locker, saftig, mit einem Hauch von … CHILI!!!

»Bääääh!«, sie griff hastig nach ihrem Kaffee und trank geräuschvoll. Paul und Lorna taten es ihr nach.

»Tut mir leid«, brachte sie schließlich hervor, nachdem ihre Zunge aufgehört hatte zu brennen. »Ich 'abe wohl eine Fehler gemacht! Ich 'abe Chili genommen anstatt die Zimt.«

»Also, das nenn ich mal einen echten Gewürzkuchen!«, sagte Paul, während er den Teller mit dem Kuchenrest von sich wegschob.

Stephanie grinste. »Aber Sie wollen nicht, dass ich in die Küche arbeite, *n'est-ce pas*?«

»Nein!«, erwiderten Paul und Lorna wie aus einem Munde, und dann brachen sie alle vier in Gelächter aus.

»Vielen Dank, dass Sie vorbeigekommen sind«, sagte Lorna, als sie Stephanie und ihrer Tochter eine halbe Stunde später die Tür öffnete. »Sie waren uns eine große Hilfe.«

»Nicht die Rede wert.«

»Und vielen Dank für den Kuchen«, fügte Paul mit urenglischer Höflichkeit hinzu, während seine Augen schelmisch funkelten.

Stephanie lachte. »Gern gesche'en. Geben Sie mir Bescheid, was an die Montag passiert.«

»Das werden wir«, versprach Paul. »Aber es ist vermutlich wirklich nur Routine. Kein Grund zur Beunruhigung.«

»Und was könnte schon groß passieren?«, fügte Lorna hinzu. »Der Bürgermeister wird nicht zulassen, dass man uns den Laden dichtmacht, egal, was dieser Monsieur Dupuy auch im Schilde führen mag. Dafür ist er viel zu nett.«

Stephanie wandte sich ab und schaute zum Fluss hinüber. Sie verspürte wieder diese Beklemmung in ihrer Brust. Irgendetwas lief da furchtbar schief, das spürte sie. Und was Lornas Vertrauen in den Bürgermeister anging, so kannte Stephanie den Mann lange genug, um den Optimismus der Engländer nicht zu teilen.

Mit einiger Anstrengung, von der sie hoffte, dass man sie ihr nicht anmerkte, setzte sie ein Lächeln auf und wandte sich wieder zu ihnen um.

»Sie werden bestimmt recht 'aben, Lorna«, sagte sie und küsste zuerst ihre neue Chefin und anschließend ihren neuen Chef auf beide Wangen. Als sie mit Chloé an der Hand davonging, wurde ihr das Herz trotz ihres neuen Jobs schwer, und sie verspürte irgendwie Mitgefühl mit einem gewissen Judas Ischariot.

6

Montag, der 15. Dezember, kam und mit ihm der stärkste Frost des bisherigen Winters. Die Bäume hoben sich weiß und spröde vor dem blauen Himmel ab. Oben in Fogas funkelten die Berge im Morgensonnenschein, und ihre Größe wirkte in der klaren Luft noch eindrucksvoller.

Aber welche Schönheit der Frost dem Dorf auch immer bescheren mochte, er brachte gleichermaßen Nachteile mit sich. Draußen vor dem Rathaus war die Straße trotz des vorabendlichen Streuens tückisch glatt – eine dünne Eisschicht hatte den steilen Anstieg in eine Todesfalle verwandelt und die Straße für alle, bis auf die Tollkühnsten, unpassierbar gemacht.

Serge Papon zog die überladenen Tüllgardinen zur Seite, die seine Frau an jedem Fenster aufgehängt hatte, und schaute hinaus. Trotz der frühen Stunde erblickte er Pascal Souquet, der sich Zentimeter für Zentimeter die Anhöhe zu seinem Büro hinaufkämpfte. Sein Ehrgeiz trieb ihn zur Arbeit, obgleich seine handgefertigten italienischen Schuhe keinen Halt auf der glatten Oberfläche fanden.

Serges fleischige Züge verzogen sich zu einem kleinen, erwartungsvollen Lächeln, während er das Vorankommen seines Stellvertreters beobachtete, der mit rudernden Armen und wankenden Beinen versuchte, das Gleichgewicht zu halten. Mit einem letzten Ausfallschritt schaffte er es bis zum Tor des Rathauses, hielt sich an den Steinsäulen fest und schleppte sich mehr oder weniger unbeschadet auf den Parkplatz.

»Trottel!« Serge ließ die Gardine ein wenig enttäuscht fallen. Pascal auf den Hintern plumpsen zu sehen wäre der geniale Beginn eines bedeutsamen Tages in der Geschichte von Fogas gewesen.

Als er ein gedämpftes Husten aus dem Zimmer oben vernahm, trat Serge vom Fenster weg und ging in die Küche, um eine Tasse Kräutertee aufzugießen. Er verzog bei dem Geruch das Gesicht, stellte die Tasse auf ein Tablett neben einen Teller mit Croissants und versuchte darüber hinwegzusehen, dass die Backwaren unförmig und pappig waren.

Warum bloß hatte Fogas keine Bäckerei, fragte er sich mit einem verärgerten Grunzen. Die florierende *Boulangerie* seiner Jugend, die sich neben der *Épicerie* in La Rivière befunden hatte, war zusammen mit der Tankstelle und dem Metzger in den frühen sechziger Jahren geschlossen worden. Und nun war die Gemeinde auf das Brot angewiesen, das die Bäckerei oben Richtung Col de Port mittags an die *Épicerie* lieferte. Es gab also keine frischen Croissants zum Frühstück. Keine Chausson aux Pommes. Stattdessen mussten sie sich mit dem Supermarkt begnügen und mit dem massenproduzierten Mist, der kaum dazu taugte, die Schweine zu füttern.

Unter Aufbietung großer Willensstärke gelang es Serge, seine Verärgerung zu unterdrücken. Er fügte dem Tablett eine kleine Vase mit Gartenstiefmütterchen hinzu, nahm das Ganze hoch und trug es vorsichtig die Treppe zum Schlafzimmer hinauf, denn seine verkrümmten Hände waren nicht mehr so verlässlich wie früher. Er durchquerte das Zimmer, wobei er versuchte, die schlimmsten knarrenden Holzdielen zu meiden, und stellte das Tablett auf dem kleinen Tisch neben dem Bett ab.

Als er auf den wirren Bettzeughaufen herabblickte, vermochte er kaum das Gesicht seiner Frau zu erkennen, das verhärmt und grau in dem Strahl Sonnenlicht lag, der durch die halb geöffneten Läden schien. Darauf bedacht, sie nicht zu wecken, streckte Serge vorsichtig die Hand aus und strich ihr sanft eine Haarsträhne aus dem Gesicht.

Sie hatte wieder einmal eine schlechte Nacht gehabt. Dies schien immer häufiger der Fall zu sein, beinahe so, als ob die Diagnose Anfang des Monats die ganze Gewalt der Krankheit entfesselt hatte.

Serge wandte sich vom Bett und von den Gedanken ab, die ihn zu ersticken drohten. Sie würden das schon irgendwie schaffen. Das taten sie doch immer. Und jetzt hatte er erst mal einiges zu tun.

In Picarets herrschte ein ebenso strenger Frost. Stephanie stand am Küchenfenster und blickte in den großen Garten hinter dem Haus hinaus, von dem sie insgeheim hoffte, dass es sich um den Beginn eines Bio-Gartencenters handelte. Der Folientunnel war mit weißen Linien überzogen, die einer Vielzahl feiner Risse ähnelten, und der Dünger auf dem Rhabarber war nun ein fester Eisklumpen. Sie umklammerte den dampfenden Kaffeebecher mit ihren Händen und fragte sich, ob das raue Wetter wohl einige der weniger robusten Pflanzen verschonen würde, die sie heranzog.

Zwei weitere Jahre noch, und sie wäre hoffentlich imstande, das Center zu eröffnen. Bis dahin brauchte sie den Job in der *Auberge*, um sich über Wasser zu halten, und daher konnte die heutige Prüfung großen Einfluss auf ihre Pläne haben. Ärgerlicherweise würde sie nicht hier sein, um zu hören, wie es gelaufen war.

Am Samstag hatte sie ein verzweifelter Telefonanruf des Yogazentrums in Toulouse erreicht, für das sie gelegentlich arbeitete, und nun sprang sie für eine der Kursleiterinnen ein, die an der Grippe erkrankt war, und unterrichtete ab heute einen fünftägigen Kurs. Anfangs hatte sie mit sich gerungen, ob sie das Angebot wirklich annehmen sollte, aber sie brauchte dringend das Geld. Und wenn die Dinge heute in der *Auberge* schlecht liefen, würde sie vielleicht in Zukunft froh sein, wenn ihr das Yogazentrum Arbeit anbot.

Stephanie sah, wie ein Rotkehlchen auf dem Vogeltisch im Garten landete und leicht über die vereiste Oberfläche rutschte. Es pickte vergeblich an dem gefrorenen Vogelfutter und den steinharten Brotklumpen, und sie spürte seine Frustration.

Genauso fühlte sie sich, wenn sie an das Kuddelmuddel in der *Auberge* dachte: frustriert. Und immer noch verwirrt hinsichtlich Christians Rolle bei dem Ganzen. Er war über das

Wochenende weg gewesen, hatte seine Mutter zu ihrer Schwester in Perpignan gebracht, weshalb Stephanie keine Gelegenheit gehabt hatte, mit ihm zu reden.

Vielleicht zerbrach sie sich ja umsonst den Kopf. Schließlich sah es Christian nicht ähnlich, sich an irgendwelchen hinterhältigen Spielchen zu beteiligen. Deshalb hatte sie ihn instinktiv in Schutz nehmen wollen und Annie nichts davon erzählt, dass sein Name in dem amtlichen Schreiben aufgeführt war, als sie Freitagabend bei ihr vorbeigeschaut hatte. Annie würde das bestimmt nicht billigen, aber er war so gut zu Chloé und ihr gewesen, seitdem sie sich hier niedergelassen hatten.

Das Rotkehlchen merkte, dass es seine Zeit vergeudete, gab es auf, sich hier sein Frühstück holen zu wollen, und flog davon. Stephanie folgte seinem Flug mit ihren Blicken, wandte sich dann vom Fenster ab und brüllte die Treppe hinauf, damit sich Chloé beeilte. Sie brannte mit einem Mal darauf, den Tag zu beginnen. Bis zu ihrer Rückkehr konnte sie ohnehin nichts mehr in Sachen *Auberge* unternehmen.

Sie spülte rasch ihren Becher aus, stellte ihn auf das Abtropfbrett, überprüfte nochmals, ob sie auch alles hatte, was sie für die Woche benötigte, und rief dann erneut nach Chloé. Die

Antwort bestand aus einem Trommelfeuer schwerer Schritte, mit dem ihre Tochter die Treppe hinuntergerannt kam, in der einen Hand den baumelnden Ranzen, während sie mit der anderen versuchte, sich das Haar zurückzubinden.

Für jemanden, der so viel Zeit damit verbrachte, seinen Tagträumen vom Dasein als Trapezkünstlerin nachzuhängen, bewegte sie sich etwas zu schwerfällig, wie Stephanie fand, die nach ihrem Autoschlüssel griff und Chloé vor sich zur Tür hinauskomplimentierte.

Als Stephanies alter Transporter an Annie Estaques Bauernhaus vorbeirollte, hatte Annie bereits die Kühe gemolken und den Milchbehälter an die Straße gestellt, damit Christian ihn zur Haltebucht unten mitnehmen konnte. Nicht dass das Melken bei ihrer kleinen Herde lange dauerte, aber es war schon verflixt kalt an einem solchen Morgen. Die Finger blieben an dem Metall der Melkmaschine hängen, und ihr Atem und der der Kühe stieg in Wölkchen vor ihr auf.

Sie warf die Reste vom gestrigen Abendessen in zwei Schüsseln und öffnete die Hintertür, vor der ihre beiden Pyrenäenhütehunde geduldig im Hof auf ihr Frühstück warteten. Sie stellte die Schüsseln auf den Boden und tätschelte die Tiere liebevoll, während sie mit den Gedanken woanders weilte und dem blauen Transporter nachschaute, der auf der sich dahinschlängelnden Straße auf dem Weg ins Tal war.

Nachdem ihr Stephanie am Freitagabend die Neuigkeiten von der *Auberge* erzählt hatte, war Annie zu der Entscheidung gelangt, etwas zu tun, was sie schon sehr lange Zeit nicht mehr getan hatte: sich einzumischen. In den letzten fünfunddreißig Jahren hatte sie den Kopf eingezogen und einfach damit weitergemacht, den Hof der Familie zu bewirtschaften, hatte die Sommerfeste gemieden und auch den Wochenmarkt in St. Girons, im Grunde alles, wo sich ihre Nachbarn trafen und tratschten. Denn vor fünfunddreißig Jahren war sie der Gegenstand dieses Geredes gewesen. Sie wusste nur zu gut, wie es war, wenn die Leute hinter dem Rücken oder – schlimmer noch – vor allen Leuten über einen redeten.

Aber nun war sie entschlossen, dem englischen Paar in der *Auberge* auf jede nur erdenkliche Art und Weise zu helfen. Sie wusste nichts über sie, aber was ihnen widerfuhr, war einfach falsch. Und dahinter steckte dieser Schweinehund Papon. Das allein reichte aus, um Annie wachzurütteln und aktiv werden zu lassen. Das und die Tatsache, dass, egal, wie die heutige Prüfung auch ausfallen mochte, es direkte Auswirkungen auf Stephanie und Chloé haben würde.

Der Transporter verschwand um eine Kurve, und Annie schritt zielstrebig ins Haus zurück und hustete dabei in ihren Ärmel. Sie lächelte bei der Vorstellung, wie Véronique sie wegen solch unfeiner Manieren schalt. Ihre Tochter begriff nicht, dass sich Annie diese raue Schale vor Jahren zugelegt hatte, um die Leute abzuschrecken, damit ihr niemand zu nahe kam. Inzwischen war es ihr zur Gewohnheit geworden.

Oben in ihrem Schlafzimmer zog Annie ihre schäbige alte Wolljacke aus, die sie zum Melken benutzte, und streifte stattdessen den Fleecepullover über, den Véronique ihr letztes Jahr zu Weihnachten geschenkt und den sie noch nie getragen hatte. Die von den Kühen verschmutzte Hose tauschte sie gegen eine saubere Cordhose ein, und dann nahm sie ihren dicken Wintermantel aus dem Schrank und bürstete ihn rasch ab. Sie holte sich einen Lappen aus der Küche, wischte den schlimmsten Dreck von ihren Stiefeln und stellte sie neben die Hintertür. Anschließend machte sie ein Feuer im Ofen für ihre Rückkehr.

Als sie schließlich fertig war mit allem, setzte sich Annie zum Schreiben ihrer Einkaufsliste an den großen Holztisch, der die Küche dominierte und auf dem Generationen der Familie Estaque ihre Spuren in Form von Schrammen und Furchen hinterlassen hatten. Sie brauchte nicht viel. Lediglich ein paar Dinge für Chloé, die vier Nächte bei ihr bleiben würde, worauf sich Annie sehr freute. Als die Liste fertig war, sah sie auf die Uhr. Es war noch zu früh, um sich auf den Weg zu machen. Die Prüfung in der *Auberge* begann erst um zehn. Wenn sie es zeitlich richtig abstimmte, könnte sie in der *Épicerie* sein, während sie stattfand, und auf dem Rückweg bei der *Auberge* vorbeischauen, wenn sie gerade endete. Und dann wollte sie über ihren nächsten Schritt entscheiden.

Sie blieb sitzen und sah zu, wie die Minuten auf der alten Standuhr in der Ecke vergingen. Ihre Gedanken wanderten zurück zu der Zeit, als alles anders gewesen war, bevor sie mit Véronique schwanger wurde. Sie ballte die Hände automatisch trotzig zu Fäusten.

Die Gemeinde hatte ihr wegen eines einzigen Fehlers das Leben vermiest. Sie wollte verdammt sein, wenn sie einfach so danebenstehen und zusehen würde, wie sie anderen Menschen das Gleiche antaten.

Unten im Tal war La Rivière noch in Nebel gehüllt, die Sonne ein unsicheres Versprechen hinter einem dichten Dunstschleier. Es war alles von Frost überzogen, jeder Zweig von dicken weißen Kristallen umgeben, die Fenster mit Eisblumen verziert und der Fluss aufgrund der wabernden, feuchten Wolken, die von seiner Oberfläche aufstiegen, nur noch undeutlich zu erkennen.

Paul schaltete die Kaffeemaschine ein, versetzte ihr sicherheitshalber einen Schlag auf die Seite und öffnete die Eingangstür. Über die Straße hinweg konnte er Stephanies alten blauen Transporter erkennen, der vorsichtig von Picarets heruntergefahren kam. Als er auf die Hauptstraße einbog, geriet das Heck leicht ins schleudern.

Glatteis. Damit könnte sich die Ankunft ihrer Besucher ein wenig verzögern, dachte er.

»Eine Tasse Tee?«

Lorna hatte sich von hinten an ihn herangeschlichen, schlang ihre Arme um seine Brust und schmiegte ihren Kopf zwischen seine Schulterblätter. Er drehte sich in ihrer Umarmung und gab ihr einen Kuss auf den Scheitel.

»Gern. Hast du gut geschlafen?«

Sie warf ihm einen schiefen Blick zu. Die

dunklen Schatten unter ihren Augen sprachen Bände.

»Ich auch nicht. Ich bin froh, wenn diese Prüfung vorbei ist.«

»Ich auch«, stimmte ihm Lorna zu und drückte ihn ganz fest. »Dann können wir einfach damit weitermachen, die *Auberge* auf Vordermann zu bringen.«

Wie sich herausstellte, war lediglich der Bürgermeister von den schwierigen Straßenverhältnissen betroffen. Zumindest war dies der einzige Grund, der Paul für dessen Unpünktlichkeit einfiel.

Gegen halb elf begannen Pauls und Lornas Kräfte langsam nachzulassen. Schon eine halbe Stunde lang hatten sie sich redlich bemüht, die Gruppe der Prüfungskommission zu unterhalten, die sich zusammensetzte aus Major Gaillard von der Feuerwehr, Monsieur Chevalier vom Veterinäramt, Monsieur Peloffi von diesem geheimnisvollen DDE und zwei Polizisten, deren Namen Paul überhört hatte, da er zu beschäftigt damit gewesen war, ihre Pistolen anzustarren. Immerhin war es ihm gelungen, die Zeit dafür zu nutzen, abzuklären, warum sich unter den Beteiligten ein Tierarzt befand, denn diese Frage hatte ihm das ganze Wochenende über Kopfzerbrechen bereitet. Monsieur Chevalier hatte ihm mit Freuden erklärt, dass sein Aufgabengebiet natürlich nicht nur das Wohl der Tiere umfasste, sondern auch die Lebensmittelhygiene. Paul versuchte immer noch, sich einen Reim auf diese Erklärung zu machen, als die Tür aufging.

»Guten Morgen! Guten Morgen!« Endlich war der Bürgermeister eingetroffen. Ohne ein Wort der Entschuldigung für seine Verspätung fegte er in die *Auberge* hinein und ging mit ausgestreckten Armen auf Lorna zu, um sie zu begrüßen. Seine Anwesenheit elektrisierte den Raum, und wo zuvor leise Unterhaltungen zwischen den versammelten Männern über ihre Espressos hinweg stattgefunden hatten, erhoben sich nun raue Stimmen, als sie alle darum wetteiferten, den Bürgermeister willkommen zu heißen.

Sobald Lorna aus seiner Umarmung entlassen war und der penetrante Duft seines Rasierwassers sich langsam aus ihrer Nase verflüchtigte, beobachtete sie, wie der Bürgermeister seine Runde machte, Schultern klopfte und Hände schüttelte und ganz offenbar die seinem Amt innewohnende Macht auskostete. Nachdem er jeden begrüßt hatte und sich eine allgemeine Geschäftigkeit breitmachte, um mit der

Prüfung zu beginnen, ergriff sie ihre Chance, ihn zu fragen, wo sein Stellvertreter Dupuy war.

»Ach, ja. Monsieur Dupuy.« Der Bürgermeister wandte sich Lorna mit einem entschuldigenden Lächeln zu. »Leider ist er heute zu beschäftigt, um sich Ihnen zu widmen, Madame Web Ster.«

»Wie bitte? Aber er hat diese … Prüfung doch … herbeigerufen«, erwiderte Lorna, verärgert darüber, dass ausgerechnet der Mann, der ihnen diese ganze Sache eingebrockt hatte, sich nicht einmal blicken lassen würde. Sie deutete auf den Brief, in dem der Name des stellvertretenden Bürgermeisters fett gedruckt hervorgehoben war. »Er muss doch da sein, nicht wahr?«

Der Bürgermeister tätschelte ihre Hand. »Machen Sie sich deshalb keine Sorgen«, sagte er und wandte sich unvermittelt Major Gaillard zu. »Wollen wir beginnen?«

Er schritt davon und ließ Lorna – Sprachbarriere hin oder her – mit dem sicheren Gefühl zurück, dass man sie gerade überaus herablassend behandelt hatte. Sie sah zu, wie die Männer die Küche ansteuerten, und ahnte, dass die Mehrheit von ihnen es wohl gar nicht bemerken würde, wenn sie, eine Frau, der Prüfung fernbliebe.

Scheiß drauf! Sie griff nach ihrem Notizbuch und folgte ihnen. Sie sah sich in ihrem Entschluss bestärkt, als Paul ihr hektisch bedeutete, rasch aufzuschließen. Die Aussicht darauf, dass sie ihn womöglich mit den Männern allein lassen könnte, schien ihn in Schrecken zu versetzen.

In der Küche angelangt, übernahm Monsieur Chevalier das Kommando. Anhand seiner Anweisungen wurden Schränke geöffnet, Reinigungsprodukte begutachtet, das Fett der Fritteuse auf seine Qualität hin untersucht und die Temperaturen der Kühlschränke und der Gefriertruhen notiert. Überhaupt machte sich Monsieur Chevalier die ganze Zeit über umfangreiche Notizen auf einem Klemmbrett. Während die Gruppe ihre Nasen überall hineinsteckte, stöberte und stocherte und angestrengt starrte, standen Lorna und Paul auf der Seite und kamen sich vor, als würde ihr Leben seziert.

»Das ist ein bisschen heftig!«, flüsterte Paul, als Monsieur Chevalier die Fettprobe gegen das Licht hielt und sich dann etwas notierte, während ihm der Bürgermeister dabei mit ausdrucksloser Miene, aber mit Adleraugen, über die Schulter schaute.

»Wonach suchen die?« Lorna nickte mit dem Kopf zu den beiden Polizisten hinüber, die eine hitzige Diskussion über ihren Brotbackautomaten führten. Einer von ihnen hob die Backform heraus, um sich das Bauteil im Inneren anzusehen. Paul folgte ihrem Blick und schaute verständnislos drein, als er sah, was die beiden da taten.

»Gott allein weiß, was das soll«, flüsterte er. »Aber ich werde ihnen ganz bestimmt nicht sagen, dass sie damit aufhören sollen. Die haben Waffen!«

Lorna versuchte vergeblich, ein Kichern zu unterdrücken, und als die Polizisten es hörten und aufsahen, da errötete der Jüngere angesichts ihrer prüfenden Blicke. Er baute das Gerät rasch wieder zusammen und zuckte lässig mit den Schultern.

»Meine Frau möchte auch so ein Ding haben«, erklärte er. »Taugt das Brot was?«

»Pah!«, mischte sich sein Kollege ein, ohne eine Antwort von Lorna oder Paul abzuwarten. »Wie kann es genauso gut sein wie frisches Brot aus der Bäckerei? Das ist doch neumodischer amerikanischer Schrott!«

»Aber es ist praktisch.«

»Praktisch? Wie praktisch wird es wohl sein, wenn die Bäckerei dichtmacht?«

»Wir kaufen unser Brot nicht in der Bäckerei. Wir holen es im Supermarkt.«

»Im SUPERMARKT? Den Mist kauft ihr? Das ist das Problem mit euch jungen Leuten.«

Die Auseinandersetzung setzte sich mit größerer Heftigkeit fort. Paul und Lorna vermochten nur Bruchstücke zu verstehen, aber sie waren wie gebannt von den Gesten, den erhobenen Stimmen und der Leidenschaft. Gerade als Paul überzeugt war, dass die beiden Männer ihre Waffen ziehen würden, um die Angelegenheit ein für alle Mal zu regeln, gab Monsieur Chevalier zu verstehen, dass er fertig war. Die Debatte und der Brotbackautomat waren augenblicklich vergessen, und alle zogen wieder in den großen Raum.

Nach der Küche arbeitete sich die Gruppe systematisch von oben nach unten durch das Gebäude. Feuerlöscher wurden von den Wänden genommen und überprüft, die Gästezimmer und die Belegungszahlen notiert, der Feueralarm getestet und die Elektrik einer oberflächlichen Überprüfung unterzogen. Lorna vermochte sich die ganze Zeit über nicht des Eindrucks zu erwehren, dass einige der Männer lediglich aus Neugierde dabei waren, denn es schien, als ob eigentlich Major Gaillard und Monsieur Chevalier das Sagen hatten.

Schließlich begaben sie sich nach draußen, um in den Keller zu gelangen, den letzten Raum der Begehung. Paul riss die Doppeltüren auf, und als sie vor dem alten Heizkessel und dem undichten Öltank standen, holte Major Gaillard vernehmlich Luft. Zum ersten Mal seit Beginn der Prüfung machte sich Lorna wirklich Sorgen. Sie versuchte Pauls Aufmerksamkeit zu erregen, und dabei fiel ihr Blick auf den Bürgermeister, von dessen Gesicht gerade die Reste eines Lächelns verschwanden. Seine Augen funkelten selbst in der Finsternis des fensterlosen Raumes.

Es war eindeutig, dass es Probleme gab. Paul musste eine Vielzahl von Fragen über die Heizungsanlage beantworten, was seine Sprachkompetenz und die Geduld von Major Gaillard auf eine harte Probe stellte, aber seine Antworten schienen das Stirnrunzeln des Feuerwehrmannes eher zu vertiefen, als zu mildern. Nach einer gefühlten Ewigkeit steckte Major Gaillard seinen Stift dann mit einem schnappenden Geräusch in den Halter an seinem Klemmbrett und verkündete, dass er durch sei.

Spürbar erleichtert strömten alle nach draußen. Der Nebel war einem blauen Himmel gewichen, der nach dem Halbdunkel des Kellers beinahe grell schien. Die Prüfungskommission verabschiedete sich unverzüglich und war innerhalb weniger Augenblicke verschwunden.

Zurück blieben Paul und Lorna, die ein wenig verdutzt in der Einfahrt standen und so klug waren wie zuvor, denn sie wussten nicht, wie sie abgeschnitten hatten.

»War's das?«, fragte Lorna, als der Mannschaftswagen mit den zwei bereits wieder streitenden Polizisten darin abfuhr.

»Ich schätze, ja.«

Vom Tor aus konnten sie sehen, wie der Bürgermeister Monsieur Peloffi vom DDE die Hand schüttelte. Der Mann hatte während der ganzen Zeit kein Wort gesagt, und Paul und Lorna wussten immer noch nicht, in welcher Funktion er an dem Ganzen teilnahm. Er fuhr in seinem Auto davon, während sich Major Gaillard, Monsieur Chevalier und der Bürgermeister auf den Weg zur Bar machten.

»Die genehmigen sich bestimmt einen Pastis!«, bemerkte Paul, als die drei Männer in der Ferne die Brücke überquerten.

»Sie hätten uns ja was sagen können.«

»Dass sie einen trinken gehen?«

»Nein«, erwiderte Lorna. »Ob wir nun bestanden haben oder nicht!«

»Oh, richtig. Ja, man sollte doch meinen, der Bürgermeister hätte uns einen kleinen Anhaltspunkt geben können. Aber wenigstens haben wir es jetzt hinter uns, und du kennst doch die alte Redensart.« Paul schlang mit offenkundiger Erleichterung seine Arme um Lorna. »Keine Nachrichten sind gute Nachrichten.«

Lorna wünschte, sie hätte seinen Optimismus teilen können. Irgendwie wurde sie das Gefühl nicht los, dass ihre Probleme jetzt erst richtig begannen. Und im Stillen verfluchte sie den abwesenden Monsieur Dupuy, der sie ihnen eingebrockt hatte.

»Lassen Sie mich das klarstellen.« Serge Papon stellte sein Glas Pastis auf den Tisch und fixierte Monsieur Chevalier mit seinem Blick. »Sie sagen also, dass es in der Küche rein gar nichts zu beanstanden gibt? Nicht einmal das Öl?«

»Genau!«

Serge starrte ihn eine kleine Weile länger an. Er spürte das Unbehagen des anderen Mannes angesichts dieses forschenden Blickes.

»Hm. Und was ist mit Ihnen?« Er wandte seine Aufmerksamkeit Major Gaillard zu.

»Was den Heizkessel und den Öltank angeht, so bin ich damit keineswegs zufrieden.«

Ein Lächeln breitete sich auf Serges Gesicht aus.

»Fahren Sie fort.«

»Nun, zunächst einmal ist der Öltank undicht. Und des Weiteren steht er zu nahe am Heizkessel, der sehr alt ist.«

»Was schlagen Sie also vor?«

»Einen neuen Öltank, der möglichst außerhalb des Hauses aufgestellt wird. Nicht im Keller. Und außerdem einen neuen Heizkessel. Darüber hinaus eine Brandmauer, die um den Heizkessel zu errichten ist, einen Not-Aus-Taster auf der Außenseite der Feuerschutzmauer und einen Notabschalter an der vom Öltank zuführenden Leitung.« Major Gaillard blickte von den Notizen auf, aus denen er vorgelesen hatte, und griff nach seinem Glas.

»Klingt nach gravierenden Mängeln«, bemerkte Serge ernst. »Lässt sich wohl nicht vermeiden, den Laden dichtzumachen.«

Major Gaillard verzog das Gesicht und zuckte mit den Schultern. »Nicht unbedingt. Natürlich kann ich den beiden erst bescheinigen, dass die Prüfung bestanden ist, wenn die Arbeiten abgeschlossen sind, und ich möchte auch gern einen Nachweis von einem zertifizierten Elektriker, dass mit der elektrischen Ausstattung alles in Ordnung ist. Aber sie können die *Auberge* mit Ihrem Segen weiterbetreiben, und wir könnten einen Fertigstellungstermin vereinbaren, bis zu dem alles erledigt sein sollte. Sagen wir, in einem Jahr?«

Serge lehnte sich auf seinem Stuhl zurück, der aufgrund seiner schmerzlichen Erfahrungen nun dem Feuer zugewandt war, und rieb sich das Kinn.

»Es handelt sich also um eine potenzielle Gefahr für die Gäste?«, fragte er.

»Nun ja, möglicherweise, aber …«

»Und besteht der Zweck einer solchen Prüfung nicht darin, nachzuweisen, dass solche Betriebe sicher sind?«

»Ja, aber …«

»Also sollten wir eigentlich empfehlen, die *Auberge* bis zur Beendigung der Modernisierungsmaßnamen zu schließen.«

Major Gaillard senkte langsam sein Glas, stellte es auf dem Tisch ab und drehte sich Monsieur Chevalier zu, dem beinahe vor Überraschung die Augen aus dem Kopf fielen. In all den Jahren, in denen sie Lokale im Verwaltungsbezirk Ariège geprüft hatten, von denen viele in einem sehr viel schlimmeren Zustand gewesen waren als die *Auberge des Deux Vallées*, hatte nicht ein einziges Mal ein Bürgermeister von sich aus das Ansinnen geäußert, einen Betrieb schließen zu lassen. Normalerweise kämpften sie mit allen Mitteln und nutzten ihren Einfluss, um genau dies zu verhindern. Was Bürgermeister Papon da vorschlug, ergab einfach keinen Sinn. Weder die Gemeinde noch die Besitzer hatten etwas davon.

»Entschuldigen Sie, ich verstehe das nicht«, brachte Major Gaillard schließlich hervor. »Wieso wollen Sie sie denn schließen lassen?«

Serge verzog kühl die Lippen. Ein Lächeln, das seine Augen nicht erreichte. »Ich handle einzig und allein im Interesse der Gemeinde.«

Major Gaillard unterdrückte ein Schaudern und stürzte den Rest seines Getränks hinunter, um es sich nicht anmerken zu lassen. »Letztendlich liegt die Entscheidung, die *Auberge* zu schließen, nicht bei mir, wie Sie wissen«, erklärte er, während er sich den Schnurrbart abwischte. »Das ist Sache der Gemeinde. Ich bin bereit, die Prüfung als mangelhaft abzuzeichnen. Was Sie dann damit anfangen, liegt ganz bei Ihnen.«

Und damit erhob er sich und verließ die Bar. Er wollte nichts mit dem zu tun haben, was in der Gemeinde von Fogas vor sich ging. Aber die neuen Besitzer der *Auberge* konnten einem leidtun, so viel stand fest.

Annie Estaque hatte ihren Einkaufsgang wirklich zeitlich perfekt abgestimmt. Aus dem Schutz der *Épicerie* sah sie zu, wie der Feuerwehrmann aus der Bar hinaus- und die Straße zu seinem Wagen hinunterstapfte, augenscheinlich unzufrieden mit der Diskussion, die soeben stattgefunden hatte und von Annie und Josette belauscht worden war.

»Er wird es dem *Conseil Municipal* anheimstellen müssen«, sagte Josette. »Er kann sie nicht einfach dichtmachen.«

Annie schnaubte und schüttelte den Kopf. »Erwirdschieschumachen. Laschdirdaschgeschagtschein.« Sie fasste die Griffe ihrer Einkaufstasche, die leichter war als gewöhnlich, da sie den größten Teil ihrer Besorgungen bereits am Freitag erledigt hatte.

»Bist du dir auch sicher, dass du sonst nichts mehr brauchst, Annie?«, fragte Josette. Das Funkeln in ihren Augen ließ erkennen, dass sie den wahren Grund für ihren Besuch in der *Épicerie* durchschaut hatte.

Anstelle einer Antwort gab Annie nur ein Kichern von sich und verließ den Laden genau in dem Moment, als Serge Papon aus der Bar heraustrat. Er schritt an ihr vorbei, ohne sie zu bemerken, und verzog gedankenversunken das Gesicht, als er auf seinen Wagen zumarschierte. Sie blickte ihm nach und bemerkte erst, dass sie die Luft angehalten hatte, als sie unwillkürlich tief einatmete, ganz so, als versuchten sich ihre Lungen von einem schlechten Geruch zu reinigen. Sie schritt die Straße hinunter, ohne sich darüber im Klaren zu sein, was sie tun sollte, aber sie war sicher, DASS sie etwas tun sollte.

Als sie auf einer Höhe mit der *Auberge* war, hörte sie, wie in der Ferne eine Tür zugeschlagen wurde, und aus dem Augenwinkel erblickte sie eine junge Frau, die von der Rückseite kommend um die Ecke des Hauses bog und mit gesenktem Kopf auf das Tor zustrebte. Annie ging weiter, die Straße hinauf Richtung Picarets. Sie spitzte die Ohren, um zu hören, welche Richtung die Frau einschlug. Und tatsächlich folgte sie Annie mit schnellen Schritten, zweifellos ein Überbleibsel aus all den Jahren, die sie in der Stadt gelebt hatte. Véronique war auch so gewesen, als sie von der Hochschule in Toulouse zurückgekehrt war. Immer alles schnell-schnell und ständig in Eile. Aber Fogas hatte ihr das bald ausgetrieben. Warum zum Teufel sollte man sich hier auch wegen irgendetwas beeilen? Es sei denn, man war aus Versehen auf eine Weide geraten, auf der Sarko, der Stier, stand. Annie lachte in sich hinein.

»*Bonjour*!« Die Frau hatte Annie erreicht und wollte sie überholen, zögerte dann aber. »Kann ich helfen?« Sie deutete auf die Einkaufstasche, die Annie mehr oder weniger vergessen hatte, da sie so leicht war.

Annie wollte gerade ablehnen, wie sie es immer tat, als ihr klar wurde, dass sich ihr hier eine perfekte Gelegenheit bot. Gottgegeben, wie Véronique sagen würde. Nicht etwa, dass Annie diesen Quatsch glaubte. Nein, die Zeiten waren vorbei.

»Danke. Daschwäregroschartig.« Annie hielt ihr die Tasche hin, um die Bedeutung klarzumachen, denn sie konnte erkennen, dass die Frau sie nicht verstanden hatte. Jetzt brach sie doch tatsächlich mit einer langjährigen Gewohnheit und ließ sich von jemandem helfen.

Die Sonne stand hoch am Himmel, und der Frost war nur noch eine ferne Erinnerung, als Lorna Annies Haus verließ. Der Spaziergang, bei dem sie eigentlich hatte Dampf ablassen wollen, war zu einem netten Beisammensein geworden. Annie blieb an der Hintertür stehen und sah zu, wie die neue Besitzerin der *Auberge* den Pfad hinunterging. Die Hunde, die sie offenbar in ihr Herz geschlossen hatten, begleiteten sie bis zur Straße. Lorna drehte sich noch einmal um, winkte ein letztes Mal und machte sich dann auf den Weg ins Tal zurück zur *Auberge*.

Annie stellte überrascht fest, dass sie noch lächelte, nachdem sie die Tür geschlossen hatte und damit begann, die Tassen und Teller vom Tisch zu räumen. Eine Tasse Tee, in der Tat!, dachte sie und lachte bei der Vorstellung, dass ihre neue englische Freundin dem Klischee gerecht geworden war. Glücklicherweise hatte sich Annie an eine Geschenkpackung Twinings-Tee erinnert, die sie einmal vor Jahren von Véronique bekommen hatte und die, nachdem sie sich gebührend bei ihr bedankt hatte, seither ganz hinten in einem Schrank ihr Dasein fristete. Wie sich herausstellte, war es genau das Richtige gewesen. Annie hatte sogar selbst eine Tasse davon zu den Plätzchen aus der Region getrunken, die sie heute Morgen als Leckerei für Chloé im Laden gekauft hatte. Alles sehr niveauvoll. Véronique wäre stolz auf sie gewesen.

Sie hatten sich gut eine Stunde unterhalten, und Annie hatte sich die ganze Zeit von ihrer besten Seite gezeigt. Sie hatte schon seit Jahren keinen richtigen Gast mehr gehabt. Ach was, seit Jahrzehnten nicht mehr. Und eigenartigerweise hatten die Sprachschwierigkeiten die Sache auf beiden Seiten leichter gemacht. Sie hatten sich über die *Auberge* unterhalten, über den Hof, die Gemeinde und über den Bürgermeister, obgleich Annie bei diesem Thema ihre Ansichten für sich behalten hatte. Wie es schien, hatte sich Lorna von seinem Charme einwickeln lassen, und es lag nicht in Annies Absicht, sie von dieser Meinung abzubringen. Zumindest noch nicht. Dafür war noch genug Zeit. Schließlich wusste Annie ja selbst nur zu gut, wie charmant der Mann sein konnte.

Nachdem sie den Tisch abgewischt hatte, richtete sie sich auf und schaute auf die Uhr. Christian würde jetzt zum Mittagessen zu Hause sein. Sie wollte ihn anrufen und die Dinge ins Rollen bringen, bevor sie das Bett für Chloé machte. Wenn sie vorhatten, Serge Papon auszutricksen, mussten sie rasch handeln.

Sie ging zu der großen Anrichte hinüber und griff zum Hörer. Dabei fiel ihr Blick auf das Foto, das neben dem Telefon stand. Darauf waren Annie und ihre Eltern vor ihrem Bauernhaus zu sehen. Papa hatte seinen Arm um ihre Schultern gelegt. Maman lachte über etwas, das außer Sichtweite geschah. Es war in der Woche aufgenommen worden, bevor Annie herausfand, dass sie schwanger war. Sie berührte das Bild wie einen Talisman, und während sie wählte, verzogen sich ihre Lippen zu einer schmalen, entschlossenen Linie.

Fünfunddreißig Jahre waren eine lange Zeit, um mit jemandem abzurechnen.

7

Serge Papon saß am Fenster des Cafés Galopin und starrte auf den Fluss hinaus, der über das Wehr stürzte, blind gegenüber der Schönheit der Sonne, die auf der Wasseroberfläche schimmerte. Eine Espressotasse schmiegte sich in die gekrümmten Finger seiner linken Hand, während seine rechte einen ungeduldigen Stakkato-Rhythmus auf die metallene Tischoberfläche trommelte.

Er schaute auf seine Uhr, und Zorn stieg in ihm auf.

Wo steckte der Blödmann nur? Er hätte schon längst da sein sollen. Sie hatten nicht viel Zeit. Bestenfalls zwei Stunden.

Zwei Stunden. Das war alles, was zwischen ihm und seiner süßen Rache stand. Zwei Tage waren seit der Prüfung vergangen, und die *Auberge* war seinem Zugriff ein Stück näher gerückt. Die beiden Ausländer durften bald ihre Heimreise antreten. Was Christian betraf, so hatte der genauso reagiert wie erwartet. Unter seinem behäbigen bäurischen Gebaren lag ein

Verstand verborgen, der beinahe so scharf war wie sein eigener. Er hatte nur eine große Schwäche. Christian zog es vor, fair zu spielen.

Serge kicherte, als er den Rest seines Kaffees austrank. Von so etwas ließ er sich in seinem Leben nicht einengen. Im Gegenteil. Und genau das war der Grund, warum er am frühen Nachmittag in diesem halb leeren Café saß und auf den Fluss hinausschaute.

Als er seine Tasse senkte, nahm er eine Bewegung jenseits der Pont Vieux wahr. Ganz flüchtig nur, und doch fiel etwas Orangefarbenes ins Auge. Serge konzentrierte sich auf das Menschengewühl, das die Brücke im Herzen von St. Girons überquerte. Und tatsächlich erblickte er weiter hinten Bernard Mirouze, der von einem Ladeneingang zu einer Säule flitzte und sich dann an die Fersen einer alten Dame mit Pudel heftete, ganz offenbar um die Unauffälligkeit bemüht, die Serge ihm einzubläuen versucht hatte. Nur leider zierte dabei die orangefarbene Baskenmütze seinen Kopf, die er für gewöhnlich bei der Jagd trug.

Serge stöhnte. Der Mann war wirklich ein Idiot. Wie zum Teufel konnte dieser Fettklops nur glauben, mit dieser Kopfbedeckung unauffällig durch St. Girons huschen zu können? Der *cantonnier* bewegte sich mit der Anmut eines angeschossenen Elefanten, und einige Leute zeigten schon lachend auf ihn, als er in seiner Camouflagehose die Brücke überquerte und seine Baskenmütze in den schrägen Strahlen der Wintersonne leuchtete.

Schließlich erreichte Bernard die Tür des Cafés, schlüpfte hinein und fuhr herum, um nachzuschauen, ob ihm jemand folgte. Dabei stieß er mit seinem breiten Hintern gegen den nächststehenden Tisch, der daraufhin umstürzte. Er sprang erschrocken zurück und warf den Garderobenständer um, der auf der anderen Seite des Eingangs stand. Als der Besitzer auf ihn zueilte, um weiteres Chaos zu verhindern, und Bernard unter Fluchen von der Tür fortscheuchte, bemerkte dieser Serge, der an einem Tisch im hinteren Teil des Raumes saß, und strebte auf ihn zu.

»Ich glaube nicht, dass mich jemand gesehen hat«, versicherte er mit einem triumphierenden Lächeln.

Serge schluckte die Entgegnung hinunter, die ihm auf der Zunge lag und bestellte per Handzeichen zwei Espressos, was sowohl als Wiedergutmachung für den entstandenen Schaden dienen sollte, als auch um Zeit zu gewinnen, sich abzuregen.

»Du bist spät dran«, quetschte er schließlich

zwischen zusammengebissenen Zähnen hervor.

Bernards Lächeln erstarb, und an seine Stelle trat ein besorgtes Stirnrunzeln. »Tut mir leid, Bürgermeister. Ich musste erst noch nach Hause, um meine Baskenmütze zu holen. Die hatte ich heute Morgen nämlich vergessen. Und ich sollte doch vorsichtig sein. Also dachte ich mir, ich trage am besten etwas zur Tarnung, und da doch heute Mittwoch ist, also Jagdtag, na ja, ich dachte, das ist doch goldrichtig, da wird niemand irgendeinen Verdacht hegen und –«

Serge hielt eine Hand in die Höhe, um dem Redeschwall des nervösen *cantonnier* Einhalt zu gebieten. Vielleicht war das mit dem Espresso doch keine so gute Idee gewesen. Der Mann war schon kribbelig genug.

»Das reicht«, sagte er. »Dafür haben wir jetzt keine Zeit. Die Gemeinderatsversammlung ist in zwei Stunden, und du musst etwas für mich tun. Etwas, wovon niemand sonst wissen darf.«

In seinem Eifer, dem Bürgermeister zu Diensten zu sein, lehnte sich Bernard nach vorn und brachte den Kaffee zum Überschwappen, als sein Bauch gegen den Tisch stieß. Er versuchte die Schweinerei halbherzig mit einer Serviette aufzutupfen, brachte damit aber den Tisch noch mehr zum Wackeln.

Serge biss erneut die Zähne zusammen und griff über den Tisch hinweg, um eine Hand auf Bernards Arm zu legen. Seine knotigen Finger gruben sich in das weiche Fleisch. Bernard erstarrte, seine Augen begegneten denen des Bürgermeisters, und was er darin sah, ließ ihn regungslos verharren.

»Hör mir zu. Hör mir ganz genau zu. Glaubst du, dass du das schaffst?«

Bernard schluckte vernehmlich und nickte dann.

»Gut«, fuhr Serge fort und fixierte den *cantonnier* weiter mit einem Blick, der diesen wie paralysiert auf dem Stuhl hocken ließ. »Also, du sollst Folgendes für mich erledigen …«

Christian war spät dran, was ihm gar nicht ähnlich sah. Er verstand sehr wohl, warum die Versammlungen des Gemeinderats im Winter vorverlegt wurden. Kein Mensch hatte Lust, die Bergstraßen am späten Abend entlangzufahren, wenn sie schon vom Frost überzogen waren. Aber der frühere Beginn bedeutete, dass er sehr viel weniger erledigen konnte, und heute hatte er es nicht einmal geschafft, sich zu rasieren!

Er warf einen kurzen Blick in den alten Spiegel im Flur, der mit den Jahren so blind geworden war, dass er nur noch ein mattes Abbild zeigte. Ganz passabel. Es gab ja schließlich niemanden, den es zu beeindrucken galt. Trotzdem fuhr er sich mit der Hand durch das noch feuchte Haar, in der vergeblichen Hoffnung, damit seine Locken zu bändigen.

»Bist du jetzt weg?«

Er drehte sich im Flur um, als ihn seine Mutter ansprach, und nickte.

»Soll ich dir etwas vom Abendessen aufheben?«

Christian versuchte das energische Kopfschütteln seines Vaters zu ignorieren, der hinter seiner Frau stand.

»Nein, nicht nötig«, sagte er, ein Lächeln unterdrückend. »Ich werde unterwegs was essen.«

Er war sich zwar nicht sicher, wo, weil das Restaurant in der *Auberge* ja geschlossen war, aber das Essen seiner Mutter war schon schlimm genug, wenn es frisch aus dem Ofen kam, da musste er das Schicksal nicht mit einer aufgewärmten Mahlzeit von ihr herausfordern. Offenbar war sein Vater derselben Meinung, da er mit einem übertrieben verschwörerischen Zwinkern reagierte.

»Das habe ich gesehen!«

»Was denn?«

»Das Zwinkern!«

»Was für ein Zwinkern? Ich hatte was im Auge!«

Die Neckereien seiner Eltern brachten Christian zum Schmunzeln. Er zog sich seine Jacke über und trat in den Spätnachmittag hinaus. Nach Westen hin verschwand die Sonne langsam hinter den Bergen und ließ einen rotgestreiften Himmel zurück. Die Luft hatte sich merklich abgekühlt. Für die nächsten Tage war Schnee vorausgesagt, und angesichts des Temperatursturzes und der heranziehenden Wolken war sich Christian sicher, dass die Vorhersage eintreffen würde. Er hoffte nur, dass sie nicht wieder einen ganz so strengen Winter bekamen. Nach den Kosten für die Impfungen gegen die Maulkrankheit konnte er gut darauf verzichten, auch noch monatelang Futter hinzukaufen zu müssen. Ein kurzes Winterintermezzo, ein baldiger Frühling und ein langer Sommer – das wäre perfekt!

Der Panda sprang trotz der Kälte beim ersten Versuch an. Christian drehte die Heizung auf. Bei voll laufendem Gebläse machte er sich auf den Weg hinunter nach Picarets. Zu seiner Linken lag Weideland, das sanft abfiel – sein Land, das schon von Generationen von Dupuys vor ihm bewirtschaftet worden war. Was jedoch die Zeit nach ihm anging … Christian verdrängte den Gedanken und konzentrierte sich stattdessen auf Sarko, seinen preisgekrönten Limousin-Stier, der mit den Hufen scharrend und schnaubend in der Mitte einer der Weiden stand. Wenn Christian nicht schon spät dran gewesen wäre, hätte er womöglich angehalten, um nachzusehen, ob auch alles in Ordnung war, aber so fuhr er weiter. Schließlich hatte ihm die Erfahrung gezeigt, dass dies ein ganz alltägliches Verhalten für eines der eigenwilligsten Tiere war, die er jemals das Pech gehabt hatte zu besitzen. Nachdem er vorbeigefahren war, warf er einen kurzen Blick in den Rückspiegel und stellte erfreut fest, dass sich der Stier wieder beruhigt hatte. Etwas Orangefarbenes blitzte für einen Moment in der Ecke des Spiegels auf und erregte seine Aufmerksamkeit, aber als er versuchte herauszufinden, was es war, sah er nur noch das kleine Wäldchen, das den Rand von Sarkos Weide umgab.

Christian wandte seine Aufmerksamkeit wieder der Straße zu, und bald schon war das kleine Landhaus mit dem tadellosen Vorgarten und den mitternachtsblauen Fensterläden in Sicht, die, wenn geöffnet, große Sonnen zeigten, und wenn geschlossen, wie jetzt, winzige Sterne. Das brachte ihn immer zum Lächeln. Stephanie schaffte es sogar, etwas so Zweckmäßigem wie Fensterläden ihre ganz persönliche Note zu verleihen.

Christian ließ beim Vorüberfahren automatisch seinen Blick über das Häuschen gleiten, das den Beginn des Dorfes markierte. Er bemerkte, dass sich eins der Scharniere an einem Laden gelöst hatte und repariert werden musste. Er würde gleich morgen vorbeischauen und es in Ordnung bringen, bevor Stephanie am Freitag zurückkam.

Das Haus gehörte eigentlich Christians Mutter, die es von ihrer Mutter geerbt hatte, und es hatte lange Zeit leer gestanden, bevor Stephanie vor sieben Jahren in die Gegend gekommen war und dringend eine Bleibe benötigt hatte. Christian war sich nicht sicher gewesen, ob sie eine alleinerziehende Mutter ohne Arbeit in einer Region ohne Beschäftigungsaussichten als Mieterin nehmen sollten, aber seine Mutter hatte darauf bestanden, und sie hatte recht gehabt. Stephanie hielt das Häuschen in tadellosem Zustand, bezahlte immer pünktlich die Miete und war zu einem wichtigen Mitglied der Gemeinde geworden. Selbst Annie Estaque fraß ihr aus der Hand. Aber viel wichtiger war, dass er in ihr eine gute Freundin gefunden hatte.

Er fragte sich, worüber sie wohl letztes Wochenende mit ihm hatte reden wollen. Sein Vater hatte lediglich gesagt, dass sie zu seiner großen Freude vorbeigekommen war. Christians Eltern waren ganz vernarrt in ihre Mieterin und machten ständig Andeutungen – nicht gerade dezenter Natur –, was für eine ideale Schwiegertochter sie doch wäre. Und wenn man dann noch Chloé als quasi gebrauchsfertige Enkeltochter hinzubekam …

Die arme Stephanie. Sie hatte ungeachtet der Qualität des Essens schon einige Einladungen seiner Mutter über sich ergehen lassen, die zudem eine etwas diffuse Vorstellung von vegetarischem Essen hatte, zu dem bei ihr durchaus Schinken und Speck gehörten. Manchmal fühlte sich Christian schuldig, dass Stephanie und er nur gute Freunde waren, aber sosehr er sich auch bemühte, er vermochte sich bei ihr einfach nicht mehr als Freundschaft vorzustellen. Unruhig rutschte er auf seinem Sitz hin und her, denn er verspürte den elterlichen Druck, obgleich er allein war.

In der Hoffnung, dass ihn die unentwegten Werbeunterbrechungen und die musikalische Nostalgie in den Wahnsinn treiben würden, schaltete Christian Radio Couserans, den Lokalsender, ein und fuhr weiter durch Picarets. Die meisten der in den Berg gebauten Häuser, die beide Seiten der Straße säumten, hatten die

Fensterläden schon für die kommende Nacht geschlossen. Nicht wenige davon, die als Zweitwohnsitz dienten, waren bis zu den nächsten Schulferien ständig verriegelt. Es war weit und breit keine Menschenseele zu entdecken, fast wie in einer Geisterstadt. Das Dorf war so viel ruhiger, als Christian es aus seiner Jugend kannte. Damals lungerten ständig irgendwelche Jugendlichen draußen herum, und im Sommer versammelten sich die Erwachsenen im Schatten der alten Linde. Aber die meisten, mit denen er zur Schule gegangen war, waren weggezogen, um Arbeit zu finden. Es hatte sie nach Toulouse, Marseille, Paris, ja sogar in die USA verschlagen. Nicht viele von ihnen kehrten zurück – außer für einen Urlaub vielleicht –, und das bedeutete, dass das Dorf langsam, aber sicher ausstarb und ohne frisches Blut irgendwann wirklich nur noch von Geistern bewohnt sein würde. In Fogas und La Rivière verhielt es sich ebenso, und das war der Hauptgrund gewesen, warum Christian für den Gemeinderat kandidiert hatte. Aber es war gar nicht so leicht, die Probleme zu lösen.

Annie Estaque war da allerdings anderer Ansicht.

Christian ließ das Dorf hinter sich und bog in die von Bäumen gesäumte Straße nach La

Rivière. Vor ihm weitete sich das Tal ein wenig, und das Waldgebiet wurde von einem breiten Stück Weideland unterbrochen. Darüber thronte stolz das Gehöft der Estaque, eines der ältesten Gebäude der Gegend, erbaut Mitte des neunzehnten Jahrhunderts von einem Verwandten, der sein Geld damit verdient hatte, im Sommer Eisblöcke vom Gipfel des Trois Seigneurs herunterzuschaffen, um sie in den Städten und Dörfern Couserans und sogar bis nach Toulouse zu verkaufen.

Ein hartes Leben, das harte Menschen hervorgebracht hatte. Gerüchten zufolge hatte derselbe Mann die riesige Standuhr in der Küche den ganzen Weg von St. Girons auf seinem Rücken getragen, weil er nicht auf Pferd und Wagen vertrauen wollte. Willensstark, stur und geradeheraus. Annie war in der Tat eine vom alten Schlag!

Als er sich dem Hof näherte, sah Christian, dass sie draußen war und auf der Rückseite des Hauses die Hunde fütterte. Also drückte er auf die Hupe. Sie richtete sich auf, beschattete mit der Hand die Augen gegen die tiefstehende Sonne, um den Wagen erkennen zu können, und hob mit einer energischen Bewegung den Arm, was Christian als Gruß deutete, bei Annie aber genauso gut *Verzieh dich*! heißen konnte.

Er grinste bei dem Gedanken an ihren Anruf. Sie hatte schon immer unverblümt ihre Meinung gesagt. Aber in all der Zeit, die er sie kannte, war es dabei niemals um etwas anderes gegangen als die Landwirtschaft. Die richtige Art und Weise, eine Kuh zu melken. Die richtige Zeit, das Heu einzubringen. Der richtige Laden, um Futter zu kaufen. Nicht ein einziges Mal hatte er gehört, wie sie ihre Meinung zu Dingen kundtat, die die Gemeinde betrafen. Sie hatte die Gesellschaft anderer immer gemieden, und das wurde respektiert.

Aber nun hatte sich das geändert. Zuerst hatte sie das Vorhaben des Bürgermeisters infrage gestellt, als dieser die *Auberge* kaufen wollte, was dazu führte, dass Christian sich ihm widersetzt hatte. Dann hatte sie am Montag zur Mittagszeit angerufen, sich furchtbar über die Prüfung der *Auberge* aufgeregt und resolut erklärt, dass man dem Bürgermeister nicht erlauben dürfe, sie zu schließen. Und es war ihr gelungen, Christian davon zu überzeugen, dass sie recht hatte, was obendrein noch sein Gewissen beruhigt hatte.

Seine größte Sorge galt der Zukunft der Gemeinde und ob sie auf lange Sicht lebensfähig sein würde. Sie benötigten Zuzügler, die sich in der Gegend niederließen, Kinder mitbrachten und Steuern zahlten, denn nur so konnten sie die Schulen offen und die Wirtschaft am Leben halten.

Aber noch wichtiger war, dass es Arbeit gab, um diese Menschen zu halten, sonst würden sie binnen kurzem wieder wegziehen, so wie Christians Generation in der Vergangenheit und wie es die Generation nach ihm in Zukunft tun müsste. Und Fogas, La Rivière und Picarets würden zu einer bedeutungslosen Ansammlung unbewohnter Häuser werden wie die Sommerweidendörfer hoch in den Bergen.

Annie hatte schon recht, wenn sie betonte, dass die neuen Besitzer der *Auberge* nicht nur bereit waren, einen heruntergewirtschafteten Betrieb zu übernehmen, um ihn aus der Krise zu führen, sondern obendrein auch noch eine Einheimische angestellt hatten. Das war genau das, was die Gemeinde brauchte. Da war es doch egal, dass ihre Kochkünste nicht ganz denen eines Franzosen entsprachen – auf lange Sicht spielte das keine Rolle. Viel wichtiger war, dass die Gemeinde solche Leute willkommen hieß und alles in ihrer Macht Stehende tat, um sie zu halten. Und das bedeutete, ihnen den Rücken zu stärken.

Also befand sich Christian nun auf einer Mission. Es würde nicht leicht werden. Schließlich war er derjenige, der die Prüfung ursprünglich vorgeschlagen hatte – wenn auch nur, um das drastische Vorhaben des Bürgermeisters zu verhindern. Aber er war zuversichtlich, die vernünftigeren Mitglieder des *Conseil Municipal* überzeugen zu können, dass es im Interesse der Gemeinde war, den neuen Besitzern Zeit zu geben, die empfohlenen Reparaturen vornehmen zu lassen, ohne dabei die *Auberge* zu schließen, und ihnen somit die Gelegenheit zu geben, Geld zu verdienen. Es war keine Überraschung, dass Christian, seitdem er zu dieser Ansicht gelangt war, sehr viel besser schlief.

Als er um die letzte Kurve bog, erblickte er weiter unten die *Auberge*. Das Sonnenlicht war bereits von ihrer Vorderseite verschwunden, und sie lag im tiefen Winterschatten. Er fragte sich, ob die Besitzer wohl irgendeine Vorstellung von den Machenschaften hatten, die mit ihrer Ankunft einhergegangen waren. Er fuhr weiter, erleichtert, endlich die Rolle des Friedensstifters spielen zu dürfen, in der er sich sehr viel wohler fühlte.

Christian hatte ohne sein Wissen an jenem Tag bereits schon einmal die Rolle des Friedensstifters gespielt. In exakt demselben Moment, als er in seinen Rückspiegel geschaut hatte, um einen prüfenden Blick auf Sarko, den Stier, zu werfen, befanden sich Lorna und Paul mitten in einer Diskussion, wie sie ihren Nachmittagsspaziergang beenden sollten. Sie waren die Straße Richtung Picarets hinaufmarschiert in der Absicht, einen Rundgang durch die Gemeinde zu unternehmen auf dem Pfad, der über die Berge nach Fogas führte, um dann über die Straße nach La Rivière zurückzukehren. Aber sie hatten weder die steilen Anstiege noch die Kürze der Tage einkalkuliert. Bis Picarets waren sie gut vorangekommen und dann über den Fußweg weitermarschiert, der aus dem Ort hinausführte, aber als sie in den immer länger werdenden Schatten der Bäume auf dem Pfad oberhalb der Straße standen, waren sie in eine hitzige Diskussion geraten.

»Sieh doch.« Paul zeigte auf eine Ansammlung von Gebäuden in der Ferne. »Das Gehöft dort ist hier auf der Karte eingezeichnet. Wir müssen nur daran vorbei, und dann sind wir auch schon fast da.«

»Fast da?«, Lornas Stimme schnellte bei dem zweiten Wort in die Höhe. »Du vergisst den Anstieg, der danach folgt, dann müssen wir bis hinunter ins Tal und wieder hinauf nach Fogas. Von dem Weg, der dann noch bis zur *Auberge* zurückzulegen ist, ganz zu schweigen.«

»Aber das ist doch halb so wild«, sagte Paul verächtlich. »Maximal zwanzig Minuten bis Fogas und dreißig Minuten nach unten. Das schaffen wir locker, bevor es dunkel wird.«

Lorna blickte nach Westen, wo die Sonne ermattet am Horizont hing. »Nein, Paul. Nicht heute.«

Bevor er protestieren konnte, wurde Lorna von einem kleinen blauen Wagen abgelenkt, der über die Straße unter ihnen fuhr. Der Fahrer reckte gerade den Hals, um etwas in seinem Rückspiegel zu betrachten.

»Das ist doch der Mann, der uns zugewunken hat!«, rief sie. »Weißt du noch? Im November, an dem Tag, als wir uns die *Auberge* noch einmal angesehen haben.«

»Hmm?« Paul blickte von der Karte auf. »Der? Der sieht aber viel dicker aus.«

»Dicker?« Lorna wandte sich verdutzt ihrem Ehemann zu und sah, wie er zu einem anderen Mann hinüberschaute, der zwischen den Bäumen der Weide auf der anderen Seite der Straße hervortrat. Er trug eine Baskenmütze in einem leuchtenden Orange und eine Camouflagehose. »Nicht der, der Mann in dem Auto!«

Aber der Wagen war längst verschwunden, und der Mann auf der Weide sah sehr viel interessanter aus.

Sie beobachteten fasziniert, wie er mit eigenartig torkelnden Bewegungen, sich hier und dorthin wendend, die offene Fläche unter ihnen überquerte, als hätte er einen Pastis zu viel getrunken. Dann warf er sich mit einem Mal auf die Erde und legte die letzten Meter auf dem Bauch kriechend zurück, wie ein gestrandeter Wal, der Zentimeter für Zentimeter auf das Meer zurobbt, wobei er den Kopf ständig hin und her drehte, als halte er nach einer Gefahr Ausschau.

»Was zum Teufel …?«, flüsterte Paul.

»Heute ist Mittwoch. Er muss auf der Jagd sein!«

»Auf der Jagd wonach? Und wo ist sein Gewehr?«

Der Mann hob am Rand der Weide vorsichtig den Kopf und blickte prüfend die Straße hinauf und hinunter. Da war kein Verkehr, weit und breit keine Menschenseele. Zufrieden, dass er unbeobachtet war, begann er unter dem einzelnen Draht hindurchzukriechen, der ihm den Weg versperrte, auch wenn sein massiger Körper dort nur mit Mühe hindurchpasste.

»Ist das nicht ein …«, begann Lorna, als das Hinterteil des Mannes unter dem Draht hindurchrutschte, ihn dabei aber berührte. Sie vernahmen einen gedämpften Aufschrei von der anderen Straßenseite, als zweitausend Volt durch die Fettschichten schossen, die seinen Hintern bedeckten.

»… Elektrozaun. Oh Gott, das muss wehgetan haben«, murmelte sie, aber Paul hörte ihr gar nicht zu. Er war viel zu sehr damit beschäftigt, einen Lachanfall zu unterdrücken, während ihm die Tränen über das Gesicht liefen.

Unbeeindruckt von dem Schlag hastete der Mann die Straße hinunter und rieb sich den Hintern, als er auf das Gatter der benachbarten Koppel zuwatschelte. Mit einem letzten verstohlenen Blick entriegelte er es und schwenkte es auf.

»Ist das nicht die Weide mit dem …«

»STIER!«, zischte Paul, als auch schon das gewaltige schnaubende Biest mit irrem Blick in Richtung Freiheit stürmte, den Kopf zwecks Anpeilung des Objekts seines Angriffs – der leuchtend orangefarbenen Baskenmütze – hin und her warf und dabei Schaumspritzer durch die Luft wirbeln ließ.

Paul und Lorna sahen mit offenem Mund zu, wie der Mann jegliche verstohlene Fortbewegung aufgab und in Richtung der rettenden ersten Weide davonrannte.

Seine fetten Beine zitterten, während er die kurze Strecke zurücklegte, und die Erde bebte unter ihm, als der Stier durch das Gatter donnerte und hinter ihm herjagte. Das Tier witterte seine Chance, senkte den mächtigen Kopf und stürzte sich auf die gewaltige Zielscheibe, die der fliehende Hintern des Mannes darbot, die spitzen Hörner bereit, sich in das Fleisch zu bohren und den Mann ins Nirwana zu befördern. Dann, gerade als es so schien, dass das Unvermeidliche geschehen würde, riss sich der Mann in einem Augenblick schierer Genialität, inspiriert von panischer Angst, die orangefarbene Baskenmütze vom Kopf und schleuderte sie einem Frisbee gleich die Straße vor ihm entlang, während er sich gleichzeitig ungeachtet des Schmerzes erneut unter den elektrischen Zaun warf und sich in Sicherheit brachte.

Für den Bruchteil einer Sekunde blieb der Stier stehen, unsicher, welchem Ziel er nun folgen sollte, dem Fleischberg oder der orangefarbenen Scheibe, die, von einem leichten Wind erfasst, immer noch vor ihm hersegelte. In diesem Augenblick fielen die letzten Sonnenstrahlen auf die Baskenmütze und ließen sie aufleuchten, und der Stier stürmte wieder hinter ihr her. Als die Mütze zu Boden segelte, verfing sich ihr Rand an der Spitze eines Horns, und wie sehr der Stier auch den Kopf schüttelte, die Mütze baumelte vor ihm hin und her und machte ihn nur noch rasender. Er stürmte brüllend die Straße hinauf, das Objekt seiner Wut verlockend nah und dennoch außer Reichweite.

Zufrieden, dass die Straße nun frei war von Gefahr, kroch der Mann abermals unter dem Draht hindurch – dieses Mal allerdings ohne Malheur, und hastete hinüber zu dem schmalen Pfad, der mit dem zusammenlief, auf dem sich Paul und Lorna weiter oben zwischen den Bäumen befanden. Sie sahen zu, wie er sich keuchend und schnaufend den steilen Anstieg Richtung Fogas hinaufmühte.

Sie blieben für eine kleine Weile stumm dort stehen, beeindruckt von dem Drama, das sie gerade miterlebt hatten.

»Ich schätze, damit ist die Entscheidung gefallen«, sagte Paul schließlich.

»Jawohl. Denselben Weg zurück, den wir gekommen sind?«

Paul nickte, und sie machten sich auf den Rückweg hinunter zum Dorf, wobei sie sich immer wieder umdrehten und Ausschau hielten, für den Fall, dass der Stier zurückkehrte.

8

Josette war nicht hinter der Theke der *Épicerie*, als Christian vor dem Laden hielt. Stattdessen saß Véronique auf dem Hocker. Sie war in ein Buch vertieft, das auf der Glasvitrine lag. Ihr Haar hing offen, die silberne Spange, mit der sie es für gewöhnlich bändigte, lag achtlos neben ihr, so als habe sie sie sich aus Verdrossenheit vom Kopf gerissen, während sie sich mit dem Text abmühte. Ihre Stirn legte sich in Falten, als ihr Finger den Worten über die Seite folgte und ihr Verstand versuchte, sie sich einzuprägen. Sie seufzte und begann wieder am Anfang des Absatzes.

Während er sie verstohlen von draußen beobachtete, dachte Christian bei sich, dass sie irgendwie anders aussah. Sie wirkte so … jung! Und fast schon hübsch. Er schüttelte den Kopf, rief sich in Erinnerung, dass das hier Véronique Estaque war, und betrat den Laden.

Véronique sprang schuldbewusst auf, als sie hörte, wie die Tür sich öffnete, und sie errötete und ließ rasch das Buch von der Vitrine in ihren

Schoß fallen, sodass er den Titel nicht zu lesen vermochte.

»Doch wohl nicht wieder irgendwelche Heiligenviten?«, frotzelte Christian lächelnd, nachdem er sie begrüßt hatte.

Véronique biss nicht an, sondern beförderte das Buch noch weiter außer Sichtweite.

»Wer ist es denn dieses Mal? Bernadette? Franz von Assisi? Die gottesfürchtige Hirtin St. Germaine, die Schutzheilige unserer geliebten Pfarrkirche?« Hierbei legte er den Kopf zur Seite, presste seine Hände wie zum Gebet zusammen und schürzte die Lippen in einer, wie er glaubte, frommen Pose. Véronique konnte nicht anders, sie musste schallend lachen.

»Sie werden in der Hölle schmoren, Monsieur Dupuy!«, rief sie, halb im Ernst, halb im Spaß.

Christian warf den Kopf zurück. Er tat ihre Worte mit einem verächtlichen Herabziehen der Mundwinkel ab, und sein Gesichtsausdruck war weit entfernt von dem sanftmütigen Gebaren, das er noch wenige Augenblicke zuvor an den Tag gelegt hatte. »Nun, da werden mir ja viele aus dieser Gemeinde Gesellschaft leisten. Also, wo steckt denn die heilige Josette? Wir sind spät dran.«

»Hat Fatima dich denn nicht angerufen?«

»Fatima Souquet? Warum in aller Welt sollte sie mich anrufen?«

Véronique blickte ihn verwundert an. »Sie ist vor einer Viertelstunde hier vorbeigekommen, um Josette abzuholen. Sie sagte, deine Mutter hätte angerufen, dass du dich verspätest, und sie gebeten, Josette zur Versammlung zu fahren.«

Nun war Christian an der Reihe, sie verwundert anzusehen.

»Maman hat Fatima angerufen? Sie kann die Frau doch gar nicht ausstehen.« Er kratzte sich am Kopf, zog sein Handy hervor und stieß einen Fluch aus. Er hatte wieder einmal vergessen, es einzuschalten, also war es möglich, dass er einige Anrufe verpasst hatte.

»Komisch«, murmelte er, während er das Telefon einschaltete und es wieder in seine Jackentasche steckte. »Das sieht Fatima gar nicht ähnlich, jemandem einen Gefallen zu tun.«

»Kommt dir das denn ungelegen?«

»Na ja, ich hatte gehofft, auf der Fahrt noch einiges mit Josette besprechen zu können. Wegen der Abstimmung, weißt du?« Christian schaute auf seine Uhr und wandte sich zur Tür. »Verdammt, ich werde wohl versuchen müssen, sie vor dem Beginn der Versammlung noch zu erwischen. Bis später.«

Die Tür fiel scheppernd hinter ihm ins Schloss, und der Panda brauste davon. Dann war Véronique wieder allein im Laden. Das heißt, abgesehen von Jacques, der auf dem Kühlschrank saß und den ganzen Wortwechsel mitbekommen hatte. Er rutschte verstohlen zu Boden, während Véronique wieder ihr Buch hervorholte und es auf die Glastheke zurücklegte, was Jacques zusammenzucken ließ. Sie öffnete es an der Stelle mit dem Absatz, der ihr Schwierigkeiten bereitet hatte, stützte ihren Kopf auf die Hände und vertiefte sich von Neuem darin. Jacques glitt unbemerkt durch den Raum, hockte sich vor der Theke auf den Boden und versuchte, den Titel der dicken Schwarte durch das Glas zu lesen. Er konnte einen Mann mit einem buschigen weißen Bart auf dem Umschlag erkennen, der haargenau wie ein Heiliger aussah, aber er vermochte den Titel nicht zu entziffern. Nicht aus dieser Entfernung und nicht ohne seine Lesebrille auf der Nase. Gerade als er sich mit leise knackenden Gelenken aufrichten wollte, verlor Véronique endgültig die Geduld mit dem Buch, knallte es zu und erschreckte Jacques damit so sehr, dass er unwillkürlich nach dem Glaskasten griff, um sich daran festzuhalten. Er ließ seine kostbare Messervitrine schnell wieder los, bevor seine

Hand irgendwelche Spuren hinterlassen konnte, holte tief Luft und reckte den Hals, um besser sehen zu können, was Véronique da solchen Kummer bereitete. Er las den Titel, runzelte die Stirn, las ihn erneut. Und dann begann er zu lachen. Lautlos natürlich.

»Die Lehren von Karl Marx gemeinverständlich dargestellt!« Véronique schnaubte verächtlich. »Von wegen verständlich! Da hätte ich's auch auf Chinesisch lesen können!«

Sie seufzte, öffnete das Buch schicksalsergeben wieder und arbeitete sich mit dem Finger mühselig die Seite hinunter. Jacques beobachtete sie, das Gesicht vor lauter Konzentration ernst dreinblickend, während ihre linke Hand ständig mit dem silbernen Kreuz um ihren Hals spielte, als wollte sie sich dort den nötigen Rückhalt holen.

Véronique, die Stütze der Kirche in der Gemeinde von Fogas, las kommunistische Philosophie. War denn das die Möglichkeit? Er schlenderte zur Vorderseite des Ladens und hüpfte wieder auf den Kühlschrank, während er in Gedanken zu der viel größeren Frage zurückkehrte, die ihn beschäftigte, seit Josette zu dieser Versammlung abgeholt worden war.

Was mochte Fatima wohl im Schilde führen?

Josette fühlte sich sehr unbehaglich. Aus irgendeinem Grund benahm sich Fatima Souquet ihr gegenüber ausgesprochen zuvorkommend, was einfach nicht normal war. Es war schon schlimm genug, dass sie auf der gewundenen Straße von La Rivière nach Fogas die nervöse Fahrweise der Frau hatte ertragen müssen – Fatima war jedes Mal in Panik geraten, wenn ihr ein Wagen entgegenkam, und so nah an den Rand ausgewichen, dass Josette schon befürchtete, sie würden in die Tiefe stürzen –, aber zuhören zu müssen, wie sie ununterbrochen über ihre wundervolle Familie und ihren ach so perfekten Mann plapperte, ging ihr langsam wirklich auf die Nerven. Deshalb war sie geradezu erleichtert, als der Bürgermeister alle zur Ordnung rief. Aber wo steckte nur Christian?

»*Bonsoir*! Entschuldigt die Verspätung.« Christian kam in den Versammlungsraum gestürzt, als die Leute gerade ihre Plätze einnahmen, und versuchte Josette über die Köpfe der anderen hinweg zu bedeuten, ihm den Platz an ihrer Seite freizuhalten. Doch bevor er zu ihr gelangen konnte, zog ihn der Bürgermeister zu einem Privatgespräch zur Seite, und Pascal Souquets Cousine, Geneviève, hatte sich neben Josette gesetzt.

»*Bonsoir*, Josette. Wie geht's dir?«, fragte sie von ihren toulousischen Höhen herab.

»Danke, gut«, erwiderte Josette automatisch, ihre Aufmerksamkeit auf Christian und den Bürgermeister gerichtet. Mehrere Male schien es, als wollte sich Christian abwenden, doch dann stellte ihm der Bürgermeister eine weitere Frage oder schnitt ein anderes Thema an und hielt ihn damit an seiner Seite.

»Es wäre wirklich schön, wenn wir mal langsam anfangen könnten«, rief Geneviève mit leicht gereizter Stimme und blickte dabei ostentativ auf ihre Uhr, als beeinträchtige ihre Teilnahme an der Versammlung in nicht unerheblichem Maße ihren Kurzurlaub in den Bergen.

Ihrem Wunsch wurde entsprochen, als René Piquemal schrie: »Wird das hier heute noch was? Ein paar von uns freuen sich nämlich auf ein warmes Abendessen zu Hause!«

»Außer Christian!«, witzelte Alain Rougé zur Erheiterung aller.

Christian quittierte den Scherz mit einem fatalistischen Grinsen und nutzte die aufgelockerte Atmosphäre, um dem Bürgermeister zu entkommen und sich in Josettes Richtung aufzumachen. Als er gerade realisierte, dass der Platz neben ihr besetzt war, begann sein Handy in der Jackentasche zu läuten. Er hob entschuldigend die Hand und schritt auf den Ausgang zu. Als er die Tür öffnete, stolperte ein atemloser, lehmverschmierter Bernard Mirouze in den Raum, dem hier und da Brombeergestrüpp an der Hose hing. Doch Christian bemerkte das ungewöhnliche Erscheinungsbild des *cantonnier* gar nicht. Er war viel zu sehr damit beschäftigt, die Stimme des Anrufers zu verstehen.

Als sich die Tür hinter Christian schloss, bemerkte der Rest des Gemeinderats Bernard zum ersten Mal.

»Was in aller Welt ist denn mit dir passiert?«, fragte Monique Sentenac, als Bernard auf den ersten freien Stuhl zutaumelte, dessen Beine unter dem plötzlich herabplumpsenden Gewicht zu knarren begannen.

»Hast du dich mit einem Wildschwein angelegt?«, juxte Alain.

»Du solltest mal das Wildschwein sehen!«

»Wieso, trägt es deine Baskenmütze?«

»Ja, Bernard, wo ist deine Baskenmütze?«

Die Ausgelassenheit wollte nicht enden. Selbst Pascal, der für gewöhnlich so herablassend dreinblickte, konnte sich ein kleines spöttisches Grinsen nicht verkneifen. Der Bürgermeister lachte allerdings nicht. Er starrte seinen *cantonnier* gespannt an, und Josette war fast überzeugt, dass zwischen den beiden irgendetwas im Gange war, denn sie meinte so etwas wie ein Nicken bei Bernard gesehen zu haben. Auf jeden Fall wirkte der Bürgermeister auf einmal wie elektrisiert, klatschte in die Hände und rief zur Ordnung. Er las gerade die Punkte der Tagesordnung vor, als die Tür aufging und ein kreidebleicher Christian den Kopf in den Raum steckte.

»Tut mir leid. Ich muss weg. Sarko ist mal wieder ausgebüxt, und Papa kann ihn nicht finden. Er meint, er könnte über den Rand des alten Steinbruchs gefallen sein.« Er warf Josette einen Blick zu. »Du weißt, wie ich stimmen will, Josette.«

Und damit war er verschwunden und hinterließ ein leises, beunruhigtes Gemurmel im Raum, der mit Menschen gefüllt war, die Christians Furcht nur zu gut nachvollziehen konnten. Dass der Stier in den Steinbruch gefallen sein und sich ein Bein gebrochen haben könnte, war nur eine Möglichkeit. Ebenso schlimm war die Gefahr, dass sich das massige Tier auf eine Straße verirrt und einen Unfall verursacht hatte. Das war ein Szenario, mit dem sich kein Landwirt konfrontiert sehen wollte, da es den finanziellen Ruin bedeuten konnte.

Der Bürgermeister erhob sich, und es wurde

still im Raum. »Angesichts von Christians missslicher Lage«, begann er mit ernstem Gesicht, »schlage ich vor, dass wir uns am heutigen Abend lediglich auf solche Angelegenheiten konzentrieren, die von größerer Bedeutung sind, und dann im neuen Jahr eine Versammlung ansetzen. Es wird das Beste sein, wenn wir heute früher Schluss machen und Christian dabei helfen, seinen Stier wiederzufinden.«

»Ausgezeichnete Idee!«, rief Alain, und alle Anwesenden nickten zustimmend und beklatschten den Kameradschaftsgeist des Bürgermeisters. Alle bis auf Geneviève Souquet, die vor sich hin brummte, dass sie es nicht einsehe, ein weiteres Mal von Toulouse herzureisen, bloß weil irgendein Bauer zu blöd war, mit seinem Stier fertigzuwerden. Zu ihrem Glück war Josette die Einzige, die ihr Lamentieren hören konnte, und bei ihr stieß sie damit auf taube Ohren, denn sie war viel zu sehr damit beschäftigt, sich darüber den Kopf zu zerbrechen, dass sie nun, da Christian nicht hier war, allein zu der Versammlung sprechen musste.

»Also kommen wir gleich zu Punkt vier«, fuhr der Bürgermeister fort, »der vorgeschlagenen Zwangsschließung der *Auberge des Deux Vallées* in Anbetracht ihres schlechten Abschneidens bei der Hygiene- und Sicherheitsprüfung, die am Montag, dem 15. Dezember, durchgeführt wurde.«

Josette umklammerte ihre Hände unter dem Tisch. Sie spürte die Last der Verantwortung wie Blei auf ihren Schultern. Sie holte tief Luft und dachte an Jacques. Sie würde das schon schaffen.

Die Rückfahrt mit Fatima war noch schlimmer als die Hinfahrt, da es nach dem Ende der Versammlung nun richtig dunkel war, was das Passieren der kurvenreichen Straße noch schwieriger machte. Der einzige Vorteil bestand Josettes Meinung nach darin, dass Fatima der schwierigen Straßenverhältnisse wegen den Mund hielt, was ihr sehr entgegenkam, da sie nicht in der Stimmung für eine Unterhaltung war.

Wie sich herausstellte, war sie der Aufgabe doch nicht gewachsen gewesen. Sie hatte es nicht geschafft, den Gemeinderat davon zu überzeugen, dass die *Auberge* um der Gemeinde willen geöffnet bleiben musste. Sie vermochte den Argumenten bezüglich der festgestellten Mängel nichts entgegenzusetzen. Und zudem war es ihr nicht gelungen, den Bürgermeister davon abzuhalten, ihr die Worte so lange im Mund herumzudrehen, bis sie schließlich für ihn zu argumentieren schien.

Sie hatte versagt. Auf der ganzen Linie versagt. Deshalb würde man die *Auberge* nun schließen, und Gott allein wusste, was aus Monsieur und Madame Webster werden würde.

Hätte sie doch nur die Redegewandheit des Bürgermeisters oder Christians in sich ruhendes Selbstbewusstsein, um die Leute dazu zu bringen, aufzuhorchen und ihr zuzuhören. Aber stattdessen war sie nervös geworden, als man sie mit dem Bericht konfrontiert hatte, der die Probleme der *Auberge* bezüglich des undichten alten Öltanks und des fehlenden Abstands des Heizkessels ausführlich beschrieb. Sie hatte zugeben müssen, dass es sich dabei um ernste Sicherheitsmängel handelte, was dem Bürgermeister nur weitere Munition lieferte.

Aber was den Gemeinderat letztlich zu seiner Entscheidung bewogen hatte, war die Tatsache, dass ursprünglich Christian selbst die Prüfung vorgeschlagen hatte. Und egal wie sehr sie auch beteuerte, dass er die Schließung der *Auberge* keinesfalls befürwortete und seine Meinung über die Neuankömmlinge geändert hatte, war diese Tatsache doch unanfechtbar.

René hatte vor seiner Stimmabgabe bemerkt, dass Christian ihn dazu gebracht habe, sich für die Prüfung einzusetzen, und er, René, fühle sich nun verpflichtet, sich an deren Ergebnisse zu halten. Die *Auberge* entsprach nicht dem Standard, und daher lag es in der Verantwortung des Gemeinderats, sie zu schließen. Alain hatte eine ähnliche Auffassung geäußert, und schließlich war der Antrag mit einer großen Mehrheit von sieben zu vier Stimmen angenommen worden, da lediglich Philippe Galy und Monique Sentenac Josettes und Christians Haltung unterstützt hatten.

»Da sind wir«, verkündete Fatima strahlend, ebenso froh wie Josette, am Ende der Fahrt angelangt zu sein.

»Vielen Dank fürs Mitnehmen«, brachte Josette heraus, als sie aus dem Wagen stieg.

»Lass es mich wissen, wenn du etwas von Christian wegen des Stiers hörst. Pascal hätte wirklich gern bei der Suche geholfen, aber seine Allergien … du weißt ja, wie das ist.« Fatima grinste albern, winkte und begann zurückzusetzen.

Josette blieb vor dem Laden stehen und sah zu, wie Fatima in zig Manövern wendete, wobei sie in Gedanken recht unbarmherzig mit Pascal und seinen Allergien umsprang. Das Einzige, wogegen dieser Kerl allergisch war, war Kuhmist auf seinen Lederschuhen und Dreck unter seinen Fingernägeln. Jacques hatte den Mann immer genauso sehr für seine weichen, von körperlicher Arbeit unberührten Hände verachtet wie für sein arrogantes Gehabe.

Die Rücklichter von Fatimas Wagen verschwanden in der Ferne, und Josette schloss die Tür zum Laden auf. Véronique hatte alles für die Nacht vorbereitet, die Rollläden heruntergelassen und die Lichter bis auf eine kleine Lampe im hinteren Teil des Gebäudes ausgemacht, und mit einem Mal war Josette froh über die Dunkelheit. Froh, dass sie nicht ihr Spiegelbild in der Glastheke sehen musste, als sie sich auf den Hocker sinken ließ. Froh, dass sie der spöttischen Herablassung von Pascal und Geneviève entkommen war, die sie andauernd schlechtgemacht hatten, bis ihr jegliches Selbstvertrauen abhandengekommen war. Und sie war froh, dass niemand sonst die Tränen sehen konnte, die ihr über das Gesicht liefen.

Es war alles ihre Schuld. Sie hatte ihr Bestes versucht, aber ganz offenbar hatte es nicht ausgereicht, und nun hatte sie alle enttäuscht. Wegen ihr würde das englische Paar nun die *Auberge* verlieren.

Ein Schluchzer stieg in ihrer Brust auf, verfing sich in ihrer Kehle, beengte ihre Atmung, bis er entwich und sie in ein keuchendes, schluchzendes Etwas verwandelte. Das Herz tat ihr weh, als sich unter der Last der Nacht all die Emotionen einen Weg bahnten, die sie im letzten halben Jahr so mühsam in ihrem Innern vergraben hatte. Sie legte den Kopf auf die Vitrine und weinte, bis sie zu zerfließen glaubte, und ihr schmächtiger Körper zitterte, während die Tränen Spuren auf dem makellosen Glas hinterließen. Sie weinte, weil sie versagt und Christian enttäuscht hatte, und sie weinte um die Websters.

Aber am allermeisten weinte sie um ihren besten Freund, den sie verloren hatte, als sie Jacques verlor.

Jacques konnte nichts tun, außer dazustehen, zuzusehen, wie sich seine Frau die Augen aus dem Kopf weinte, und ihr die Hand auf den Kopf zu legen, ihr übers Haar zu streichen, wie sie es immer so gern gehabt hatte.

Aber sie bemerkte es gar nicht.

Er verspürte einen Schmerz in seiner Brust, als sie so dalag und er ihr nicht helfen konnte. Ein stechender Schmerz wie damals, als sein Herz zum letzten Mal geschlagen hatte und die Welt um ihn herum allmählich verblasst, das Licht immer schwächer geworden und schließlich ganz verschwunden war, bevor er in dieses schwarz-weiße Leben zurückkehrte.

Er spürte, wie Josette unter seiner Hand allmählich ruhiger wurde, die Tränen versiegten und sie schließlich immer tiefer atmete. Sie war eingeschlafen. Wie sie es immer getan hatte, wenn er ihr liebevoll über das Haar strich. Vielleicht war es ihm doch gelungen, sie zu beruhigen. Er strich ein letztes Mal mit seinen Fingern durch ihr Haar und versuchte, sich behutsam wegzuschleichen, um kein Geräusch zu machen, obwohl er sehr wohl wusste, dass ihn niemand mehr hören konnte.

Er ging auf Zehenspitzen durch den Laden zur Tür, die immer noch unverschlossen war, und blickte die Straße zur *Auberge* hinunter. Josettes Tränen nach zu urteilen, war die Versammlung am heutigen Abend nicht gut verlaufen, und der Bürgermeister würde seinen Willen bekommen. Das war schlimm genug. Aber noch schlimmer war, dass er dabei sowohl Christian als auch Josette wehgetan hatte. Das reichte aus, um Jacques' Blut in Wallung zu bringen – wenn er noch einen Tropfen Blut in seinem Körper gehabt hätte.

Er seufzte, woraufhin das »Geschlossen«-Schild einmal kurz flatterte. Er hatte sich in seinem ganzen Leben noch nie so machtlos gefühlt.

»Hier drüben. Ich glaube, ich … merde!«

Renés geisterhafter Schrei schallte, getragen von den umgebenden Bergen, durch die Dunkelheit, und Christian wusste sogleich, was das zu bedeuten hatte. Er stürzte zum hinteren Ende des Transporters, ließ die Heckklappe herunter und richtete sich gerade noch rechtzeitig auf, um zu sehen, wie ein Licht über die mondhelle Straße auf ihn zugehüpft kam.

»Er ist … er ist …«, keuchte René hinter dem Licht der Taschenlampe, unfähig, den Satz zu beenden. Aber Christian war bereit, die Seitentür des Lieferwagens schon geöffnet.

»Schneller, René, schneller!«, schrie er, als aus der Dunkelheit hinter dem Klempner ein muskelbepacktes, schnaubendes Wesen mit Hörnern sichtbar wurde, das den Mann vor sich einzuholen drohte.

»Oh Gott … oh Gott …« René rannte an Christian vorbei, die Rampe hinauf und in den Transporter, und der Stier folgte ihm mit donnernden Hufen. Als Christian die Heckklappe zuwarf, verriegelte und das Biest darin einsperrte, überkam ihn für einen Moment ein Gefühl der Panik, dass René möglicherweise nicht begriffen hatte, dass es einen Fluchtweg für ihn gab. Er schaute um die Seite des Fahrzeugs herum und sah zu seiner Erleichterung, dass der Klempner auf dem Asphalt unter der Seitentür zusammengesunken war. Seine Lungen leisteten Schwerstarbeit, während er nach Luft schnappte.

»Das war's!«, schnaufte er. »Ich geb das Rauchen auf!«

Christian lachte und streckte seinen Arm aus, um ihm von der Straße aufzuhelfen, die bereits vom Frost glänzte. In der Ferne konnte er die Lichter der anderen Mitglieder der Suchmannschaft erkennen, die aus den Wäldern und von den Hängen zusammenliefen. Wenn sie nicht Renés Schrei gehört hatten, dann würden sie nun gewiss Sarko in dem Transporter herumwüten hören und wissen, dass der Stier gefunden war.

»Habt ihr ihn also erwischt!«, rief Alain, und als Christian es bejahte, ertönten Beifallsrufe von der Gruppe. Er sah, wie sein Vater Philippe Galy vor Erleichterung umarmte. Selbst der Bürgermeister lächelte.

Christian betrachtete die hastig zusammengestellte Gruppe und spürte Stolz in sich aufsteigen. Genau das machte eine gute Gemeinde aus. In Krisenzeiten ließen alle ihre Differenzen beiseite und zogen an einem Strang. So sollte es sein.

»Wer möchte auf einen kleinen Happen mit

zu uns kommen?«, fragte Christians Vater, erntete aber nichts weiter als betretenes Schweigen. Er grinste. Zugegeben, das wäre wohl eher eine Strafe als eine Belohnung! »Na ja, was haltet ihr stattdessen von etwas zu trinken?«, änderte er das Angebot.

»Das klingt schon besser!«, rief René, der endlich wieder zu Atem gekommen war. »Ich finde, ich habe mir ein Glas verdient. Schließlich hätte ich beinahe meine Männlichkeit an Sarkos Hörner verloren.«

»Das setzt allerdings voraus, dass du auf diesem Gebiet überhaupt was zu verlieren hattest!«, ertönte eine Stimme, und die Männer marschierten erschöpft, aber gut gelaunt zum Hof zurück, froh, dass das abendliche Abenteuer ein gutes Ende gefunden hatte.

Christian überprüfte nochmals die Verriegelung an der Heckklappe, packte dann die Seitentür, die immer noch offen stand, und zog sich daran in die Höhe, um das nun ruhige Tier im Wagen zu betrachten. Er leuchtete mit der Taschenlampe über jeden Zentimeter des Stieres, um sich zu versichern, dass er auch tatsächlich da war, keine gebrochenen Knochen hatte und keine Wunden. Es hätte viel schlimmer ausgehen können. Der Gedanke brachte Christian zum Schwitzen. Da war der Steinbruch mit seinen tödlichen Böschungen, die Straße mit dem gelegentlichen, aber schnell dahinbrausenden Verkehr.

Er schluckte und richtete den Strahl der Lampe auf Sarkos Kopf. Die Augen des Stiers fingen das Licht ein, als der ihn traurig ansah.

»Du verrückter alter Mistkerl!«, murmelte Christian liebevoll. Er war sich gar nicht bewusst gewesen, wie sehr er an dem Tier hing. Da musste der Teufelsbraten erst wieder einmal das Weite suchen und ihm einen gehörigen Schrecken einjagen! »Das ist jetzt das erste Mal, dass du das Tor aufbekommen hast!«

Der Stier schnaubte zur Antwort.

»Ja, ich weiß. Du bist wohl ausnahmsweise mal nicht dafür verantwortlich. Aber wenn ich herausbekomme, wer das gewesen ist …«

Anfangs hatte sich Christian gewundert, dass der Elektrozaun und das Tor trotz Sarkos Verschwinden unversehrt geblieben waren. Normalerweise nahm er den Zaun mit, wenn er ausbrach. Also schien er dieses Mal unschuldig zu sein.

Mehrere Bekannte in Picarets hatten Christian erzählt, dass sie ein Paar mit einer Landkarte und Rucksäcken dabei beobachtet hatten, wie es die Straße von der Weide heruntergekommen war. Offenbar waren die Leute in der Gegend gewandert und hatten das Tor hinter sich offen gelassen. Diese idiotischen Städter!

Christian spürte, dass er Sarko beunruhigte, und wollte gerade wieder vom Wagen heruntersteigen, als der Lichtschein der Taschenlampe auf etwas an Sarkos Horn fiel, das seine Aufmerksamkeit erregte.

»Was hast du denn angestellt?«, fragte er, als er den Arm hineinstreckte und mit der Hand vorsichtig über die Hornspitze fuhr. Er spürte etwas Weiches, Pelziges unter seinen Fingern, das er behutsam abzog und in den hellen Lichtkegel hielt.

Es war ein viereckiger, orangefarbener Stofffetzen, kaum mehr als fünf mal fünf Zentimeter groß. Christian starrte den Fetzen nachdenklich an. Etwas daran kam ihm bekannt vor. Aber sein Hirn schien für heute bereits den Betrieb heruntergefahren zu haben, und es dauerte eine kleine Weile, bis es ihm einfiel.

Baskenmütze. Jagd.

Genau, es sah aus wie ein Fetzen von einer orangefarbenen Baskenmütze, wie man sie zur Jagd trug.

Christian rieb den Stoff zwischen den Fingern und blickte in die Nacht hinaus. Er war sich bewusst, dass irgendwo in den Winkeln seiner Erinnerung etwas verborgen war, das hiermit zu tun hatte. Etwas, das er gesehen hatte.

Sarko brüllte und trat gegen die Seite des Transporters, was Christian aufschrecken ließ und in die kalte Nacht zurückholte. Er steckte den Fetzen in seine Jackentasche, schloss die Seitentür und kletterte ins Führerhaus.

Es würde ihm schon noch einfallen. Es war ja Zeit genug. Im Augenblick brauchte er dringend etwas zu trinken und zu essen. Er war so hungrig, dass er sogar bereit war, eine von seiner Mutter zubereitete Mahlzeit zu riskieren.

Der Transporter rumpelte davon, und die Wälder, in denen sich Sarko versteckt hatte, versanken wieder in Dunkelheit, als die ersten Schneeflocken zu fallen begannen. Sie schwebten durch die nackten Zweige der Bäume in Richtung Erde, blieben an Felsbrocken hängen und bedeckten die umgestürzten Baumstämme und das Laub, bis der Waldboden zu einer riesigen weißen Fläche geworden war, nur hier und da durchbrochen von einem orangefarbenen Farbtupfer, wo Stofffetzen unter einer zerlöcherten Esche verstreut lagen. Am Ende würden auch sie bedeckt sein.

9

Nachdem es zwei Tage ununterbrochen geschneit hatte, befand sich die Gemeinde in einem Ausnahmezustand. Die höheren Gebirgsstraßen waren unpassierbar, in allen drei Dörfern war der Strom ausgefallen, die meisten Telefone waren tot, und die Stille des schneebedeckten Waldes wurde immer noch regelmäßig durch das Krachen umfallender Bäume durchbrochen. Es war der schlimmste Schneesturm, den Serge Papon jemals erlebt hatte. Und er war überzeugt, dass es wohl der letzte sein würde, den seine Frau jemals erleben würde.

Er starrte aus seinem Bürofenster im Rathaus auf die wirbelnden Flocken hinaus und versuchte ihnen zu folgen, während sie vor seinen Augen tanzten und ihn immer tiefer und tiefer in ihre schwarz-weiße Welt hineinzogen, bis er das Gefühl hatte, als drehe sich alles in seinem Kopf, sodass er sich an der Fensterbank festhalten musste, um nicht umzufallen.

Der scharfe Klang von Metall, das klirrend gegen Metall stieß, brach den Zauber, und Serge riss seinen Blick von dem Schneegestöber los und blickte auf den Parkplatz hinunter, wo eine junge Frau am Vorderrad eines kleinen gelben Autos hockte.

Die neue Briefträgerin.

Serge knurrte, als er zusah, wie sie einen Satz Schneeketten auf den Boden neben das Rad legte und dann die Bedienungsanleitung zu Rate zog.

Typisch! Sie hatte keine Ahnung, wie man die Dinger anlegte. Was um alles in der Welt hatte sich La Poste nur dabei gedacht, einem solch schmächtigen Ding diese Stelle zu übertragen? Das war Männerarbeit!

Seit Ives Rogalle vor zwei Jahren in Rente gegangen war, hatte die Gemeinde eine ganze Reihe von Briefträgerinnen und Briefträgern erdulden müssen, von denen keiner lange durchgehalten hatte, da die Route anstrengend und die Bezahlung jämmerlich war. Es ärgerte Serge maßlos, dass es ihm, obwohl er mehrere Briefe in amtlicher Funktion losgeschickt hatte, nicht gelungen war, Abhilfe zu schaffen.

Von wegen Fortschritt! Er zerfraß das Herz dieser Gemeinde.

Monsieur Mené, der Briefträger aus seinen Kindertagen, hatte die Route den Berg rauf wie runter ausnahmslos jeden Tag zurückgelegt.

Ohne Auto. Ohne Schneeketten. Und nur unter außergewöhnlichen Umständen mit Schneeschuhen. Und es hatte nichts in der Gemeinde gegeben, worüber er nicht Bescheid wusste. Dann hatte La Poste das Motorrad eingeführt und später das Auto, und schließlich war die Beziehung zwischen Briefträger und Kunden zerbrochen; zurückgeblieben war zwar ein schnellerer Dienst, der aber die menschliche Note vermissen ließ.

Und statt einer Plauderei bei einer Tasse Kaffee oder etwas Stärkerem war es wahrscheinlicher, dass die älteren Leute, die allein in den Bergen lebten, lediglich einen flüchtigen Blick auf ein davonfahrendes gelbes Auto erhaschten, wenn ihre Post zugestellt wurde. Abgesehen vom Jahresende, wenn die Briefträgerinnen und Briefträger versuchten, ihre heißgeliebten Kalender zu verkaufen! Serge hatte niemals Einwände erhoben, Yves als Dank für seine harte Arbeit einen Kalender abzukaufen, den er eigentlich gar nicht benötigte. Aber neuerdings erkannte er die Gesichter über der Uniform nicht einmal mehr, wenn die Postler anklingelten, um sich ihr Weihnachtsgeld abzuholen.

Die Briefträgerin las immer noch in der Bedienungsanleitung, als Pascal auf den Parkplatz marschiert kam. Seine Schneestiefel hinterließen knirschend frische Spuren im Hof, und das leuchtende Lila und Limonengrün seiner Skijacke wirkte neben seiner ledernen Aktentasche fehl am Platz. Er erwiderte die fröhliche Begrüßung der Frau mit einer knappen Entgegnung und stiefelte, ihre Notlage geflissentlich übersehend, geradewegs an ihr vorbei Richtung Eingangshalle.

Serge schüttelte ungläubig den Kopf. Er vermochte wohl mit dem Hang zur Selbstverliebtheit fertigzuwerden, den sein Stellvertreter an den Tag legte, und auch mit dessen oberflächlichem Wesen. Aber die Gleichgültigkeit, die er gegenüber seinen Mitmenschen zeigte, erzürnte den Bürgermeister. Der gestrige Abend war wieder einmal ein Paradebeispiel dafür gewesen. Alle hatten mit vereinten Kräften versucht, den verschwundenen Stier zu finden, während Pascal Souquet zu Hause saß und sich die Fingernägel manikürte. Als stünde er über ihnen allen. Dabei war er nichts weiter als ein hochverschuldeter Bankrotteur, der es fertiggebracht hatte, alles mit spekulativen Anlagen zu verlieren. Irgendein dämliches Pyramidensystem, das Serge nicht ganz verstand. Er wusste nur, dass Pascal wohl als Penner in einem Pappkarton auf den Champs-Elysées hausen müsste, wenn Fatima nicht ihr Elternhaus im Dorf geerbt hätte. Es gab keine Entschuldigung für sein anmaßendes Verhalten, und Serge packte bei dem Gedanken daran die Fensterbank nur noch fester und schwor sich im Stillen, dass er alles in seiner Macht Stehende tun würde, um zu verhindern, dass dieser Mann der nächste Bürgermeister von Fogas wurde.

Das hieß, wenn er wegen dieses Mistkerls nicht vorher an einem Herzinfarkt krepieren würde!

Serge stieß einen Seufzer aus und langte schicksalsergeben nach seinem Mantel. Offensichtlich blieb es an ihm hängen, der Frau mit den Ketten zu helfen, wenn die Post heute wirklich noch verteilt werden sollte. Er schlüpfte mit seinen Armen durch die Ärmel, und als seine knotigen und geschwollenen Hände wieder auftauchten, traf ihn erneut die Erkenntnis, dass er kein junger Mann mehr war. Wahrscheinlich würde es ihm nicht gelingen, die kalten Metallglieder zu handhaben oder sie fest genug zu ziehen, damit sie ordentlichen Halt hatten.

Er stand da, betrachtete seine nutzlosen Hände und verachtete Pascal nun, da er plötzlich mit seinen eigenen Schwächen konfrontiert war, nur noch mehr. Welch eine Verschwendung, einem solchen Mann Gesundheit zu schenken! Als würde man einem Mutterschaf Klöten verpassen.

Ein lauter Ruf im Hof unten lockte ihn ans Fenster zurück.

Bernard. Samt neuer Baskenmütze und mit seinem stolzierenden Gang, der die Damen anlocken sollte, aber sein Hinterteil nur zum Schwabbeln brachte. Serge sah zu, wie er über den Parkplatz auf die junge Frau zuschritt, sich neben sie kniete und sie mit wohlmeinender Herablassung von ihrem Platz verscheuchte.

Die Frau zuckte mit den Schultern, hob den zweiten Satz Ketten auf und ging um den Wagen herum auf die andere Seite. Nach ein paar Minuten tauchte sie zufrieden dreinblickend wieder auf, während Bernard zum x-ten Mal versuchte, die Ketten einzuhaken, wobei ihm immer wieder das Metall aus den Händen rutschte und er es als Kettensalat auf der Erde wiederfand. Die Frau grinste und machte eine Bemerkung, die Serge nicht verstand, die Bernard aber offenbar in Verlegenheit brachte und die Kette ein weiteres Mal spannen ließ. Als er dies tat, schaute sie stirnrunzelnd in die Gebrauchsanweisung und hielt sie ihm unter die Nase. Bernard, der seinen Fehler erkannte, fluchte und tat nun zähneknirschend das, was sie ihm vorlas. Und siehe da, innerhalb kurzer Zeit war auch er mit seiner Seite fertig, und die Briefträgerin konnte endlich in ihren Wagen steigen. Als sie davonfuhr, winkte sie ihm zu, ehe sie in dem Schneegestöber verschwand, und Bernard starrte ihr mit einem verwirrten Ausdruck auf dem Gesicht nach, als hätte er gerade eine Begegnung mit einer Außerirdischen gehabt.

»Trottel und Waschlappen«, murmelte Serge in sich hinein, als er den Mantel an seinen Platz zurückhängte, sich wieder setzte und den Kerosinofen näher an den Schreibtisch heranzog. Er war von Trotteln und Waschlappen umgeben. Was sollte nur aus der Welt werden, wenn eine junge Frau sich nicht einmal mehr darauf verlassen konnte, dass ein Mann in der Lage war, mit Schneeketten umzugehen? Nicht dass sie das gekümmert hätte. Aber das machte das Ganze nur noch schlimmer.

Er kratzte sich verdrossen an den Beinen. Sein Ekzem begann wieder zu brennen. Der Doktor behauptete, dass sein neuestes Gesundheitsproblem bloß die Folge des Alters sei, aber Serge war davon überzeugt, dass es sich um eine physische Erscheinungsform des Kribbelns unter seiner Haut – gerade so außer Reichweite – handelte, das er dieser Tage angesichts all der

Ärgernisse, mit denen er sich herumschlagen musste, ständig verspürte.

Es kostete ihn große Selbstbeherrschung, mit dem Kratzen aufzuhören und nach dem Papierstapel zu greifen, der vor ihm lag. Er überflog das erste Blatt, ein Gesuch Philippe Galys, der um die Genehmigung für den Umbau eines Nebengebäudes in eine *gîte* bat, und legte es beiseite. Die nächsten beiden waren Briefe vom *Conseil Général* in Foix, der Hauptstadt des Départements, in denen um seine Anwesenheit in weiteren nutzlosen Sitzungen ersucht wurde. Aber das letzte Schreiben vermochte seine Aufmerksamkeit lange genug zu fesseln, um seine reizbare Stimmung zu besänftigen.

Es war das offizielle Abnahmeprüfprotokoll von Major Gaillard.

Serge überflog den Text, bis sein Blick bei einem Wort verharrte, das zählte:

DÉFAVORABLE

Er murmelte es wie eine Beschwörung, genoss die Art und Weise, wie die Vokale und Konsonanten seine Zunge umschlangen gleich einem kräftigen Bordeaux. *Défavorable*. Er lehnte sich auf seinem Stuhl zurück, verschränkte die Arme vor der Brust und holte, von Zufriedenheit erfüllt, tief Luft, während sich seine Sinne an der Macht berauschten, die dem vor ihm liegenden Dokument innewohnte.

Er hatte es geschafft. Die *Auberge* gehörte so gut wie ihm. Nun ja, seinem Schwager. Was ja im Grunde das Gleiche war. Und nichts davon war in seinem Namen geschehen. Der überaus ehrgeizige Pascal hatte sich darum gerissen, den Antrag zu stellen, die *Auberge* aufzukaufen, und Christian, der etwas so Skrupelloses nicht zu tolerieren vermochte, hatte, wie von Serge erhofft, einen Gegenvorschlag vorgelegt.

Serge lachte leise. Er war mit Christian ein großes Risiko eingegangen, aber es hatte sich gelohnt. Der Mann hatte seine Erwartungen übertroffen. Da er allein auf die Idee mit der Prüfung gekommen war, hatte sich Serge nicht einmischen müssen, und Christians Überredungskünste hatten Serge sogar den Luxus ermöglicht, sich der Stimme zu enthalten.

Sein Name tauchte nirgendwo auf.

Wenn also Jean-Louis die *Auberge* in ein paar Monaten für einen weitaus günstigeren Preis kaufen würde, könnte niemand mit dem Finger auf den Bürgermeister zeigen und ihn der Korruption beschuldigen.

Ausgenommen Bernard natürlich.

Das plötzliche Aufheulen eines Motors unten im Hof durchbrach die winterliche Stille, und Serge eilte zum Fenster, um mit anzusehen, wie Bernard den Traktor – nun mit Räumschild zum Schneepflug umfunktioniert – rückwärts aus dem Schuppen manövrierte. Seit zwei Tagen fuhr er nun den Schneepflug der Gemeinde, und in den zwei Tagen waren im Rathaus mehr Versicherungsansprüche gestellt worden als in den letzten zehn Jahren zusammen. Bernard hatte es geschafft, einen Zaun in der engen Kurve in La Rivière niederzuwalzen, die Außenspiegel von vier Autos zu demolieren, beinahe Monique Sentenacs kläffenden Pudel zu überfahren und beim Zurücksetzen mit hohem Tempo in Pascals brandneuen Range Rover zu fahren.

Der Mann war eine Last.

Wenngleich ihm die Leute in der Bar einen ausgegeben hatten, als die Neuigkeit von Pascals Wagen die Runde machte. Geschah dem Kerl ganz recht. Warum kaufte er auch diesen ausländischen Mist?

Nachdem der Traktor endlich aus dem Schuppen heraus war, schoss er mit einem Ruck nach vorn, und der Schneepflug schrammte am Torpfosten vorbei, während Bernard den Weg auf die Straße hinaus und den Berg hinunter nahm. Gar nicht mal so schlecht. Er hatte die parkenden Wagen auf der gegenüberliegenden Seite verfehlt und den Torpfosten nur oberflächlich beschädigt. Vielleicht lernte der Mann einfach nur sehr langsam!

Obwohl der Vorfall mit dem Stier äußerst knapp gewesen war. Zu knapp!

Serge ging zum Ofen hinüber, um sich zu wärmen, da ihm ein Schauer über den Rücken lief. Dieser verdammte Bernard! Serge hatte nichts weiter als eine Ablenkung gewollt, um Christian von der Gemeinderatsversammlung wegzulocken. Er war sich ziemlich sicher gewesen, dass sein Stellvertreter seine Meinung über die Schließung der *Auberge* geändert hatte, und damit richtiggelegen, wenn man bedachte, wie Josette gestimmt hatte. Nur gut, dass er diese Giftschlange Fatima benutzt hatte, um die beiden an dem Abend der Versammlung voneinander fernzuhalten, sonst wäre Josette womöglich eine überzeugendere Argumentation gelungen.

Bernard hatte er eine einfache Aufgabe gestellt: Er sollte Christian, mit seinem Talent, die Leute von seiner Denkweise zu überzeugen, unter irgendeinem Vorwand von der Versammlung weglocken. Aber der dämliche *cantonnier* konnte nicht bloß das Gatter öffnen und Sarko von der Weide spazieren lassen, wozu der Stier ja neigte. Nein, nicht Bernard. Er musste zu einer menschlichen Zielscheibe werden und das Tier derart wütend machen, dass es wie ein Berserker in den Wald und den halben Berg hinaufgerannt war.

Vielleicht hätte er es besser wissen müssen und diesen Idioten nicht mit einer solchen Aufgabe betrauen sollen, räumte Serge ein. Schließlich war er sich nach vielen Jahren der Bekanntschaft mit Bernard (aufgrund einer unbedeutenden Verbindung auf Seiten der Familie seiner Frau) durchaus bewusst, dass der Mann selbst einen Heiligen zur Raserei treiben konnte, ganz zu schweigen von einem reizbaren Stier. Er verspürte nach einer halben Stunde in der Gegenwart dieses Trottels weiß Gott selbst das Bedürfnis, ein paar Bäume aufzuspießen.

Er kratzte sich geistesabwesend am Bein, als er wieder Platz nahm. Das hätte in einer Katastrophe enden können. Eine Tonne erstklassiges Vieh, das mit Schaum vorm Maul in den Bergen Amok lief. Nicht auszudenken, was da alles hätte passieren können. Womöglich wäre es Christians Ruin gewesen.

Zu seiner Überraschung verspürte Serge, dass sich etwas in den staubigen Winkeln seines Gewissens regte, aber wie die aufflackernde

Flamme einer Kerze, die versucht, die erstickende Dunkelheit eines Grubenschachts zu durchdringen, erstarb es schon bald wieder.

Bevor es sich wieder regen konnte, griff der Bürgermeister von Fogas nach seinem Stift und setzte einen Brief auf. Er würde ihn noch heute mit einer Kopie des Prüfprotokolls zustellen lassen. Jetzt gab es kein Zurück mehr. Der *Conseil Municipal* hatte darüber abgestimmt, und er hatte das letzte Wort. Außerdem war es so das Beste für die Gemeinde.

Er unterschrieb mit einer schwungvollen Bewegung, gab den Brief im Vorzimmer ab, schnappte sich dann seine Jacke und machte sich auf den Weg die Treppe hinunter. In der Zeit, in der seine Sekretärin, Céline, das Schreiben abtippte, wollte er rasch bei seiner Frau vorbeischauen. Während er sich im Gehen den Mantel überstreifte, fragte er sich, wie lange sie wohl noch Zeit hatten, bevor der Arzt sie ins Krankenhaus einweisen würde. Der Mann hatte sich geweigert, Vermutungen darüber anzustellen, und ihnen geraten, es so zu nehmen, wie es kam, einfach in den Tag hineinzuleben. Aber der hatte gut reden.

Einer Zukunft entgegensehend, die so düster war wie das Wetter, trat Serge in den fallenden Schnee hinaus und zog dabei unwillkürlich die Schultern in die Höhe – und das nicht nur wegen des bitterkalten Windes, sondern auch wegen der kalten Finger, des Schmerzes und des Kummers, der sich immer fester um sein Herz legte.

»*Vous voulez une chambre? … Quelle date? … 'allo? … 'allo?* Ach, Scheiße!« Paul seufzte verärgert und knallte den Hörer auf die Gabel, was Lorna veranlasste, von ihrem Laptop aufzublicken.

»Aufgelegt?«

Paul nickte.

»Wieder so ein Werbeanruf?«

»Ich glaube, ja. Typisch. Da haben wir den ganzen Morgen weder Telefon noch Strom, und kaum funktioniert alles wieder, versucht der erste Anrufer gleich, mir was zu verkaufen!«

»Was war es denn dieses Mal?«

»Faxgeräte. Glaube ich wenigstens. Das Problem ist, dass sie immer so schnell sprechen. Wenn ich nicht gerade die Worte ›Zimmer‹ oder ›Restaurant‹ heraushöre, dann bin ich aufgeschmissen!«

Lorna lachte verständnisvoll. Seit ihrem Umzug nach Frankreich hatte sich das Entgegennehmen von Anrufen von einer ganz alltäglichen Handlung in russisches Roulette verwandelt. Entweder war es ein potenzieller Gast oder ein Werbeanrufer, und diese beiden Möglichkeiten mit begrenzten Französischkenntnissen auseinanderzuhalten, während ein sprachliches Trommelfeuer auf einen einprasselte, erwies sich als schwierig und nicht zuletzt als geschäftsschädigend.

Paul war daher rasch auf die Strategie verfallen, den Anrufer mit Fragen zu bombardieren, in der Hoffnung, seinen Bedürfnissen zuvorzukommen, und er war damit einigermaßen erfolgreich. Bisher hatten sie mehrere Reservierungen für den Beginn der Angelsaison im März erhalten, aber was noch wichtiger war, sie waren für die Silvesterparty in zwei Wochen beinahe ausgebucht.

Allerdings brachte diese Technik jeden Anrufer, der etwas verkaufen wollte, zur Weißglut. Lorna konnte sich sehr gut den Frust vorstellen, den irgendein armer Kerl in Paris empfinden musste, der versuchte, einem Ausländer ein Faxgerät zu verkaufen, und von diesem stattdessen in gebrochenem Französisch unablässig gefragt wurde, ob er ein Zimmer buchen wolle. Sie konnte es ihm nicht verdenken, wenn er auflegte.

»Es kann nur leichter werden«, sagte sie beruhigend, als sich Paul wieder neben sie an den Tisch im Speiseraum setzte, wo sie mit den Geschäftsbüchern beschäftigt waren.

»Aber nicht mit diesem Kram!« Paul schob die Kontoauszüge und Rechnungen von sich weg. Sie hatten den ganzen Nachmittag an ihren Finanzen gearbeitet, ohne dass etwas dabei herausgekommen war. Nur eines war gewiss: Sie standen gefährlich nah am Abgrund.

Als neue Besitzer hatten sie die *Auberge* bei der *Chambre de Commerce* eintragen lassen und wurden nun gebeten, die astronomisch hohen Sozialabgaben zu zahlen, die bei allen Kleinunternehmen in Frankreich erhoben wurden. Für das erste Vierteljahr mussten sie bis Ende Januar beinahe tausend Euro auftreiben, und das, bevor sie mit ihrem Geschäft überhaupt richtig etwas erwirtschaftet hatten. Dazu kamen noch die Rechnungen für den Steuerberater, die Versicherung, das Heizöl und die Lebensmittel, die sie für die Silvesterfeier im Restaurant bestellt hatten. Aufgrund der bisherigen Buchungen würden sie es gerade so bis Februar schaffen, ohne das Geld auf ihrem Konto in England anrühren zu müssen. Was auch gut war angesichts des immer schwächer werdenden Pfunds im Vergleich zum Euro, denn dies hatte dazu geführt, dass ihr Polster von achttausend Pfund längst nicht mehr so prall war wie bei ihrer Ankunft.

Einen noch größeren Rückschlag hatten sie einstecken müssen, als die Angebote der Handwerker für die Reparatur des Daches vorlagen. Das billigste lag bei dreißigtausend Euro, weit mehr, als sie erwartet hatten. Wer hatte noch gleich behauptet, dass Frankreich billig war?

Paul sammelte die Papiere ein, die auf dem Tisch verstreut lagen, und verfrachtete sie zurück in die Mappe. Das neue Dach musste warten, bis sie genug verdient hatten, um es entweder komplett bezahlen zu können oder um einen Kredit aufzunehmen. Was den Heizkessel und den Öltank betraf, so war das noch Zukunftsmusik. Dafür war ihre finanzielle Lage einfach zu angespannt. Und zu alldem kam noch das Gerede von einer Rezession.

»War das die Post?«, fragte Lorna, die einen Wagen draußen hörte.

»Ich dachte, die wäre schon durch.« Paul stand gerade noch rechtzeitig auf, um zu sehen, wie ein kleiner silberner Wagen mit knirschenden Schneeketten davonfuhr, die den Schnee mit einem Muster sich schneidender Linien durchzogen. Er öffnete die Vordertür und watete durch den Schnee zum Briefkasten. Seine

Finger zitterten vor Kälte, als er den Schlüssel hineinsteckte. Und tatsächlich lag ein Brief darin. Ein Brief ohne Briefmarke.

Nachdem er den größten Teil des Schnees abgeschüttelt hatte, kehrte er wieder in die *Auberge* zurück und riss den Umschlag auf, während Lorna damit beschäftigt war, den Rest ihrer Unterlagen wegzuräumen.

Es war schon wieder ein Schreiben aus dem Rathaus. Aber dieses Mal war es mehr als nur ein Brief. Sie hatten etwas beigefügt, was wie eine amtliche Urkunde aussah.

»Ich glaube, das ist der Prüfbericht.«

Lorna schaute lächelnd zu ihm hinüber. »Und? Gute Neuigkeiten?«

Aber Paul war zu sehr damit beschäftigt, das Schreiben zu überfliegen, um ihr zu antworten. Als er am Ende der Seite angekommen war, wich alle Farbe aus seinem Gesicht.

»Was ist denn los?« Lornas Stimme klang schrill vor Angst. »Brauchst du das Wörterbuch?«

»Nein … Nicht nötig. Die Sache ist absolut klar«, sagte Paul, als er den Brief auf den Tisch warf und nach der Rückenlehne des Stuhls griff, um sich daran abzustützen. »Wir haben offiziell geschlossen«, flüsterte er. »Der Bürgermeister hat uns den Laden dichtgemacht.«

10

Stephanie interessierte sich nicht mehr die Bohne dafür, ob sie jemals in ihrem Leben einen weiteren Yogakurs geben würde. Fünf Tage mit einem Haufen betagter Damen in Lycra, die sich furzend in den unterschiedlichsten, widernatürlichsten Yogastellungen verrenkten, hatten ihr gereicht. Außerdem kam es ihr so vor, als wäre sie eine Ewigkeit von Chloé und den Bergen weg gewesen.

Sie zog noch einmal kräftig, spannte die Schneeketten und spürte dabei die Muskeln in ihrem Rücken, die sich gegen die Anstrengung und die Kälte wehrten. Zufrieden, dass die Ketten richtig auf dem Reifen saßen, schritt sie zum letzten Rad und legte auch dort die Kette fachgerecht an, ehe sie wieder in den Transporter stieg.

Es mochte übervorsichtig sein, aber sie war nicht bereit, nur mit Winterreifen ein Risiko auf der Straße einzugehen, die den Berg hinaufführte. Sie war kurz hinter St. Girons schon an einigen liegengebliebenen Autos vorbeigefahren. Eins hatte gefährlich über dem steilen Flussufer gehangen. Eine tiefe Bremsspur hatte zu der Stelle geführt und noch tiefere eilige Fußspuren davon weg.

Stephanie starrte durch die Windschutzscheibe auf eine weiße Wand – vorbei an den Scheibenwischern, die erfolglos gegen die permanent fallenden Flocken ankämpften.

Schnee. Mehr, als sie jemals in ihrer Zeit hier zu Gesicht bekommen hatte. Und es schneite weiter. Ihre Fußspuren von vorhin waren bereits fast schon wieder unter einer frischen Decke verschwunden. Chloé würde begeistert sein – ganz besonders, da die weiße Pracht pünktlich zum Wochenende gefallen war.

Der Gedanke brachte Stephanie zum Lächeln, während sie den Wagen vorsichtig aus der Haltebucht in Richtung des Kreisverkehrs bei Kerkabanac steuerte, wo sich die Straße teilte. Jetzt hatte sie es nicht mehr weit. Sie verspürte wie immer ein kleines Flattern der Vorfreude in ihrem Bauch, als sie sich vom Tal auf den Nachhauseweg den Berg hinauf machte.

Nach Hause! Schon der Gedanke ließ sie laut auflachen.

Sie, die Frau mit dem Zigeunerblut, von der ihr Exmann einmal behauptet hatte, man müsse ihr die Füße auf dem Küchenboden festnageln, um ihre Wanderlust zu bändigen, hatte endlich einen Ort gefunden, an dem sie länger als eine Woche bleiben wollte. Und das ausgerechnet in Picarets. Das hatte sie nicht kommen sehen, als gewisse Umstände sie zwangen, mit ihrer zweijährigen Tochter im Schlepptau zu fliehen. Sie waren auf der Suche nach einem Unterschlupf gewesen und hatten eine Zuflucht gefunden.

Aber es war nicht leicht, in der Gegend Arbeit zu finden. Sie waren mit einem kleinen Koffer und einem Kofferraum voller Gartengeräte angekommen, und seither hatte Stephanie versucht, sich mehr schlecht als recht durchzuschlagen, im Sommer Saisonarbeit verrichtet und sich im Winter mit Kindergeld und einem gelegentlichen Yogakurs über Wasser gehalten. Aber das reichte nicht aus. Bald schon würde Chloé die Schule in Seix besuchen und demnächst vielleicht die Universität, und Stephanie war entschlossen, ihr diese Chancen zu bieten.

Aber dafür benötigte sie Geld.

Daher hatte sie auf dem ganzen Rückweg von Toulouse gerechnet und hin und her überlegt. Mit dem Job in der *Auberge* könnte sie beginnen, ein wenig Geld beiseitezulegen, und sich in ihrer Freizeit auf ihr Bio-Gartencenter konzentrieren. Sie wollte ganz klein anfangen, mit einigen Fahrten zu den hiesigen Märkten im Frühjahr und im Herbst, und sich über die nächsten Jahre einen Kundenstamm aufbauen, bis sie so weit war, das Center zu eröffnen.

Sie wusste sogar schon, wo sie es errichten wollte. Nicht weit hinter der *Épicerie* in La Rivière befand sich ein Stück Brachland direkt am Flussufer. Es war arg verwildert mit etlichen Bäumen, die gefällt werden mussten, aber es hatte die richtige Größe und befand sich neben dem Gemeinschaftsparkplatz, was ihren Kunden Parkmöglichkeiten bieten würde. Sie hatte sich beim *Bureau du Cadastre* erkundigt und zu ihrer großen Freude erfahren, dass das Grundstück Josette gehörte. Stephanie war sich sicher, dass sie es ihr zu einem vernünftigen Preis verpachten würde.

Es war der Beginn von etwas Großem, davon war Stephanie überzeugt, und sie konnte es kaum erwarten, Chloé von ihren Plänen zu erzählen. Aber zuerst einmal musste sie den Rest der Fahrt unbeschadet überstehen.

In niedrigem Gang fuhr sie den Transporter ganz langsam die Straße hinauf, die an den Stellen, wo vorbeifahrende Einheimische umgestürzte Bäume so weit beschnitten hatten, dass gerade mal ein Wagen durchkam, nur noch einspurig befahrbar war. Niemand wollte bei diesem Wetter längere Zeit draußen verweilen, und es bestand die Gefahr, dass jeden Augenblick weitere Bäume umstürzen konnten. Sie bereute es, dass sie vor ihrer Abfahrt nach Toulouse nicht auch ihre Kettensäge hinten in den Wagen gepackt hatte. Dann wäre ihr nun ein wenig behaglicher zumute gewesen.

Ihre Anspannung wuchs, als die Bedingungen immer schlechter wurden, und jeglicher Gedanke an die Zukunft war vergessen. Sie rutschte nervös auf ihrem Sitz hin und her, suchte beim Fahren mit den Augen den Wald entlang der Straße ab, weil sie hoffte, dadurch zumindest gewarnt zu werden.

Sie kurbelte ihr Fenster herunter, um besser hören zu können, obwohl sie nichts tun konnte, wenn tatsächlich ein Baum umfiel. Und es half auch nichts, in einem solchen Fall das Gaspedal durchzutreten. Das würde höchstwahrscheinlich ein kaltes Bad im Fluss zur Folge haben.

Ein lautes Knacken ließ sie zusammenzucken. Ihre Hände umklammerten das Lenkrad, während der Wagen weiterrollte. Wieder ein Knacken und dann das bedächtige, knarrende Geräusch splitternden Holzes. Sie versuchte, nicht in Panik zu geraten, ließ die Straße vor sich nicht aus den Augen. Da war nirgendwo eine Bewegung auszumachen. Und dann mit einem Mal sah sie in ihrem Rückspiegel, wie eine gewaltige Esche in einiger Entfernung hinter ihr zu Boden stürzte und den Wagen erzittern ließ.

Sie schluckte schwer.

Das war knapp. Wenn sie nur ein paar Minuten später in Toulouse losgefahren wäre oder etwas mehr Zeit für das Aufziehen der Schneeketten benötigt hätte …

Sie schüttelte sich, um einen klaren Kopf zu bekommen. Es brachte doch nichts, darüber nachzudenken. Noch zwei Kurven, und sie hätte die Haltebucht gegenüber der *Auberge* erreicht. Sie konzentrierte sich wieder auf die Straße und hoffte, dass die Schule vernünftig genug gewesen war, den Kindern heute schneefrei zu geben, damit dem Schulbus diese Fahrt erspart blieb.

Als sie um die letzte Kurve bog, bot sich ihr das bislang schlimmste Bild auf ihrer Strecke dar. Hier waren Bäume auf einer größeren Fläche umgestürzt, und etliche Hindernisse aus Ästen und kaputten Stämmen übersäten die Straße. Dazu lag offenbar noch eine Stromleitung quer über der Fahrbahn. Sie schürzte die Lippen und fuhr darüber, darauf hoffend, dass irgendjemand bei der EDF den Strom abgeschaltet hatte.

Als die *Auberge* endlich in Sicht kam, war

Stephanie ganz schlecht vor Erleichterung. Sie bog in die Haltebucht ein, die vom Schneepflug geräumt worden war, und stellte den Motor ab. Sie würde von hier aus nach Hause laufen. Nach dieser Fahrt hatte sie keine Lust mehr, sich das letzte Stück den Berg hinauf mit dem Wagen anzutun. In Anbetracht der anderen Fahrzeuge, die dort schon abgestellt worden waren, wäre sie nicht die Einzige, die zu Fuß nach Hause kam. Aber zuerst wollte sie noch in Erfahrung bringen, ob sie auf den Schulbus warten musste oder nicht.

Sie griff sich ihre Handtasche vom Rücksitz und schaltete ihr Handy ein.

Verdammt. Der Akku war leer.

Die Lichter der *Auberge* schienen warm und einladend zu ihr herüber. Sie würde das Telefon dort benutzen, und vielleicht bot man ihr sogar noch einen Kaffee an, bevor sie sich auf den Heimweg machte. Außerdem war es eine gute Gelegenheit, herauszufinden, wie die Prüfung gelaufen war. Dann könnte sie sich mit Chloé morgen Abend eine Pizza vom Pizzawagen in Seix gönnen, um ihren neuen Job zu feiern. Wenn das Wetter es zuließ.

Sie nahm nichts weiter mit außer ihrer Handtasche und folgte den Spuren des Schneepflugs die Straße hinauf bis zur Vordertür der *Au-*

berge. Dort stampfte sie mit ihren Stiefeln auf, um sie vom Schnee zu befreien, drückte die Klinke hinunter und trat ein.

»*Bonjour!*«

Paul und Lorna saßen mit den Rücken zu ihr am nächststehenden Tisch, und Paul hatte den Arm um Lornas Schultern gelegt.

»*Bonjour … Ça va?*«, sagte Stephanie noch einmal, dieses Mal mit lauterer Stimme, und Paul drehte sich um und stand auf.

»Stephanie … hallo. Tut mir leid, dass ist gerade kein guter Zeitpunkt.«

»Was stimmt nicht?« Jetzt, wo sie drinnen war, die Tür geschlossen, da konnte Stephanie die Anspannung spüren, so als wäre sämtliche Luft aus dem Raum herausgesaugt worden.

»Alles okay … ach was … nichts ist okay.« Pauls Arme hoben und senkten sich wie bei einer Marionette in Kinderhänden. Er schaute zu Lorna hinüber, und Stephanie folgte seinem Blick.

»*Merde!* Was ist passiert?«

Lorna betupfte ihre vom Weinen geschwollenen und geröteten Augen. Da waren noch frische Tränen auf ihren bleichen Wangen.

»Die *Auberge* hat die Prüfung nicht bestanden.«

Stephanies Augenbrauen schossen bis zu

ihrem Haaransatz in die Höhe, und sie wandte ihre Aufmerksamkeit wieder Paul zu.

»Nicht bestanden? *Quel malheur!*«

Paul nickte.

»Aber Sie können doch machen weiter wie bis'er, *n'est-ce pas*?«

Lorna reichte ihr den Brief und verließ schweigend den Raum. Sie konnte einfach nicht mehr darüber reden. Die Tür hatte sich noch nicht richtig hinter ihr geschlossen, als Stephanie bereits in die Luft ging.

»'urensöhne! Sie können die *Auberge* nicht verschließen! Das ist gegen die Gesetz! Wir müssen sie protestieren!« Sie las das Schreiben ein weiteres Mal durch und wurde immer aufgebrachter. »'aben Sie sie angerufen? In *mairie*? 'aben Sie mit die Bürgermeister gesprochen?«

Paul nickte wieder. Dieses Mal mit einem resignierten Ausdruck auf dem Gesicht. »Das Rathaus ist bis nach Neujahr geschlossen. Es läuft bloß der Anrufbeantworter.« Er lächelte süffisant. »Da hat jemand genau den richtigen Zeitpunkt abgepasst.«

Stephanie stieß einen leisen Pfiff aus. Da meinte es jemand wirklich ernst.

»Was 'eißt das jetzt? Für Sie und Lorna?«

»Wir müssen auf jeden Fall all unsere

Vormerkungen für Silvester stornieren. Und irgendwie das Geld für einen neuen Öltank und einen neuen Heizkessel auftreiben.«

»Ist das möglich?«

»Ich weiß es wirklich nicht.« Er nahm ihr behutsam den Brief aus der Hand, faltete ihn wieder zusammen und steckte ihn in den Umschlag zurück. »Es tut mir leid, Stephanie, aber das betrifft Sie auch.«

Stephanie biss sich auf die Lippe. Sie wusste, was er sagen würde.

»Es tut mir wirklich leid, aber unter diesen Umständen können wir Sie leider nicht einstellen. Nicht in absehbarer Zeit.«

Stephanie nahm den blendend weißen Schnee, den Wind, der ihren Rock zum Flattern brachte, und die Kälte, die bis in die Knochen drang, gar nicht wahr. Dazu war sie viel zu wütend.

Sie sah nichts weiter als einen roten Dunst, als sie die Stufen der *Auberge* zur Straße hinunterstürmte. Und jenseits davon, gerade so sichtbar, einen blauen Panda, der vor der *Épicerie* parkte. Ohne sich ihrer Entscheidung bewusst zu sein, strebte sie darauf zu.

Diese Dreckskerle! Spielten mit anderer Leute Leben. Und weshalb? Wegen einer politischen Auseinandersetzung der geschmacklosesten Art. Dafür würde sie am liebsten jemandem den Kopf abreißen.

Sie brauchte diesen Job. Die Gemeinde brauchte Menschen wie Paul und Lorna. Aber die alten Knacker im *Conseil Municipal* wollten das ja nicht kapieren. Sie sahen nur Leute, die nicht von hier waren, und das versetzte sie in Panik, ließ sie Pläne aushecken und gemeinsame Sache machen, bis die Neuankömmlinge vertrieben waren oder die Nase voll hatten von der mangelnden Unterstützung und von sich aus weiterzogen.

Sie wusste, wie sich das anfühlte. Natürlich gab es Leute, die seit ihrer Ankunft hier gut zu ihr und Chloé waren. Aber da waren auch ebenso viele, die sie lieber wieder verschwinden sehen würden. Und wenn sie mit diesem Mist, den sie den Websters da antaten, ungestraft davonkamen, was würden sie wohl ihr für Steine in den Weg legen, wenn sie versuchte, ihr Gartencenter zu eröffnen?

Sie stieß einen weiteren Fluch aus, während sie mit frisch entflammter Wut, den Kopf gesenkt, Richtung Laden marschierte, blind gegenüber dem Traktor, der auf sie zukam und den Schnee von der Straße räumte. Als sie schließlich ihre missliche Lage erfasste, war es zu spät. Sie konnte nirgendwohin ausweichen.

Sie erhaschte lediglich einen Blick auf ein rundes Gesicht und eine orangefarbene Baskenmütze, und dann war es auch schon geschehen.

Wuschhhhhhhhhhhhhhhhh!

Eine Wand aus nassem Schnee flog in hohem Bogen von der Schaufel des vorbeibrausenden Pflugs und bedeckte Stephanie von Kopf bis Fuß. Für den Bruchteil einer Sekunde verschlug es ihr den Atem, als ihr Körper das unerwartete Eintauchen in die eisigen Temperaturen bemerkte.

»Idiot!«, schrie sie ihm hinterher, durch die Wut ihrer Redegewandtheit beraubt. Aber der Schneepflug war verschwunden, und es blieb ihr nichts anderes übrig, als wie ein Schneemann, der ein bisschen zu lange in der Sonne gestanden hat, auf den Laden zuzustapfen.

»Habt ihr das gesehen?«, fragte Christian lachend und zeigte auf die Gestalt, die durch das Schneegestöber auf den Laden zukam. »Da hat jemand gerade volle Kanne eine Ladung Schnee vom Schneepflug abbekommen. Sieht jetzt aus wie ein Yeti!«

Véronique kicherte, aber Josette brachte nur den Anflug eines Lächelns zustande, das schnell wieder von ihrem Gesicht verschwand und sie ernst und alt aussehen ließ.

Christian und Véronique sorgten sich um sie. Sie war seit dem Abend der Gemeinderatsversammlung nicht mehr dieselbe, und egal was sie auch sagten, sie vermochten sie nicht von der Meinung abzubringen, dass der ganze Schlamassel mit der *Auberge* allein ihre Schuld war.

»Nicht witzig?«, fragte er vorsichtig.

Josette seufzte und fuhr fort, das Glas der Messervitrine abzuwischen. Sie bewegte den Lappen halbherzig über die bereits makellose Oberfläche, während sie mit ihren Gedanken offensichtlich ganz woanders war.

Christian blickte zu Véronique hinüber, aber bevor er etwas sagen konnte, flog die Tür der *Épicerie* auf, und der Schneemann stürmte herein. Drei große Schritte, und er hatte den Raum durchquert, was Christian Zeit ließ, die Bewegungen als irgendwie vertraut zu registrieren, bevor ein schneebedeckter Arm ausholte und ihm eine schallende Ohrfeige verpasste.

»DU BASTARD!«

Christian taumelte vor Überraschung und getrieben von dem instinktiven Versuch, außer Reichweite zu gelangen, nach hinten. Er starrte die Gestalt vor sich an. Durch die Heftigkeit des Angriffs war der Schnee, der das Gesicht verborgen hatte, zu Boden gefallen, und darunter kamen funkelnde grüne Augen und feuchte rote Locken zum Vorschein.

»Stephanie? Was zum Teufel …?«

Aber sie drehte sich wortlos um, stürmte wieder aus dem Laden und knallte die Tür hinter sich zu.

»Was hast du ihr getan?«, fragte Josette gebieterisch und zeigte zum ersten Mal seit Tagen ein Interesse am Leben.

»Nichts … rein gar nichts«, stotterte Christian und rieb sich den Kiefer, wo lange Finger eine purpurrote Spur hinterlassen hatten. »Außer, dass ich gerade über sie gelacht habe. Aber das wird doch wohl nicht der Grund gewesen sein, oder?«

Véronique warf ihm einen wütenden Blick zu. »Natürlich nicht! Du musst etwas getan haben, das sie verletzt hat«, konstatierte sie, und ihre Stimme war voller Argwohn und … Enttäuschung. Ja, sie klang enttäuscht.

Christian schüttelte den Kopf und beteuerte seine Unschuld, während die beiden Frauen ihn misstrauisch musterten.

»Tja, wenn du ihr nichts getan hast, dann solltest du ihr wohl besser nachgehen und die Sache regeln!«, sagte Josette im Befehlston. »Und bestell ihr, sie soll wieder herkommen.

Wir werden ihr ein paar trockene Sachen geben. Jetzt mach schon! Worauf wartest du?«

»Er hat Angst, dass sie ihm noch eine Ohrfeige verpasst!«

Damit hatte Véronique ins Schwarze getroffen, woraufhin sich Christian sputete, den Laden zu verlassen.

Stephanie war schon halb die Straße hinunter, als er sie einholte. Sie hatte die Schultern immer noch vor Wut hochgezogen, und der Schnee tropfte an ihr herab.

»Stephanie? Alles in Ordnung mit dir?«

Der Blick, den sie ihm zuwarf, ließ seine Eingeweide gefrieren, und er zuckte zusammen, als sie wieder die Hand hob. Aber dieses Mal streifte sie sich lediglich den restlichen Schnee vom Gesicht.

»Alles in Ordnung? Du fragst mich, ob alles in Ordnung ist?« Sie holte ein Mal tief Luft und versuchte sich zu beruhigen, bevor sie sich von ihm abwandte, um weiterzugehen.

»Warte.« Christian legte eine Hand auf ihre Schulter, die klatschnass war. »Bitte, Stephanie! Komm wenigstens mit zurück in den Laden und zieh dich um. So holst du dir noch den Tod.«

Stephanie spürte, wie ihre Wut angesichts seiner offensichtlichen Besorgnis verpuffte, und plötzlich wurde sie sich bewusst, wie kalt ihr war. Sie begann am ganzen Körper zu zittern.

»Im Ernst. Sehen wir erst mal zu, dass dir wieder warm wird, und dann kannst du mir nach Lust und Laune eine verpassen. Versprochen!«

Er zog seine Jacke aus und legte sie ihr um die Schultern.

»Komm schon. Es hat keinen Sinn, hier draußen zu bleiben. Dieser Blödmann Bernard wird jeden Augenblick mit seinem verdammten Schneepflug zurückkommen, und ich habe keine Lust, wie du zu enden!«

Trotz allem stieg ein Kichern in ihrer Kehle auf, und sie lehnte sich gegen ihn, als sein Arm warm über ihren Schultern lag und sie gemeinsam zur *Épicerie* zurückkehrten.

»Dein Name war also auf dem Prüfbericht, und jetzt hat sie ihren Job verloren! Kein Wunder, dass sie dir eine gelangt hat!«

»Ich hätte wissen müssen, dass es etwas mit der *Auberge* zu tun hat. Warum sonst sollte sie sauer auf mich sein?«

Véroniques errötendes Gesicht offenbarte genau, was sie für den Grund gehalten hatte.

»Du dachtest, ich hätte … mit Stephanie?«

Christian blickte sie empört an. »Glauben das etwa alle?«

Véronique wand sich vor Verlegenheit.

»Herrje! Dieses Kaff ist wirklich unerträglich!« Christian kippte den Rest seines Kaffees hinunter und knallte die Tasse auf den Unterteller. »Es ist schon schlimm genug mit meinen Eltern, da musst du nicht auch noch anfangen.«

»Was ist denn mit deinen Eltern?«, fragte Josette, die gerade in den Laden zurückkam und die Tür zur Bar leise hinter sich schloss.

»Nichts«, murmelte Christian und fuhr sich mit der Hand durchs Haar. »Wie geht's ihr?«

»Sie schläft. Wir werden sie eine halbe Stunde in Ruhe lassen, und dann kannst du sie nach Hause bringen. Die Ärmste ist völlig erschöpft.«

»Geht klar. Was ist mit Chloé?«

»Sie ist bei Maman«, sagte Véronique. »Ich habe es geschafft, sie telefonisch zu erreichen, und sie haben auch wieder Strom, also ist sie für den Moment gut aufgehoben.«

Christian nickte. Er war immer noch nicht in der Lage, Véronique in die Augen zu blicken. Komisch, dass es ihm so viel bedeutete, was sie von ihm hielt.

»Also, was werden wir jetzt machen?«,

wollte Josette wissen, die ihren Lappen zum Glasreinigen zusammenfaltete und in eine Schublade legte.

Christian seufzte. »Wir können nicht viel tun. Der Bürgermeister hat uns alle zum Narren gehalten und dafür gesorgt, dass wir uns in die Haare geraten. Und es gibt rein gar nichts, was wir dagegen unternehmen können.«

»Blödsinn!«

Da war etwas im Klang von Josettes Stimme, das Véronique und Christian kerzengerade stehen ließ.

»Er hat uns also für dumm verkauft, na und? Willst du etwa allen Ernstes behaupten, dass wir diese Angelegenheit nicht unter uns klären können?«

Christian starrte aus dem Fenster, wo die *Auberge* nach dem Schneegestöber wieder zu sehen war.

»Ich bin mir nicht sicher, ob ich ihnen immer noch helfen will«, gestand er, während er sich Josette wieder zuwandte. »Nicht nach dem, was mit Sarko passiert ist.«

»Du weißt doch gar nicht, ob das ihre Schuld gewesen ist«, protestierte sie.

»Nein, aber mehrere Leute haben gesehen, wie sie nach seinem Ausbruch aus Richtung Picarets spaziert kamen, und jetzt wissen wir, dass sie einen Grund hatten. Laut Stephanie dachten sie, ich sei Schuld an der Prüfung.«

Josette nickte zustimmend. »Mag sein, dass sie dich für diesen Schlamassel verantwortlich machen, aber das heißt doch nicht, dass sie Sarkos Gatter geöffnet haben.«

»Aber wer denn dann?«

Josette gab einen verärgerten Laut von sich. »Keine Ahnung. Ich weiß nur, dass dies eine sehr belastende Situation ist, die die Gemeinde auseinanderreißen könnte. Und soweit ich das sehe, besteht die einzige Möglichkeit, das zu verhindern, darin, zu versuchen, einander zu helfen.«

»Aber selbst wenn wir dazu bereit wären, Josette«, sagte Véronique, »woher sollten wir das Geld bekommen, das sie brauchen, damit sie die *Auberge* wieder öffnen können?«

Dieses scheinbar unüberwindbare Hindernis versetzte Josette einen schmerzlichen Dämpfer, und die Energie, die sie zum ersten Mal seit Tagen wieder verspürte hatte, verpuffte.

Sie ging entmutigt in die Bar hinüber und schaute nach Stephanie, die am Tisch saß, den Kopf auf die Arme gelegt, und fest schlief. Jacques stand dahinter und strich ihr mit der Hand über das Haar, wie er es früher, kurz nach ihrer Hochzeit, immer bei Josette getan hatte.

Er lächelte sie an und hielt einen Finger an die Lippen, was sie beinahe zum Lachen gebracht hätte.

Ein Geist forderte sie auf, still zu sein.

Sie schüttelte den Kopf angesichts dieser Absurdität und schlenderte zum Fenster hinüber.

Dort stand die *Auberge*. Sie war mit Schnee bedeckt und lag im Dunkeln, kein Licht war an ihren Fenstern zu sehen.

Josette lehnte sich gegen das kalte Glas. Ihr Atem ließ das Fenster beschlagen und verschleierte die Sicht.

Sie musste sich unbedingt etwas einfallen lassen.

Im Augenblick war das das Einzige, was sie weitermachen ließ. Sie starrte, ohne wirklich etwas zu sehen, aus dem Fenster des Ladens, bis der Schnee wieder zu fallen begann. Er glich einem schweren Vorhang, den jemand quer durch die Gemeinde zugezogen hatte und die *Auberge* hinter seinen Falten aufs Neue verhüllte.

11

Als es endlich aufhörte zu schneien, war das Weihnachtsfest für die Einwohner von Fogas fast unbemerkt vorübergegangen. Sie waren so beschäftigt gewesen mit den Stromausfällen, dem schlechten Zustand der Straßen, ihren rasch dahinschwindenden Holzvorräten und der Gefahr, Bernard auf seinem Schneepflug zu begegnen, dass der besondere Tag vergangen war, ehe die Festlichkeiten überhaupt begonnen hatten.

Der Weihnachtsbaum der Gemeinde war, wie gewöhnlich, schon eine Woche zuvor auf dem Parkplatz gegenüber der *Épicerie* aufgestellt und mit ein paar vereinzelten Schleifen und einer Lichterkette dekoriert worden, die der Bürgermeister angesichts leerer Kassen nicht einschalten ließ. Aufgrund der schlechten Wetterbedingungen hatte Bernard den erstbesten Baum gefällt, den er in den Wäldern oberhalb Fogas finden konnte, und das Resultat war ein noch erbärmlicheres Exemplar als üblich, mit jämmerlich dünnen Zweigen, die spärlich von einem ausgemergelten Stamm herabhingen.

Er sah aus, als hätte er die Weihnachtsfeiertage schon längst hinter sich.

Paul betrachtete den Baum auf dem Rückweg zur *Auberge* voller Gehässigkeit und versuchte, seine schlechte Laune zu mildern, indem er den Geruch des frischgebackenen Brotes einatmete, das er bei sich trug. Aber es funktionierte wohl nicht, da er genauso wenig in Feststimmung war wie bei seinem Aufbruch.

Sie hatten den ersten Weihnachtsfeiertag wie zwei Trauerklöße verbracht. Zwar waren sie zu einem Spaziergang aufgebrochen, aber das Wetter hatte sie gezwungen, schon früh umzukehren; dann hatten sie ihr Weihnachtsessen zubereitet und versucht, so zu tun, als blickten sie nicht in einen Abgrund namens Insolvenz hinab. Was ein wenig schwerfiel, wo die *Auberge* doch auf Anordnung der Gemeinde geschlossen worden war, sie täglich Vorbestellungen ablehnen mussten und ihnen bis nach Neujahr nicht viel zu tun blieb, um das Problem zu lösen.

Paul hatte unzählige Male bei Handwerkern angerufen, um Kostenvoranschläge für die notwendigen Arbeiten zu erhalten, aber entweder nahm niemand ab, oder falls doch, dann war gerade niemand verfügbar. Erst wieder nach

Neujahr. Und beim Rathaus und der Handelskammer war es das gleiche Spiel.

Es schien fast so, als habe jeder Urlaub und amüsiere sich prächtig.

Nur sie nicht.

Die einzige direkte Antwort, die er erhalten hatte, war das entschiedene Nein des Filialleiters ihrer Bank gewesen. Angesichts der derzeitigen Wirtschaftskrise bestand keine Aussicht darauf, finanzielle Hilfe von der Bank zu erhalten, solange die Schließung nicht aufgehoben war und sie kein Gewerbe betreiben konnten. Kein Einkommen, kein Kredit.

Paul knallte die Tür hinter sich zu, schloss sogleich ab und schob den Riegel vor.

Wenn die Gemeinde sie anwies zu schließen, dann würden sie das verdammt noch mal auch tun. Und diejenigen, die das Telefon benutzen oder Pakete für andere dalassen wollten, damit diese sie auf dem Rückweg abholen konnten, wie es schon des Öfteren geschehen war, konnten sie mal gernhaben. Als ob die *Auberge* der Nabel dieser kleinen französischen Welt hier wäre!

Paul seufzte und lehnte sich gegen die Tür. Seine Wut verrauchte so schnell, wie sie gekommen war. Er wusste, dass man nicht der gesamten Gemeinde die Schuld geben konnte.

Hinter dem Postamt ertönte das helle Läuten der Kirchenglocken, die zum Abendgebet riefen. Es war schon sieben Uhr. Silvester. Normalerweise machten sie sich um diese Zeit fertig, um mit Freunden in Manchester auszugehen. Heute erwartete sie nur die Aussicht auf einen weiteren Abend daheim mit den Geschäftsbüchern.

Sie hatten Stephanies Einladung abgelehnt, zusammen mit Chloé und ihr zu essen, weil sie im Augenblick einfach keine gute Gesellschaft abgaben und niemandem ihre schlechte Laune zumuten wollten. Außerdem waren schwere Stürme vorhergesagt, und falls das Dach der *Auberge* einstürzen sollte, wollte Paul vor Ort sein.

Er wandte sich von der Tür ab und ging Richtung Küche, wo Lorna damit beschäftigt war, das Abendessen zu kochen. Würstchen mit Kartoffelbrei. Nicht sehr traditionell, aber dennoch sein Lieblingsgericht. Er schnupperte. Schnupperte noch einmal.

Was zum Teufel war das für ein Gestank? Das roch wie verwesendes Fleisch. Er drückte die Küchentür auf und erblickte Lorna, die mit ihrer Lesebrille auf der Nase hektisch im Französischwörterbuch blätterte.

»Was ist denn –?«

Sie hob eine Hand, um ihn zum Verstummen zu bringen, und blickte zwischendurch immer wieder mal auf die leere Wurstpackung in ihrer Hand. Schließlich kam ihr Finger zur Ruhe, und sie stieß einen lauten Fluch aus.

»Was ist denn los?«

Lorna nahm die Brille ab und starrte wütend auf die Würstchen, die in der Pfanne brutzelten.

»Diese Wurst, die wir da gekauft haben, wird aus Innereien hergestellt!«

»WAS?«

»Sobald sie in der Pfanne war, wusste ich, dass etwas nicht stimmt.« Sie schaltete angewidert die Gasflamme unter der Pfanne aus. »Verdammt! Kann denn nicht mal irgendetwas richtig laufen?«

Paul ergriff ihre Hände, die sie zu Fäusten geballt hatte, und zog sie zu sich herüber.

»Wir haben ja immer noch den Kartoffelbrei«, tröstete er sie und versuchte dabei möglichst wenig von dem widerlichen Geruch einzuatmen, der vom Herd ausging. Lorna schniefte in seine Schulter. Ob aus Wut oder vor Belustigung, vermochte er nicht zu sagen.

Es war Silvester, und soweit es Paul anging, konnte das neue Jahr nur besser werden.

Stephanie warf das Kleid wieder aufs Bett und starrte ein weiteres Mal in die Tiefen ihres Kleiderschranks. Genau da lag das Problem. Der Schrank hatte mehr Tiefen als Klamotten.

Ein paar Jeans, ein paar Röcke, einige Oberteile, ein Kleid und ein Blazer. Das war alles. Normalerweise störte sie das nicht, aber heute Abend wollte sie sich besondere Mühe geben. Es sollte eine Art Entschuldigung werden, und gleichzeitig wollte sie damit ihre Dankbarkeit ausdrücken.

Beinahe zwei Wochen waren vergangen, seit sie die Beherrschung verloren und Christian geohrfeigt hatte. Es war ihr immer noch furchtbar peinlich, wenn sie daran dachte. Ihm vor aller Augen eine zu langen war selbst für ihre Verhältnisse extrem. Ganz besonders, wo er doch seit ihrer Ankunft hier so viel für Chloé und sie getan hatte. Und was das Ganze noch schlimmer machte, war, dass an jenem Abend, als sie nach Hause kam, ein Feuer im Kamin auf sie gewartet hatte, frische Milch im Kühlschrank war, Brot auf dem Tisch stand und der kaputte Fensterladen repariert war.

Sie fühlte sich ganz schrecklich. So schrecklich, dass sie beinahe die alljährliche Einladung zu den Silvesterfeierlichkeiten bei den Dupuys abgelehnt hätte. Es war ja schon schlimm genug, ein neunstündiges Essen, bestehend aus Foie Gras, Austern und verschiedenen Platten mit Bratenaufschnitt, ertragen zu müssen, das von einer Gastgeberin aufgetischt wurde, die offenbar das Konzept einer vegetarischen Lebensweise nicht ganz begriffen hatte. Normalerweise war das einzig Positive an der Sache, dass Madame Dupuy das ganze Essen kaufte, sodass das, was als Gemüse durchgehen konnte, zumindest genießbar war und nicht etwa völlig verkohlt.

Aber dieses Jahr würde sie Christian den ganzen Abend lang in dem Bewusstsein gegenübersitzen müssen, wie schrecklich sie sich ihm gegenüber verhalten hatte, und sie hatte wirklich keine Ahnung, wie sie das schaffen sollte.

»Ach, Herrgott noch mal!«

Schließlich war Stephanie es leid, sich nicht entscheiden zu können, und sie griff in den Schrank und zerrte ein dunkelgrünes, mit Blumen gemustertes Top hervor, das sie vor zwei Jahren auf dem Markt in St. Girons gekauft hatte. Das sah gut aus und passte zur Jeans.

Sie zog die Sachen rasch an, ehe sie es sich wieder anders überlegen konnte. Dabei schimpfte sie die ganze Zeit mit sich selbst, weil sie sich so jämmerlich benahm. Es war ja nicht so, als ob Christian Interesse an ihr hätte. Um das zu wissen, bedurfte es nicht der Intuition einer Zigeunerin, wie sie sie von ihren Vorfahren geerbt hatte. Und wenn sie es nicht schon längst selbst herausbekommen hätte, wäre es ihr spätestens klar geworden, als sie im Laden, als alle dachten, dass sie schliefe, Christians Reaktion auf Véroniques Worte gehört hatte.

Er war über die bloße Andeutung, dass Stephanie mehr sein könnte als eine Freundin, entsetzt gewesen.

Bei dem Gedanken daran verzog sie die Lippen zu einem schiefen Lächeln. Vor einem Jahr noch hätte seine Reaktion sie aus der Fassung gebracht. Sie hatte die Gerüchte gehört, die über sie beide in der Gemeinde im Umlauf waren, und ein Teil von ihr wünschte sich immer noch, sie wären wahr. Aber in den letzten zwölf Monaten hatte sie einsehen müssen, dass Christian Dupuys Herz einer anderen gehörte. Und dabei hatte er selbst keine Ahnung, an wen er es verschenkt hatte.

Aber sie wusste es.

Stephanie grinste ihr Spiegelbild an und fuhr sich mit den Fingern durchs Haar, das heute noch widerspenstiger war als gewöhnlich.

Oh ja, Christian musste sich auf einen Mordsschreck gefasst machen, wenn er endlich einmal aufwachen und ihm klar werden würde, wo seine Zukunft lag. Das war einer der Vorteile, wenn man Zigeunerblut in den Adern hatte. Man wusste Dinge, ohne dass jemand sie einem gesagt hatte. Fühlte Dinge, die niemand sonst fühlte. Wie die alte Hand, die ihr in der Bar übers Haar gestrichen hatte, als ihr Kopf auf dem Tisch ruhte und ihr damit ein wenig von der Last genommen worden war, die auf ihr lag. Und dann war da noch der Geruch des Feuers gewesen und die alten Gerüche längst getrunkener Schnäpse, die sich mit der unverwechselbaren Strenge eines Rasierwassers mischten, das sie seit einem halben Jahr nicht mehr gerochen hatte.

Der Klang des Bambuswindspiels im Garten, das im auffrischenden Wind klapperte, holte sie wieder in die Gegenwart zurück. Sie musste sich eingestehen, dass es manchmal toll war, einen Schritt voraus zu sein. Und mit diesem Gedanken griff sie nach den Autoschlüsseln, die auf der Frisierkommode lagen, bereit, sich auf den Weg zu machen.

»Du siehst toll aus, Maman!« Chloé grinste sie anerkennend von der Türöffnung aus an, die Stimme voll gespielter Unschuld. »Ist das nicht das Top, das Christian so mag?«

Stephanie warf ihrer Tochter, deren Augen vor Übermut funkelten, einen Blick zu.

»Tut er das?«, erwiderte sie ebenso unschuldig. »Das wusste ich gar nicht!«

Chloés helles Lachen schallte durch den ganzen Raum, und mit einem Mal kam sich Stephanie im Vergleich zu ihr so weise wie ein Neugeborenes vor. Ganz offensichtlich hatte der Einfluss ihrer beider Vorfahren auch bei ihrer Tochter Spuren hinterlassen.

Annie Estaque benötigte kein exotisches Erbe, um zu ahnen, dass Ärger drohte. Dazu musste sie sich nur den Himmel ansehen. Sie war auf die Erhöhung hinter ihrem Haus gestiegen und stand nun breitbeinig da, den Kopf in den Nacken gelegt, und betrachtete das rasante Tempo der Wolken, die der Wind über den Himmel peitschte. Normalerweise wäre sie von dem Auftauchen und Verschwinden der Sterne entzückt gewesen und hätte gern zugesehen, wie sie ihr immer wieder zuzwinkerten, aber heute war sie viel zu sehr damit beschäftigt, die Zeichen dessen zu deuten, was sie dort oben erblickte.

Und es sah nicht gut aus.

Sie hatte schon gestern Abend, als der Mond durch einen dichten Dunstschleier hinter einer Wolke hervorschaute, gewusst, dass ein Sturm kommen würde. Aber sie war sich erst ganz sicher gewesen, als sich die Wolkenhöhe während des Tages dramatisch verringerte. Sie benötigte kein Radio, das ihr sagte, was sie zu erwarten hatte, und auch keine hübsche Wetterfee im Fernsehen, die sie mit der Alarmstufe Orange – immerhin die zweithöchste Wetterwarnstufe – vor den bevorstehenden Gefahren warnte. Ihr Vater hatte ihr auf dieser Erhöhung, auf der sie sich gerade befand, alles Nötige beigebracht. Er hatte hier neben ihr gestanden und ihr die verschiedenen Wolkenformationen gezeigt, wenn er das Wetter für die kommende Ernte abschätzte oder den richtigen Zeitpunkt für den Wechsel zwischen Sommer- und Winterweiden.

Einmal, in einem Sommer, als Annie noch sehr jung gewesen war, hatte ein Professor von der Universität in Toulouse, der seine Ferien in den Pyrenäen verbrachte, versucht, ihrem Papa die lateinischen Namen für die Wolken beizubringen, die dieser so gut kannte.

Cirrostratus, Altocumulus, Stratocumulus, Nimbostratus, Cumulonimbus …

Papa hatte dem Mann mit der Verblüffung eines Menschen zugehört, dem ein kompliziertes Werkzeug für eine einfache Aufgabe angeboten wird. Es war ihm unerklärlich, warum jemand etwas so Unkompliziertes in ein akademisches Rätsel verwandeln wollte. Dabei war es doch viel einfacher, die Wolken danach zu unterteilen, worauf sie hindeuteten: Schönwetterwolken, Regenwolken, Wolken, die eine Veränderung des Luftdrucks ankündigten.

Er hatte recht gehabt. Aber dennoch hatte Annie die lateinischen Namen niemals vergessen, und manchmal, wenn sie nicht schlafen konnte, erwischte sie sich dabei, wie sie sie herunterbetete, gleich einem Rosenkranz für all diejenigen, die an die Macht der Natur glaubten.

Als sie nun die dunkle Masse betrachtete, die sich aus der Ferne immer näher heranwälzte, war sie überzeugt davon, dass sie diese Namen heute Nacht, während der Sturm sie wach hielt, wieder aufsagen würde. Der hier war ein richtiges Monster. Der würde einigen Schaden anrichten.

Mit einem letzten besorgten Blick Richtung Horizont wandte sich Annie vom Sturm ab und spürte, wie der stärker werdende Wind ihr in den Rücken stieß, bevor sie die Anhöhe herabstieg und zum Hof zurückkehrte. Ihr Vieh war bereits sicher im Stall untergebracht – zumindest so sicher, wie es bei dem, was ihnen bevorstand, möglich war.

Sie betrat das Haus durch die Hintertür und machte sich nach einem flüchtigen Tätscheln der beiden wartenden Hunde daran, die Dinge für die bevorstehende Nacht vorzubereiten. Kerzen, Taschenlampen, Holz für den Kamin, Decken und Kissen, die sie auf die Sitzfläche des alten Lehnstuhls in der Ecke legte. Es machte keinen Sinn, ins Bett zu gehen. Sie würde ohnehin keinen Schlaf finden.

Sie setzte sich auf einen Küchenstuhl und griff nach dem Telefon. Zeit genug, um Véronique noch kurz anzurufen und sich zu vergewissern, dass es ihr gutging. Als Annie die ersten Zahlen wählte, begann die Glühbirne oben in der Deckenleuchte unheilverheißend zu flackern. Das würde eine lange Nacht werden.

In der kleinen Wohnung über dem Postamt läutete das Telefon. Und es läutete und läutete in der Leere. Wie zur Antwort schlug ein geöffneter Laden geräuschvoll gegen ein Fenster, und die Türen klapperten, aber niemand griff zum Hörer.

Unten knallte eine Tür zu, und Véronique warf im Licht der Straßenlaterne einen zusammengekauerten Schatten, als sie über die Straße huschte und sich dabei gegen das Wetter wehrte, um die Kirche zu erreichen. Der Wind kämpfte mit wachsender Kraft, riss an ihrer Kleidung und peitschte ihr das Haar ums Gesicht, bevor er sie grob in den Schutz des von Mauern umgebenen Friedhofs stieß.

Dies war schon am sonnenreichsten aller Tage nicht gerade ihr Lieblingsort, und heute Abend zerrten die tanzenden Schatten und der heulende Wind besonders an Véroniques Nerven, als sie zwischen den Grabsteinen hindurchhastete und versuchte, nicht an die Toten zu denken, die unter ihren Füßen begraben waren. Ein letzter Windstoß in den Rücken trieb sie vor das Kirchenportal, wo es gerade noch hell genug war, um das Schloss an der großen Holztür erkennen zu können. Sie drehte den Schlüssel und schlüpfte dankbar in die dunkle Stille des alten Gebetshauses.

Still, bis auf das klopfende Geräusch, das sie in den sich verschlimmernden Sturm hinausgetrieben hatte. Und tatsächlich, dort drüben war auch schon der Verursacher des Lärms. Eines der Seitenfenster stand offen und schlug in dem Sturmgetose auf und zu, sodass das bunte Kirchenfensterglas zu splittern drohte.

Nur gut, dass sie sich entschlossen hatte, der Sache auf den Grund zu gehen, denn der Wind hatte in der kleinen Kirche bereits einige Schäden angerichtet. Das Altartuch war heruntergeweht worden und lag nun in einem wirren Haufen vorn am Mittelgang. Die festlichen

Kerzenleuchter waren umgestürzt, die meisten Andachtskerzen erloschen; in der Luft hing der Geruch versiegter Hoffnungen. Die wenigen Kerzen, die noch brannten, flackerten in den an Stärke zunehmenden Böen.

Véronique durchquerte die Kirche rasch, streifte ihre Schuhe ab und kletterte auf den mit geistlicher Literatur beladenen Tisch, um das Fenster zu schließen. Sie konnte es gerade so erreichen, wenn sie sich auf die Zehenspitzen stellte. Der Tisch unter ihr wackelte gefährlich auf dem unebenen Boden, und gerade als sich ihre Finger um den Riegel legten, riss ihr der Wind das Fenster aus der Hand, um es ihr dann vor der Nase zuzuschlagen.

Véronique verlor für einen Moment das Gleichgewicht und stolperte rückwärts, woraufhin der Tisch heftig zu schwanken begann und ihre seidenbestrumpften Füße auf einem Stapel Hochglanzbroschüren mit dem Titel *Was geschieht mit mir, wenn ich sterbe?* ausrutschten. In dem Bewusstsein, dies nun möglicherweise am eigenen Leib zu erfahren, kippte sie, mit den Armen rudernd, vom Tisch, fiel durch die kalte Luft und landete auf dem Steinboden zu Füßen der Statue von St. Germaine, der Schutzheiligen der kleinen Kirche. Es war eine harte Landung, bei der ihr Kopf heftig auf dem Boden aufschlug und ein Knochen in ihrem rechten Bein brach. Das Knacken hallte in dem nun wieder stillen Kircheninneren wider.

Sie blieb für eine Sekunde liegen. Schmerz und Übelkeit überkamen sie, und sie war sich vage bewusst, dass irgendetwas in ihrer Nähe schwankte. Ein Geräusch von etwas, das aus dem Gleichgewicht geraten war und zu kippen drohte. Und dann, mit einem Mal, erstrahlte alles in einem hellen Licht. Véronique vernahm eine Explosion von Tönen, dann sah sie, wie St. Germaine auf den Schwingen Tausender Engel vom Himmel herabstieg und auf sie zukam.

Also das geschieht mit mir, wenn ich sterbe, dachte sie, als sich das Gesicht der frommen Hirtin immer mehr näherte.

Und dann war plötzlich alles in Dunkelheit getaucht.

Der vereinzelte Blitz hatte das Stromkabel getroffen, das zwischen dem Postamt und der Kirche verlief. Die daraus resultierenden Flammen waren anfangs klein. Es handelte sich um ein schwelendes, halbherziges Feuer, das keinen Schaden anrichten würde. Aber dann trug ein Luftzug einen Funken zu einem Stoffstück, und bald schon war daraus ein großes Feuer geworden, das außer Kontrolle geriet, dessen Hitze Glas zerspringen ließ, sich über Türen hermachte, alles verbaute Holz dazu brachte, sich zu verziehen, und die Farbe an den Wänden ablöste.

Als die Nachbarn es bemerkten und die Feuerwehr riefen, leckten die Flammen bereits an den Dachziegeln; Rauch quoll aus den Fenstern.

Aber Véronique bekam von alldem gar nichts mit. Sie ruhte in Frieden in den Armen von St. Germaine.

Serge Papon stand am Fenster, als die Lichter ausgingen. Ssstt. Einfach so. Ganz Fogas glich mit einem Mal einer gelöschten Kerze. Es war so dunkel, dass er kaum die Spitzengardine in seiner Hand auszumachen vermochte.

Er ließ sie los und tastete sich zum Bett zurück. Dort befühlte er vorsichtig die Bettdecke, bis er die kalte Hand seiner Frau gefunden hatte. Als Reaktion darauf zuckten ihre Finger einmal kurz, und sie gab ein leises Stöhnen von sich.

»Es dauert nicht mehr lange, mein Liebling. Der Krankenwagen ist unterwegs.«

Er tätschelte ihre Hand, wusste nicht so recht, was er sonst noch tun sollte. Er hatte den

Doktor angerufen, als immer klarer wurde, dass sich der Zustand seiner Frau weiter verschlechterte, und der Doktor hatte sofort den Krankenwagen verständigt. Aber darüber hinaus fühlte sich Serge völlig hilflos. Seine Stellung in der Gemeinde zählte nichts, wenn es um die Krankheit seiner Frau ging.

Draußen tobte der Sturm das Tal hinauf, er zeigte keine Anzeichen einer Abschwächung und wirkte in der pechschwarzen Finsternis irgendwie noch bedrohlicher. Mit einem Mal war ein Donnern von oben zu vernehmen, und das Zimmer, die Gardinen, der Nachttisch, die regungslose Gestalt seiner Frau unter der Bettdecke und die Umrisse des Kreuzes an der Wand wurden für einen Moment in ein helles Licht getaucht.

Als seine Augen versuchten, sich wieder an die nachfolgende Dunkelheit anzupassen, begann Serge zu seiner eigenen Überraschung den Rosenkranz zu beten. Die verstaubten Worte seiner Jugend fielen ihm nach und nach wieder ein, und seine zunächst zögerliche, stockende Stimme gewann mehr und mehr an Überzeugung; er spürte, wie seine Frau, deren geflüsterte Erwiderungen über den heulenden Wind kaum zu vernehmen waren, in den Gebeten Trost fand.

Serge war dabei, zum zweiten Mal zehn Ave-Marias zu beten, als die Lichter des Krankenwagens die Nacht durchschnitten und dieser vor dem Haus hielt. Er hörte nicht auf zu beten, als die Sanitäter seine Frau auf eine Trage legten und sie in den Wagen schoben. Und er kam auch kaum aus dem Takt, als der Krankenwagen in La Rivière das Tempo drosseln musste, um den Feuerwehrwagen und den Menschenauflauf zu umfahren, der sich auf der Straße vor der Kirche gebildet hatte. Genau genommen betete er den ganzen Weg bis St. Girons, während draußen der Wind brauste und die Sanitäter versuchten, es seiner Frau so bequem wie möglich zu machen. Und er tat es ebenso sehr um seinet- wie um ihretwillen.

Der Stromausfall beunruhigte Pascal Souquet, den stellvertretenden Bürgermeister, nicht sonderlich. Er war darauf vorbereitet gewesen und hatte den Generator aufgestellt, der nun draußen vor dem baufälligen Anbau, der aus dem Rathaus herausragte und als Gemeindesaal diente, vor sich hin tuckerte. Nein, was ihn beunruhigte, war die Gesellschaft, in der er sich befand.

Als er in dem brechend vollen Raum herumstolzierte, sich hier ein Lächeln abrang und dort einmal kurz jemandem die Hand schüttelte, versuchte er, nicht an seine Freunde und Bekannten zu denken, die er in Paris zurückgelassen hatte. Ärzte, Anwälte, Künstler … So viel gebildeter als diese Leute, die sich heute Abend hier versammelt hatten. So viel kultivierter. Und was das Essen betraf …

»Liebling«, gurrte Fatima in sein Ohr, während sie seinen Arm mit einem Griff umfasste, der einer Schraubzwinge gleichkam. »Du lässt es dir mal wieder anmerken. Vergiss nicht, dass diese Leute deine Zukunft sind!«

Damit ließ sie ihn los und verschwand in der Menge; in der Luft blieb ein Duft von Parfüm und Enttäuschung zurück.

Pascal rieb sich den Arm. Er war von seiner Frau gleichermaßen beeindruckt wie eingeschüchtert. Das Ganze hier war natürlich ihre Idee gewesen. Eine Soiree. Ein kleines Beisammensein, dazu gedacht, den Zweitwohnsitzbesitzern, die wie jedes Jahr zu den Feiertagen in das Dorf eingefallen waren, ohne zu wissen, mit wem sie feiern sollten, die Möglichkeit zu bieten, sich an Silvester zu amüsieren.

Es war einfach genial. Sie hatten den Gemeindesaal gemietet, ein paar Partylichter aufgehängt, eine Disco aufgebaut, und die

Zweitwohnsitzbesitzer hatten sich förmlich überschlagen, um daran teilnehmen zu dürfen. Selbst zu einem solchen Preis. Fatima hatte dreißig Euro für eine Eintrittskarte vorgeschlagen, und als Pascal dagegen protestierte und darauf hinwies, dass das für die meisten Einheimischen zu teuer sein würde, hatte sie bloß eine Augenbraue in die Höhe gezogen und gelächelt.

Und sie hatte recht gehabt. Die Einheimischen waren zu Hause geblieben, hatten sich geweigert, dafür zu bezahlen, bei eisigen Temperaturen in einem Fertigbau zu hocken, während die Zweitwohnsitzbesitzer, ohne mit der Wimper zu zucken, zugegriffen hatten. Daher hatte er nun ein unfreiwilliges Publikum, seine Machtbasis, an ein und demselben Ort versammelt, und alle waren ihm äußerst dankbar für die Party, die er organisiert hatte.

Wenn sie doch bloß nicht solche Hinterwäldler wären.

Er warf einen Blick auf seine Armbanduhr. Zehn vor zwölf. Später noch nicht? Du liebe Güte, da hatte er ja noch Stunden vor sich. Sein Leben wäre nicht mehr lebenswert, wenn er verschwinden würde, bevor um fünf Uhr in der Früh die traditionelle Zwiebelsuppe aufgetischt wurde.

»Haben Sie schon die Foie Gras probiert? Einfach vorzüglich!«

Eine korpulente Frau mit speckig glänzendem Make-up und einem wogenden schwarzen Kleid hielt ihm eine Servierplatte unter die Nase. Pascal hatte keine andere Wahl, als zuzugreifen.

»Vielen Dank«, murmelte er mit einem Lächeln, nahm ein Stück Toast und biss vorsichtig etwas davon ab. Als die klumpige Pastete seinen Gaumen traf, spürte er, wie sich seine Kehle reflexartig zuzog und ihm die Galle hochkam. Es kostete ihn größte Mühe, nicht zu würgen.

»Köstlich, nicht wahr?«, schwärmte die Frau.

»Mmmmh …«, brachte Pascal hervor, getraute sich aber nicht, den Mund zu öffnen.

Als sie sich mit der Platte entfernte, um weitere Partygäste in Versuchung zu führen, spuckte Pascal den Bissen in seine Serviette, legte das restliche Toaststück dazu und ließ es in den Topf eines künstlichen Farns fallen. Er hatte Fatima darauf hingewiesen, dass es ein Fehler sei, eine Gruppe von Frauen aus dem Dorf mit der Bewirtung zu betrauen, und er hatte recht gehabt. Die Austern waren sandig gewesen, der Champagner von schlechter Qualität, und nun taugte die Foie Gras kaum dazu, als Katzenfutter verwendet zu werden. Offenbar hatten sie ihre Einkäufe beim Billigdiscounter gemacht!

Ein Grölen von der anderen Seite des Raums weckte seine Aufmerksamkeit, und er drehte sich gerade noch rechtzeitig um, um mitzuerleben, wie Lucien Biro auf Knien über die Fläche schlitterte, die zum Tanz vorgesehen war, und dabei wie ein Wilder auf einer behelfsmäßigen Gitarre in der Form eines Besens herumklimperte, während die anderen um ihn herum begannen, Jive zu tanzen.

Großer Gott! Irgendjemand hatte schon Johnny Halliday aufgelegt. Fünf weitere Stunden mit Frankreichs Antwort auf Elvis. Das war ja schlimmer als Folter.

Pascal blickte zum Himmel hinauf, der von den Asbestplatten auf dem Dach des Anbaus verdeckt wurde, und betete um Erlösung. Seine Gebete sollten schon bald erhört werden.

Als Christan und Stephanie auf Josettes Anruf hin in La Rivière eintrafen, war bereits eine große Menschenmenge auf der Straße zwischen der Kirche und dem Postamt versammelt. Die Gesichter wurden von den tanzenden Flammen erhellt, als sie zusahen, wie die Feuerwehrleute versuchten, den Brand zu löschen. Christian kämpfte sich nach vorn, wo er Josettes zierliche

Gestalt erblickt hatte. Sie stand da, hatte die Hände um ihr Gesicht gelegt und starrte zu dem brennenden Gebäude hinüber.

»Wo ist Véronique?«, schrie Christian ihr über das Tosen des Windes zu. »Geht es ihr gut?«

Als sich Josette zu ihm umwandte, bemerkte er erst die Tränen, die auf ihren Wangen schimmerten. Sie schüttelte den Kopf, vermochte kein Wort herauszubringen und zeigte statt einer Antwort nur auf das Feuer. Christian durchfuhr eine schreckliche Angst.

»Nein!« Er richtete seinen Blick wieder auf das Gebäude, dessen Dach inzwischen lichterloh brannte. Aus den Fenstern schlugen Flammen, und dichter Rauch stieg in den Nachthimmel hinauf. Véronique. Sie war da drin.

Als Christian auf das Feuer zurannte, hatten die anderen keine Chance, ihn aufzuhalten. René Piquemal würde später in der Bar sagen, dass Christian wie zu seinen Glanztagen als Spieler des örtlichen Rugby-Teams, seinem großen Vorbild Chabal gleich, mit schwerfälligem Gang auf das Gebäude zugetrampelt war. Stephanie versuchte ihn noch am Arm zu packen, aber er schüttelte ihre Hand mit Leichtigkeit ab, und als einer der Männer der freiwilligen Feuerwehr von Massat sich ihm mit weit ausgebreiteten Armen in den Weg stellen wollte, da legte er ihm eine Hand auf die Brust und schob ihn einfach zur Seite. Niemand war dem großen Landwirt gewachsen, sobald er erst einmal in Fahrt war. Aber ein herrenloser Feuerwehrschlauch war eine ganz andere Sache.

Gerade als er fast die Tür des brennenden Gebäudes erreicht hatte, verfing sich sein linker Fuß in den Windungen eines Schlauchs, der sich über die Straße schlängelte, und er fiel der Länge nach hin, schlug mit dem Kinn auf die Eingangsstufe des brennenden Gebäudes und blieb regungslos liegen.

Stephanie war die Erste, die reagierte. Sie rannte auf ihn zu, packte eins seiner Beine und versuchte, ihn von dem Feuer wegzuziehen. René und zwei andere Männer kamen ihr rasch zu Hilfe, und gemeinsam schafften sie es, Christian zurück auf die andere Straßenseite zu ziehen, wo sie seinen immer noch reglosen Körper im Sitzen gegen eine Mauer lehnten.

»Christian?« Stephanie beugte sich über ihn und verpasste ihm einen Klaps auf die Wange.

Christians Lider zuckten, er murmelte etwas, dann schüttelte er den Kopf und riss die Augen auf.

»Véronique!«, schrie er und versuchte aufzustehen, während René und Josette sich bemühten, ihn dort am Boden festzuhalten.

»Hör auf, Christian«, sagte Stephanie mit flehentlicher Stimme, während er sich drehte und wand. »Hör auf. Es hat keinen Sinn.«

Und mit einem Mal wehrte er sich nicht mehr und verharrte regunglos. Ob es der Anblick der Flammen im Hintergrund war oder die Tränen in Stephanies Augen, die sonst nie weinte, etwas ließ ihn in sich zusammensacken, und der Kopf sank ihm auf die Brust. Als er sich der Ungeheuerlichkeit der Geschehnisse bewusst wurde, bedeckte er sein Gesicht mit den großen Händen und stieß ein leises Stöhnen aus.

Véronique war tot.

Wie um alles in der Welt sollte er Annie das nur beibringen?

Sein Kampfgeist war gebrochen, er rappelte sich hoch und lehnte sich, starr vor Schreck, den Blick ins Leere gerichtet, gegen die Friedhofsmauer. Und da hörte er es.

Er drehte das Gesicht in den Wind, der nun aus einer anderen Richtung pfiff. Da war es wieder. Spielten ihm seine Ohren etwa einen Streich? Aber er bemerkte, dass Stephanie es ihm gleichtat, den Kopf zur Seite warf, als lausche sie auf etwas.

Und da war es schon wieder, leise, aber eindeutig.

»Christiannnnnn! Hilf miiiiiiir!«

Véroniques Stimme, die aus dem Jenseits zu ihm sprach.

»Hast du das auch gehört?«, flüsterte er Stephanie mit einer Gänsehaut auf den Armen zu. »Das ist Véronique! Sie ruft mich aus … aus …«

»Aus der Kirche! Das kommt aus der Kirche!«

»Was … meinst du etwa …?«

»Véronique!«, rief Stephanie. »Sie ist nicht in ihrer Wohnung! Sie ist in der Kirche!« Und sie rannte los, über den Friedhof, dicht gefolgt von Christian und René. Sie erreichten die große Tür und stürzten hinein, wo sie im Licht des Feuers vom Postamt gegenüber zwei Gestalten zu erkennen vermochten, die auf der anderen Seite der Kirche umschlungen auf dem Boden lagen. Und wenn sich Christian nicht irrte, fehlte der kleineren von beiden der Kopf.

»Da hast du dir aber Zeit gelassen!«, murmelte die Gestalt, die unten lag und ihren Kopf noch hatte.

»Véronique!«, rief Christian erleichtert.

Er wusste nicht, ob er lachen oder weinen sollte, ließ sich auf die Knie fallen, hob vorsichtig die enthauptete Statue von St. Germaine hoch und legte sie zur Seite.

»Mein Bein«, nuschelte Véronique, die ganz offenbar Schmerzen hatte. »Ich glaube, es ist gebrochen.«

»Ich rufe sofort einen Krankenwagen«, sagte Réne, zog sein Handy aus der Tasche und machte sich auf den Weg nach draußen, wo der Empfang besser war. An der Tür kamen ihm Josette und einige andere entgegengestürmt.

»Da hast du uns ja einen ganz schönen Schrecken eingejagt«, scherzte Christian, dessen Stimme nicht so fest war wie gewöhnlich. Er zog seine Jacke aus und deckte Véronique behutsam damit zu.

Sie brachte ein Schnauben zustande.

»Soll das etwa heißen … dass du mir keinen Rüffel gibst … weil ich in der Kirche bin … wo ich doch zu Hause sein sollte … wo's sicher ist?«, keuchte sie. Ihr Kopf sank zur Seite, und ihre Stimme wurde schwächer. »Sieht dir gar nicht ähnlich … Verstößt du nicht gegen deine … deine sozialistischen Prinzipien?«

»So was in der Art«, murmelte er, als sie das Bewusstsein verlor. Stephanie und Josette zogen seine Aufmerksamkeit auf sich, und er schüttelte fast unmerklich den Kopf. Sie wussten alle, dass Véroniques Engagement für die

Kirche ihr das Leben gerettet hatte. Aber sie musste nicht gleich erfahren, dass ihre Wohnung völlig niedergebrannt war und sie alles verloren hatte. Dazu war später noch Zeit, wenn sich der Sturm gelegt und die Dinge sich beruhigt hatten.

Für den Moment tat es einfach gut, zu wissen, dass sie am Leben war.

Als der Krankenwagen endlich mit eingeschaltetem Blaulicht von der Kirche abfuhr, war der Sturm beinahe mit der Gemeinde von Fogas fertig. Aber nur beinahe.

Hoch über den Tälern, die sich durch die Berge schlängelten, legte der Wind noch einmal für sein großes Finale zu. Die Wolken wurden in Aufruhr versetzt, wirbelten über den Himmel, während der Sturm an Stärke gewann und sich anschickte, all seine Wut wie eine tobende Bestie an den Dörfern auszulassen.

Zuerst steuerte er auf Picarets zu, warf Gartenmöbel und Pflanzkübel um und zerfetzte einen Folientunnel, legte die Metallstreben frei und verwüstete die Pflanzen darunter. Er toste über Häuser hinweg, verdrehte Satellitenschüsseln und knickte Fernsehantennen um, bevor er seinen Weg durch den Wald ins Tal fortsetzte, um über das einsam stehende Gehöft herzufallen, dort die Firstziegel vom Schieferdach schnipste, Steine in der Giebelwand löste und Metallplatten an der Seite der Scheune verbog.

Von dort stürzte er sich auf La Rivière herab, heulte den Fluss entlang und rüttelte an den Dachpfannen, riss geöffnete Fensterläden aus den Angeln, spaltete große Äste von den Bäumen und zerfetzte den Weihnachtsbaum der Gemeinde. Die letzten Häuser übersprang er, und während er als Sturmwind den Berg hinaufbrauste und dabei Orkanstärke gewann, sog er den Rauch von dem noch schwelenden Feuer in seinen Wirbel hinein.

Er stieg höher und höher, entwurzelte Bäume und riss Leitungsmasten um, ließ abgerissene Kabel im Wind hin und her peitschen. Schließlich erreichte er den Gipfel, überquerte den Kamm und sauste nach Fogas hinein, fegte Schindeln von Häusern auf Autos und zerschmetterte Windschutzscheiben. Er brauste heulend die Straße hinauf Richtung Rathaus, zerstörte dabei Schornsteine und riss Holzschuppen nieder, hinterließ eine Spur der Verwüstung, bis er schließlich den Anbau erreichte, wo der Lärm des Generators und die dröhnende Musik die Feiernden taub gemacht hatte für alles, was draußen vor sich ging. Gerade als die alte Uhr zu schlagen begonnen hatte, langte der Wind mit seinem letzten Atemzug hinunter, riss sämtliche Asbestplatten vom Dach und gab die Gestalten darunter den Elementen preis, worauf diese auf der Suche nach Schutz hektisch davonstrebten wie Ameisen von einem umgestürzten Nest.

Damit war der Sturm vorüber, und das neue Jahr begann.

12

»Sie 'atten keine Beschädigung? *Rien du tout?*«

Paul schüttelte den Kopf und deutete zum Fenster des Speiseraums hinaus in den Garten, wo Chloé in den langen Schatten der Wintersonne Tomate durch die herabgefallenen Zweige jagte.

»Es sind bloß ein paar Äste von der alten Esche abgebrochen, und dann hat sich natürlich wegen der Löcher im Dach der Wasserschaden vergrößert. Und wir bekommen jetzt Al Jazeera TV! Aber Schlimmeres ist nicht passiert.«

»Da 'aben Sie aber Glück ge'abt!«, rief Stephanie.

Paul sagte nichts, denn er wollte nicht zugeben, dass sie es viel leichter gehabt hätten, wenn das Dach bei dem Sturm weggerissen worden wäre. Dann hätte die Versicherung die Kosten für ein neues übernommen. Aber es wäre ihm unangenehm gewesen, darüber Witze zu reißen, wo es doch alle anderen in der Gemeinde schlimmer erwischt hatte und viele immer noch ohne Strom waren. Dem Vernehmen nach war die Postmeisterin nur knapp mit dem Leben davongekommen, nachdem ein Feuer ihre Wohnung zerstört hatte. Ein paar Flecken an der Decke und eine verdrehte Satellitenschüssel waren im Vergleich dazu wirklich eine Kleinigkeit.

»Und wie ist es bei Ihnen?«, fragte er.

Stephanie zog ein langes Gesicht. »Das Plastik'aus für meine Pflanzen? Es ist kaputt. Komplett kaputt. Und die Pflanzen auch.« Sie zuckte mit den Schultern, versuchte, das Ganze herunterzuspielen. »Ist kein so großes *malheur*.«

Und das war es auch nicht. Zumindest nicht in Anbetracht dessen, was Véronique zugestoßen war, die all ihre Habseligkeiten und ihr Zuhause verloren hatte. Und Stephanie hatte auch keine Verletzungen davongetragen wie einige Leute von der Silvesterparty, bei der das Dach weggeflogen war; noch hatte sie den Verlust einer Scheune oder schwere Beschädigungen am Haus zu beklagen wie Annie Estaque.

Aber trotzdem kam es ihr so vor wie das Ende der Welt.

Zuerst hatte sie den Job in der *Auberge* verloren, und nun waren ihre Versuche, ein neues Leben für sich und Chloé aufzubauen, mit der

Zerstörung ihres Folientunnels und der Pflanzen um mindestens zwei Jahre zurückgeworfen worden.

Sie hatte sich ohnehin schon schlecht gefühlt, als sie an Neujahr endlich nach Hause gekommen war, nachdem sie Chloé von den Dupuys abgeholt hatte. Nach der dramatischen Nacht, die ihren Höhepunkt darin gefunden hatte, dass sie mit Véronique in die Klinik gefahren war, hatte sie der Anblick der verbogenen Metallbügel und des zerfetzten Kunststoffs, der im ganzen Garten verstreut lag, in Tränen ausbrechen lassen. Noch verstörender war das Bild gewesen, das die Pflanzen dargeboten hatten, die, ihres Schutzes beraubt, vom Regen niedergedrückt und vom Wind in Fetzen gerissen worden waren.

All ihre Arbeit war umsonst gewesen. Sie war wieder am Nullpunkt angelangt, musste alten Damen, die an Blähungen litten, Yoga beibringen und darauf hoffen, dass sich etwas anderes ergab.

Was der Grund war, warum sie sich auf den Weg in die *Auberge* gemacht hatte. Um dafür zu sorgen, dass sich etwas anderes ergab.

»*Bonjour*, Stephanie«, rief Lorna, als sie den Raum betrat. »*Ça va?*«

Stephanie umarmte sie und grinste zur Antwort. »Ihr Französisch! Es wird immer besser! Bald muss ich keine Englisch mehr reden!«

Lorna lachte angesichts des übertriebenen Lobs. »Na ja, so weit würde ich nicht gehen, aber wir haben fleißig gelernt. Auch wenn wir uns nicht so sicher sind, was die Zukunft angeht …« Sie warf Paul einen Blick zu, als sie dies sagte.

»Wir haben den größten Teil unserer Zeit über Weihnachten und Silvester damit verbracht, herauszufinden, was wir uns momentan finanziell erlauben können«, erklärte Paul und verzog das Gesicht. »Und es sieht nicht gut aus! Es scheint, dass der neue Heizkessel und der Öltank teurer werden, als wir dachten, und was das Dach betrifft …« Seine Stimme wurde schwächer, und er griff nach einem Briefstapel, der auf dem Tisch neben dem geöffneten Laptop lag.

»Hier. Sehen Sie sich das an«, forderte er Stephanie auf und reichte ihr den ganzen Stapel.

Stephanie überflog die Blätter, und ihre Augenbrauen wanderten dabei immer weiter in die Höhe.

»Das ist eine Witz, *n'est-ce pas*?«

»Ich fürchte, die meinen das Ernst«, erwiderte Lorna.

Stephanie stieß einen leisen Pfiff aus, während sie noch einmal einen Blick auf die Kostenvoranschläge warf, die in der letzten Woche mit der Post gekommen waren.

»Zehntausend für eine Kessel und eine Öltank? Dreißigtausend für die Dach? Wir sollten alle unsere Job tauschen!«

»Also, wenn wir nicht mal schnell eine Bank überfallen, sehen wir keine Möglichkeit, wie wir uns diese Arbeiten leisten können«, fuhr Paul fort. »Und wenn wir sie nicht erledigen lassen, werden wir bei jeder Überprüfung wieder durchfallen und können nicht öffnen.«

»Deshalb ziehen wir ernsthaft in Erwägung, die *Auberge* zu verkaufen«, schloss Lorna mit hängendem Kopf. Es war ihnen wahrlich nicht leichtgefallen, diese Entscheidung zu treffen.

»Nein! Sie brauchen nicht verkaufen!«, rief Stephanie so laut, dass sie beide zusammenzuckten. »Darum bin ich ’ier! Um Ihnen die Geld zu besorgen!«

Eine Stunde später lehnte sich Paul mit schmerzendem Kopf vor seinem Laptop auf dem Stuhl zurück. Bei ihm drehte sich alles, aber zum ersten Mal seit langer Zeit stieg ein schwacher Hoffnungsschimmer in ihm auf. Stephanie hatte da offenbar etwas ausfindig gemacht, was ihnen nützlich sein konnte.

»Also, verstehe ich das richtig? Wir können bei der *Chambre des Commerce* einen Zuschuss beantragen, durch den wir ein Drittel des Geldes erhalten, das wir benötigen?«

Stephanie nickte.

»In dem Fall würden uns die Arbeiten, die nötig sind, um bei der Überprüfung zu bestehen und die *Auberge* wieder zu eröffnen, knapp siebentausend Euro kosten.«

»Ja.«

»Nun, das klingt schon annehmbarer.« Er nahm ein paar weitere Berechnungen auf seinem Laptop vor und pfiff leise.

»Wir könnten es so gerade schaffen. Wenn wir die anderen Rechnungen mitberücksichtigen, die wir Ende des Monats zu zahlen haben. Aber wenn ich Sie recht verstanden habe, dann müssen wir, um Anspruch auf einen solchen Zuschuss zu haben, ein *Hôtel de Tourisme* werden, nicht wahr?«

Stephanie nickte wieder.

»Was bedeutet, dass wir eine weitere Prüfung über uns ergehen lassen müssen!«, stöhnte Lorna.

»Ja, aber die ist nicht so … wie sagt man, strikt?« erwiderte Stephanie. »Nicht so wie die andere.«

»Na ja, was können die schon im schlimmsten

Falle machen, wenn wir durchfallen?«, bemerkte Paul mit einem Lächeln. »Wir sind ja schon auf Anordnung der Gemeinde geschlossen.«

Lornas Lachen hatte mehr als nur einen Anflug von Spott, aber Stephanie dachte ernsthaft über die Frage nach. Das hier war schließlich Frankreich, und sie hegte den Verdacht, dass ihre angelsächsischen Freunde noch nicht ganz den eigenwilligen Charakter französischer Bürokratie verstanden hatten. Man musste grundsätzlich mit allem rechnen, wenn Staatsdiener darin verwickelt waren.

»Nichts«, folgerte sie schließlich zu Pauls und Lornas Erleichterung. »Ich glaube, sie können tun nichts.«

»In dem Fall frage ich mich, wie schnell wir wohl einen Prüfungstermin bekommen«, fuhr Paul fort.

Stephanie stand vom Tisch auf, durchquerte den Raum und ging auf das Telefon zu.

»Man soll die Eisen schlagen, solange es 'eiß ist!«, verkündete sie und begann zu wählen. Innerhalb von Sekunden plapperte sie in rasantem Französisch los.

»Sie ist wohl nicht der Typ, der die Dinge auf die lange Bank schiebt!«, sagte Paul lachend, während er über den Tisch griff, Lornas Hand nahm und seine Stimme mit einem Mal vor

Aufregung übersprudelte. »Ist dir klar, dass sich dadurch alles ändern könnte? Wenn wir einen Zuschuss bekommen sollten, könnten wir es uns leisten, den Öltank und den Kessel auszutauschen. Das bedeutet, die *Auberge* wäre zu Saisonbeginn wieder geöffnet! Und dann fangen wir an, für das Dach zu sparen.«

Lorna lächelte angesichts seines wiedererwachten Eifers, sagte aber nichts.

»Du scheinst dir da nicht so sicher zu sein.«

Sie rieb sich über die Stirn, als wollte sie damit ihre Sorgen wegwischen.

»Es ist nur … ich weiß auch nicht. Ich möchte mir keine falschen Hoffnungen machen, falls …«

Paul drückte ihre Hand. Sie musste den Satz gar nicht beenden. Sie hatten gerade ein paar elende Wochen damit verbracht, irgendwie mit den Konsequenzen der letzten Prüfung fertigzuwerden. Da musste es wie blanker Hohn erscheinen, nun alle Hoffnungen auf eine weitere zu setzen.

»Die Dreizehnte?«, unterbrach sie Stephanie, eine Hand über die Muschel des Telefons gelegt. »Für die Prüfung? Ist das okay?«

»Am Dreizehnten? Januar?«

»*Qui.* Ich 'abe ihnen gesagt, es ist dringend!«

Paul und Lorna tauschten überraschte Blicke.

Das war schon in einer Woche. Lorna zuckte mit den Schultern und nickte.

»Okay«, erwiderte Paul, als Stephanie wieder ins Französische zurückfiel und den Anruf beendete.

»Du meine Güte!«, sagte Lorna mit leicht zittriger Stimme. »Das geht alles so schnell.«

»Besser als herumsitzen und nichts tun«, sagte Paul.

»*Exactement!* Viel besser als nichts tun«, stimmte Stephanie ihm zu, die gerade noch das Ende des Wortwechsels mitbekam, als sie den Hörer auflegte. Sie ging zu der Stelle hinüber, wo Lorna saß, und legte ihr eine Hand auf die Schulter, wobei ihre Augen weiser dreinblickten, als es ihrem Alter entsprach.

»Keine Sorge, Lorna«, sagte sie und blickte sie mit einer Intensität an, die für sie untypisch war. »Sie werden die Geld bekommen.«

Und für den Bruchteil einer Sekunde glaubte ihr Lorna.

Stephanie klatschte in die Hände und schüttelte ihr Haar zurück, als bereitete sie sich auf einen Tanz vor.

»Und nun«, erklärte sie theatralisch, die Arme wie ein Prediger in die Luft gereckt, »da wir 'aben die Fest der 'eilige Drei Könige, müssen wir essen die Galette des Rois!«

Paul erbleichte sichtlich, als Stephanie in die mitgebrachte Tasche griff und einen Kuchen daraus hervorholte.

Im selbem Augenblick kamen Chloé und Tomate mit einer Böe kalter Luft in den Raum hereingestürzt, und Chloé fragte sogleich begeistert: »Ist es schon Zeit für den Kuchen, Maman?« Ihre Locken hüpften in alle Richtungen, als sie Mütze und Mantel zur Seite warf, auf den Tisch zueilte und sich neben Lorna setzte. Tomate folgte und sprang ihr auf den Schoß.

»Haben Sie schon einmal Königskuchen gegessen?«, fragte sie Lorna, und als die den Kopf schüttelte, begann Chloé ihr in möglichst simplem Französisch die Tradition zu erklären. Aber Paul beachtete ihre Worte gar nicht. Er war viel zu sehr damit beschäftigt, zu überlegen, wie er aus dieser Sache herauskam, ohne unhöflich zu erscheinen.

Stephanie schnitt das erste Stück und reichte es Lorna, die immer noch Chloé zuhörte. Dann schnitt sie das zweite Stück.

»Und das wäre dann für Sie, Paul«, sagte sie um Chloés willen auf Französisch und hielt ihm den Teller hin. Aber Paul hielt eine Hand in die Höhe und schüttelte den Kopf.

»Aber Sie müssen ihn kosten! Das ist Tradition«, beharrte sie.

Paul grinste schwach und tätschelte seinen Bauch.

»Viel Mittagessen. Kein Hunger.«

Lorna warf Paul einen fragenden Blick zu, sagte aber nichts, während Chloé ihn ungläubig ansah.

»Na schön. Selbst schuld!«, erwiderte Stephanie schulterzuckend, bevor sie den Teller stattdessen Chloé reichte, die ihn mit einem gemurmelten Dankeschön entgegennahm.

Chloé rätselte über Pauls Verhalten. Warum sollte sich jemand weigern, Königskuchen zu essen? War er verrückt geworden? Und dann fiel ihr plötzlich ein, was beim letzten Mal geschehen war, als sie zusammen Kuchen gegessen hatten.

Aber natürlich! Er dachte, Maman hätte den Kuchen gebacken!

Sie wartete, bis Lorna und Stephanie in ein Gespräch vertieft waren, und bedeutete Paul fieberhaft, sich vorzubeugen, damit sie ihm etwas ins Ohr flüstern konnte.

»Keine Sorge«, zischte sie ihm zu. »Maman hat den Kuchen nicht gebacken! Er ist aus der Bäckerei in Seix.«

Paul blickte erst Chloé und dann den Kuchen an, ehe sein Blick wieder zu ihr zurückkehrte.

»Wirklich?«

Chloé nickte. Ihre Augen funkelten vor Lachen, als sie sich auf ihrem Stuhl zurücklehnte. Paul grinste in Erwiderung. Damit sah die Sache natürlich ganz anders aus.

»Äh … Stephanie. Ich habe Fehler gemacht«, sagte Paul und zeigte auf den Rest des Kuchens, während Chloé einen Kicheranfall unterdrückte. »Kann ich bitte einen haben?«

Stephanie griff mit einem wissenden Lächeln nach dem Messer.

»Ich dachte, du wärst satt«, sagte Lorna, als Paul den Teller erwartungsvoll entgegennahm.

»War ich auch«, erwiderte er, bevor er einen großen Bissen von dem Kuchen nahm und Chloé zublinzelte. »Aber mein Appetit ist plötzlich wieder da-a-aaaahhhhhh!«

Paul hörte auf zu kauen, das Gesicht bleich vor Schreck, und er griff in seinen Mund und zog ein kleines, hartes Objekt hervor, das ihm beinahe einen seiner Zähne abgebrochen hätte.

»Er hat's gefunden!«, kreischte Chloé und beförderte die Katze recht unsanft von ihrem Schoß, bevor sie zu Stephanies Tasche hinüberrannte, um nach etwas zu suchen. »Und dabei wollten Sie erst gar keinen haben! Und jetzt haben Sie's gefunden!«

»Was denn gefunden?«, fragte Paul verblüfft,

während er auf die kleine Micky-Maus-Figur aus Keramik in seiner Hand herabblickte.

»Die *fève*. Sie 'aben die *fève* gefunden. Sie ist immer in die Galette des Rois versteckt«, erklärte Stephanie mit einem breiten Lächeln. »Chloé 'at Ihnen gesagt, ich 'abe nicht gemacht die Kuchen, *n'est-ce pas*? Aber sie nichts gesagt von *fève*, *non*?«

»Einen Augenblick mal«, unterbrach Lorna sie mit ungläubiger Stimme. »Soll das etwa heißen, du wolltest keinen Kuchen, weil du dachtest, Stephanie hätte ihn gebacken?«

Stephanie begann schallend zu lachen, als Paul den Anstand hatte, zu erröten.

»Keine *problème*!« Sie wedelte mit der Hand, als wollte sie Fliegen verscheuchen, als er versuchte, sich zu entschuldigen. »Ich mache Sie keine Vorwurf. Ich bin eine *zero* in die Küche.«

Paul grinste verlegen, während ihm Chloé mit großer Feierlichkeit eine Pappkrone auf den Kopf setzte.

»Sie sind König für einen Tag«, verkündete sie. »Das soll Glück bringen.«

»Darauf lasst uns trinken«, sagte Paul, schob seine schiefe Krone zurecht und hob seine Teetasse zu einem Pseudotoast. »Wir könnten weiß Gott etwas Glück gebrauchen.«

Véronique hatte furchtbar schlechte Laune. Sechs Tage im Krankenhaus mit einem gebrochenen Bein, gebrochenen Rippen und Verdacht auf Unterkühlung hatten sie ausgelaugt und reizbar gemacht. Es war unmöglich, bei dem ständigen Kommen und Gehen auf der Station ein wenig Ruhe und Frieden zu finden. Und das ständige Klick, klick, klicketiklick der Großmutter im Nachbarbett, die offenbar den größten Pullover der Welt strickte, war auch nicht gerade hilfreich bei ihren angespannten Nerven.

Aber was die ganze Sache nur noch schlimmer machte und dazu führte, dass sie sich noch mieser fühlte, war der unerträgliche Juckreiz an ihrem Bein unter dem dicken Gipsverband. Der trieb sie zur Raserei, war sogar schlimmer als der Schmerz in ihren Rippen. Sie hatte versucht, mit den Zehen zu wackeln, um das Unbehagen zu lindern, und an dem Gips gedreht, was wehgetan hatte. Sehr weh. Aber es hatte immer weitergejuckt, ja so arg gekribbelt, dass sie glaubte, eine ganze Armee von Ameisen würde über ihre Haut krabbeln, bis sie bereit gewesen wäre, sich das eigene Bein auszureißen, bloß damit es aufhörte.

Schließlich hatte sie einen Geistesblitz gehabt. Sie lieh sich bei der liebenswerten alten Dame im Nachbarbett eine Stricknadel und schlug damit gleich zwei Fliegen mit einer Klappe.

Doch kurz darauf starrte sie mürrisch auf ihren Oberschenkel, wo, eingequetscht zwischen Bein und Gips, der Kopf der Stricknadel gerade noch zu sehen war.

Die Nadel steckte fest.

Sie hatte sie bei ihrem Versuch, den Juckreiz zu stillen, tiefer und tiefer hineingedrückt, bis der Kopf so tief drin steckte, dass sie ihn mit ihren Fingern nicht mehr herausbekam. Wahrscheinlich würde nun in absehbarer Zeit die Blutzufuhr unterbrochen, und am Ende mussten sie ihr das Bein noch amputieren. Und das alles wegen eines unstillbaren Verlangens, sich zu kratzen.

Zu allem Übel strickte ihre Bettnachbarin fröhlich weiter und klapperte nun mit ihren Ersatznadeln vor sich hin, die sie offenbar ständig bei sich trug. Für den Fall, dass irgendeine dumme Kuh im Nachbarbett eine in ihrem Gipsverband verlieren sollte.

Véronique zog ihre Pyjamahose wieder hoch und ließ sich in die Kissen zurückfallen. Ein reißender Schmerz in der Seite rief ihr in Erinnerung, dass sie plötzliche Bewegungen vermeiden sollte. Jetzt fühlte sie sich noch viel elender. Sie schloss die Augen und kniff die

Lider ganz fest zusammen, damit ihr die Tränen nicht über die Wangen liefen. Als ob ein juckendes Bein ihr schlimmstes Problem wäre. Der Arzt hatte ihr mitgeteilt, dass sie heute wieder nach Hause durfte, und sie hatte sich ein höhnisches Lachen verkneifen müssen.

Nach Hause? Sie hatte kein Zuhause mehr. Alles, was sie jemals besessen hatte, war in dem Feuer verbrannt. Wenn man einmal von den Klamotten absah, die sie getragen hatte, als sie ihre Wohnung verließ, als da wären: ein Pullover, ein T-Shirt und Unterwäsche. Sie hatten ihr die Hose aufschneiden müssen, um ihr Bein zu behandeln, daher besaß sie nicht einmal mehr ein vollständiges Outfit. Sie würde das Krankenhaus wohl in dem extragroßen Schlafanzug verlassen müssen, den ihre Mutter ihr gekauft hatte, damit er über den Gips passte.

Was die Frage nach ihrer Unterbringung anging, so war dies eine ganz andere Sache. In Mamans Haus zu ziehen kam nicht in Betracht, da es durch den Sturm, der Teile des Dachs weggerissen und eine Giebelwand schwer beschädigt hatte, unbewohnbar geworden war. Maman wohnte natürlich noch dort, weil sie zu eigensinnig war, um während der Reparaturen woandershin zu ziehen. Aber für Véronique mit ihrem gebrochenen Bein …

Also verfrachtete man sie, während man die Schäden an ihrer Wohnung feststellte und die notwendigen Arbeiten durchgeführt wurden, einfach wie einen Flüchtling zu Josette. Nur dass sie dorthin nicht einmal irgendwelche Habseligkeiten mitnehmen konnte.

Sie gab sich Mühe, sich zusammenzureißen. Sie wusste, dass sie Josette für ihr großzügiges Angebot, sie bei sich aufzunehmen, dankbarer sein sollte. Aber es war schwer, nicht zu verzagen, und trotz all ihrer Bemühungen schlüpfte doch eine kleine Träne zwischen ihren zusammengepressten Lidern hindurch.

»Vérronique? Ischtschongutmeinschatsch. Wirkriegendaschonhin.«

Eine schwielige Hand schob sich über die ihre, mit der sie die Bettdecke umklammert hielt, und dieses ungewöhnliche Zeichen der Zuneigung drohte ihr das letzte bisschen Selbstbeherrschung zu rauben, das ihr noch geblieben war.

Sie wischte die restlichen Tränen fort und öffnete die Augen mit einem schiefen Lächeln.

»*Bonjour*, Maman.«

Annie erwiderte das Lächeln und tätschelte ihren Kopf.

»Schonbescher. Hatkeinenschinnschuweinen. Ischtbloscheingebrocheneschbein. Alleschandre …«

Sie vollführte eine wegwerfende Handbewegung und brachte damit ihre Meinung über materiellen Besitz zum Ausdruck.

»Ich weiß, Maman. Ich sollte mich freuen, am Leben zu sein. Und das tue ich ja auch …«

Véronique verstummte. Sie dachte wieder einmal darüber nach, was hätte passieren können, wenn sie nicht zur Kirche hinübergegangen wäre. Bei dem Gedanken wurde ihr jedes Mal ganz kalt ums Herz. Ihre linke Hand legte sich unwillkürlich auf das kleine Kreuz, das um ihren Hals hing.

»Alscho. Bischduschoweit? Könnenwir?«, fuhr Annie mit barscher Stimme fort, ganz so, als wollte auch sie nicht über die schrecklichen Alternativen nachdenken.

Véronique nickte, deutete zu ihrer Nachbarin hinüber und senkte die Stimme.

»Ich bin froh, wenn ich von ihrer verdammten Strickerei wegkomme!«, murmelte sie.

Und dann fiel ihr plötzlich etwas ein.

»Maman, du hast nicht zufällig dein Jagdmesser dabei?«

Annie schob ihre Hand in die Tasche und holte ein kleines, aber bedrohlich anmutendes Messer mit Elfenbeingriff und einer gefährlich aussehenden Klinge hervor. Sie zog ihre Augenbrauen in die Höhe, blickte zu der alten Dame hinüber und dann wieder zurück zu ihrer Tochter.

»Nein, nicht dafür!«, sagte Véronique und lachte zum ersten Mal an diesem Tag, während sie versuchte, ohne allzu viele Schmerzen aus dem Bett zu kommen. Sie stand auf und balancierte auf ihrem gesunden Bein. »Dafür«, sagte sie und zog ihre Pyjamahose vorsichtig herunter.

Dieser verdammte Krankenhausparkplatz! Nachdem er Annie am Eingang herausgelassen hatte, war Christian auf der Suche nach einem freien Platz eine Runde nach der anderen gefahren, ehe er den Panda schließlich auf einer Grasböschung auf der anderen Seite des Hauptgebäudes abgestellt hatte. Falls die Bremsen versagten und der Wagen den steilen Abhang, auf dem das Krankenhaus stand, hinunterrollen sollte, würde er mitten in St. Girons landen.

Nicht dass das schlimm gewesen wäre. Er war ja schließlich versichert.

Christian rückte das farbenfroh verpackte Geschenk zurecht, das er bei sich trug, und schritt durch den Haupteingang, vorbei an der Aufnahme und den Flur entlang in Richtung von Véroniques Station. Es war so gut zu wissen, dass sie aus diesem Laden herauskam. Er fühlte sich immer unwohl in Krankenhäusern. Mit seinem schwerfälligen, großen Körper lief er ständig Gefahr, irgendeinen Apparat umzustoßen oder über einen zu stolpern. Hier gab es kein Vogelzwitschern, keine Kuhglocken und keinen Wind, der ihm um die Nase wehte. Den Kopf voller Bilder von den Bergen bog Christian, schon wieder heiterer gestimmt, um die Ecke und betrat Véroniques Zimmer, die mit dem Rücken zu ihm dastand – mit heruntergelassener Pyjamahose und völlig nacktem Hinterteil.

Der Anblick ihrer entkleideten runden Pobacken war zu viel für ihn. In seinem Verstand brannte etwas durch, sein Mund klappte auf, und seine Hände ließen das Geschenk fallen, das mit einem mächtigen Krachen zu Boden fiel.

Véronique wirbelte herum und stieß einen überraschten Schrei aus.

»Raus!«, kreischte sie und zog hastig ihre Hose hoch, während Christian zurücktaumelte und die Tür vor seiner Nase zuschwang.

Véronique drehte sich beschämt zu Annie um, die mit dem Messer im Anschlag dastand und in Anbetracht der Aufregung nicht sonderlich verblüfft schien.

»Du hättest mir sagen können, dass er auch kommt!«, stieß sie hervor.

»Haschtnichtdanachgefragt«, erwiderte Annie. »AlschowillschtdujetschtdieNadeldarauschhamodernisch?«

Minuten später, als Annie mit der wiedergefundenen Nadel in der Hand die Tür öffnete, hatte sich Christian noch nicht gerührt. Keinen Zentimeter. »DiegnädigeFrauhatschischwiederberuhischt. Dukannschjetschtgefahrloscheintreten.«

»Äh? Was?« Christian blinzelte bedächtig, wie jemand, der aus einem Koma erwacht, und rieb sich die Augen, die ein wenig verschwommen dreinblickten, während immer noch eine Vielzahl von nackten Hinterteilen wie Sonnenflecken auf seinen Netzhäuten leuchteten.

Er schlurfte ins Zimmer, den Blick auf den Boden geheftet, und sprach Véronique an, die auf dem Bett saß und mit geröteten Wangen geflissentlich aus dem Fenster sah.

»Tut mir leid wegen –«

»Fang nur ja nicht davon an! Ich will nie wieder was davon hören!«

Angesichts ihres angriffslustigen Tons nickte Christian nur kleinlaut und ließ den Kopf noch ein wenig mehr hängen. Annie, die Mitleid mit ihm hatte, versuchte das Thema zu wechseln.

»Alschowaschischdadrin?«, fragte sie, während sie ihr Messer in die Tasche steckte, und deutete auf das große Geschenk, das verwaist auf dem Boden lag.

»Ach, das.« Christian betrachtete das Paket für einen Moment reumütig. Als er es aufhob, bestätigte ihm ein leises Klirren seine Befürchtung.

»Das ist ein Geschenk«, sagte er und legte es auf das Bett neben Véronique, wobei er sein Gesicht abwandte, da er immer noch nicht imstande war, sie anzusehen. »Aber ich glaube, ich habe es kaputt gemacht.«

Véronique, die es bereits bedauerte, dass sie ihn derart angefahren hatte, murmelte ein Dankeschön und begann, dankbar für die Ablenkung, das Band zu öffnen. Sie zog das Geschenkpapier zur Seite und stieß ein Keuchen hervor – ob vor Schreck oder Freude, vermochte Christian nicht zu sagen.

»Scheiße!«, stöhnte er und betrachtete die zerschmetterte Statue von St. Germaine, die in dem bunten Papier eingebettet lag. »Ich bin so ein Idiot! Ich habe ihren Kopf wieder angeklebt, und es sah eigentlich ganz prima aus, aber jetzt erinnert sie eher an … an …«

»Frankenschteinschbraut?«, ergänzte Annie mit einem gackernden Lachen.

Und sie hatte recht. Die arme St. Germaine

ähnelte in der Tat eher einem Ungeheuer als einer Heiligen.

Christian hatte eine Ewigkeit damit verbracht, die Statue zu reparieren, aber trotz all seiner Bemühungen war immer eine deutliche Schramme um ihren Hals sichtbar geblieben, und ihre Haut wurde fleckig, weil es ihm nicht gelungen war, den genauen Farbton zu treffen. Der insgesamt gruselige Eindruck wurde durch ihr jüngstes Malheur nur noch verstärkt. Das kleine Lamm zu ihren Füßen war bei dem Aufprall auf den Krankenhausboden in zwei Hälften zerbrochen, und ihr Hirtenstab und der größte Teil ihres rechten Arms lagen nun in einem merkwürdigen Winkel zum restlichen Körper.

»Tut mir leid. Ich dachte nur …« Er geriet ins Stocken. »Na ja … also … irgendwie hat es … hat sie … dein Leben gerettet, und der Geistliche wollte sie wegwerfen, da hab ich … hab ich sie geklebt. Aber das eben …«

Er deutete hilflos auf den Boden, getraute sich nicht, den Grund des Missgeschicks noch einmal zur Sprache zu bringen.

»Ich kann versuchen, sie noch einmal zu kleben. Das heißt, wenn du es möchtest.«

Véronique sah ihn an, lächelte und drückte seinen Arm.

»Danke. Das würde mich freuen«, sagte sie

und schluckte, während sie die Tränen zurückzuhalten versuchte, mit denen sie schon den ganzen Morgen kämpfte. »Das ist eine sehr nette Geste. Vor allem für jemanden, der nicht an Heilige glaubt. Es tut mir leid, dass du sie wegen mir fallen gelassen hast.«

Sie wickelte die zerbrochene Heilige liebevoll wieder in das Papier.

»Und im Augenblick«, fuhr sie in einem unbeschwerten Tonfall fort, der über ihre wahren Gefühle hinwegtäuschte, »ist es das Einzige, was ich besitze. Also vielen Dank dafür, Christian.«

Sie rappelte sich hoch und gab ihm einen Kuss auf die Wange, was ihn verlegen husten ließ.

»DuliebeScheit!«, unterbrach Annie sie. »MachdalliunlaschtunschhierrauschkommenbevordieGutenenHerschanfallkriegt!«

Sie kippte den Kopf zur Seite in Richtung der alten Dame im Nachbarbett, die sie alle drei anglotzte, die Stricknadeln mitten in der Luft verharrend, während sie zu begreifen versuchte, was da vor sich ging.

Die Frau hatte endlich aufgehört zu stricken.

Und als wäre eine Last von ihren Schultern gefallen, begann Véronique mit einem Mal zu kichern, versuchte dabei ihre protestierenden

Rippen zu ignorieren und hielt sich an Christians Arm fest, als er ihr in den Rollstuhl half. Annie und Christian ließen sich von ihrer augenblicklichen Heiterkeit anstecken und stimmten mit ein, bis ihnen allen ganz schwach zumute war vor Lachen und Christian kaum den Rollstuhl zu schieben vermochte, als sie zu dritt die Station verließen, wobei Annie die verstümmelte Heilige umklammert hielt.

Es dauerte eine Weile, bis sich die alte Dame wieder ans Stricken machte – und ganze fünf Tage, bis sie merkte, dass sie einige Maschen hatte fallen lassen.

13

Véronique und Christian kicherten immer noch wie Teenager, als Annie sie am Wagen zurückließ, um den Rollstuhl zurückzuschieben. Es war ihnen gelungen, Véronique auf den Rücksitz zu manövrieren, wo sie nun mit ihrem ausgestreckten, eingegipsten Bein saß, aber es hatte angesichts des kleinen Innenraums des Pandas einer Menge Bugsiererei bedurft, was nur noch mehr Heiterkeit verursacht hatte. Fraglos löste sich jetzt alle Anspannung, und Erleichterung machte sich breit.

Annie umklammerte die Griffe des leeren Rollstuhls. Während sie auf das Krankenhaus zuging, zeigten sich auf ihrem normalerweise ungerührt wirkenden Gesicht tiefe Emotionen. Sie hatte sich bislang nicht erlaubt, darüber nachzudenken, was hätte passieren können. Das war ihrer Ansicht nach verschwendete Zeit. Aber seit dem Feuer wurde sie von Albträumen gequält, schreckte mitten in der Nacht aus dem Schlaf und lag dann verängstigt und allein in ihrem Bett. Die Träume variierten, aber der Ausgang war immer der gleiche: Sie verlor Véronique. Zum ersten Mal, seit ihre Tochter ein hilfloses kleines Baby gewesen war, verspürte Annie tief in ihrem Innern eine große Angst. Und das hatte ihre Beziehung zu Véronique verändert, weshalb sie sich angeboten hatte, den Rollstuhl zur Aufnahme zurückzubringen. Sie wollte einen Termin vereinbaren.

Annie schob den Stuhl zu dem Schalter, wo er von einer lächelnden jungen Dame in Empfang genommen wurde.

»KönnenSchiemirschagenwieischurSchahnklinikkomme?«, fragte Annie sie.

»*Pardon*?« Das Lächeln der jungen Frau entgleiste ein wenig, als sie sich bemühte, sie zu verstehen.

»DieSchahnklinik? Wogehtschlang?«

»Wie bitte?« Das Lächeln der jungen Frau war verschwunden, als sie ihren Kopf schüttelte und die Schultern zuckte. Sie hatte keine Ahnung, was Annie da sagte.

»Scheischdrauf!«, knurrte Annie verlegen. »Findschonschelbscht.«

Und damit stürmte sie über den Flur davon und ließ die junge Frau stehen, die ihr mit verwirrtem Gesicht hinterherblickte und sich fragte, ob sie in der Psychiatrie nachfragen sollte, ob denen eine Patientin verlorengegangen war.

Und Annie war in der Tat irre. Irre wütend. Auf sich selbst. Warum hatte sie es bloß so weit kommen lassen? Warum hatte sie sich nicht schon längst darum gekümmert, ihre Zähne in Ordnung bringen zu lassen? Das Gebiss hatte von Anfang an nicht richtig gepasst, aber das war ihr egal gewesen. Genau genommen hatte sie gar nichts dagegen gehabt, dass man sie nun schwerer verstand. Aber seit dem Feuer machte ihr das plötzlich etwas aus.

Mit einer gewissen Wut auf sich selbst im Bauch bog sie bei der ersten Gelegenheit ab, überzeugt, dass sie irgendwann auf ein Schild oder eine weitere Infotheke stoßen würde, an der sie noch einmal ihr Glück versuchen könnte. So schwer konnte die Station doch nicht zu finden sein!

Sie bog gerade in den dritten Flur ab, der sich mit seinem langweiligen Linoleum, den beigefarbenen Wänden und dem beißenden Geruch nach Desinfektionsmitteln nicht von den anderen unterschied, als sie ihn sah. Irgendein sechster Sinn ließ sie aufblicken, und da war er, am hinteren Ende. Seine massige Statur war unverwechselbar, er strotzte nur so vor Autorität, als er mit einem riesigen Blumenstrauß, über dem sein breites Gesicht kaum zu sehen war, auf sie zugeschritten kam.

Serge Papon.

»Mischt!«, fluchte Annie, schnellte herum, sodass sie ihm den Rücken zukehrte, und gab vor, ein Poster über Besucherhygiene zu lesen, um Zeit zu gewinnen. Véronique hatte ihr erzählt, dass er vor ein paar Tagen auf einen Sprung vorbeigekommen war. Sie war gerührt gewesen von seiner Besorgnis. Ausgerechnet. Aber Annie hätte sich nicht träumen lassen, dass seine Besorgnis so groß war, dass er sie nun schon wieder besuchte.

Sie hörte, wie er gemessenen Schritts auf sie zukam und dann langsamer wurde. Sie machte sich auf die gewohnte Umarmung gefasst, auf die gezwungene Unterhaltung, während der penetrante Geruch seines Rasierwassers sie bereits einhüllte.

Ein Herzschlag. Dann ein weiterer. Nichts geschah.

Sie drehte langsam den Kopf, aber der Flur war, abgesehen von einer Krankenschwester, die sich entfernte, leer, das Quietschen ihrer Schuhe auf dem Boden das einzige Geräusch.

Er musste in eins der Zimmer verschwunden sein.

Wen besuchte er wohl? Und mit einem so großen Blumenstrauß? Annie trat vorsichtig von der Wand weg und bewegte sich ganz langsam auf die nächstgelegene Tür zu, die offen stand. Sie spähte hinein, sah ihn aber nicht. Bloß zwei Betten mit menschlichen Formen unter der Bettwäsche, die beide an Tropfinfusionen und jeder Menge Schläuchen hingen. Deprimierend.

Und dann vernahm sie das tiefe Timbre seiner Stimme aus dem Zimmer gegenüber, dessen Tür einen Spalt offen stand. Sie überquerte rasch den Flur, presste sich mit dem Rücken gegen die Wand und fragte sich, ob sie es wagen sollte, einen Blick hineinzuwerfen. Während sie noch überlegte, ob sie es riskieren sollte, hörte sie, wie seine Stimme an- und abschwoll. Und mit einem Mal begriff sie, dass er gar nicht redete. Er betete.

Serge Papon, der gerade mal so viel für die Kirche übrighatte wie für streunende Hunde, betete. Der Schreck war so groß, dass sie sofort den Hals reckte, bis sie um den Türrahmen herum sehen konnte, wie er mit dem Rücken zu ihr neben einem Bett saß, den Kopf gesenkt, und mit den steifen Fingern seiner rechten Hand die Rosenkranzperlen zählte, während er ein Ave-Maria betete.

Nun, da sie wusste, dass er sie nicht sehen konnte, wurde Annie mutiger und veränderte ihre Position ein wenig, um herauszufinden, wer dort im Bett lag. Aber alles, was sie zu sehen vermochte, war eine bleiche Hand auf der Bettdecke, deren dünne Finger leicht auf Serges linker Hand lagen. Sein breiter Rücken versperrte ihr die Sicht.

Annies Neugierde war geweckt, und sie lehnte sich wieder zurück, außer Sichtweite, hielt den Atem an und schob die Tür mit ihren Fingerspitzen ein Stückchen weiter auf. Dann wartete sie eine Sekunde und spähte erneut hinein, doch es nützte nichts. Sie konnte immer noch nichts sehen. Sie kam sich wie eine Spannerin vor und wollte gerade gehen, als Serge den Rosenkranz fallen ließ. Er beugte sich mit einem Ächzen vor, um ihn aufzuheben, und nun konnte Annie nur allzu deutlich erkennen, wen er da besuchte.

Sie wich rasch von der Tür zurück und war schon wieder halb den Flur hinunter, ehe sie bemerkte, dass sie immer noch den Atem anhielt. Ihre Beine zitterten vor Schreck, Adrenalin wurde viel zu schnell durch ihren Körper gepumpt, aber sie blieb nicht stehen. Sie musste unbedingt an die frische Luft.

Endlich kam ein Ausgang in Sicht. Sie stolperte darauf zu und versetzte der Tür in ihrer Hast, aus dem Krankenhaus herauszukommen, einen kräftigen Schubs. Sie taumelte in einen kleinen Hof, die beißende Kälte ein willkommener Schlag ins Gesicht, und ließ sich auf eine Holzbank fallen. Mit leerem Blick starrte sie auf das prächtige Panorama der Berge jenseits von St. Girons und wartete darauf, dass sich ihr Herzschlag beruhigte und sie wieder Herrin all ihrer Sinne war.

Herrje! Darauf war sie nicht vorbereitet gewesen.

Das war seine Frau, die da in dem Bett lag. Aber die war nicht der Grund, warum sie so erschrocken war. Auch wenn sie gehört hatte, dass sie eigentlich ihre Familie in Toulouse besuchen würde und daher das Krankenhaus der letzte Ort war, an dem Annie damit gerechnet hatte, sie zu sehen. Nein, es war ihr Aussehen, über das sie erschrocken war. Annie hatte in ihrem Leben genügend kranke Tiere gesehen, um zu wissen, wenn der Tod unmittelbar bevorstand. Und der Anblick von Thérèse Papons Gesicht, in dem sich die grau durchscheinende Haut so straff über die Knochen spannte, hatte ausgereicht, um sie erkennen zu lassen, dass diese Frau, die sie einst mit einer Inbrunst gehasst hatte, über die sie sich heute nur noch wundern konnte, dem Tode nahe war.

Annie stieß einen tiefen Seufzer aus. Ihr Atem trieb in einer wirbelnden weißen Wolke vor ihrem Gesicht. Gott, fünfunddreißig Jahre war das nun her, und es fühlte sich an, als wäre es gestern gewesen.

Damals war wieder einmal die Zeit für den Wechsel zwischen Winter- und Sommerweiden gekommen, und sie war allein auf dem Hof zurückgeblieben, während Papa und Maman die Kühe auf die höhergelegenen Weiden trieben. Normalerweise hatte Annie ihren Papa immer begleitet. Der lange Marsch den Berg hinauf war für sie ein Höhepunkt im Jahr gewesen. Der frühe Aufbruch hatte ihr nie etwas ausgemacht, und sie hatte die Kameradschaft mit den Bauern der benachbarten Höfe genossen, die zusammenarbeiteten, um dafür zu sorgen, dass die Tiere die Hochebene wohlbehalten erreichten. Es wurde immer viel geredet und gelacht und hin und wieder auch geflucht, wenn ein Schaf den Berghang hinauf davonlief und irgendjemand einen Hund hinterherschicken musste oder wenn eine Kuh störrisch wurde und sich weigerte, weiterzugehen.

Aber der beste Teil folgte, wenn sie endlich die Sommerweiden erreicht hatten, das saftige Gras sich voller Wildblumen vor ihnen erstreckte und die Sonne über den Bergen stand, wo die letzten Schneereste an den Flanken glitzerten und schimmerten. Es war ein vollkommenes Paradies, und jedes Jahr war Annie eifersüchtig auf die Tiere, die ihre Sommer in einer solchen Umgebung verbringen durften.

Von der Anstrengung ermüdet, setzten sich alle zum Essen in den Schatten einer der Hirtenhütten, wo Brot und Bratenaufschnitt herumgereicht wurde, gefolgt von Rogallais-Käse aus der Region, dessen Kanten rau waren von den Schnitten zahlreicher Jagdmesser; zum Nachtisch gab es eine Croustade aus der Bäckerei in Massat, aus deren blättrigem Teig bei jedem Bissen die Blaubeeren herausquollen. Man teilte sich eine oder auch zwei Flaschen Wein, und hinterher streckten sich die Männer im Gras aus und dösten, während die Luft schwüler wurde, die Zikaden zirpten und die Frauen sich in kleinen Gruppen sammelten, die Stimmen zu einem gedämpften Murmeln gesenkt. Dann begann Emile Galy leise auf seiner Mundharmonika zu spielen. Die traurigen Töne wurden von den kleinsten Lüftchen fortgetragen und verbanden sich unterwegs mit den tieferen Klängen der Kuhglocken, bis Annie, deren Beine müde und deren Lider schwer waren, sich schläfrig fragte, ob man diese himmlischen Klänge wohl auch unten auf dem Hof noch hören konnte.

In jenem Jahr vor fünfunddreißig Jahren sollte sie die Gelegenheit erhalten, es herauszufinden, da sie zum ersten Mal in ihrem Erwachsenenleben nicht an dem Almauftrieb teilnahm. Sie fühle sich nicht gesund genug dafür, hatte sie ihren Eltern erzählt, sie leide an einem Magen-Darm-Infekt. Und die Eltern hatten ihr geglaubt. Aber sie hatte gelogen.

Als sie nach ihrem Aufbruch den Kuhstall ausmistete und der Gestank ihren empfindlichen Magen in Aufruhr versetzte, hatte sie keinen Gedanken an Emile Galy und seine Mundharmonika verschwendet. Sie war viel zu sehr mit einem anderen Thema beschäftigt gewesen. In der Woche zuvor war sie beim Arzt gewesen, und der hatte ihre wachsende Befürchtung bestätigt.

Sie war schwanger. Und unverheiratet. Was um alles in der Welt sollte sie nur tun?

Angesichts der wenigen Möglichkeiten, die ihr blieben, war sie mit der Antwort noch nicht sehr weit gekommen, als sie Schritte hörte und eine Frauenstimme ihren Namen rief.

»Annie? Annie? Bist du da?«

Sie streckte den Kopf zur Stalltür hinaus und erblickte Thérèse Papon, die versuchte, sich einen Weg durch die Kuhfladen auf dem Hof zu bahnen, und dabei in ihrem hübschen Kleid und den Stöckelschuhen völlig fehl am Platz wirkte. Was zum Teufel machte sie hier? Wenn sie Papa wegen der nächsten Gemeinderatssitzung Bescheid gab, rief sie für gewöhnlich einfach an.

Annie umfasste die Mistgabel mit festerem Griff und wartete. Sie hatte eine ungute Vorahnung, warum sie gekommen war.

»Annie? Oh, da bist du ja!« Thérèse hatte sie endlich entdeckt, legte die kurze Entfernung zum Stall zurück und umarmte sie. Der starke Geruch ihres Parfüms verursachte sogleich ein Gefühl der Übelkeit bei Annie.

»Papa ist nicht da …«, begann sie und musste gegen den Brechreiz ankämpfen. Thérèse legte ihr sogleich eine Hand auf den Arm, um sie zum Schweigen zu bringen.

»Ich bin wegen dir gekommen, Annie.« Sie räusperte sich, und ihre Hände spielten nervös mit den Riemen ihrer Handtasche. »Ich, äh … ich muss mit dir reden. Allein.«

Annies Herz begann in ihrer Brust zu hämmern. Ihr fiel nur eine einzige Sache ein, weshalb die zurückhaltende Thérèse Papon wohl mit ihr sprechen wollte, und diese Unterhaltung wollte sie auf gar keinen Fall mit ihr führen. Ihr Mund wurde ganz trocken.

»Also … ich weiß es. Dass du … dass du …« Thérèses Stimme zitterte, und Annie wartete darauf, dass sie seinen Namen sagen würde.

Aber stattdessen deutete sie vage auf Annies Taille, den Blick dabei fest auf einen Heuballen in der Ecke gerichtet.

»Ich weiß, dass du schwanger bist.«

Annie holte erschreckt laut Luft und streckte die Hand aus, um sich am Futtertrog abzustützen. Sie hatte bewusst den Arzt in der Stadt aufgesucht statt ihren Hausarzt in Massat, da sie hoffte, dort ihre Anonymität wahren zu können. Aber irgendwie hatte Thérèse es herausgefunden.

»Wie zum Teufel …?«, brachte sie heraus.

»Meine Cousine. Sie ist Arzthelferin bei dem Doktor, bei dem zu warst.« Thérèse zuckte halb entschuldigend die Schultern, aber Annie wusste nur zu gut, wie die Leute in kleinen Gemeinden tratschten. Sie hatte in der letzten Woche an nichts anderes mehr denken können.

»Sie war schockiert. Wollte wissen, ob ich einc Ahnung hätte, wer der Vater sein könnte.«

Während sie dies sagte, richtete Thérèse Papon ihren Blick zum ersten Mal auf Annie, und als die den Schmerz und die Traurigkeit in den grauen Augen sah, begannen sie Schuldgefühle zu plagen.

»Ich glaube, ich weiß es, nicht wahr, Annie?«

Annie stöhnte, und die Mistgabel glitt ihr aus der Hand, denn ihre Gliedmaßen wurden mit einem Mal taub. Sie bekam weiche Knie und hielt sich nur noch mit Hilfe des Futtertrogs aufrecht.

Wie lange wusste Thérèse es schon? Man konnte es nicht einmal als Affäre bezeichnen. In ihrer Welt, in der die Männer für gewöhnlich nur die Rundung eines Kuhhinterns oder den Gang eines Pferdes bei dessen Verkauf bemerkten, hatte sich Annie von den Aufmerksamkeiten des stellvertretenden Bürgermeisters geschmeichelt gefühlt. Aber das Ganze war nur ein Mal außer Kontrolle geraten. Nur ein einziges Mal. Und sie war schwanger geworden.

»Schon gut. Ich verstehe das«, fuhr Thérèse leise fort. Sie lachte trocken. »Er kann sehr überzeugend sein.«

Ihr Blick senkte sich wieder auf den Boden, als konzentriere sie sich darauf, Kraft für ihren nächsten Satz zu schöpfen, und für eine kleine Weile füllte eine lastende Stille den Stall.

»Es tut mir leid, Annie. Es fällt mir nicht leicht, das zu sagen«, erklärte sie schließlich. »Aber ich glaube, ich habe keine andere Wahl. Du musst die Sache beenden.«

»Ist schon längst vorbei … Hat ja nie wirklich angefangen … Tut mir leid«, stammelte Annie, beschämt von der würdevollen Art, wie Thérèse mit der Affäre umging, und verzweifelt bemüht, ihr zu versichern, dass das Ganze der Vergangenheit angehörte.

»Das meinte ich nicht«, flüsterte sie. »Die Schwangerschaft. Du musst die Schwangerschaft beenden. Du musst … du musst abtreiben.«

»NEIN!« Annie wich erschrocken zurück, und ihre Hände umklammerten unwillkürlich ihren Bauch, um ein Leben zu schützen, das sie vor zehn Minuten noch beklagt hatte. »Das kann ich nicht. DAS WERDE ICH NICHT TUN.«

»Bitte, ich flehe dich an«, bettelte Thérèse, und ihre Gefasstheit begann zu schwinden. Ihre Hand umklammerte Annies Arm mit einer Kraft, die ihre zierliche Gestalt Lügen strafte. »Versteh doch. Wir konnten keine … Ich kann keine Kinder bekommen, und wir haben uns damit abgefunden. Aber wenn er erfahren sollte, dass du sein … sein Kind bekommst …«

Bei den letzten Worten schnürte es ihr die Kehle zu, und sie verstummte mit einer Micne der Verzweiflung. Sie holte tief Luft und fuhr mit vor Erregung zitternder Stimme fort.

»Er hat sich immer so sehr ein Kind gewünscht. Er wird mich verlassen, wenn er es erfährt. Wenn er herausfindet, dass er der Vater ist. Bitte, Annie, bitte. Tu mir das nicht an.«

Sie nestelte an dem Verschluss ihrer Handtasche herum und zog einen Umschlag heraus, der dick gefüllt war mit Geldnoten.

»Ich werde auch dafür zahlen«, sagte sie, packte Annies Hände und drückte den Umschlag hinein. »Nimm das hier und geh nach England. Dort ist es legal. Niemand muss jemals davon erfahren.«

Annie zog ihre Hände weg, ließ den Umschlag fallen und trat entsetzt zurück, als Thérèse zu Boden sank, den letzten Rest ihrer Fassung verlor und mit vors Gesicht geschlagenen Händen offen weinte.

Mit einer Ruhe, die sie gar nicht verspürte, sprach Annie die verzweifelte Frau an und traf eine schnelle Entscheidung über ihr Leben, zu der sie vor wenigen Momenten noch nicht in der Lage gewesen war.

»Ich werde nicht abtreiben lassen«, sagte sie mit fester Stimme. »Aber ich verspreche, dass Serge niemals erfahren wird, dass er ein Kind hat.«

Und damit drehte sie sich um und rannte zum Haus, während Thérèse auf dem Boden kniend zurückblieb, inmitten von 500-Franc-Scheinen, die auf dem Stroh um sie herum verstreut lagen.

An jenem Abend hatte Annie ihren Eltern

alles gestanden. Zutiefst schockiert und enttäuscht hatten sie ihre Geschichte von einer leichtsinnigen Liaison mit einem Arbeiter des Jahrmarktes, der längst weitergezogen war, geglaubt und nicht mehr auf weitere Einzelheiten gedrängt. Aber sie waren mit ihr übereingekommen, dass sie nicht in Fogas bleiben konnte, um das Kind zu bekommen. Sie war schon am nächsten Tag zu ihrer Cousine nach Perpignan gereist und ein Jahr dort geblieben.

Es waren höllische zwölf Monate gewesen. Geplagt von einer schwierigen Schwangerschaft und ihrer allgegenwärtigen Scham hatte sie mit hängendem Kopf in der Hitze des mediterranen Sommers gelitten wie eine pyrenäische Wildblume in der prallen Sonne und sich zurückgesehnt nach dem Hof inmitten der grünen Weiden, umgeben von den Gipfeln, die sie so gut kannte.

Als sie endlich mit ihrer kleinen Tochter in ihre geliebten Berge zurückgekehrt war, hatten ihre Eltern sie zu Hause mit offenen Armen empfangen und den winzigen Säugling mit Liebe und Zuwendung überhäuft. Aber außerhalb der Familie sah sich Annie mit haarsträubenden Gerüchten und einer Unmenge von Klatsch und Tratsch konfrontiert. Sie schied aus dem *Conseil Municipal* aus, begann sämtliche gesellschaftliche Ereignisse zu meiden und widmete sich der Bewirtschaftung des Hofes. Und sie nahm nie wieder an einem Almauftrieb teil. Ihr Vater hatte sich niemals zu ihrem Widerwillen geäußert, am Gemeindeleben teilzunehmen, aber bis zu seinem Todestag hatte er nicht verstehen können, warum sie Thérèse Papon, die der landläufigen Meinung nach eine der nettesten Frauen des Dorfes war, derart hasste.

Und nun, da sie fünfunddreißig Jahre später auf einer eiskalten Bank saß, konnte Annie es auch nicht ganz verstehen. Sie hatte nie herausfinden können, ob sie die Frau hasste, weil sie wegen ihr das Dorf verlassen musste, oder, weil sie sie gezwungen hatte, eine Entscheidung zu treffen. Eine Entscheidung, die, ohne dass Thérèse Papon sie in die Ecke gedrängt hätte, vielleicht anders ausgefallen wäre.

Annie erhob sich mit steifen Hüften und knackenden Knien und folgte dem Fußweg, der um das Krankenhaus zum Parkplatz führte. Christian und Véronique fragten sich wahrscheinlich schon, wo sie abgeblieben war. Und sie hatte noch nicht einmal einen Termin beim Zahnarzt ausgemacht. Na ja, der lief ihr ja nicht davon. Sie würde nächste Woche vorbeischauen. Und bei der Gelegenheit vielleicht

Thérèse besuchen. Schließlich hatte sie ihr verdammt viel zu verdanken. Wenn sie nicht gewesen wäre, hätte Véronique vielleicht nie das Licht der Welt erblickt.

Annie schüttelte den Kopf angesichts der Vielschichtigkeit menschlichen Lebens und ging auf den Wagen zu.

Menschliches Leben mochte kompliziert sein, aber im Jenseits war es offenbar auch nicht leichter. Als Jacques vom Kühlschrank heruntersprang und mit hängenden Schultern und gesenktem Kopf durch den Laden in die Bar schlenderte, blickte Josette von den Geschäftsbüchern auf, mit denen sie seit einer Stunde beschäftigt war.

Er machte ihr schon den ganzen Morgen das Leben schwer, schlich herum wie ein verdrießlicher Teenager und zog ein Gesicht wie sieben Tage Regenwetter. Zweifellos würde er nun wieder in der Kaminecke vor sich hinschmollen.

Josette warf entnervt den Stift zur Seite. Sie lehnte sich auf dem Hocker zurück, damit sie ihn durch die Türöffnung sehen konnte, und ihre Verärgerung verflog sogleich. Er saß da, den Kopf in die knotigen Hände gestützt, und blies ins Feuer, das bei jedem Atemstoß aufflackerte. Damit machte er einige Minuten weiter, bis ihn auch das zu langweilen schien und er nur noch dasaß und missmutig in die Flammen starrte.

Sie wusste, was mit ihm los war. Zu Lebzeiten hatte er bei allem mitgemischt. Als langjähriges Mitglied des Gemeinderats war er derjenige gewesen, zu dem die Leute kamen und um Hilfe baten – ob es dabei nun um so unkomplizierte Dinge wie eine Baugenehmigung oder um ernste Angelegenheiten wie einen Nachbarschaftsstreit ging. Jeder hatte gewusst, dass, egal um welches Dilemma es sich auch handelte, Jacques Servat alles tun würde, damit die Dinge wieder ins Lot kamen. Und meistens hatte er Erfolg.

Aber nun, da die Gemeinde um sie herum auseinanderzufallen schien, war er machtlos, und Josette teilte seinen Frust.

Sechs Tage nach dem Sturm waren viele Häuser immer noch ohne Strom und die Telefonleitungen unterbrochen; auch die Wasserversorgung war noch nicht bei allen wiederhergestellt. Das Postamt hatte man nach dem Feuer auf unbestimmte Zeit geschlossen, und Rentner aus der Gegend, von denen viele nicht nach Massat oder Seix fahren konnten, hatten Schwierigkeiten, an ihre Rente zu kommen. Die Straßen waren aufgrund der umgestürzten Bäume und der vielen Erdrutsche so schlecht, dass der Schulbusbetrieb hinauf nach Fogas eingestellt worden war und die Post in der *Épicerie* gelagert wurde. Und was die arme Véronique anging, so vermochte niemand zu sagen, wie lange es dauern würde, bis sie in ihre Wohnung zurückkonnte. Bislang war noch keine Entscheidung getroffen worden, wo sie in der Zwischenzeit unterkommen sollte.

Das Problem war, dass niemand das Ruder in die Hand nahm. Der Gemeinderat lag sich nach dem Gerangel um die Schließung der *Auberge* in den Haaren, Pascal Souquet war ein Dilettant und der Bürgermeister nie erreichbar. Céline, der Sekretärin im Rathaus, gingen langsam die Gründe für seine permanente Abwesenheit aus, und die Leute murrten über sein Verhalten, ließen sogar durchblicken, dass er eine Affäre habe, während seine Frau fort war. Und was Christian Dupuy betraf …

Josette vermutete, dass Jacques' schlechte Laune über seine eigenen Unzulänglichkeiten noch übler wurde angesichts der Enttäuschung über den Mann, von dem er so viel erwartet hatte. Als stellvertretender Bürgermeister hätte Christian sich mehr engagieren sollen, aber nachdem man ihn bei der Sache mit der *Auberge* auf so gemeine Art und Weise manipuliert hatte, schien er sich irgendwie ausgeklinkt zu haben und betrachtete alles nur noch mit Argwohn. Er sträubte sich nach wie vor, den Websters zu helfen, die er verdächtigte, Sarko wissentlich von seiner Weide gelassen zu haben. Er sprach sogar davon, bei der nächsten Ratssitzung zurückzutreten, wann immer die auch sein mochte. Eigentlich war sie für den morgigen Abend angesetzt, aber auf Geheiß des Bürgermeisters ohne Angabe von Gründen abgesagt worden.

Josette ließ den Kopf in ihre Hände sinken.

Im Grunde befand sich die Gemeinde von Fogas in einem völligen Chaos.

Monique Sentenac war die Erste gewesen, die das Wort Karma in den Mund genommen hatte. Der Wind, der an Silvester durch die Täler gebraust war, hatte durchaus etwas Schicksalhaftes, etwas vom Zorn Gottes an sich gehabt, und es stimmte, dass die *Auberge* als eines der wenigen Gebäude verschont geblieben war. Auch wenn sich Josette nicht der Theorie der biblischen Rache anschloss und nicht damit rechnete, dass schon bald eine Heuschreckenplage über Fogas hereinbrechen würde, so schien die schmutzige Angelegenheit mit der *Auberge* die Wurzel des Übels zu sein, das die Gemeinde plagte.

Ihr war klar, dass sie heute nichts mehr erledigt bekommen würde, deshalb schloss sie das Hauptbuch und verstaute es gerade unter der Theke, als sie das stotternde Motorengeräusch eines Wagens vernahm, das sie nur zu gut kannte. Sie schaute zu Jacques hinüber, der aufgesprungen war und mit einem Stirnrunzeln anstelle seines üblichen Begrüßungslächeln aus dem Fenster blickte und zusah, wie Christian aus dem Wagen stieg.

Josette wusste, was er dachte. Die Zukunft der Gemeinde hing von dem großen Landwirt ab. Aber wie konnten sie ihn nur davon überzeugen, die Dinge endlich in die Hand zu nehmen?

Die Klingel gab ein unanständiges Furzen von sich, als Christian und Annie, gefolgt von einer an Krücken humpelnden Véronique, den Laden betraten.

»Willkommen daheim!«, rief Josette, eilte um die Theke herum und umarmte Véronique herzlich. »Wie geht es dir?«

Véronique verzog das Gesicht. »Ein bisschen müde«, sagte sie mit einem verschmitzten Lächeln. »Muss wohl an all der Aufregung liegen, aus dem Krankenhaus zu kommen!«

»Na, du weißt ja, wo dein Zimmer ist, falls du dich hinlegen möchtest.«

»Eigentlich wollte ich einen kurzen Blick auf … auf das Postamt und … meine Wohnung werfen.«

Josette warf Christian, der hinter Véroniques Rücken heftig den Kopf schüttelte, einen kurzen Blick zu. Selbst nach sechs Tagen war der Anblick der schartigen Lücke, wo einmal das Gebäude gestanden hatte, immer noch schockierend. Für Véronique, die es zum ersten Mal sehen würde, wäre es gewiss traumatisch.

»Bist du dir auch ganz sicher, dass du dir das zumuten willst?«

Véronique nickte entschlossen, reckte den Kopf und schob trotzig das Kinn vor.

»Absolut. Ich will es mit eigenen Augen sehen.«

»Also gut, dann werde ich dich begleiten«, bot Christan an und hielt ihr die Tür auf, damit sie hindurchhumpeln konnte.

Annie und Josette sahen zu, wie sie langsam in die Gasse abbogen, die hinauf zum abgebrannten Postamt führte.

»Ich bin mir nicht so sicher, ob das eine gute Idee ist«, vertraute Josette Annie an. »Damit quält sie sich doch nur.«

Annie, die anderer Meinung war, schüttelte den Kopf.

»Irgendwannmuschieschmalschehn«, erklärte sie, bevor sie mit ihrem gewohnten Hang zur Untertreibung hinzufügte: »Schiewirdgrosche-Augenmachen.«

»Was ist das?« Josettes Aufmerksamkeit wurde von den in der Ferne verschwindenden beiden Gestalten abgelenkt, als Annie das Geschenk, das sie getragen hatte, auf die Theke legte.

»HatChrischtianVéroniquegeschenkt. Sieschdirmalan.«

Josette zog das Papier zur Seite, und ihre Augen weiteten sich vor Verwunderung beim Anblick der ramponierten Statue.

»Was zum Teufel …?« Sie blickte zu Annie auf, die sie mit einem breiten Grinsen ansah, und schaute dann wieder auf die Statue herab. »Das … ist …«

»Gräschlich!«

Josette schlug die Heiligenfigur rasch wieder in das Papier ein.

»Das kann man wohl sagen!«

»SchollichschinihrTschimmerraufbringen?«

»Ja!«, stimmte ihr Josette rasch zu. »Das wäre das Beste.«

»DuwillschjanichdieKundenverschrecken!«

Annie hob die Statue von St. Germaine mit einem gackernden Lachen auf und machte sich auf den Weg zur Treppe. Josette blieb gerade mal genug Zeit, um zu bemerken, dass Jacques jetzt plötzlich am Kühlschrank stand, als sich scheppernd die Tür öffnete und Monsieur Webster den Laden betrat.

»*Bonjour!*«, rief er mit einem freundlichen Lächeln.

»*Bonjour*, Monsieur. Wie geht es Ihnen heute?«

»Gut, sehr gut«, erwiderte er und brachte Brot zur Theke. Dann legte er ein Päckchen Kekse und Milch dazu und bat um Saucisson.

»Wie geht es mit der *Auberge* voran? Irgendwelche Neuigkeiten?«, erkundigte sich Josette, während sie die Wurst einwickelte.

Pauls Grinsen wurde breiter.

»Ja. Gute Neuigkeiten. Vielleicht bekommen wir Hilfe. Von Regierung.«

»Sie meinen, eine staatliche Förderung? Sie beantragen Zuschüsse?« Josette konnte sehen, wie Jacques im Hintergrund begeistert in die Hände klatschte. »Das ist eine sehr gute Idee!«

»Ja. Zuschüsse. Es ist Stephanies Idee. Ohne sie …« Paul zuckte auf eine sehr französische Weise mit den Schultern.

Jacques hörte nun genau zu, und bei der Erwähnung von Stephanies Namen nickte er vehement. Endlich versuchte mal jemand aus der Gemeinde, etwas zu unternehmen.

»Wir drücken unsere Daumen!«, fuhr Paul fort und hielt zum Beweis seine Hände in die Höhe. »Dienstag ist Prüfung.«

»Viel Glück. Lassen Sie uns wissen, wie es gelaufen ist.«

Er packte seine Einkäufe zusammen und wandte sich zum Gehen. Josette bekam nicht mit, was als Nächstes geschah, da sie viel zu sehr damit beschäftigt war, Jacques zu beobachten, dessen Gesicht sich zum ersten Mal seit Tagen aufhellte. Aber plötzlich war ein lautes Krachen zu hören, und die Klingel, die seit Jahrzehnten über der Tür gehangen hatte, lag auf dem Boden. Sie hatte nur knapp Pauls Kopf verfehlt und war in tausend Stücke zersprungen.

»Du meine Güte! Geht es Ihnen gut?«, fragte Josette, als sich Paul umblickte und überrascht auf die Plastikteilchen schaute, die um ihn herum verstreut lagen.

»Ja, ich bin okay. Aber das ist kaputt«, erklärte er traurig und deutete auf die Überreste der Türklingel.

Jacques' Stirnrunzeln nach zu urteilen, war er zu der gleichen Schlussfolgerung gelangt und darüber ganz und gar nicht erfreut. Josette andererseits war insgeheim froh, dass der Glocke endlich das letzte Stündlein geschlagen hatte. Jetzt könnte sie endlich eine neue anbringen, ohne sich darüber Sorgen machen zu müssen, Jacques' Stolz zu verletzen.

Sie eilte in die Bar, um einen Besen zu holen, und als sie zurückkam, hatte Paul schon damit begonnen, die größeren Teile vom Boden aufzuheben. Innerhalb von wenigen Minuten hatten sie das Durcheinander wieder aufgeräumt.

»Vielen Dank für Ihre Hilfe«, sagte Josette, als Paul ein weiteres Mal seine Einkäufe zusammenpackte.

»Oh, das ist doch nichts. Aber ich kann noch mehr helfen, wenn Sie mögen?«

Josette sah ihn fragend an.

»Ich habe eine … wie sagt man … von diese hier.« Er deutete auf den Plastikhaufen, während er das passende französische Wort suchte.

»Eine Türklingel?«

»Ja! Eine Türklingel. Aber modern. Kein Draht. Ich brauche nicht und montiere über Tür, wenn Sie mögen?«

Modern. Mehr musste Josette gar nicht hören. Sie ignorierte den finster dreinblickenden Jacques, der Veränderungen hasste, und nahm das Angebot rasch an.

»Oh, ja! Das wäre großartig. Vielen Dank.«

Paul war sichtlich froh, ihr helfen zu können.

»Okay. Nach Prüfung. Donnerstag? Nachmittag? Ist das gut?«

»Perfekt. So machen wir's.«

Paul verabschiedete sich und schüttelte ihr förmlich die Hand, bevor er ging, und sie musste sich angesichts seiner typisch englischen Reserviertheit ein Lächeln verkneifen. Er war ein reizender Mann, und das machte die Art, wie ihn die Gemeinde behandelte, nur noch ungerechter, und Josettes Schuldgefühle in Anbetracht der Rolle, die sie selbst dabei spielte, noch größer.

Doch sie vermochte den Gang der Ereignisse, für die sie sich so verantwortlich fühlte, nicht aufzuhalten. Josette wünschte sich sehnlich, Christian würde sich die Zeit nehmen, seinen neuen Nachbarn kennenzulernen. Vielleicht würden sie dann diesen ganzen Schlamassel aus der Welt schaffen. Aber Christian war ihm nie begegnet, und nach dem Vorfall mit Sarko schien er nicht gewillt zu sein, sich die Mühe zu machen.

Schließlich kam ihr mit einem Mal die Erkenntnis, dass es doch etwas gab, was sie tun konnte, etwas ganz Einfaches und doch … vielleicht würde es ja funktionieren.

Sie musste die beiden irgendwie zusammenbringen, und Paul hatte ihr gerade die perfekte Gelegenheit dafür geliefert. Niemand konnte einer alten Witwe die Hilfe verweigern, nicht wahr? Sie grinste über ihre eigene Gerissenheit und ließ den Blick auf der Suche nach einer passenden Ursache im Laden herumwandern. Vielleicht der Kühlschrank? Nein, der würde sofortiger Maßnahmen bedürfen. Christian würde misstrauisch werden, wenn sie ihn bat, die Sache aufzuschieben. Die Vitrine mit den Messern? Sie blickte auf, sah Jacques an der Wand lehnen und bekam sogleich ein schlechtes Gewissen, es überhaupt in Erwägung gezogen zu haben. Nein, nicht die Messervitrine, das würde er ihr niemals verzeihen, aber was blieb dann noch?

Natürlich! Ihr Blick schnellte zu Jacques zurück. Sie durchquerte entschlossen den Raum. Die plötzliche Bewegung ließ ihn zusammenzucken, und er sprang aus dem Weg, als sie sich vorbeugte, um die alte Käsevitrine zu begutachten, gegen die er gelehnt hatte. Irgendein entfernter Vorfahre von ihm hatte sie einmal angefertigt, und die hölzerne Kiste hatte schon seit langem ein wenig Schlagseite, weil sie sich immer mehr von den Wandhaltern löste. Perfekt.

Nun musste sie sich beeilen, um fertig zu sein, bevor Christian zurückkehrte. Josette hastete zur Theke und kramte einen alten Klauenhammer aus der Schublade. Sie trug den Hocker zur Käsevitrine hinüber, kletterte darauf, platzierte die Klaue zwischen Wand und Holz und drückte mit aller Kraft. Aber nichts geschah. Sie ignorierte Jacques, der angesichts ihrer vermeintlichen Zerstörungswut in helle Aufregung geriet, versuchte es noch einmal, und dieses Mal wurde sie mit dem Krachen von splitterndem Holz belohnt. Nach einem weiteren Mal ging ein Ruck durch die Vitrine, und der Käse darin rutschte auf eine Seite.

Das sollte genügen.

Während Jacques immer noch ungläubig mit offenem Mund dastand, verfrachtete sie den Hocker und den Hammer wieder an Ort und Stelle. Und da kamen Christian und Véronique auch schon herein.

»Du siehst ganz erschöpft aus«, sagte Josette besorgt, als eine sehr blasse Véronique dankbar auf den Hocker sank. »Du hast es übertrieben.«

»Es war schlimmer, als ich es mir vorgestellt hatte«, flüsterte Véronique, ganz offensichtlich immer noch unter dem Eindruck dessen, was sie gesehen hatte. »Es ist nichts mehr übrig. Gar nichts.«

Sie schüttelte ungläubig den Kopf.

»Wirhamversuchtdischuwarnen!«

Josette fuhr herum und sah Annie im Durchgang der Bar stehen. Wie lange war sie wohl schon dort? Josette hatte sie nicht herunterkommen hören. Ob sie etwas gesehen hatte?

»KommschonLiebes«, fügte sie mit mehr Mitgefühl hinzu. »IchelfdirinschBett.«

Sie streckte ihren Arm aus, um Véronique die Treppe hinaufzuhelfen.

»Armes Ding«, bemerkte Josette, die versuchte, weder die Vitrine noch Jacques anzustarren, der auf dem Kühlschrank still vor sich hin schäumte.

»Ja, es hat sie richtig mitgenommen. Aber ich glaube, es wird auf lange Sicht doch das Beste sein.« Christian sah auf die Uhr und fluchte leise. »Ich bin spät dran. Ich habe Maman versprochen, zeitig zurück zu sein, um den Hühnerstall zu reparieren. Wir vermissen nach dem Sturm immer noch etliche Hühner. Die sind vermutlich bis nach Foix geweht worden!«

»Bevor du gehst …«, hob Josette an und begann vor Nervosität zu stottern. »Meinst du … könntest du wohl … die Käsevitrine –«

»Was ist denn damit …« Christians Stimme wurde schwächer, und er starrte die schiefe Kiste an, in der sich die Käseräder alle auf einer Seite zusammendrängten. Er runzelte die Stirn.

»Das ist ja komisch. Ist mir eben gar nicht aufgefallen. Wie lange ist sie denn schon so?«

Josette, die keine besonders gute Lügnerin war, hatte mit dieser Frage nicht gerechnet.

»Gerade mal … äh …«

»MindeschtenschneWoche! Daschiehtmanmalwiederwieduaufpascht«, meckerte Annie, deren plötzliches Blaffen Josette zusammenzucken ließ.

»Eine Woche? Unglaublich, dass ich das nicht gemerkt habe. Tut mir sehr leid, Josette, das hättest du mir sagen sollen.«

Josette kam sich angesichts seiner Sorge schrecklich gemein vor.

»Jetzt schaffe ich es leider nicht mehr. Soll ich es morgen reparieren?«

»Nein! Also, was ich eigentlich sagen wollte, ist, vielen Dank, aber so wichtig ist es gar nicht. Donnerstagnachmittag würde mir vollkommen reichen.«

»Bist du dir da auch ganz sicher? Soll ich es wirklich nicht eher machen?«

»Duhaschiedochgehört. LaschieinRuhunbringmischeim. Ischabfürheutgenugvoneuch!«

»Schon gut, schon gut! Dann komme ich also am Donnerstag vorbei!« Christian grinste gutmütig angesichts von Annies barschem Ton, hielt zum Zeichen der gespielten Kapitulation die Hände in die Höhe und ging dabei rückwärts aus dem Laden.

Annie beugte sich vor und küsste Josette auf die Wangen. Ihre Augen funkelten vor Übermut.

»Danke!«, flüsterte Josette.

»BischDonnerschtagdann!« Annie kicherte und drückte Josettes Arm, bevor sie zum Wagen hinausging, der draußen stotternd und ruckelnd zum Leben erwachte.

Als sie davonfuhren und in der Ferne noch die eine oder andere Fehlzündung erklang, sank Josette erschöpft, aber freudig gestimmt auf ihren Hocker. Sie bemerkte, wie Jacques vom Kühlschrank herunterrutschte und zu der kaputten Käsevitrine hinüberschlenderte. Er starrte sie ein paar Sekunden lang an, drehte sich dann zu ihr um und nickte ihr mit einem Ausdruck von Anerkennung auf dem Gesicht zu, bevor er in die Bar schlüpfte und sich in der Kaminecke niederließ. Es dauerte nicht lange, und sein Kinn ruhte auf seiner Brust.

Endlich, dachte Josette und griff unter die Theke. Vielleicht werde ich mit den Büchern doch noch fertig!

14

Madame Dubois, die leitende Hotelinspektorin für das Département Ariège, hatte sich hoffnungslos verfahren. Besser gesagt, nicht verfahren im eigentlichen Sinne, da ihr das Navi immer noch tapfer riet, sich weiter geradeaus zu halten. Allerdings verlor sie zusehends den Glauben an das Gerät, zumal ihr Renault Twingo sich eher hüpfend über die ungepflasterte Straße fortbewegte, die mehr ein Feldweg war, und der Motor immer heftiger keuchte, als die Steigung noch steiler wurde. Sie stellte die Heizung höher und wischte mit ihrer behandschuhten Hand über die Windschutzscheibe, um die Sicht zu verbessern, aber es war sinnlos. Das Problem war der weiße Nebel da draußen, der an dem Wagen haftete und alles bis auf die unmittelbare Umgebung verbarg. Und die bestand aus Kiefern. Jeder Menge Kiefern.

Sie versuchte, nicht daran zu denken, was in diesen Wäldern lauern könnte, umklammerte das Lenkrad noch fester und fuhr weiter. Sie war zwar in Ariège geboren und aufgewachsen, stammte aber aus dem dichtbesiedelten, verhältnismäßig flachen Landstrich jenseits von Foix, und die Einsamkeit der Berge machte ihr Angst. Sie hatte keine Ahnung, wie die Leute in dieser Gegend nachts ruhig schlafen konnten, wohl wissend, dass hier Bären herumgeisterten. Und Schlangen. Und Wildschweine.

Sie erschauderte, drehte das Heizungsgebläse bis zum Anschlag auf und betete, dass der Wagen es bis zum Gipfel dieses gottverlassenen Gebirgspasses schaffen würde, wo auch immer der sich befinden mochte. Wie als Antwort darauf tat es einen lauten Schlag – eines der Hinterräder war offenbar in ein Schlagloch geraten, und sie hüpfte in ihrem Sitz auf und ab, was dazu führte, dass sie beinahe von der Straße abgekommen wäre. Sie schluckte nervös und verfluchte sich selbst, dass sie nicht die Hauptstraße von Foix nach St. Girons genommen, sondern stattdessen ihrem neuen Navi vertraut hatte. Sie hätte es wissen müssen, dass in einem Gelände wie diesem die Entfernung ohne ein Gefühl für die Höhe bedeutungslos war. Streng genommen war die Strecke, die sie gewählt hatte, zwar die kürzeste, aber nur weil die Strecke direkt über den Berg führte und der Weg nicht für Fahrzeuge gedacht war.

Sie zog ernsthaft in Erwägung, trotz der

schlechten Sicht umzukehren, als sie plötzlich bemerkte, dass der Motor aufgehört hatte, wie eine verliebte Katze zu kreischen. Die Straße war endlich planiert. Wenigstens hatte sie es bis zur Anhöhe geschafft. Die Frage war, was sie auf der anderen Seite erwartete.

Als sie durch die Windschutzscheibe nach draußen spähte, konnte sie verschwommen einzelne Parkplätze und eine kleine Lichtung erkennen, auf der so etwas wie eine große Anschlagtafel, umgeben von Picknickbänken, stand. Sie fuhr erleichtert rechts ran und stieg aus, um sich die Beine zu vertreten. Mit einem Mal teilte sich der Nebel, und ihr bot sich ein atemberaubender Ausblick auf die vor ihr liegenden gezackten Umrisse der Pyrenäen. Es blieb kaum genug Zeit, das alles auf sich wirken zu lassen, denn schon schlossen die Wolken sich wieder und hüllten sie in ihre stille, trübe Welt.

Sie kuschelte sich tiefer in ihre Jacke hinein und eilte zu der Anschlagtafel hinüber, darauf bedacht, so schnell wie möglich wieder im Auto zu sein. Es war ein Touristeninformationspunkt, und laut der Karte befand sie sich auf dem Gipfel des Col Dáyens, aber in welchem Zusammenhang der zu ihrem Ziel stand, das wusste sie nicht. Sie überflog die Tafel, wobei ihr Blick auf den kleinen Umriss eines Bären in der unteren, rechten Ecke fiel.

Korrektes Verhalten bei Begegnungen mit Bären.

Entgegen ihrem ersten Impuls, auf der Stelle kehrtzumachen und zum Auto zurückzukehren, las Madame Dubois weiter und spürte, wie es in ihrem Nacken zu kribbeln begann.

Falls Sie einem Bären begegnen sollten, bewahren Sie Ruhe und machen Sie das Tier durch Reden, leises Singen oder andere Geräusche auf sich aufmerksam, damit es nicht erschrickt.
Grundsätzlich gilt:
Keine ruckartigen Bewegungen.
Langsam entfernen.
NICHT WEGRENNEN.

Ein plötzliches Rascheln im dichten Wald hinter der Tafel genügte, und es war um Madame Dubois geschehen. Ihre Nerven lagen blank, sie rannte mit vor Angst weit aufgerissenen Augen so schnell, wie ihre Füße sie zu tragen vermochten, schreiend zum Wagen zurück, ohne sich auch nur im Geringsten um die Ratschläge zu kümmern, die sie gerade gelesen hatte – was ihrer Ansicht nach jeder Mensch, der halbwegs bei Verstand war, tun sollte. Sie knallte die Tür hinter sich zu und verriegelte sie zur Sicherheit auch noch.

Immer noch keuchend ob dieser unerwarteten Anstrengung griff sie nach der Karte, die in der Tasche auf der Rückseite des Beifahrersitzes steckte, und faltete sie mit zitternden Händen auseinander. Ihre Augen huschten hektisch über die knittrige Oberfläche, während sie den Col d'Ayens suchte, um endlich aus dieser primitiven Wildnis herauszukommen.

»Großer Gott!«, murmelte sie, als ihr Finger endlich auf die Stelle deutete, an der sie sich befand. Sie war mitten im Nirgendwo, hockte auf einem Berg oberhalb ihres Ziels. Die gute Neuigkeit war, dass die Straße, dic nach unten führte, wenigstens auf der Karte eingezeichnet war. Sie musste nichts weiter tun, als ihr bis zum Talboden zu folgen, dann nach links abzubiegen, und schon befände sie sich auf der Hauptstraße.

Sie schaltete verärgert das überflüssige Navi aus, startete den Motor, lenkte den Wagen vorsichtig wieder zurück auf die Fahrbahn und starrte angestrengt in die dichten Nebelwolken hinaus, während sie sich einen Weg aus dem Wald hinausbahnte.

Als die Zivilisation sie wiederhatte, kleine Dörfer entlang der nun asphaltierten Straße auftauchten, war sie mit den Nerven am Ende und ganz und gar nicht in der Stimmung, eine Prüfung durchzuführen.

Direction Départementale de la Concurrence, de la Consommation et de la Répression des Fraudes de l'Ariège
Mme Brigitte Duboi

Paul ließ die Visitenkarte sinken und blickte die Person an, die sie ihm gerade gereicht hatte. Ein Spatz von einer Frau, ordentlich gekleidet in Rock, Blazer und strenger Bluse – alles in gedämpften Brauntönen –, dazu eine Halbmondbrille auf der Nase. Genau so, wie man sich eine typische Regierungsbeamtin vorstellte. Das Einzige, was unpassend schien, waren die Haarsträhnen, die sich aus der Haarspange gelöst hatten, als hätte sie gerade Sport getrieben, und ihre Schuhe, die mit Dreck und Laub bedeckt waren. Einer dieser Schuhe hatte begonnen, ungeduldig auf den Boden zu klopfen, während sie vor ihm stand und über ihre

Brille hinweg wütend auf das Klemmbrett starrte, das sie wie einen Schild vor der Brust hielt.

Paul verließ der Mut. Diese neuerliche Prüfung ruhte auf den Schultern dieser Frau, und er hatte bereits jetzt, nachdem er nur ihre knochige Hand geschüttelt hatte, das Gefühl, durchgefallen zu sein.

»Sind Sie so weit? Dann lassen Sie uns anfangen«, blaffte sie, und Lorna und Paul nahmen sogleich Haltung an. Sie zog ein Maßband aus ihrer Aktentasche, drückte Paul ein Ende davon in die Hand und durchquerte mit dem anderen Ende den Speiseraum.

»Wie viele Gedecke?«, fragte sie, während sie ihr Band zu Rate zog und wie wild etwas auf ihr Klemmbrett kritzelte.

»*Pardon?*«, erwiderte Lorna, die Schwierigkeiten hatte, ihrem schnellen Französisch zu folgen.

»Wie viele Gedecke? Im Restaurant?«

»Oh, hmm, vierzig hier. Und vierzig auf Terrasse.« Lorna deutete auf den abgedeckten Bereich draußen, wo Tische und Stühle auf einer Seite gestapelt standen, sich verwelkte Blätter unter den Beinen sammelten und da und dort Wasserpfützen zu sehen waren. Madame Dubois ließ ihren Blick über das Areal wandern und zog skeptisch eine Augenbraue in die Höhe. Ganz offenbar war sie nicht fähig, sein Potenzial zu erkennen.

»Es ist Winter«, fühlte sich Paul bemüßigt zu erklären. »Wir sind geschlossen.«

»VIERZIG Gedecke«, wiederholte sie und spitzte die Lippen, als sie es notierte. »Und welche Qualifikationen und Berufserfahrungen haben Sie?«

Lorna und Paul schauten einander an. Sie waren sich nicht sicher, ob sie sie richtig verstanden hatten.

»Qualifikationen?«, wiederholte Madame Dubois mit einem vernehmlichen Seufzer. »Wer von Ihnen ist der Küchenchef? Und was für Diplome haben Sie? Haben Sie die Hotelfachschule besucht? Wo und mit welchem Abschluss?«

»Nun … ich bin der Küchenchef, aber … nein … wir haben nichts«, stotterte Lorna, deren Handflächen unter dem grimmigen Blick der Inspektorin zu schwitzen begannen. »Keine Qualifikationen.«

»KEINE Qualifikationen?« Madame Dubois' hauchdünne Augenbrauen schossen zugleich mit ihrer Stimme in die Höhe. »Sie haben ein Hotel und ein Restaurant gekauft und keinerlei Erfahrung? Keine Ausbildung?«

»Nun … ich war Köchin in Schulküche … in England … aber –«

Madame Dubois gab Lorna gar nicht erst die Gelegenheit, den Satz zu Ende zu sprechen, sondern brachte sie mit einem verächtlichen Blick zum Verstummen.

»Und Sie?«, blaffte sie Paul mit gezücktem Stift an.

»Ich bin Elektroingenieur.«

Der Stift verharrte mitten in der Luft, und ein ungläubiger Ausdruck erschien auf Madame Dubois' Gesicht.

»Das verstehe ich nicht«, brummte sie, während sie die Seiten auf ihrem Klemmbrett durchblätterte. »Ich kann das hier nirgends eintragen. Dafür gibt es gar kein Kästchen!«

Lorna zuckte entschuldigend die Schultern. Der offene Spott der Frau machte sie verlegen. Madame Dubois schien ihren wunderbaren Traum vom eigenen Betrieb, in dem sie ihre eigenen Chefs waren, lächerlich zu finden. Und als sie nun in dem Speiseraum standen und von dieser Vertreterin der französischen Bürokratie gegrillt wurden, beschlich Lorna der leise Verdacht, dass die Frau recht haben könnte.

Vielleicht war es idiotisch von ihnen gewesen, ihre festen Arbeitsplätze aufzugeben und mit ihren notdürftigen Französischkenntnissen und ohne jede vorherige Berufserfahrung in der Branche nach Frankreich zu kommen, um ein Hotel und ein Restaurant zu leiten. Paul machte den Eindruck, als stelle auch er ihre Entscheidung infrage. In diesem Augenblick wünschten sie sich wohl beide, dass sie niemals einen Fuß in die Gemeinde Fogas gesetzt hätten!

»*Bonjour!* Entschuldigen Sie die Verspätung!«

Stephanie kam in einem Farbwirbel zur Hintertür hereingefegt, ließ sie hinter sich zuknallen, schmiss ihre Taschen auf den nächststehenden Tisch und warf ihre Jacke über eine Stuhllehne.

»Ich bin Stephanie Morvan. Freut mich, Sie kennenzulernen«, erklärte sie, ging mit großen Schritten auf Madame Dubois zu und schüttelte deren Hand so heftig, dass sich bei der Inspektorin noch weitere Haarsträhnen aus der Spange lösten. Während die sich alle Mühe gab, die widerspenstigen Strähnen hinter die Ohren zu klemmen, wandte sich Stephanie Lorna zu, um sie zur Begrüßung zu küssen.

»Wie braun sie ist. Von die Kopf bis zu die Fuß. Sie ’at eine braune Aura!«, flüsterte sie auf Englisch.

Lorna musste ein Prusten unterdrücken, als

sich Stephanie rasch wieder der Inspektorin zuwandte.

»Und wie kommen wir voran?«, erkundigte sie sich mit einem Lächeln. »Läuft es gut?«

Madame Dubois deutete mit einem Schniefen auf ihr Klemmbrett.

»Das ist alles höchst unvorschriftsmäßig!«, sagte sie und tippte mit ihrem Stift auf das Brett.

»Was denn bitte?«

»Sie haben nicht die nötigen Qualifikationen.«

»Pah!« Stephanie wedelte elegant mit der Hand in der Luft und brachte dabei eine Reihe von Armreifen an ihrem Handgelenk zum Klimpern. »Qualifikationen! Die werden doch meist überschätzt! Glauben Sie denn, dass Escoffier, der Kaiser der Küchenchefs, die nötigen Qualifikationen hatte? Oder Taillevent, der Schöpfer unserer Nationalküche? Hat es etwa irgendjemand gewagt, sie nach einem kleinen Stück Papier zu fragen, wo sie doch solch großes Talent besaßen? Solche Leidenschaft!«

Stephanie, die ganz offensichtlich in ihrem Element war, schritt vor der Inspektorin auf und ab, und ihre Hände fuhren dabei durch die Luft, als wollte sie die arme Frau mit einem Zauber belegen.

»Wann haben wir Franzosen zugelassen, dass

irgendein Blatt Papier wichtiger ist als Begabung? Als leidenschaftliche Begeisterung für eine Sache? Pah! Wir sind ja mittlerweile fast schlimmer als unsere angelsächsischen Nachbarn mit ihrer Vorliebe für Konformismus und Präzision.«

Madame Dubois nickte zustimmend, während Stephanie mit ihren Tiraden fortfuhr.

»Glauben Sie, dass die Menschen, die diese großartige Republik hervorgebracht haben, danach gefragt wurden, welche Qualifikationen sie haben, um eine Revolution anzuführen? Oder dass Pasteurs Entdeckungen davon abhingen, dass er die richtigen Diplome vorweisen konnte?«

Stephanie blieb unvermittelt vor der Inspektorin stehen und warf beide Arme in die Luft.

»Leidenschaft! Das ist wichtig. Und wir Franzosen wissen das, nicht wahr, Madame?«

»Aber ja. Ja, Sie haben ja so recht!«

»Und diese Leute hier«, fuhr Stephanie fort, wandte sich um und deutete auf Paul und Lorna, die von ihrer Darbietung wie hypnotisiert waren. »Diese Leute sind den weiten Weg von England gekommen, um hier in Frankreich zu leben, weil sie das überwältigende Verlangen verspüren, ein Hotel und ein Restaurant zu führen!«

Sie legte einen Arm um Madame Dubois und führte sie behutsam zum Treppenhaus, und als sie weitersprach, tat sie es mit ihrer normalen Stimme.

»Wollen wir nicht später entscheiden, was für Qualifikationen wir auf Ihr Blatt Papier da eintragen, und erst einmal mit der Prüfung fortfahren?«

Sie geleitete die nun friedliche Inspektorin aus dem Raum und die Treppe hinauf, aber nicht ohne vorher noch einer wie betäubt dastehenden Lorna zugeblinzelt zu haben.

Mit Stephanie am Ruder verlief die Prüfung der *Auberge* wie geschmiert. In weniger als einer Stunde war jedes Gästezimmer ausgemessen und beurteilt, und sie waren alle wieder unten im Speiseraum, saßen um einen Tisch herum, tranken Kaffee und genossen den *moelleux au chocolat*, den Lorna am Morgen gebacken hatte. »Der ist wirklich sehr gut!«, schwärmte Madame Dubois, aß den letzten Bissen von ihrem Schokokuchen und schloss die Augen, während sie den Geschmack auskostete, als gehörte auch dies mit zur Prüfung.

»Und nun«, fuhr sie mit einem leicht ironischen Lächeln fort, »Zeit für den Papierkram!«

Sie legte ihr Klemmbrett auf den Tisch, dessen Seiten nun mit angekreuzten Kästchen gefüllt waren, und Lorna fühlte ihr Herz vor Erwartung schneller schlagen.

»Wie ich Ihnen bereits oben mitgeteilt habe, gibt es ein, zwei Dinge, um die Sie sich kümmern sollten. Die Teppiche im Flur und in Zimmer drei müssen erneuert werden, das Bett in Zimmer vier muss ausgetauscht und die Zimmer drei und sechs frisch gestrichen werden, um die Wasserflecken an der Decke zu entfernen. Außerdem ist eine Lampe pro Gast erforderlich, was bedeutet, dass Sie zusätzliche Lampen in den Zimmern eins, zwei und drei zur Verfügung stellen müssen, und die Zimmer zwei und vier benötigen Vorhänge. In Ordnung?«

Paul und Lorna nickten. Sie hatten die Kosten bereits oben kurz überschlagen und glaubten, die tausend Euro, die dafür ausreichen sollten, zusammenzubekommen.

»Wenn Sie all diese Dinge erledigt haben, melden Sie sich wieder bei mir, und ich komme nochmals vorbei. Ich sehe keinen Grund, warum Sie dann keine Zulassung erhalten sollten.«

»Großartig!«, rief Stephanie, während Lorna nur strahlte und Pauls Hand unter dem Tisch ganz fest drückte.

»Bevor Sie in Begeisterungsstürme ausbrechen, lassen Sie mich ein bisschen über das Zulassungssystem erzählen«, sagte Madame Dubois warnend. »Ein Hotel muss mindestens sieben Zimmer haben, um eine Sternbewertung zu erhalten. Da Sie gegenwärtig nur sechs Zimmer haben, was das Minimum für eine Hotelklassifizierung ist, kann ich Ihnen keine Sterne zuerkennen.« Sie schaute Paul und Lorna an, um sicherzugehen, dass sie ihr folgen konnten, und fuhr fort. »Aber wenn Sie erst einmal den Dachboden zu Ihrer Wohnung ausgebaut und das siebte Zimmer eingerichtet haben, werde ich Ihnen einen Hotelstern geben können. Bis dahin ist das hier aber lediglich ein *Hôtel de Tourisme*. In Ordnung?«

Paul und Lorna nickten beide. Es war ihnen egal, ob sie einen Stern hatten oder nicht. Für sie zählte nur, dass sie ihre Zulassung bekamen.

»Das reicht aus, um mit dem Papierkram für den Förderantrag zu beginnen«, sagte Stephanie und sprach damit aus, was sie hinter vor Aufregung leuchtenden Augen dachten.

»Sie wollen Zuschüsse beantragen?«, fragte Madame Dubois, die sich daranmachte, ihre Unterlagen noch einmal kurz durchzusehen. »In dem Fall müssen Sie sich beeilen, da die Frist Ende Januar endet.«

»Ende Januar?«

»Ja, die EU-Mittel für dieses Jahr wurden gestrichen, daher werden nur Anträge berücksichtigt, die bis dahin eingereicht werden.«

»Dann sollten wir mal Farbe besorgen!«, sagte Stephanie lachend, als Madame Dubois ihren Stift hinlegte und ihre Unterlagen zusammenpackte.

»Eine letzte Sache noch, dann sind wir fertig«, sagte sie und blickte Lorna und Paul über ihre Brille hinweg an. »Ich müsste noch einen Blick auf die Kopie Ihrer Brandschutz- und Sicherheitsbescheinigung werfen.«

Mir nichts, dir nichts war der Hoffnungsschimmer, der in den letzten Tagen immer heller geleuchtet hatte, erloschen. Lorna wurde kreidebleich, während Stephanie leise fluchte.

»Stimmt etwas nicht?«, fragte die Inspektorin, die den Stimmungswechsel bemerkte.

»Wir müssen Bescheinigung für Zulassung haben?«, fragte Lorna, die endlich ihre Stimme wiedergefunden hatte.

»Ja, natürlich. Alle Hotels, die vom Département zugelassen werden, müssen diese Bescheinigung vorlegen.«

Paul ließ sich in seinem Stuhl zurückfallen, Lorna ließ den Kopf hängen.

»Das hat kein Sinn«, sagte sie und ließ mutlos die Schultern sinken, während sie auf den ordentlichen Papierstapel deutete, der vor der Inspektorin lag. »Wir können das nicht.«

Madame Dubois, deren Gereiztheit ob der beschwerlichen Reise längst verflogen war, wandte sich in aufrichtiger Sorge an Stephanie, die mit den Fingern verärgert auf den Tisch klopfte.

»Wo liegt denn das Problem?«

»Also, zuerst sind sie bei der Brandschutz- und Sicherheitsprüfung durchgefallen, und der Bürgermeister hat die *Auberge* schließen lassen. Jetzt haben sie keine Einkünfte und benötigen die Zuschüsse, um die nötigen Arbeiten für die erneute Prüfung vornehmen zu lassen. Aber um an die Zuschüsse zu kommen, müssten sie vom Département amtlich zugelassen sein …«

Sie breitete die Hände aus.

»… und das können sie nicht, wenn sie keine Brandschutz- und Sicherheitsbescheinigung vorweisen«, beendete Madame Dubois den Satz und nickte wissend. »Es ist ein Teufelskreis.«

Stephanie stieß einen verzweifelten Seufzer aus.

»So was gibt es auch nur in Frankreich«, brummte sie.

»Das tut mir wirklich leid«, sagte Madame Dubois, als sie ihre Unterlagen in der Aktentasche verstaute. »Aber da kann ich Ihnen nicht weiterhelfen. Haben Sie denn keine Möglichkeit, die Arbeiten vor dem Monatsende vornehmen zu lassen?«

Paul gab ein sarkastisches Lachen von sich. »Wenn ein Wunder geschieht, vielleicht!«

»Und der Bürgermeister? Könnte man ihn nicht überzeugen, die Schließung rückgängig zu machen?«

»Es ist ihnen bislang nicht gelungen, ihn zu erreichen«, erklärte Stephanie. »Jetzt haben sie endlich einen Termin für Donnerstag erhalten, aber ich hege keine großen Hoffnungen, dass er es sich anders überlegt.«

»Lokalpolitik?«, fragte die Inspektorin leise, und Stephanie nickte.

Madame Dubois schloss ihre Aktentasche und blieb für ein paar Sekunden mit der Tasche auf dem Schoß sitzen. Das Dilemma, in dem die englischen Hoteliers steckten, machte sie betroffen.

»Nun«, sagte sie und erhob sich zum Gehen, »ich kann Ihnen nur raten, einen Termin für beide neuerlichen Prüfungen kurz vor dem Monatsende ansetzen zu lassen. Auf diese Weise wären Sie noch in der Lage, die nötigen Unterlagen für die Zuschüsse fristgerecht einzureichen.«

Sie hielt ihre Hand in die Höhe, als Lorna auf die Sinnlosigkeit hinweisen wollte.

»Ich werde die Zulassung im Voraus genehmigen lassen, sodass ich am Ende die Papiere nur noch unterschreiben muss. Vielleicht tut sich in der Zwischenzeit ja doch noch etwas. Ich wünsche Ihnen jedenfalls viel Glück!«

Sie standen alle auf, um der Inspektorin die Hand zu schütteln und ihr für ihre Mühe zu danken.

»Ich hoffe, dass wir uns bald wiedersehen werden«, sagte Madame Dubois, bevor sich die Tür hinter ihr schloss und sie sie in ihrer Enttäuschung schweigend zurückließ.

»Tut mir leid. Ist meine Fehler –«, begann Stephanie, aber Lorna brachte sie mit einer Umarmung zum Schweigen.

»Wagen Sie es ja nicht, die Schuld auf sich zu nehmen!«, rief sie. »Sie sind die Einzige hier, die versucht, uns zu helfen.«

»Aber es ist nichtsnutzig! Ich 'abe versagt.«

»Lorna hat recht, Stephanie«, erwiderte Paul. »Sie haben alles getan, was in Ihrer Macht stand, und dafür sind wir Ihnen sehr dankbar.«

»Und was werden Sie machen jetzt?« Sie zog sich ihre Jacke über und griff nach ihren Taschen.

Paul neigte nachdenklich den Kopf zur Seite. »Nun, uns bleibt immer noch eine Möglichkeit. Wir können am Donnerstag an den Bürgermeister appellieren, die Schließung rückgängig zu machen.«

Lorna gab ein Schnauben von sich.

»Doch, ernsthaft. Einen Versuch ist es allemal wert. Sollte er zustimmen, könnten wir die Bank noch einmal um einen Kredit bitten. Wenn wir Einkünfte haben, werden sie es sich vielleicht noch einmal anders überlegen.«

»Und die Arbeit? Können Sie alles bis Ende von die Januar fertig machen?«, fragte Stephanie.

»Möglicherweise.«

Stephanie zuckte mit den Schultern.

»Ich wünsche Ihnen auch Glück, wie die kleine braune Inspektor!«, sagte sie mit einer letzten Umarmung, ehe sie sich auf den Weg machte.

Lorna beobachtete, wie sie die Stufen der Hintertreppe hinunterging, bevor sie sich Paul zuwandte.

»Ist das dein Ernst?«, fragte sie. »Glaubst du wirklich, dass wir noch eine Chance haben?«

Paul legte ihr einen Arm um die Schultern.

»Nicht den Hauch einer Chance«, murmelte er. »Ich konnte es nur nicht ertragen, Stephanie so niedergeschlagen zu sehen.«

Lornas Augen waren voller Traurigkeit.

»Dann werden wir die *Auberge* also zum Verkauf anbieten?«

»Wir haben keine andere Wahl.«

Er gab ihr einen Kuss auf den Scheitel, und sie blieben schweigend stehen und schauten über den Fluss hinweg auf die nackten Bäume und die kahlen Berge, die so unwirtlich wirkten im späten Sonnenlicht. Irgendwie waren ihre Träume, die einmal in der Wärme der Sommersonne entstanden waren, in der rauen Wirklichkeit des Winters verkümmert.

Madame Dubois ließ den Motor aufheulen und schaltete krachend durch die Gänge, als sie sich dem Kreisverkehr von Kerkabanac näherte. Ihre Erbitterung wirkte sich auf ihren Fahrstil aus, der schon unter den besten Bedingungen nicht gerade umwerfend war. Sie blickte nach links, um zu sehen, ob die Straße frei war, und dabei bemerkte sie aus dem Augenwinkel das Schild, ein schlichtes hölzernes Rechteck, in Grün und Cremefarben gehalten und mit schnörkelhafter Schrift versehen:

Auberge des Deux Vallées – Hôtel/Restaurant

Sie verzog das Gesicht, drehte den Kopf ruckartig zur anderen Seite und zog kurz vor einem

Motorradfahrer heraus, dessen Verärgerung sie mit einem entschuldigenden Winken quittierte, ehe sie versuchte, sich auf die Straße zu konzentrieren, die vor ihr lag.

Aber es war sinnlos. Ihre Gedanken kehrten immer wieder zu dem Dilemma zurück, in dem das englische Paar steckte, und ihre Verdrossenheit wuchs. Wenn der Bürgermeister entschieden hatte, die *Auberge* wegen der ausstehenden Brandschutz- und Sicherheitsbescheinigung zu schließen, so war das sein gutes Recht, egal wie ungerecht die Sache auch erscheinen mochte. Oder wie korrupt. Und wenn er sie tatsächlich mattsetzen wollte, konnte er die neuerliche Prüfung hinauszögern, bis die Frist für die Beantragung der Zuschüsse abgelaufen war.

Sie hatten im Grunde nicht die geringste Chance.

Die Inspektorin schüttelte angesichts des Verhaltens ihres Landsmannes empört den Kopf, und ihr Fuß senkte sich als Reaktion darauf auf das Gaspedal. Bald schon flog der Fluss an ihrem Fenster vorüber, und die Felsen zu ihrer Linken rauschten nur so vorbei, während sie sich immer weiter in ihre Wut hineinsteigerte. Sie war es nicht gewohnt, sich derart machtlos zu fühlen. Als das blaue Licht in ihrem Rückspiegel aufleuchtete, war es ihr gelungen, bis auf hundert Stundenkilometer zu kommen, was, wie der Beamte erklärte, als er mit ihr am Straßenrand stand, im Hinblick auf die kurvenreichen Straße entlang der Schlucht schon ein ziemliches Kunststück war.

»Ich lasse Sie dieses Mal noch mit einer Verwarnung davonkommen«, erklärte der junge Polizist, der sie um einiges überragte. »Aber Sie sollten vorsichtiger sein.«

»Es tut mir wirklich leid.« Madame Dubois gab sich alle Mühe, zerknirscht dreinzublicken, was in Anbetracht ihrer gegenwärtigen Stimmung eine ziemliche Leistung darstellte. »Ich verspreche Ihnen, dass es nicht noch einmal vorkommen wird, Wachtmeister …«

»Wachtmeister Gaillard.« Der Mann hielt ihr die Tür auf, als sie wieder in den Wagen stieg, und mit einem Mal erkannte sie die Familienähnlichkeit.

»Wachtmeister Gaillard? Major Didier Gaillards Sohn?«

»Ich fürchte, ja.« Er schenkte ihr ein schiefes Lächeln, als er den prüfenden Blick der Bekannten seines Vaters auf sich ruhen spürte.

»Nun, Sie machen ihm alle Ehre«, sagte sie. »Wenn Sie ihn das nächste Mal sehen, richten Sie ihm Grüße von Brigitte Dubois aus.«

Sie schloss die Tür und bog vorsichtig vom Straßenrand zurück auf die Fahrbahn. Er folgte ihr in einiger Entfernung bis nach St. Girons, und sie fuhr nicht ein einziges Mal mehr zu schnell. Als er an dem Abzweig nach Foix an ihr vorbeifuhr, hob er zum Gruß die Hand und war verschwunden.

Aber er hatte sie auf eine Idee gebracht.

Während die eine Hälfte ihres Gehirns den Wagen fuhr, war die andere damit beschäftigt, zu planen.

Major Didier Gaillard. Warum war ihr das nur noch nicht früher eingefallen? Als die Person, die sämtliche Brandschutz- und Sicherheitsprüfungen in Ariège überwachte, hatte er die Macht, eine Prüfung anzusetzen, wann immer er es für angebracht hielt, unabhängig davon, welche Einwände der Bürgermeister der Gemeinde auch haben mochte.

Vielleicht wäre er in der Lage, zu helfen. Sie könnten hinter dem Rücken des Bürgermeisters eine Prüfung der *Auberge des Deux Vallées* organisieren, sodass die englischen Hoteliers zumindest imstande wären, noch pünktlich mit dem ganzen Papierkram fertig zu werden, sollten sie durch irgendeinen Zufall doch die Mittel auftreiben, um bis Ende Januar die geforderten Arbeiten zu erledigen.

Nach einer halben Stunde umsichtigen Fahrens hatte Madame Dubois die Zentrale der Feuerwehr im Zentrum von Foix erreicht. Sie betrat die Eingangshalle und wurde gebeten, sich in den ersten Stock zu begeben. Mit Akten gefüllte Kisten standen am Rand einer jeden Treppenstufe, und weitere waren im ganzen Flur gestapelt, versperrten die Notausgänge und schufen generell ein gefährliches Arbeitsumfeld. Welch eine Ironie, dass diese Abteilung hier die Aufgabe hatte, für die Sicherheit am Arbeitsplatz zu sorgen.

»Brigitte!«, rief Major Gaillard, als sie im Türrahmen seines Büros auftauchte. »Das ist ja eine Ewigkeit her!«

Er küsste sie auf beide Wangen, und sie atmete den dezenten Duft seines teueren Rasierwassers ein. Er hatte sich nicht verändert. War vielleicht ein bisschen grauer an den Schläfen und hatte ein paar Falten mehr in seinem wettergegerbten Gesicht, aber er sah immer noch fit aus und hatte wie früher ein Funkeln in den Augen.

»Hallo, Didier«, erwiderte sie ein wenig schüchtern, als er ihr bedeutete, Platz zu nehmen. »Wie läuft's denn so bei dir?«

Er lächelte süffisant und breitete die Arme aus, um die Papierlawine zu umschließen, die sich über seinen Schreibtisch ergoss und zu Boden zu rutschen drohte.

»Viel Arbeit!«

»Und Colette?«

Er senkte den Kopf, und das Lächeln verschwand. »Wir sind geschieden. Du weißt ja, wie das ist. Die Kinder sind aus dem Haus, und wir haben uns irgendwie auseinandergelebt …« Er zuckte mit den Schultern, als wäre er sich des Klischees bewusst, das er lebte.

Brigitte hatte keine Ahnung, wie es war, denn sie hatte nie geheiratet, obwohl sie durchaus ihre Chancen gehabt hatte. Sie spürte, wie sich eine gewisse Verlegenheit breitmachte, und platzte mit dem Erstbesten heraus, das ihr einfiel.

»Ich habe vorhin deinen Sohn getroffen. In der Nähe von St. Girons.«

»Nicolas? Hoffentlich nicht in dienstlicher Funktion?«

Nun war Brigitte an der Reihe, verschmitzt lächelnd mit den Schultern zu zucken.

»Er hat mich mit einer Verwarnung davonkommen lassen.«

Major Gaillard stieß ein bellendes Lachen aus, als sie ihm den Rehblick zuwarf, der schon bei seinem Sohn so erfolgreich gewesen war.

»Immer noch ganz die alte Brigitte. Was führt dich hierher?«

»Na ja, ich möchte dich um einen Gefallen bitten. Ich bin mir nicht ganz sicher, ob es klappen wird, aber vielleicht kannst du mir helfen.«

»Schieß los.«

»Kennst du die *Auberge des Deux Vallées* in Fogas?«

Sein Gesicht verdüsterte sich, denn der saure Nachgeschmack, den die Prüfung bei ihm hinterlassen hatte, war ihm noch in Erinnerung.

»Nur zu gut, fürchte ich. Der Bürgermeister dort ist ein ziemlicher Gauner.«

»Dann würdest du doch bestimmt gern den neuen Besitzern helfen!?«

Major Gaillard lehnte sich neugierig an seinem Schreibtisch nach vorn und löste damit eine wahre Papierlawine aus, die Blätter zu Boden regnen ließ.

»Erzähl mir mehr«, sagte er, ohne das Durcheinander weiter zu beachten.

Brigitte erläuterte ihm ihren Plan, und als sie sein Büro eine halbe Stunde später wieder verließ, war sie wesentlich optimistischer gestimmt, was das Schicksal der beiden Engländer anging, die sie an diesem Tag kennengelernt hatte.

Stephanie Morvan hatte recht, dachte sie, als sie zu ihrem Wagen zurückging. Leidenschaftliche Begeisterung für eine Sache hatte eine Menge für sich.

15

»Soll ich den Kerosinofen im Büro des Bürgermeisters einschalten?«, erkundigte sich Céline, die schwer geprüfte Sekretärin im Rathaus von Fogas.

Pascal Souquet entrüstete sich sogleich in Anbetracht der vermeintlichen Beleidigung. War es wirklich nötig gewesen, darauf hinzuweisen, um wessen Büro es sich handelte?

»Nein!«, blaffte er. »Die bleiben nicht lange. Dafür werde ich schon sorgen!« Er schritt an ihr vorbei und schloss energisch die Tür hinter sich, wodurch ihm das dramatische Augenverdrehen seiner Untergebenen entging, deren Kündigungsschreiben schon aufgesetzt war, sollten die politischen Ambitionen des verhassten Vizebürgermeisters jemals von Erfolg gekrönt sein.

Aber Pascal nahm dies gar nicht wahr, als er in den arktischen Temperaturen des großen Raumes, der normalerweise das Reich von Serge Papon war, auf und ab ging und die nackten Holzdielen unter seinen ungeduldigen Füßen zum Knarren brachte. Er hatte gemischte Gefühle, was diesen Termin heute anging. Einerseits war er sauer darüber, sozusagen um kurz vor zwölf vom Bürgermeister gebeten zu werden, wieder einmal für ihn einzuspringen. Das war in den letzten Wochen oft genug vorgekommen, ohne dass dieser irgendeine Entschuldigung für seine wiederholte plötzliche Abwesenheit genannt hatte, obgleich die Gerüchteküche nun, da seine Frau verreist war, brodelte. Doch trotz seiner Verärgerung genoss es Pascal, das Sagen zu haben – insbesondere bei dem Termin, der am heutigen Morgen anstand.

Er schritt zum Fenster hinüber, ließ seinen Blick über Fogas hinwegwandern und spürte dabei das Kribbeln des Ehrgeizes in seinen Adern.

Wie lange würde es wohl noch dauern, bis er die völlige Kontrolle übernahm? Die nächsten Gemeindewahlen waren noch fünf Jahre entfernt. Er war sich nicht sicher, ob er die idiotischen Machenschaften von Serge Papon noch so lange ertragen würde. Oder die nervige Kompromissbereitschaft eines Christian Dupuy.

Das waren eben Bauern.

Er wandte sich vom Fenster ab und rieb die Hände, um die Kälte zu vertreiben.

Natürlich bestand noch eine weitere Möglichkeit, auf die Fatima hingewiesen hatte. Vielleicht war Papons Zeit ja abgelaufen. Sein Verhalten in der nahen Vergangenheit hatte für Unruhe in der Gemeinde gesorgt, da der ohnehin schon langsame Betrieb nun im Schneckentempo vonstattenging. Philippe Galy hatte sich gestern am Telefon wutentbrannt darüber beschwert, dass die nächste Ratssitzung so kurzfristig abgesagt worden war und die Entscheidung über seine Baugenehmigung nun schon zum zweiten Mal hinausgeschoben wurde.

Nicht dass die Gemeinde noch eine weitere *gîte* brauchte. Pascal hätte sein Ersuchen glatt abgelehnt, aber Fatima hatte ihm geraten, auf der Hut zu sein, und ihm in Erinnerung gerufen, dass Philippe Galy zurzeit noch eine unbekannte Größe bei den Abstimmungen im Gemeinderat darstellte und man ihn im Hinblick auf zukünftige Wahlentscheidungen für sich gewinnen und nicht etwa vor den Kopf stoßen sollte.

Damit hatte sie natürlich wieder einmal nicht ganz unrecht. Aber wie er es hasste, Rücksicht auf diese kleinen Leute nehmen zu müssen!

Dennoch, wenn der Bürgermeister sich weiterhin so unberechenbar zeigte, könnte sich Pascal womöglich schneller in dem von ihm so begehrten Amt wiederfinden, statt ein weiteres Mal auf den letzten Drücker als Vertreter einspringen zu dürfen. Und dann wäre der Weg frei für ihn, es noch weiter zu bringen, vielleicht bis in den *Conseil Général* in Foix oder sogar bis in den *Conseil Régional* in Toulouse. Und wenn er erst einmal eine solche Macht innehätte, müsste er auf niemanden mehr Rücksicht nehmen. Außer auf Fatima natürlich.

Die Stimmen im Nebenzimmer holten ihn in die Gegenwart zurück, und er nahm hinter dem großen Schreibtisch vor dem Fenster Platz und gab sich alle Mühe, so auszusehen, als gehörte er hierher, auch wenn er sich durch die Größe des Raumes ein wenig eingeschüchtert fühlte. Er konnte hören, wie Céline Leuten sagte, sie sollten durchgehen. Wahrscheinlich war sie wieder einmal zu faul, um aufzustehen und die Besucher hineinzuführen. Gleich darauf ertönte ein Klopfen an der Tür, und Monsieur und Madame Webster traten ein.

»*Bonjour*«, begrüßte ihn Monsieur Webster mit einem leicht überraschten Tonfall, als er sah, dass es der stellvertretende Bürgermeister war, der auf sie wartete.

Pascal deutete mit einer majestätischen Geste auf die beiden Stühle, die vor dem Schreibtisch standen, ohne sich die Mühe zu machen, aufzustehen.

Er sah zu, wie die beiden verlegen und sichtlich verunsichert Platz nahmen. Ach, wie würde er die nächsten Minuten genießen! Die Macht zu haben, sie bitten und betteln zu sehen, denn das war mit Sicherheit der Grund, warum sie hier waren.

»Wo ist der Bürgermeister?«, fragte Monsieur Webster auf diese direkte Art und Weise, wie sie so typisch war für Zweitsprachler, die nicht über das Vokabular der Diplomatie verfügen. Da sein erwartetes Vergnügen nur von kurzer Dauer gewesen war, fauchte Pascal zurück: »Er ist unabkömmlich!«

»Unabkömmlich?«, mischte sich Madame Webster mit ihrem breiten Akzent ein, der jeglicher seiner Muttersprache innewohnenden Romantik den Garaus machte. Er ignorierte sie einfach.

»Wie kann ich Ihnen helfen?«, fragte er, lehnte sich in seinem Sessel zurück und legte die Spitzen seiner langen Finger vor seinem Körper gegeneinander.

Aber Madame Webster ließ nicht locker. Ihre Stimme klang durchdringender als zuvor.

»Tut mir leid. Wir haben Termin bei Bürgermeister Papon. Bitte, wo ist er?«

Pascal drehte langsam den Kopf. Er hatte erwartet, dass sie vor Angst erzittern würde, doch stattdessen lehnte sie sich nur noch weiter über den Schreibtisch. Aus dem Augenwinkel heraus sah er, wie Monsieur Webster ihr beruhigend die Hand auf den Arm legte.

»Wie schon gesagt«, erwiderte er frostig, »er ist unabkömmlich. Also, wie kann ich Ihnen helfen?«

»Es geht um die Schließung«, begann Monsieur Webster, als sich seine Frau sichtlich verärgert widerstrebend in ihrem Sitz zurücklehnte. »Wir wollen den Bürgermeister bitten, sie zu heben auf.«

Pascal schmunzelte.

»Ich vermute, Sie meinen aufzuheben?« Er zögerte einen Moment, als denke er über die Möglichkeit nach, und ließ die Spannung steigen. Und dann hatte er seine helle Freude daran, ihre Hoffnungen zunichtezumachen.

»Ich fürchte, das ist nicht möglich.«

»Nicht möglich? Wieso?«

»Weil die *Auberge* nun einmal nicht den französischen Sicherheitsbestimmungen entspricht. Unter diesen Umständen wäre es unverantwortlich, Ihnen zu erlauben, den Betrieb weiterzuführen.« Er zuckte gleichgültig mit den Schultern.

»Und das ist auch Meinung von Bürgermeister?«, warf Madame Webster ein.

Pascals Nasenflügel bebten.

»Madame«, erklärte er auf die hochmütigste Weise, die er zustande brachte. »Seien Sie versichert, dass der Bürgermeister und ich diese Angelegenheit besprochen haben und dass ich ihn heute ganz in seinem Sinne vertrete, wenn ich Ihnen sage, dass eine Rücknahme der Schließung nicht möglich ist.«

»Hast du das alles verstanden?«, fragte Lorna Paul, der eine Fünfzig-fünfzig-Geste mit der Hand vollführte.

»Ich glaube, das war im Grunde ein Nein!«

Gereizt angesichts dieser Häufung von Beleidigungen stieg Pascals Blutdruck noch weiter in die Höhe, als er sich mit diesem raschen Wortwechsel in Englisch konfrontiert sah, den er nicht verstand. Wie konnten sie es wagen! Ihm in seinem eigenen Land das Gefühl zu geben, ein Ausländer zu sein!

»Sonst noch etwas?«, fragte er, vor Herablassung strotzend.

»Ja. Eine Sache.« Monsieur Webster konsultierte den Notizblock auf seinem Schoß und las den Satz vor, den er vorbereitet hatte. »Wir ersuchen Sie um eine zweite Brandschutz- und Sicherheitsprüfung.«

Pascal musste sich ein Lächeln verkneifen. Fatima hatte recht gehabt. Sie hatte ihm prophezeit, dass sie darum bitten würden, nachdem ihr zu Ohren gekommen war, sie wollten bei der *Chambre de Commerce* Zuschüsse beantragen. Und obwohl ihm der Bürgermeister eingeimpft hatte, was er sagen sollte, wenn sie um eine Aufhebung der Schließung bitten würden, hatte er nichts von einer zweiten Prüfung erwähnt. Also lag es Pascals Ansicht nach in seinem eigenen Ermessen, das zu tun, was er für angebracht hielt. Nun ja, was Fatima für angebracht hielt.

»Gewiss«, erwiderte er überheblich. Er machte viel Aufhebens darum, den Terminkalender zu Rate zu ziehen, der auf dem Schreibtisch lag, fuhr mit dem Finger die Tage entlang und blätterte eine Seite nach der anderen um. Schließlich blickte er zu dem vor ihm sitzenden Paar auf, das ihn erwartungsvoll ansah. »Mittwoch, der zwanzigste Mai. Wie hört sich das an?«

»Äh …, nein, nicht möglich. Wir benötigen Termin vor achtundzwanzigster Januar.«

Pascal heuchelte Überraschung.

»Das ist unmöglich. Wir müssen den Prüfungsbeteiligten mindestens drei Monate im Voraus Bescheid geben.«

»Aber … aber«, stotterte Monsieur Webster, bemüht, die richtigen Worte zu finden. »Das ist Notfall. Bitte helfen Sie uns. Wenn keine Prüfung …« Er verstummte und blickte seine Frau hilfesuchend an.

»Wenn keine Prüfung vor achtundzwanzigster Januar, wir müssen verkaufen«, erklärte sie klar und deutlich und fixierte den stellvertretenden Bürgermeister mit einem durchdringenden Blick.

Pascal, der sich prächtig amüsierte, runzelte mit gespielter Anteilnahme die Stirn, als könnte ihre Misere sein kaltes Herz rühren. Und dann breitete er seine Hände in dieser typisch französischen Geste des Fatalismus aus.

»Da kann ich leider nichts tun.«

»Herrgott noch mal!«, rief Lorna, der angesichts der Arroganz des stellvertretenden Bürgermeisters schließlich der Geduldsfaden riss. »Wir verschwenden hier bloß unsere Zeit. Lass uns gehen.«

Sie stand unvermittelt auf und nahm ihre Handtasche. Als ihr Mann die Tür für sie öffnete, drehte sie sich noch einmal zu dem stellvertretenden Bürgermeister um.

»Auf Wiedersehen, Monsieur Souquet«, sagte sie und unterstrich mit ihrer bewussten Betonung, dass er lediglich in vertretender Funktion agierte. Als sich die Tür hinter ihnen schloss, konnte Pascal Célines gackerndes Lachen vernehmen, das im ganzen Rathaus widerhallte.

»Was für ein Blödmann!«, schäumte Lorna, während Paul den Wagen um die schwierigen Kurven der Straße hinunter nach La Rivière steuerte. Lornas aufgeladener Stimmung wegen hatten sie beschlossen, dass es besser war, wenn er fuhr.

»Da bin ich absolut deiner Meinung«, erwiderte Paul. »Die Sache ist nur die, ich glaube nicht, dass der Bürgermeister hilfsbereiter gewesen wäre.«

»Mag sein, aber zumindest ist er nicht ein solch herablassender Scheißkerl!«

Paul lachte humorlos. »Nein, er ist nur ein manipulativer Schweinehund!«

Lorna, die in seinen Worten die Wahrheit erkannte, sackte in ihrem Sitz zusammen. Sie war erschöpft von dem endlosen Kampf, den sie nun schon von dem Tag an auszufechten schienen, seit sie das erste Mal einen Fuß in die Gemeinde von Fogas gesetzt hatten.

»Wenn sie nicht bereit sind, die Schließung aufzuheben, macht es auch keinen Sinn, dass wir uns noch einmal an die Bank wenden«, sagte sie mit müder Stimme.

»Stimmt.«

»Und ohne eine Prüfung bis Ende Januar können wir die Sache mit den Zuschüssen vergessen.«

»Es wäre ohnehin nicht realisierbar gewesen. Wir hätten niemals das nötige Geld auftreiben können, um rechtzeitig den Heizkessel und den Öltank austauschen zu lassen.«

»Wahrscheinlich hast du recht, aber dennoch …«

»Ja, ich weiß.«

»Also, was machen wir jetzt?«

Paul zuckte mit den Schultern. »Wir haben eigentlich keine große Wahl.«

Lorna drehte den Kopf und starrte in den Wald hinaus, als könnten ihr die moosbedeckten Tiefen eine Lösung für all ihre Probleme offenbaren. Doch ihr war so übel vom Autofahren, dass die Bäume verschwammen und sich in ihrem Kopf alles zu drehen begann.

»Weißt du was?«, fuhr Paul in einem betont fidelen Ton fort, von dem Lorna wusste, dass er ihn nur ihretwegen anschlug. »Wir werden uns den Rest des Tages freinehmen. Vielleicht nach Foix fahren oder sogar nach Toulouse.«

Lorna zwang sich zu einem Lächeln. »Das wäre toll.«

»Mist!« Paul schlug sich verärgert gegen den

Kopf. »Tut mir leid, mir ist bloß gerade eingefallen, dass ich versprochen hatte, heute Nachmittag in der *Épicerie* vorbeizuschauen, um die neue Türglocke anzubringen.«

»Können wir nicht danach noch fahren? Wie lange wird es denn voraussichtlich dauern?«

»Höchstens eine halbe Stunde.«

»Dann können wir uns ja auf den Weg machen, sobald du fertig bist.«

»Ganz sicher? Ich könnte auch absagen.«

Lorna schüttelte den Kopf. Sie hatte ohnehin keine große Lust zu diesem Ausflug, und je kürzer er ausfiel, desto besser.

»Schon gut. Bring die Türglocke an. Wir müssen weiß Gott Pluspunkte bei unseren Nachbarn sammeln.«

Endlich erreichte der Wagen die Kreuzung, und Lorna war froh, aus dem engen Tal und der deprimierenden Finsternis des Winterwaldes heraus zu sein. Als sie den Kopf nach links drehte, konnte sie die *Auberge* sehen, deren grober Stein im Sonnenlicht warm und einladend wirkte. Ein willkommener Anblick für erschöpfte Reisende.

Lorna spürte, wie ihr Tränen über die Wangen liefen.

Der Plan, den sich Josette vor anderthalb Wochen so hastig zurechtgelegt hatte, schien in die Binsen zu gehen. Monsieur Webster, oder Paul, wie er genannt werden wollte, war kurz nach dem Mittagessen eingetroffen und hatte sich sogleich an die Arbeit gemacht. Er schien nicht scharf auf eine Unterhaltung zu sein, und als sie sich nach der zwei Tage zuvor erfolgten Prüfung erkundigte, da verzog er lediglich das Gesicht und sagte: »Nicht gut.« Sie hakte ein wenig nach, aber er hatte sich nichts weiter entlocken lassen als eine Bemerkung über Teppiche und Vorhänge, die sie benötigten. Ganz offenbar wollte er nicht darüber reden.

Folglich war er eine halbe Stunde später fast fertig, und von Christian war immer noch nichts zu sehen. Jacques, der am Fenster Ausschau hielt, wurde von Minute zu Minute unruhiger.

»*Voilà*, fertig, glaube ich«, verkündete Paul. »Wollen wir versuchen?«

Er bedeutete Josette, an die Tür zu treten, und auf sein Drängen hin öffnete sie sie vorsichtig.

»DING-DONG-DING-DONG … DING-DONG-DING-DONG.«

Jacques hielt sich die Ohren zu, als das lärmende Glockengeläut in dem kleinen Inneren des Ladens ertönte.

»Oh! Das ist ein bisschen laut«, rief Josette. Paul nickte und veränderte sogleich die Einstellung am Signalgeber, den er hinter der Theke an der Wand befestigt hatte.

»Das ist Big Ben!«, sagte er mit einem Grinsen. »Keine Sorge. Sie haben Wahl«, und er machte sich daran, die fünf verschiedenen Klingeltöne für Josette abzuspielen, was ihr eine ideale Möglichkeit lieferte, Zeit zu schinden. Als die Töne der letzten Melodie verklungen waren, bemühte sie sich nach Kräften, die zerstreute Alte zu spielen.

»Ach, ich kann mich gar nicht entscheiden!«, log sie. »Könnten Sie sie bitte noch einmal vorspielen?«

Paul präsentierte gerade ohne ein Anzeichen von Ungeduld zum dritten Mal das Repertoire, als Jacques mit den Händen wedelte. Josette blickte aus dem Fenster und sah Christians Panda über die Straße auf sie zugekrochen kommen. Der stotternde Motor wurde mit jeder Sekunde lauter. Schließlich kam er draußen vor der *Épicerie* zum Stehen, und Christian stieg fluchend aus, beschimpfte den Wagen wüst und versetzte ihm obendrein noch einen Tritt.

Dann kam er in den Laden gestürmt. Er war offensichtlich so schlecht gelaunt, dass er nicht einmal den lieblichen Vogelgesang wahrnahm, der ihn bei seinem Eintreffen begrüßte.

»Diese verfluchte Karre!«, sagte er vor Wut schäumend, als er Josette kurz in die Arme nahm. »Tut mir leid, dass ich spät dran bin. Das blöde Ding ist nicht angesprungen.«

Als er Paul bemerkte, der gerade sein Werkzeug wegpackte, erstarrte er und drehte sich dann mit einem fragenden Blick zu Josette um.

»Ich glaube, ihr zwei kennt euch noch nicht«, brachte sie hervor. Christians Verärgerung hatte sie verunsichert, und sie musste sich zusammennehmen, um gegen das Zittern in ihrer Stimme anzukämpfen. »Monsieur Webster, darf ich Ihnen Monsieur Christian Dupuy vorstellen?«

Paul hatte seine Hand schon ausgestreckt, begierig darauf, endlich einmal den großen Mann mit dem lockigen blonden Haar kennenzulernen, der sich Lorna und ihm gegenüber aus der Ferne so freundlich verhalten hatte. Aber als er den Namen dieser neuesten Bekanntschaft vernahm, erschien ein verwirrter Ausdruck auf seinem Gesicht, denn er hatte Schwierigkeiten, den Namen mit der Person in Einklang zu bringen.

»Christian Dupuy?«, fragte er. »Der stellvertretende Bürgermeister?«

Josette nickte.

Paul sagte nichts mehr, schüttelte nur kurz Christians Hand und fuhr dann fort, seinen Werkzeugkasten in Ordnung zu bringen.

»Hast du jetzt etwa die Seiten gewechselt, Josette?«, murmelte Christian, als Paul die Stehleiter zur Bar trug.

»Ich habe keine Ahnung, wovon du sprichst«, erwiderte sie mit gespielter Empörung.

»Nein, natürlich nicht.«

Josette biss sich auf die Lippe, als Christian ohne ein Augenzwinkern zu der schiefen Käsevitrine hinüberging. Vielleicht war sie ja doch zu weit gegangen.

»Haben Sie Ton gewählt?«

Sie drehte sich ruckartig um und erblickte Paul, der mit seinem Werkzeugkasten in der Hand dastand, bereit, sich wieder auf den Nachhauseweg zu machen.

»Oh! Ja, tut mir leid. Lassen Sie es nur so. Das ist schon in Ordnung«, erwiderte sie nervös. Sie kam sich wie eine alte Frau vor, die ihre Nase in alles hineinsteckte. »Vielen Dank für Ihre Hilfe. Was bin ich Ihnen schuldig?«

Paul hielt ablehnend die Hand in die Höhe. »Nicht nötig.«

»Aber ich kann das unmöglich annehmen! Ich möchte Ihnen etwas geben. Warten Sie bitte einen Augenblick.« Sie verschwand in die Bar und ließ die beiden Männer in einer peinlichen Stille zurück.

Das ist also der Mann, der für all unsere Probleme verantwortlich ist, dachte Paul. Er hatte kein Verlangen, ihm einen Boxhieb zu versetzen, was wohl zum Teil mit der Tatsache zu tun hatte, dass Dupuy größer und kräftiger war als er selbst, aber auch weil … nun ja, es schien einfach keine Rolle mehr zu spielen, wo doch jetzt eh alles vorbei war.

Christians schlechtes Gewissen regte sich, als er Pauls bekümmertes Gesicht sah. Stephanie hatte ihm von ihren Versuchen erzählt, finanzielle Mittel zu erhalten, um die nötigen Reparaturen in der *Auberge* vornehmen zu lassen, und dem Vernehmen nach waren sie gescheitert. Ein weiterer Rückschlag für sie. Es lag nicht in seiner Natur, zuzusehen, wie sich ein Nachbar abmühte, ohne ihm seine Hilfe anzubieten, aber der nagende Zweifel bezüglich der Beteiligung der Websters an Sarkos Freilassung hatte ihn dazu veranlasst, einen Schritt zurückzutreten und von jeglicher weiteren Einmischung abzusehen.

Er zog gerade in Erwägung, Paul ganz offen danach zu fragen, um die Angelegenheit ein für alle Mal zu klären, da läutete sein Handy.

Als Josette mit einer Flasche Wein und einer Schachtel Pralinen im Arm in den Laden zurückkehrte, beendete Christian gerade das Gespräch. Er sah nun noch verärgerter aus als zuvor.

»Tut mir wirklich leid, Josette, aber ich muss weg. Sarko ist mal wieder entwischt. Ich komme später noch einmal wegen der Reparatur vorbei.«

Und mit diesen Worten war er zur Tür hinaus, quetschte sich in seinen Wagen und hinterließ einen hüpfenden Jacques im Türdurchgang, eine traurige Josette und einen verwirrt dreinblickenden Paul.

»Was hat er gesagt?«, fragte Paul Josette. »Sarkozy ist entwischt? Der Präsident?«

Josette lächelte. »Nicht der Präsident. Christians Stier.«

Die Tür flog wieder auf, der Vogelchor zwitscherte, und Christian kam mit bitterbösem Gesicht zurück in den Laden gepoltert.

»Diese verdammte Scheißkarre!«

»Springt sie nicht an?«

Christian schüttelte in verzweifelter Wut den Kopf.

»Und der Akku in meinem blöden Handy hat auch gerade den Geist aufgegeben. Was für ein Scheißtag!«

»Gibt es Problem?«

Christian holte tief Luft, bevor er dem Engländer antwortete. Es war unfair, dies an jemand anderem auszulassen, und dann auch noch an jemandem, der kurz davor stand, sein Geschäft und sein Zuhause zu verlieren.

»Mein Wagen springt nicht an«, erklärte er. »Und ich muss dringend nach Hause.«

»Kann ich Sie helfen? In meine Auto mitnehmen?«

Selbst Jacques erstarrte, als sich die beiden Männer einander über diese provisorische Brücke der Freundschaft hinweg ansahen, die Paul gebaut hatte. Josette hatte gar nicht bemerkt, dass sie den Atem anhielt, bis Christian sprach, und sie fühlte, wie die Luft aus ihren Lungen entwich.

»Das wäre sehr nett. Vielen Dank.« Er umschloss mit seinen breiten, kräftigen Fingern, die Handfläche rau wie ein Tau, Pauls Hand, während ein Lächeln sein Gesicht von grimmig in freundlich verwandelte.

Paul grinste unwillkürlich zurück, und die beiden marschierten die Straßen hinunter auf die *Auberge* zu. Paul fragte sich unterwegs ein wenig beunruhigt, wie er Lorna davon abhalten sollte, dem Mann an die Kehle zu springen, wenn sie erfuhr, wer er war.

»Nun ja, das hat am Ende ja doch noch geklappt!«, sagte Josette mit einem erleichterten Seufzer.

Jacques nickte ganz offenbar hocherfreut. Aber als die Tür aufgeweht wurde und die Vögel erneut zu zwitschern begannen, verzog er das Gesicht und bedeutete Josette, den Ton zu ändern.

»Das kann ich nicht«, erklärte sie und schritt auf das Gerät an der Wand zu. »Ich weiß nicht, wie. Du wirst erst mal damit leben müssen.«

»Womit leben?«

Josette wirbelte herum. »Annie! Ich habe dich gar nicht hereinkommen hören!«

Annie zeigte auf die geöffnete Tür.

»Du weißt schon, dass Selbstgespräche führen eines der ersten Anzeichen ist für …« Ihre Stimme wurde schwächer, und sie vollführte eine Kreisbewegung mit dem Finger an ihrer Schläfe.

Josette warf Jacques, der seine helle Freude an ihrem Unbehagen hatte, einen vernichtenden Blick zu.

»Du klingst so … so anders«, bemerkte Josette, bestrebt, das Thema zu wechseln.

Annie bleckte die Zähne – und was für Zähne das waren! Ein schimmerndes, neues Gebiss.

»Ich fand, dass es an der Zeit ist, mein Image

aufzupolieren«, sagte sie in klarer, deutlicher Aussprache, auch wenn ihr hiesiger Akzent davon unberührt blieb. Sie zeigte auf die *Auberge*. »Wie ich sehe, warst du erfolgreich! Hab gerade Christian und Monsieur Webster getroffen, die quatschend die Straße herunterkamen.«

»Drücken wir die Daumen«, erwiderte Josette.

»Na, das wäre ja dann wohl ein Grund zum Feiern. Ich mache Kaffee und rufe Véronique runter, und du öffnest die Pralinenschachtel.«

Als sie die Pralinen und den Wein sah, die sich immer noch auf der Theke befanden, begriff Josette erst, dass sie Paul ohne ein Dankeschön hatte gehen lassen.

16

»Wie war sein Name noch mal?«, zischte Lorna Paul zu, während Christian so zu tun versuchte, als wäre er gar nicht da, und sich alle Mühe gab, mit der Holzverkleidung des Speiseraums zu verschmelzen. Auch wenn er die Worte nicht verstand, so kannte er sich doch gut genug mit Frauen aus, um zu wissen, wann eine stinksauer war.

»Ist doch egal, wer er ist. Er braucht unsere Hilfe.«

»ER braucht UNSERE Hilfe? Und was ist mit der Hilfe, die wir brauchen, und alles nur wegen ihm! Fährt vorbei und hupt uns freundlich zu, während er uns in Wahrheit in den Rücken fällt!«

»Hör zu, du musst ja nicht mitkommen. Es wird auch nicht lange dauern.«

Lorna schnappte sich ihre Jacke und den Schlüssel für die Hintertür.

»Und ob ich mitkomme. Sonst schenkst du ihm die *Auberge* am Ende noch!«

Paul zauste ihr liebevoll das Haar. Er wusste

aus Erfahrung, dass Hunde, die bellen, nicht beißen. Trotzdem bedeutete er Christian, als Erster zur Tür hinauszugehen, um ihm dann vor Lorna hinauszufolgen.

Die Fahrt hinauf zu dem hinter Picarets gelegenen Hof verlief schweigend. Lorna war auf dem Rücksitz zu sehr damit beschäftigt, gegen ihre Übelkeit anzukämpfen, um ihre Schimpftirade fortzusetzen, und Christian und Paul waren beide zu verlegen für Geplauder. Endlich bedeutete der Landwirt Paul, rechts ranzufahren, und sie stiegen alle aus.

»Oh, ich weiß, wo wir sind!«, rief Lorna, deren Erleichterung, aus dem Wagen heraus zu sein, größer war als ihr Verdruss. Sie zeigte auf den Pfad an dem nahe gelegenen Hang. »Von dort haben wir doch gesehen, wie der Mann von dem Stier gejagt wurde.«

Paul blickte zu der leeren Weide hinüber. Ein Drahtgewirr ließ die Stelle erkennen, wo das Tier durch den elektrischen Zaun entkommen war. »Das muss derselbe Stier sein.«

Christian ging auf der Straße einem älteren Mann entgegen, der auf sie zukam. Er war dünner als Christian, vom Alter ein wenig gebeugt und hatte lockiges Haar, das mehr grau als blond war. Dennoch war die Familienähnlichkeit nicht zu übersehen. Während sie sich leise berieten, deutete der ältere Mann in die Wälder hinein, als weise er auf einen möglichen Aufenthaltsort des Ausreißers hin.

Als Christian seinen Vater, André, vorstellte, nahm der Lornas ausgestreckte Hand und küsste diese überschwänglich.

»Ich bin entzückt, Sie kennenzulernen«, sagte er, und seine Augen funkelten vor Übermut.

»Hör auf zu flirten, Papa, wir müssen einen Stier fangen«, witzelte Christian, der sich mühte, einen leichten Plauderton anzuschlagen. Er schüttelte Pauls Hand, um sich von ihm zu verabschieden. »Vielen Dank für die Mitfahrgelegenheit. Ich weiß das zu schätzen.«

»Aber können wir Sie nicht helfen den Stier suchen?«, bot Paul an, und zu seinem Erstaunen schloss sich Lorna an.

»Ja, ja. Wir suchen auch.«

Christian kratzte sich am Kopf. Er zögerte, die dringend benötigte Hilfe abzulehnen.

»Also gut«, sagte er schließlich. »Er ist etwa so groß, braun, und, na ja, er ist ein Stier, also seien Sie vorsichtig.«

»Wir wissen«, erwiderte Paul. »Wir haben schon gesehen.«

Lorna lachte bei der Erinnerung daran, und Christians Gesicht verfinsterte sich angesichts ihrer Unbekümmertheit in Bezug auf einen Vorfall, von dem er vermutete, dass sie ihn verschuldet hatten.

Lorna, die dies gar nicht bemerkte, fuhr unbefangen fort. »Es war unglaublich. Der Mann öffnet Tor, und wuuuschhhhh!«

Sie ahmte die Bewegung des flüchtenden Stiers nach, aber Christian war immer noch mit dem Anfang des Satzes beschäftigt.

»Der Mann?«, fragte er mit schriller Stimme. »Welcher Mann?«

»Mann mit orangefarbene Mütze. Sie kennen? Er sieht so aus …« Sie hielt die Arme von ihrem Körper weg, um einen fülligen Menschen zu beschreiben.

Christian und sein Vater tauschten Blicke, und mit einem Mal machte es Klick bei Christian: ein orangefarbener Stofffetzen, der von einem Horn herabbaumelte, und ein Mann, der am Jagdtag ohne seine orangefarbene Baskenmütze herumgelaufen war …

»Dieser verdammte Bernard! Ich werde ihn umbringen!«

»Sie kennen Mann?«, fragte Paul. »Warum er öffnet Tor?«

»Ja, das frage ich mich auch!« Christian rieb sich das Kinn und ließ seinen Blick über die Berggipfel am Horizont schweifen, als käme er zu einer bedeutsamen Entscheidung angesichts dieser neuen Faktenlage.

»Ich mache Ihnen einen Vorschlag«, sagte er und wandte sich wieder Lorna und Paul zu. »Sie helfen uns bei der Suche nach Sarko, und ich werde Ihnen alles darüber beim Abendessen auf unserem Hof erzählen.«

Sein Vater blickte entgeistert drein. Seiner Ansicht nach war eine Einladung zu einem Essen, das seine Frau gekocht hatte, der beste Weg, um zu verhindern, dass sie jemals Freunde werden würden.

»Sarko?«, fragte Lorna, die nichts von diesen kleinen Familiendramen ahnen konnte. »Warum heißt er so? Sie mögen Präsident Sarkozy?«

André Dupuy, der sein Leben lang Sozialist gewesen war, verzog das Gesicht und schüttelte den Kopf.

»Durchaus nicht. Er heißt Sarko, weil er klein ist und dickköpfig und sich für einen Herzensbrecher hält!«

Auch wenn sie nicht jedes Wort verstanden hatten, so hatten Lorna und Paul doch den Sinn erfasst, und sie lachten noch, als sie sich in den Wald aufmachten, um nach dem vermissten Stier zu suchen.

So ein Abendessen wie bei den Dupuys hatte Lorna noch nie erlebt. Nachdem Sarko nach ihrer zweistündigen Suche wieder wohlbehalten auf seiner Weide stand, waren sie bei Einbruch der Dunkelheit auf dem Hof eingetroffen. Fasziniert beobachteten Lorna und Paul, wie sich die Spitzen der Berge als dunkle Silhouetten gegen den letzten Rest Tageslicht abzeichneten.

Josephine Dupuy, eine kleine, kräftige Frau, die Christian knapp bis zur Schulter reichte, schien keineswegs erschrocken über die ungeplanten Gäste, die zum Essen erschienen waren. Sie hatte sie herzlich willkommen geheißen und zwei weitere Gedecke am großen Tisch im Hauptraum aufgelegt, der gleichzeitig als Küche, Esszimmer und Wohnzimmer diente. Innerhalb von wenigen Minuten fühlte sich Lorna in dem alten Lehnstuhl beim Holzofen und mit einer getigerten Katze auf dem Schoß schon ganz heimisch.

André Dupuy hatte auf einem Aperitif bestanden und eine großzügige Menge Whisky für Paul sowie einen Kir für Lorna eingeschenkt, versehen mit dem rätselhaften Hinweis, dass sie die Stärkung brauchen würden, woraufhin Josephine mit dem Geschirrtuch nach ihrem Mann geschlagen hatte. Als die Neckereien am Feuer fortgesetzt wurden, spürte

Lorna, wie sie sich entspannte, und ihr wurde bewusst, dass sie sich schon seit Wochen nicht mehr so zufrieden gefühlt hatte, was angesichts des Hauses, in dem sie sich befand, eigentlich merkwürdig war. Es war erstaunlich, dass sie sich hier derart willkommen fühlte, wo doch Christian Dupuy die Ursache für so viel Kummer war.

»Sie sehen aus, als wären Sie in Gedanken ganz woanders«, bemerkte Christian, der zusah, wie Lorna gedankenverloren die Katze streichelte.

Sie fühlte sich ertappt, aber der Alkohol machte sie mutig.

»Ich frage mich, warum … warum Sie Prüfung in *Auberge* wollten.«

»Ahhh!« Christian, der die Frage erwartet hatte, drehte das Whiskyglas in den Händen und betrachtete es aufmerksam, während er seine Gedanken ordnete.

»Ich habe die Prüfung nicht angeordnet«, erwiderte er schließlich und warf ihr einen freimütigen Blick zu. »Nun, streng genommen schon, aber man hat mich benutzt.«

»Das verstehe ich nicht.«

»Das habe ich bis heute auch nicht verstanden!« Christian holte tief Luft und erzählte ihnen die ganze Geschichte um die *Auberge*, von der Art und Weise, wie der Bürgermeister sie alle manipuliert hatte, damit die Immobilie wieder auf den Markt kam. Als er fertig war, hatten sogar André und Josephine Schwierigkeiten, es zu begreifen.

»Also war es eigentlich nie seine Absicht, dass die Gemeinde die *Auberge* kauft?«, fragte André.

»Nein. Ich glaube, er wusste, dass es schwierig gewesen wäre, sich herauszureden, wenn am Ende doch sein Schwager sie bekommen hätte.«

»Also warum …?« Pauls Sprachkenntnisse ließen ihn im Stich, als er sich bemühte, sich einen Reim auf diese Enthüllungen zu machen.

Christian setzte ein selbstironisches Lächeln auf. »Er kennt mich zu gut. Er hat darauf spekuliert, dass ich Einwände gegen eine solche Enteignung erheben und eine Alternative vorschlagen würde … was ich ja auch getan habe.«

»Die Prüfung!«, rief Lorna.

Christian nickte. »Das war meine Idee. Um Sie davor zu bewahren, von der Gemeinde aufgekauft zu werden. Aber ich hatte keine Ahnung, dass ich Serge Papon damit geradewegs in seine dreckigen Hände spielen würde. Es tut mir ja so leid. Ich dachte, ich würde das Richtige tun. Aber als Josette und ich versucht haben, ihn nach der Prüfung davon abzuhalten, die *Auberge* zu schließen, hat er sichergestellt, dass ich nicht in der Lage sein würde, dem Rat meine Argumente vorzutragen.«

»Willst du etwa damit sagen, dass dieser Schurke Papon Bernard dazu gebracht hat, Sarko absichtlich von der Weide zu lassen, damit du der Versammlung fernbleibst?«, fragte Josephine mit einer gefährlichen Schärfe in der Stimme.

»Das kann ich natürlich nicht beweisen. Aber, ja, ich kann mir vorstellen, dass es sich genau so abgespielt hat. Er war offenbar besorgt, dass es mir gelingen würde, die anderen zu überreden, gegen die Schließung zu stimmen.«

»Wir hatten keine Chance!«, erklärte Lorna. »Vom Anfang an keine Chance!«

»Stimmt. Die hatte keiner von uns.«

»Also, was werden Sie jetzt unternehmen?«, erkundigte sich André und blickte Paul mitleidig an.

»Sie sollten kämpfen!« Josephine fuchtelte mit ihrer Faust. Paul schüttelte den Kopf.

»Wir sind mit Kampf am Ende. Wir haben kein Geld für Reparatur. Wir bekommen keinen Zuschuss. Morgen bieten wir *Auberge* zum Verkauf. Der Bürgermeister hat gewonnen.«

Christian entdeckte einen gewissen Vorwurf im Blick seiner Mutter, als die ihn ansah.

»Es muss doch irgendetwas geben, was wir tun können«, beharrte sie. »Es muss doch irgendeinen Ausweg geben.«

»Es tut mir leid, aber ich kann die Schließung nicht aufheben, und ich habe ganz bestimmt nicht genug Geld, um es für die Reparaturkosten vorstrecken zu können.« Christian hielt inne, als er die Worte in seinem Kopf widerhallen hörte. Er mochte nicht das nötige Geld haben, aber was die Reparaturen anging … Mit einem Mal überschlugen sich seine Gedanken.

»Möglicherweise gibt es doch noch etwas, was man versuchen könnte. Geben Sie mir vierundzwanzig Stunden Zeit, ja?«, bat er Paul, ohne näher auf Einzelheiten einzugehen.

Paul nickte. Ein weiterer Tag würde schwerlich einen Unterschied machen.

»Ich werde mich morgen bei Ihnen melden. Trinken wir auf einen glücklichen Ausgang!«

Sie hoben alle ihre Gläser, und als sie dies taten, begann André in der Luft zu schnuppern. »Brennt da was?«

»Mist!« Josephine sprang auf und hastete zum Ofen hinüber. Als sie die Tür öffnete, quoll dichter schwarzer Rauch daraus hervor. »Oh nein! Ich glaube, ich habe es anbrennen lassen!«

»Wie kann man Bœuf Bourguignon anbrennen lassen?«, fragte Christian ungläubig.

Sie zuckte mit den Schultern und wedelte den schlimmsten Qualm mit dem Geschirrtuch fort.

»Ist mir auch schleierhaft. Das muss wohl an diesem Ofen liegen.« Sie blickte auf und lächelte keck. »Aber wenigstens ist der Nachtisch nicht selbst gemacht.«

Christian verdrehte betrübt die Augen, während André bloß nach der Whiskyflasche griff und Pauls Glas auffüllte.

»Wie ich schon sagte«, murmelte er. »Eine kleine Stärkung kann nie schaden.«

Das Essen war in vielerlei Hinsicht denkwürdig. Das Bœuf Bourguignon hatte einen bitteren Geschmack, der auch das Gemüse und die Soße durchdrungen hatte, und die Kartoffeln, die Josephine dazu servierte, waren steinhart. Das Brot allerdings, das aus einer Bäckerei weiter den Berg hinauf stammte, war köstlich, und hinterher konnten sie sich an der Tarte au Citron satt essen, deren intensiver Zitronengeschmack dazu diente, den vom Hauptgericht verursachten Karbongeschmack zu mildern.

Doch auch wenn das Essen nicht gerade eine Köstlichkeit gewesen war, so machte die entspannte Atmosphäre dies mehr als wett. Die Dupuys gingen ganz locker miteinander um, und der Gesprächsfluss riss nie ab, während sie freundschaftlich über Politik diskutierten und dabei überaus interessiert waren, die Ansichten ihrer ausländischen Nachbarn zu allem zu hören, ob es sich dabei um das französische Gesundheitssystem handelte oder um ihre Haltung zum Präsidenten.

Als ihr Teller endlich leer war, wischte sich Lorna den Mund mit ihrer Serviette ab und lehnte sich restlos zufrieden zurück.

»Ich kann nicht mehr essen!«, verkündete sie und tätschelte ihren Bauch als Kompliment für die Köchin.

André stieß ein trockenes Husten aus. »Bei der Kochkunst meiner Frau ist es ein Wunder, wenn man überhaupt mal was essen kann!«

Josephine hielt zum Zeichen der Kapitulation die Hände in die Höhe. »Schon gut, ich gebe es ja zu! Ich kann nicht kochen.« Sie blickte mit funkelnden Augen zu Lorna hinüber. »Vielleicht sollten Sie hierbleiben und es mir beibringen. Eröffnen Sie eine Kochschule! Stephanie könnte weiß Gott auch das eine oder andere über das Backen lernen!«

Sie saßen plaudernd da, bis ein entferntes Glockengeläut die Stunde schlug und Paul auf seine Uhr blickte. Es war bereits zehn, wie er voller Erstaunen feststellte, und er machte Lorna darauf aufmerksam, dass es Zeit wurde, zu gehen.

»Tut mir leid wegen der ganzen Gespräche über Politik bei Tisch«, sagte Christian, als er sie zum Wagen hinausbegleitete und sich herabbeugte, um Lorna auf beide Wangen zu küssen. »Papa hält sich für den nächsten José Bové. Aber immerhin haben sie Ihnen erzählt, wie dringend ich eine Ehefrau benötige!«

Er schüttelte Pauls Hand und dankte ihm erneut für seine Hilfe.

»Wir danken Sie auch«, erwiderte Paul. »Für ein wunderbares Essen!«

Christian lachte und schlug Paul auf die Schulter.

»Es stimmt also, was man so sagt. Engländer sind wirklich immer höflich!«

Er sah zu, wie sie die Auffahrt hinunterfuhren, und kehrte ins Haus zurück. Bevor sie bei Sarkos Weide angelangt waren, hatte er schon zum Telefon gegriffen.

»Hallo, René. Ich bin's. Hast du mal kurz Zeit? Es ist wegen der *Auberge* ...«

Annie Estaque stand auf der Anhöhe an der Rückseite ihres Hauses und blickte zu den Sternen hinauf, die sich mit ihren scharfen Kanten und ihrem kalten Licht vom eisigen Nachthimmel abhoben, als das Scheinwerferlicht um die Ecke bog und die Dunkelheit zu durchdringen suchte, ehe es von dem dichten Wald geschluckt wurde.

Wer konnte das wohl um diese Zeit noch sein?

Sie wartete, den Blick aufmerksam auf die Straße gerichtet, bis der Wagen an einer anderen Kurve wieder zum Vorschein kam, und ihr Gesicht verzog sich zu einem breiten Lächeln.

Die Engländer! Stephanie hatte angerufen und ihr erzählt, dass sie sie am Nachmittag zusammen mit Christian und André oben auf dem Hof gesehen hatte, und da waren sie nun, auf dem Nachhauseweg. Annie trug keine Uhr, aber sie wusste, dass es nach zehn sein musste, da sie vor einer Weile das Läuten der Glocken im Tal gehört hatte.

Sieh an, sieh an! Sie hatten also nicht nur bei der Suche nach dem Stier geholfen, sondern auch noch eines von Josephines Essen ertragen. Es sah ganz so aus, als wäre Josettes Plan aufgegangen, und hoffentlich würde Christian nun endlich seinen Hintern in Bewegung setzen und etwas auf die Beine stellen.

Was genau das sein könnte, wusste sie allerdings auch nicht. Sie hatte ihre letzten Möglichkeiten an diesem Morgen erschöpft, als sie all ihren Mut zusammengenommen und Thérèse Papon im Krankenhaus besucht hatte. Die Frau machte einen sehr schwachen Eindruck, hatte aber ein Lächeln zustande gebracht, das von aufrichtiger Freude zeugte, Annie zu sehen, die zögernd und nervös im Türrahmen stehen geblieben war.

Annie hatte sich für die Störung entschuldigt und angeboten, wieder zu gehen, wenn Thérèse es so wünschte, aber die hatte nur ihre schmale Hand ausgestreckt, und Annie hatte sie behutsam mit ihren eigenen breiten Händen ergriffen, sich neben sie gesetzt und ewig lange geplaudert. Sie hatte ihr von den Schäden erzählt, die der Sturm angerichtet hatte, Fragen über Véronique und das Feuer im Postamt beantwortet und ihr sogar erzählt, warum sie sich ein neues Gebiss hatte machen lassen, womit sie Thérèse ein zittriges Lachen entlocken konnte. Und dann hatte sie ihr von der *Auberge* berichtet und von den neuen Leuten und wie gut sie für die Gemeinde seien und wie dringend die gegen sie verhängte Schließung wieder aufgehoben werden müsse. Thérèse hatte ihr aufmerksam zugehört, und Annie wusste, dass sie damit alles in ihrer Macht Stehende getan hatte.

Schließlich waren Thérèse die Augen zugefallen, und Annie war aufgestanden, um zu gehen. Sie zog gerade ihren Mantel an, als sie ein heiseres Flüstern vernahm und Thérèses knochige Finger sich an ihren Ärmel klammerten. Annie beugte sich zu ihr herab.

»Erzähl es ihm«, flüsterte Thérèse.

Annie war sich sicher, dass ihr der Schock ins Gesicht geschrieben sein musste.

»Wenn ich fort bin, erzähle es ihm«, wiederholte Thérèse, und ihre Augen waren mit einer angestrengten Kraft auf Annie gerichtet. »Er hat das Recht, es zu wissen.«

Annie hatte genickt, unfähig, einen Laut von sich zu geben, während sie die Hand der Frau hielt, der gegenüber sie sich in den letzten fünfunddreißig Jahren so distanziert verhalten hatte und deren Leben doch so eng mit ihrem eigenen verflochten war. Wie in Trance schritt sie rasch die Flure entlang und konnte sich später kaum noch daran erinnern, wie sie das Krankenhaus verlassen und Richtung Bushaltestelle gegangen war, so sehr war sie von ihren Gefühlen überwältigt worden.

Nun verfolgte sie die schwindenden Lichter des Wagens auf seinem Weg ins Tal, ehe sie wieder zum Nachthimmel hinaufblickte, während sich der warme Körper eines ihrer Hunde gegen ihr Bein presste. Und nicht zum ersten Mal staunte sie über die Größe des Universums und das winzige Staubkorn, das sie darin darstellte.

17

Oberflächlich betrachtet unterschied sich Freitag, der 16. Januar, kaum von den anderen Tagen in der Gemeinde von Fogas. Josette verkaufte die übliche Menge Brot, Zigaretten und Gemüse, und die einzig bemerkenswerte Ausnahme waren zwei Flaschen Wein, eine Dose Cassoulet und ein Paar Schnürsenkel, die zwei augenscheinlich abgehärtete Touristen erstanden hatten, die sich zum Winterwandern in der Gegend aufhielten. Aber sie hatte den größten Teil des Tages damit verbracht, aus dem Fenster zur *Auberge* hinüberzustarren, ohne sich darüber im Klaren zu sein, wonach sie eigentlich Ausschau hielt. Stephanies Anruf am gestrigen Abend hatte ihr Hoffnung gemacht, wenngleich sie sich nicht vorstellen konnte, was Christian in dieser späten Phase noch ausrichten sollte.

Was Jacques anging, so hatte ihn die Sorge erschöpft, und daher hatte er sich an seinen üblichen Platz in der Kaminecke zurückgezogen.

Véronique, die nach wie vor in der *Épicerie*

wohnte, hatte den Tag am Fenster sitzend in der Bar verbracht, das verletzte Bein auf einem Stuhl und ein geöffnetes Buch auf dem Schoß. Der *Conseil Municipal* hatte ihr immer noch nicht mitgeteilt, wohin sie vorübergehend ziehen konnte, solange am Postamt und ihrer Wohnung gebaut wurde, und das machte sie langsam verrückt. Es war frustrierend, im Haus eines anderen Menschen zu wohnen, sich ständig von seiner besten Seite zeigen zu müssen. Auch wenn Josette sie sehr herzlich aufgenommen hatte, so kam sie sich dennoch wie ein Eindringling vor, und sie machte sich ernsthafte Sorgen um die Ladenbesitzerin, seit sie zufällig mitbekommen hatte, dass sie mit sich selbst sprach.

Véronique blickte die Straße entlang und wartete auf das Erscheinen des kleinen blauen Panda, was den Höhepunkt eines jeden Tages ausmachte. Geistesabwesend kratzte sie die immer noch juckende Stelle unter dem Gips – noch sechs Wochen, bis sie das blöde Ding endlich loswerden würde. Sie stöhnte, nicht ahnend, dass sie damit Jacques' Schlaf störte, und wandte sich wieder dem Buch auf ihrem Schoß zu. Doch schon nach wenigen Sätze schwieriger marxistischer Theorie schaute sie wieder auf und spähte aus dem Fenster.

Unterdessen verbrachte Stephanie den Tag im Garten. Sie nutzte das verhältnismäßig milde Wetter, um ihren Folientunnel wieder aufzubauen, und versuchte dabei, nicht darüber nachzudenken, wie düster die Zukunft für Chloé und sie in Picarets aussah. Sie hatte einen Anruf von einer Freundin aus der Bretagne erhalten, die ihr einen Job in einem Gartencenter in Finistère anbot, dazu noch einen Platz zum Wohnen, und sie zog das Angebot ernsthaft in Betracht. Eine Windböe zerrte an dem Plastik in ihren Händen, und für einen kurzen Moment glaubte sie, einen Hauch von Meersalz auf ihrer Zunge schmecken zu können. Sie schüttelte den Kopf über diesen Unsinn, den sie sich da einbildete, und konzentrierte sich wieder auf die Arbeit.

Als der Folientunnel endlich wieder an seinem Platz stand, richtete sie sich auf, stemmte die Hände in die Hüften und starrte über den Garten hinweg auf die weißen Gipfel der Berge hinter dem Haus. Könnte sie wieder zurückgehen? Sie vernahm den Ruf ihrer Heimat, aber die Anziehungskraft der Berge war ebenso stark. Es würde ihr aus vielen Gründen schwerfallen, Picarets zu verlassen. Sie hatte Freunde hier, genauso Chloé. Aber vor allem fühlte sie sich in dem kleinen Dorf sicher. Hier würde ihr jähzorniger Exmann mit seinen blitzschnellen Fäusten sie nie finden. Aber ohne Arbeit wäre es ihr nicht möglich, zu bleiben. Und es wäre auch Chloé gegenüber nicht fair. Daher war es verlockend, nach Finistère zurückzukehren, aber war es auch klug?

Während sich Stephanie mit den Gedanken über ihre Zukunft abmühte, war Christian damit beschäftigt, den Hühnerstall zu reparieren, womit ihm seine Mutter seit dem Sturm in den Ohren gelegen hatte. Er arbeitete in seinem üblichen Tempo, methodisch und konzentriert, ohne Hast und Eile, mit Bedacht und Sorgfalt. Aber es gingen ihm dabei viele Gedanken durch den Kopf, und er konnte es kaum erwarten, dass die Stunden vergingen. Als er den letzten Nagel durch die Dachpappe schlug, legte er den Kopf zur Seite und lauschte auf die Glocken, die die Stunde schlugen. Jetzt dauert es nicht mehr lange, dachte er, als er sein Werkzeug wegräumte und es im Kofferraum des Panda verstaute. Ein Wechsel der Zündkerzen und der Überbrückungskabel hatte den kleinen Wagen wieder in Schuss gebracht, aber er sah sich dennoch veranlasst, ihn zu warnen.

»Spring heute Abend bloß an!«, sagte er drohend, als er zum Haus ging, um sich fertig zu machen.

Da in Annies Haus immer noch die Handwerker waren und an der beschädigten Giebelwand arbeiteten, hatte sie einen geräuschvollen und unruhigen Tag gehabt. Sie begann sich zu fragen, ob es dumm von ihr gewesen war, zu versuchen, während der Arbeiten im Haus wohnen zu bleiben. Der Staub war einfach überall. Ein feines weißes Pulver, das noch lange, nachdem die Handwerker Feierabend gemacht hatten, von der Decke herabschwebte und jede Oberfläche überzog. Wenn sie nur lange genug still saß, würde man sie am Morgen einer Kopie von Lots Frau gleich am Küchentisch sitzend entdecken.

Die Aussicht auf ein Wochenende ohne die Arbeiter beflügelte sie, und zufrieden sah sie zu, wie sich der weiße Transporter der Handwerker unter einem sich verdunkelnden Himmel den Berg hinunterschlängelte. Im Haus hinter ihr begann die Uhr zu schlagen. Sie fütterte die Hunde, machte sich dann einen Kaffee und spitzte dabei die Ohren, um nicht das Knattern des alten Panda-Motors zu überhören. Wenn Christian vorbeifuhr, würde sie Josette anrufen; vielleicht würde es ihnen gelingen, gemeinsam herausfinden, was er im Schilde führte.

Oben in Fogas stand Serge im schwindenden Licht an seinem Schlafzimmerfenster. Er machte keine Anstalten, eine Lampe einzuschalten, denn er wollte nicht gesehen werden. Als Célines weißer Peugeot vorbeifuhr, verließ er seinen Posten und ging nach unten. Er wartete noch eine halbe Stunde, bis es richtig dunkel war, zog sich dann seine Jacke über und verschwand leise durch die Hintertür. Die beiden Nachbarhäuser dienten als Zweitwohnsitz und waren derzeit unbewohnt, weshalb er sicher sein konnte, dass man ihn nicht entdeckte. Er musste nichts weiter tun, als ihre Gärten zu durchqueren, und schon wäre er auf dem Parkplatz hinter dem Rathaus.

Der erste Garten stellte kein Problem dar, weil er von dem seinen lediglich durch Sträucher und Bäume getrennt war. Aber der zweite hatte einen Maschendrahtzaun, und Serge war nicht mehr so jung und schlank, wie er es einmal gewesen war. Mit Hilfe eines Kompostbehälters, den er als Schemel benutzte, gelang es ihm, sich über den Zaun zu hangeln und an der anderen Seite herunterzurutschen. Er landete auf einem Schutthaufen, den die Bauarbeiter nach der Dachreparatur des Anbaus hinterlassen hatten.

Fluchend wischte er sich den Staub von der Hose und schlich, sich immer im Schatten haltend, um das Gebäude herum zum Seiteneingang des Rathauses. Schnell drehte er den

Schlüssel im Schloss, und schon war er drinnen. Er sperrte die Tür hinter sich ab und verharrte eine Minute lang auf der Stelle, während sich seine Augen an die Finsternis im Inneren gewöhnten. Irgendwo über ihm klopfte ein Rohr, und eine Holzdiele knarrte in Erwiderung; dann wurde es wieder still.

Serge spürte, wie es in seinem Nacken kribbelte, als er sich langsam zur Treppe bewegte und sich vom Geländer in den ersten Stock hinaufführen ließ, der in völliger Dunkelheit dalag. Er tastete sich durch Célines Büro in sein eigenes und schaltete, dort angekommen, eine Lampe ein, in der Gewissheit, dass durch die geschlossenen Fensterläden kein Licht nach draußen dringen würde, das seine Anwesenheit verraten hätte. Als ein Kreis aus weißem Licht die Dunkelheit zurückdrängte, atmete er tief ein. Das Zimmer roch wie immer nach altem Bohnerwachs, Staub und einer Spur Feuchtigkeit. Für Serge Papon war es der moschusartige Duft der Macht, und er spürte, dass der Raum sich wie ein Mantel um ihn legte.

Und nun ans Werk. Das Erste, was er auf seinem Schreibtisch liegen sah, war ein Brief von der Feuerwehr in Foix. Er nahm ihn zur Hand, betrachtete ihn nachdenklich und riss ihn dann mit seinen dicken Fingern auf.

Genau, wie er es erwartet hatte. Es war die Ankündigung einer Prüfung der *Auberge des Deux Vallées* für den 26. Januar.

Serge lachte. Der Klang sauste in dem leeren Raum wie ein Querschläger durch die Schatten hinter dem Lampenlicht. Also hatte er recht gehabt! Major Gaillard spielte bei dem Spaß mit. Das machte die ganze Sache nur noch interessanter. Sein Argwohn war geweckt worden, als er seinen täglichen Anruf bei Céline machte und diese ihm mitteilte, dass ein Monsieur Peloffi eine Nachricht hinterlassen hatte, um sich im Voraus dafür zu entschuldigen, dass er es am Sechsundzwanzigsten nicht schaffen würde.

Zunächst verblüfft, hatte er Céline gebeten, im Terminkalender nachzusehen. Dort war nichts eingetragen. Aber da er wusste, dass Monsieur Peloffi ein Mitglied der ursprünglichen Prüfungsgruppe gewesen war und seine politischen Instinkte nichts an Schärfe verloren hatten, war Serge zu dem Schluss gekommen, dass hinter seinem Rücken eine zweite Prüfung auf die Beine gestellt worden war. Sein erster Gedanke ging dahin, sie zu verschieben, was sein gutes Recht als Bürgermeister war. Aber das hätte nur Misstrauen geweckt, und seines Wissens verfügten die englischen Besitzer gar nicht über die nötigen Mittel, um bis zum 26. Januar für eine neuerliche Prüfung bereit zu sein. Nein, es war besser, die Sache laufen zu lassen.

Aber dann hatte er Thérèse im Krankenhaus besucht, und mit einem Mal war alles anders gewesen. Mit einer leichten Röte auf ihren normalerweise bleichen Wangen hatte sie sogleich begonnen, ihn nach der *Auberge* auszufragen. Ganz offenbar hatte ihr irgendjemand von den Vorgängen berichtet, aber sie wollte ihm nicht verraten, wer es gewesen war, und er hatte keine Ahnung, wer dafür infrage kommen könnte. Auf Thérèses strikte Anordnung hin hatte er niemandem von ihrer Krankheit erzählt, und all ihre Freunde und Nachbarn vermuteten sie bei ihrer Familie in Toulouse. Doch das spielte nun keine Rolle. Wie es ihre Art war, hatte die missliche Lage des englischen Paares sie bekümmert, und sie wollte von ihm wissen, ob er etwas tun könnte, um ihnen zu helfen.

Ihr ganzes Eheleben hindurch hatte Serge es immer als gegeben akzeptiert, dass sich das sanfte Gemüt seiner Frau darauf auswirkte, wie sie ihn, ihren Ehemann, wahrnahm. Sie war einfach nicht fähig, ihn irgendeiner bösartigen List zu verdächtigen, und glaubte, es läge ihm am Herzen, im Interesse aller zu handeln. Was ja im Grunde auch stimmte. Aber er hatte sich durch das in ihn gesetzte Vertrauen niemals in irgendeiner Weise gehemmt gefühlt. Vielmehr hatte er es sich hin und wieder zunutze gemacht. Heute allerdings war die Arglosigkeit seiner Frau nur schwer zu ertragen gewesen, und ihre Bitte hatte ihn berührt.

Außerdem war da dieses Gefühl, dass es nun, da Major Gaillard in die Sache involviert war, politisch für ihn von Vorteil sein würde, auf halber Strecke die Richtung zu wechseln.

Er griff in seine Tasche und zog einen anderen Briefumschlag daraus hervor. Es hatte ihn den größten Teil des Nachmittags gekostet, den Brief darin auf Thérèses altem Computer zustande zu bringen. Seine steifen Finger hatten auf der Tastatur herumgetippt, während er versuchte, die richtigen Worte zu finden. Er legte den Umschlag mitten auf seinen Schreibtisch, doch dann kamen ihm Bedenken. Céline würde ihn dort am Montagmorgen entdecken, und genau das wollte er eigentlich vermeiden. Also beugte er sich vor und ließ den Umschlag unter den Tisch fallen, als ob er schon vor einer Weile aus Versehen dort gelandet wäre. Er konnte nur hoffen, dass sie ihn erst zur rechten Zeit bemerken würde!

Nachdem er sich versichert hatte, dass alles so war, wie er es vorgefunden hatte, schaltete er das Licht aus und tastete sich vorsichtig durch das Zimmer in den Flur hinaus. Major Gaillards Brief hielt er dabei allerdings immer noch in der Hand. Er musste riskieren, dass Céline sein Verschwinden bemerkte, denn er wollte nicht, dass ihn sonst noch jemand zu Gesicht bekam. Am Montag würde er dann im Rathaus vorbeischauen und die erneute Intrige in Gang setzen. Und bis zum 26. Januar wäre die Angelegenheit endgültig geregelt. Vielleicht hatte Thérèse ja sogar recht. Vielleicht wäre es so am Ende doch besser für die Gemeinde. Zumindest hätte er sein Möglichstes getan, sicherzustellen, dass es auch das Beste für ihn wäre.

Serge Papon öffnete vorsichtig die Tür und trat in die kalte Nachtluft hinaus. Innerhalb von wenigen Minuten war er wieder zurück in seinem Haus, wo ihn dieselbe Stille empfing, die ihn zurzeit immer willkommen hieß. Er zog seine Jacke aus und setzte sich an den Kamin. Seine Freude über das Ausschalten eines politischen Gegners begann bereits wieder zu schwinden, als er in die Flammen starrte und sich fragte, was er bloß anfangen sollte, wenn sie für immer fort war.

In La Rivière war es bereits dunkel, und das Fenster, das auf den Fluss hinausging, war jetzt nicht mehr als ein schwarzes Rechteck, das lediglich eine Spiegelung des großen Raums zeigte. Paul drückte sein Gesicht gegen das kalte Glas, versuchte etwas zu sehen, aber alles, was er ausmachen konnte, waren ein paar über den Berghang verstreute Lichter. Selbst der Fluss, der in den letzten Wochen durch das Winterwetter angeschwollen war, ließ sich nur durch das ständige Murmeln erkennen, mit dem er über das Wehr floss.

Er schloss mit resignierter Miene die Vorhänge, als beende er damit diesen langen Tag des Wartens.

»Sieht nicht so aus, als würde er heute noch anrufen«, sagte er müde.

Lorna blickte vom Laptop auf. Sie hatte Paul davor gewarnt, sich allzu viele Hoffnungen zu machen. Wie sollte Christian Dupuy an einem Tag erreichen, was ihnen in zwei Monaten nicht gelungen war? Aber nach dem gestrigen Abend hatte Paul voll und ganz auf den Landwirt gesetzt.

Sie hatten ohne Frage einen tollen Abend mit den Dupuys verbracht, aber das hatte ihnen die unumgängliche Entscheidung nur noch schwerer gemacht. Es wäre so viel leichter gewesen, die *Auberge* mit Bitterkeit im Herzen zu verlassen und irgendwelche Leute, die sie nicht kannten, für das Dilemma verantwortlich zu machen, in dem sie steckten. Nun waren sie mit der Wahrheit vertraut und wussten, dass es Menschen in der Gemeinde gab, denen ihr Wohl am Herzen lag. Und das machte Lornas derzeitige Aufgabe so viel schwieriger.

»Was hältst du davon? Habe ich alle Punkte bedacht?«, fragte sie.

Paul überflog die Verkaufsanzeige auf dem Bildschirm. »Ich würde sie kaufen«, sagte er traurig.

»Soll ich sie dann absenden?«

Paul nickte. Lorna drückte mit einer gewissen Feierlichkeit auf die ENTER-Taste, und damit wurde die *Auberge* nun offiziell im Internet zum Verkauf angeboten. Sie stand auf, und er zog sie an sich und schloss sie ganz fest in seine Arme.

»Wir haben es versucht«, murmelte er in ihr Haar. »Keiner kann behaupten, dass wir es nicht versucht hätten.«

Sie umarmte ihn noch fester, vergrub ihren Kopf an seiner Brust, bis sie nur noch das Blut in ihren Ohren pochen hörte.

Bum-bum-bum-bum …

Sie schloss die Augen, vertiefte sich in ihren Herzschlag, genoss das tröstliche Gefühl, Pauls Arme um sich zu spüren, und versuchte dabei all das, was sie während des Tages bis in den

Schlaf zu begleiten schien, auszuschalten: all die Belastung, die Enttäuschung, ihre ungewisse Zukunft und das Gefühl, versagt zu haben. Schließlich wurde sie sich über das beharrliche Gedröhne hinweg des gedämpften Klangs von Pauls Stimme bewusst, ganz so, als befände sie selbst sich unter Wasser.

»Lorna?«

Sie hob den Kopf. Der Pulsschlag pochte immer noch in ihren Ohren. Bum-bum-bum …

»Da ist jemand an der Hintertür.«

BUMBUMBUM!

Die Läden an der Hintertür klapperten, als das Klopfen resoluter wurde. Paul eilte hinüber und öffnete die Tür. In der gleichen Sekunde, als er die Verriegelung der Läden gelöst hatte, wurden sie von zwei riesigen Händen aufgerissen, und Christians Lockenkopf tauchte im Speiseraum auf.

»Sie haben sie doch noch nicht verkauft, oder?«, fragte er, marschierte mit großen Schritten, vor Tatkraft nur so strotzend, ins Zimmer, gefolgt von zwei untersetzten Männern, von denen einer einen Werkzeugkasten trug.

»Das hier ist René Piquemal«, sagte er und deutete auf den Älteren der beiden, dessen dunkelhäutiges rundes Gesicht von einem schlaff herabhängenden Schnurrbart geziert war.

»Und das sein Schwager, Claude. Und die beiden«, verkündete Christian mit einer überschwänglichen Geste, »werden all Ihre Probleme lösen!«

Josette war außer sich vor Aufregung. Ihr Plan hatte tatsächlich funktioniert. Véronique hatte sie in derselben Minute in die Bar gerufen, in der sie zwei Scheinwerferpaare in die Einfahrt der *Auberge* hatte abbiegen sehen.

»Das muss Christian sein!«, rief Josette.

»Aber was kann er schon tun?«, dachte Véronique laut. »Er schwimmt ja nicht gerade im Geld!«

»Und der andere Wagen? Konntest du sehen, wem der gehört?«

Véronique schüttelte den Kopf.

Aber sie mussten sich nicht allzu lange Gedanken machen.

Innerhalb weniger Minuten rief Annie an, die mit Stephanie gesprochen hatte, die wiederum von Christian angerufen worden war. Er hatte eine Liste der erforderlichen Arbeiten für die Brandschutz- und Sicherheitsbescheinigung haben wollen und Stephanie von seinem Plan erzählt, der einfach genial war.

Nun hatten sich Josette und Véronique am Fenster postiert und starrten die Straße hinunter in die Dunkelheit, während sich Jacques im Schatten herumdrückte.

»Ich komme mir so nutzlos vor«, murrte Véronique und kratzte an ihrem Gips. »Ich wäre zu gern dort, um mitzuhelfen.«

»Da bist du nicht die Einzige«, stimmte ihr Josette zu, die mit einem Auge ihren Mann im Blick behielt, der begonnen hatte, mit gerunzelter Stirn auf und ab zu laufen.

»Es muss doch eine Möglichkeit für uns geben, etwas zu tun!«

Aber Josette wollte einfach nichts einfallen, das ihr Auftauchen dort rechtfertigen würde.

»Ich fürchte, wir haben keine andere Wahl, als hierzubleiben«, sagte sie zu Véronique, die ein böses Gesicht machte wie ein kleines Kind, das seinen Willen nicht bekam. »Wir wären bloß im Weg.«

Als sie wieder aus dem Fenster sah, bemerkte Josette, dass sich die Spitzengardine, die den unteren Teil des Fensters schmückte, für einen Moment leicht bewegte. Als sie sich umdrehte, um nachzuschauen, ob Durchzug herrschte, weil sie die Tür offen gelassen hatte, zuckte sie unmerklich zusammen. Jacques hatte sich neben sie geschlichen.

»Alles in Ordnung mit dir? Du siehst aus, als hättest du einen Geist gesehen.«

»Danke, es geht mir gut«, brachte Josette heraus, während sie Jacques zornig anstarrte. »Mich hat's gerade nur etwas geschüttelt.«

Die Gardine bewegte sich wieder. Aber dieses Mal konnte sie sehen, dass der Grund nicht etwa ein Durchzug war, sondern Jacques. Er hatte die Lippen gespitzt und blies mit aller Kraft, was die Gardine in Bewegung versetzte.

»Was zum Teufel …« Véronique starrte nun auf die zarte Spitze, die vor ihren Augen tanzte, als besäße sie ein Eigenleben.

»Das ist bloß der Durchzug.« Josette versuchte die Gardine zu packen und gleichzeitig ihrem idiotischen Ehemann stumm mit einem Stirnrunzeln zu drohen.

»Du solltest dich zur Ruhe zwingen!«, zischte sie schließlich.

»Was hast du gesagt?« Véronique betrachtete sie argwöhnisch, und Josette musste sich rasch etwas einfallen lassen, um ihren Ausrutscher zu vertuschen.

»Ich sagte, lass uns doch was rüberbringen …«

Jacques schlug sich frustriert gegen die Stirn. Er zeigte nun immer wieder auf die Gardine, als wollte er seine Frau auf etwas aufmerksam machen.

»Aber natürlich!« Josette warf die Hände in die Luft, als ihr klar wurde, was er meinte. »Die Vorhänge! Wir sollten die Vorhänge rüberbringen!«

»Wie bitte? Ich verstehe nicht, was du meinst.«

Josette eilte zum Telefon hinüber.

»Lass mich nur rasch Stephanie anrufen, dann werde ich es dir erklären«, sagte sie, als sie zu wählen begann. »Und dann werden wir der *Auberge* einen Besuch abstatten.«

Jacques zog sich auf seinen Platz in der Kaminecke zurück. Er verspürte eine Zufriedenheit, wie er sie seit seinem letzten Bissen von Josettes Cassoulet nicht mehr empfunden hatte. Es würde sich alles finden. Die Gemeinde war in guten Händen.

Unten in der *Auberge* ging es voran. Lorna zerbrach sich den Kopf, was sie ihren drei Überraschungsgästen kochen könnte, während Claude im ganzen Haus herumwanderte, Sicherungen aus- und anknipste und jede Steckdose überprüfte. Derweil waren Christian, René und Paul unten im Keller und inspizierten den Heizkessel und den Öltank.

Nachdem er René und Claude mit so viel Tamtam vorgestellt hatte, spürte Christian Pauls und Lornas Skepsis und beeilte sich, eine

Erklärung zu liefern. Er begann damit, dass er seinen Arm um Claudes Schultern legte.

»Claude hier ist Elektriker, und er ist extra von Seix hergekommen, um eine Diagnoseprüfung Ihrer Elektrik durchzuführen.«

Christian umfasste Renés Schultern mit seinem anderen Arm.

»Und René ist der hiesige Installateur. Er wird Ihnen diese Woche einen neuen Heizkessel und einen neuen Öltank einbauen. Dann werden Sie die Prüfung bestimmt bestehen.«

Paul rang um eine Antwort.

»Aber …«, stammelte er, »das Geld … es reicht nicht hin. Wir können nicht bezahlen.«

Christian hielt eine Hand in die Höhe.

»Das wissen wir. René hat zugestimmt, lediglich die Materialkosten zu berechnen. Was meinst du, wie viel das sein wird, René? Alles in allem?«

Der Installateur zupfte an seinem Schnurrbart und kniff die Augen zusammen, als versuche er, die Größe des Gebäudes zu errechnen.

»Ich schätze, mit einem Gesamtpreis von zweieinhalbtausend müsste ich wohl hinkommen.«

»Zweieinhalbtausend?« Pauls Stimme stieg um eine Oktave in die Höhe. »Das ist billig! Und Elektrik?«

Claude lächelte. »Gratis«, sagte er.

»Nun, nicht ganz«, mischte sich Christian hastig ein. »Das Problem ist, wir können nur abends arbeiten. Tagsüber haben wir zu tun, und wir wollen nicht, dass die Leute erfahren, dass wir hier sind. Hat was mit Politik zu tun.« Er zog ein Gesicht und fuhr dann fort: »Unsere Bezahlung besteht heute in einem Abendessen, und das gilt künftig für jeden Abend, an dem wir arbeiten. Ist das in Ordnung?«

»Das ist alles?«, fragte Lorna. »Essen?«

Sie nickte Paul eifrig zu, und der gab der Reihe nach jedem Mann die Hand, um die Sache mit einem Handschlag zu bekräftigen.

»Aber warum?«, fragte Lorna, als sich die Männer anschickten, an die Arbeit zu gehen. »Warum helfen Sie uns?«

René blickte verlegen drein und schlug die Augen nieder, während er mit seinem Fuß über den Boden scheuerte.

»Ich habe dafür gestimmt, die *Auberge* schließen zu lassen«, sagte er leise, »obwohl Christian und Josette versucht haben, es mir auszureden. Dann hat mich Christian gestern Abend angerufen und mir erzählt, was er über den Bürgermeister und über den Stier und über alles andere herausgefunden hat.«

Er schüttelte empört den Kopf. »Was Ihnen

da geschehen ist, ist einfach nicht recht. Deshalb bin ich hier, um etwas wiedergutzumachen.«

»Und Claude? Er wohnt gar nicht hier, *n'est-ce pas*? Warum hilft er?«

»Ach, Claude!«, hob der Installateur herablassend an, während sich das Gesicht seines Schwagers zu einem Lächeln verzog, das seine Grübchen zum Vorschein brachte. »Das ist schnell erklärt. Der hat mich letzten Winter bei der Jagd angeschossen und ist mir was schuldig.«

»Angeschossen? Sie?«, rief Lorna. »Wo?«

Claude kicherte, und Christian unterdrückte ein Grinsen. René rieb sich sein Hinterteil, während er den beiden einen finsteren Blick zuwarf.

»Es möge der Hinweis genügen, dass es gut ist, wenn man an gewissen Stellen von Natur aus eine gewisse Polsterung hat!«

Und damit machten sich die Männer an die Arbeit, was Paul und Lorna die Gelegenheit gab, sich über diese unerwartete Wendung des Schicksals zu unterhalten.

»Zweieinhalbtausend Euro für den Heizkessel und den Öltank. Ich kann es einfach nicht glauben. Wir werden schon in ein paar Wochen wieder öffnen können!«

»Vergiss die Prüfung nicht!«, warnte Lorna. »Monsieur Souquet sagte, wir müssten bis Mitte Mai auf die nächste warten. Ich kann mir nicht vorstellen, dass er seine Meinung ändern wird.«

»Nein, aber der Bürgermeister vielleicht schon! Er wird vielleicht sogar die Schließung aufheben, wenn er erfährt, dass die Arbeiten erledigt sind. Wir werden ihn nächste Woche aufsuchen und nicht lockerlassen.«

»Wir werden aber trotzdem die Frist für die Zuschüsse überschreiten.«

Paul kaute auf seiner Unterlippe. »Stimmt. Das werden wir auf keinen Fall schaffen. Aber wenn wir Einkünfte und genügend Reservierungen haben, wird uns die Bank vielleicht doch noch zu einem späteren Zeitpunkt einen Kredit für das Dach geben.« Er strahlte sie an. Sein Optimismus war ansteckend. »Zumindest haben wir jetzt noch einmal eine Chance!«

Sie wurden von einem lauten Krachen aus dem Keller unterbrochen, dem ein leises Fluchen folgte, und Paul eilte die Treppe hinunter, während Lorna auf der Suche nach einer Eingebung die Küche durchstöberte. Zwanzig Minuten später fiel ihr die Chorizo-Wurst ein, die hinten im Schrank vor sich hinschlummerte. Sie hatte sie ursprünglich gekauft, um ein neues

Rezept auszuprobieren, dann aber jegliche Begeisterung verloren. Perfekt. Damit ließe sich ein wunderbarer Bohneneintopf zaubern. Sie war gerade mit den Vorbereitungen fertig und wollte mit dem Kochen beginnen, als sie laute Stimmen im Speiseraum vernahm. Paul streckte seinen Kopf zur Küchentür herein.

»Hast du deinen Zauberhut auf?«, fragte er.

»Wie bitte?«

»Na ja, schaffst du es, daraus ein Essen für elf Leute zu zaubern?«, fragte er und deutete auf den Haufen Wurstscheiben und in Stücke geschnittener Tomaten und Zwiebeln auf dem Schneidebrett.

»ELF?«

Paul grinste und hielt die Tür auf, damit sich Lorna selbst überzeugen konnte.

»*Bonsoir*, Lorna«, begrüßte sie ein Stimmenchor, als sie erstaunt all die Leute betrachtete, die sich in dem großen Raum drängten. Stephanie war da, Annie vom Berg oben, Josette aus dem Laden, die Postmeisterin, deren Namen sie nicht kannte und die nach dem Feuer immer noch an Krücken ging, außerdem ein älterer Mann und eine ältere Frau, die sie noch niemals zuvor gesehen hatte.

»Wir sind hier, um zu helfen«, verkündete Josette, über deren Armen sich ein Stoffberg türmte, sodass ihr Gesicht kaum zu sehen war. »Und wir haben einige Dinge mitgebracht, von denen Stephanie sagt, dass Sie sie für die *Hôtel de Tourisme*-Prüfung benötigen würden.«

Lorna nahm ihr die Last ab, bei der es sich offenbar um zwei Paar Vorhänge handelte.

»Für die Gästezimmer«, erklärte Josette.

Einer nach dem anderen trat vor, und jeder hatte etwas mitgebracht. Stephanie steuerte mehrere Eimer weiße Farbe bei, mit denen sie die Flecken an der Decke überstreichen konnten, und der Mann, den man ihr als Alain Rougé vorstellte, hatte eine Auswahl an Lampen, mehr, als sie benötigten. Annie erklärte ihr, dass sie zwei zusammengerollte Teppiche aus ihrem Haus in Stephanies Wagen hatte, die bei dem Sturm leicht beschädigt worden waren und von der Versicherung ersetzt werden würden, als Übergangslösung aber durchaus taugten. Einer davon war ein Läufer, der sich für den Flur eignete. Und dann teilte ihnen die alte Dame, deren Name Monique Sentenac lautete, mit, dass sie ein Bett in ihrem Wagen mitgebracht habe. Sie entschuldigte sich dafür, dass es ein wenig altmodisch und seit zwanzig Jahren nicht mehr benutzt worden sei, und murmelte etwas von einem Vikar, was alle zum Lachen brachte. Schließlich humpelte die Postmeisterin, deren

Name Véronique war, unbeholfen auf sie zu, da sie trotz Krücken etwas zu transportieren versuchte.

»Ich habe alles im Feuer verloren«, sagte sie. »Deshalb habe ich Ihnen das hier mitgebracht.«

Lorna nahm ihr das große Bündel ab, das sie bei sich trug, und legte es auf den Tisch. Als sie die Decke, in die es eingewickelt war, zur Seite schlug, kam eine der seltsamsten Statuen zum Vorschein, die sie jemals gesehen hatte. Es schien eine an Lepra erkrankte Schafhirtin mit einer grausigen Halswunde zu sein, die von einem missgebildeten Lamm begleitet wurde. Dennoch stiegen Lorna die Tränen in die Augen.

»Das ist St. Germaine«, erklärte Véronique. »Sie hat mir Glück gebracht, vielleicht hilft sie auch Ihnen.«

»Vielen Dank!«, erwiderte Lorna und schloss die Frau spontan in die Arme.

»Was muss ich da sehen?«, ertönte Christians dröhnende Stimme von der Hintertür. »Du gibst meine Geschenke jetzt schon weg, Véronique?«

»Reg dich ab, Christian. Ist ja bloß leihweise«, sagte Annie kichernd. Sie flüsterte Lorna zu: »Keine Sorge. Sie wird das Ding nach der Prüfung wiederhaben wollen!«

Innerhalb weniger Minuten machten sich alle

an die Arbeit. Die Teppiche wurden nach oben getragen, das Bett zusammengebaut, Vorhänge aufgehängt, die Lampen in die Zimmer verteilt und St. Germaine auf die Sockelplatte im Flur gestellt. Als Lorna zum Abendessen rief, glich die *Auberge* einem Ameisenhaufen.

»Englische Küche!«, sagte René mit einer Spur von Beklommenheit, als er seinen Platz am Tisch einnahm. »Na ja, zumindest wird Christian nicht enttäuscht sein!«

»Pah!«, schnaubte Annie. »Christian glaubt allen Ernstes, dass Madame Loubet 'ne gute Köchin gewesen ist!«

»Madame Loubet? Die alte Schrulle?«, rief Alain. »Die Gerichte bei ihr waren das Schlimmste, was ich je in meinem Leben gegessen habe.«

Christian errötete, als er sich zwischen Stephanie und Véronique setzte.

»Ich fand ihr Cassoulet gut«, protestierte er.

Lorna, die nicht alles verstand, aber den Sinn der heiteren Neckerei erfasste, vermochte nicht zu widerstehen, als sie den großen Kochtopf mit der Suppe in die Mitte des Tisches stellte, während Paul die Gläser aller nicht zu knapp mit Rotwein füllte.

»Ihr Cassoulet? Es hat geschmeckt?«, erkundigte sie sich arglos.

»Es war einfach klasse«, erklärte Christian, der eine Chance witterte, etwas von seinem verlorenen Stolz zurückerobern zu können. »Es geht doch nichts über richtig gute Hausmannskost.«

Lorna verschwand wieder in der Küche, und als sie zurückkam, brachte sie eine große Dose mit.

»Eine Geschenk«, sagte sie und stellte die Cassoulet-Dose in Gastronomiegröße vor Christian hin. »Madame Loubet hat das für Sie dagelassen.«

Schallendes Gelächter ertönte am ganzen Tisch. Und als Véronique das Verfallsdatum auf der Seite bemerkte, brachen alle erneut in Lachen aus.

Über das Spektakel hinweg vernahm Lorna das schrille Läuten des Telefons. Sie eilte zur Bar hinüber, vermochte aber bei dem Lärm nichts zu hören. Als Paul ihre missliche Lage erkannte, bat er zu Christians großer Erleichterung mit lauter Stimme um Ruhe, und sie verstummten alle, während Lornas Stimme klar und deutlich im Raum zu hören war.

»Könnten Sie bitte wiederholen?« Sie lauschte aufmerksam, legte dann die Hand über die Sprechmuschel und blickte zu ihren Nachbarn, ihren neuen Freunden und ihrem Mann hinüber.

»Sie haben Anzeige gesehen auf Internet«, erklärte sie. »Sie wollen wissen, ob *Auberge* noch zu verkaufen ist! Was sage ich?«

Für den Bruchteil einer Sekunde herrschte Schweigen, und dann brüllte Christian: »Sagen Sie NEIN!«, und alle stimmten mit ein, schrien und lachten, bis sich Lorna in die Küche zurückziehen musste, damit man sie verstehen konnte.

»Tut mir leid«, sagte sie und versuchte dabei das Lachen aus ihrer Stimme herauszuhalten. »Aber *L'Auberge* ist nicht zu verkaufen.«

Sie legte auf, schnappte sich einen Korb mit Brot und eine weitere Flasche Wein und gesellte sich wieder zu der ausgelassenen Runde.

18

Die nun folgende Woche verbrachte die Gemeinde von Fogas in einem Netz aus Intrigen und Täuschungen. Für Serge Papon war dies nichts Außergewöhnliches. An dem Montag nach seinem nächtlichen Besuch im Rathaus schaute er in seinem Büro vorbei, aber dieses Mal stellte er sicher, dass ihn so viele Leute wie möglich sahen.

Auf dem Parkplatz nahm er sich Zeit, mit Bernard über den neuen Räumschildaufsatz zu reden, der endlich eingetroffen war und neben dem Traktor lag. Der letzte hatte den Zusammenstoß mit einer Steinmauer nicht überstanden, woran Bernard jegliche Mitschuld weit von sich wies. Dann hörte er sich geduldig die Klagen von Madame Aubert an. Die alte Witwe, die allein am Ortseingang neben den steinernen Becken wohnte, die der Gemeinde einst als öffentlicher Waschplatz gedient hatten, hielt ihm eine mehrminütige Predigt darüber, dass sie in La Rivière ihre Rentenzahlungen nicht mehr erhielt, und wollte von ihm wissen, wann das Postamt wieder öffnen würde. Er versuchte sie mit ein paar Lügen und einigen Versprechen zu besänftigen, die zu halten er nicht die Absicht hatte.

Auf dem Flur begegnete er einem wütenden Philippe Galy, der sich darüber erzürnte, dass die letzte Gemeinderatsversammlung verschoben worden war, und drohte, rechtliche Schritte gegen die Gemeinde einzuleiten, sollte sich seine Baugenehmigung weiter verzögern. Der Bürgermeister bedauerte seine missliche Lage und beschwichtigte ihn mit der Garantie, innerhalb der nächsten sieben Tage eine Versammlung abzuhalten. Des Weiteren deutete er an, dass die Genehmigung praktisch bewilligt sei, obwohl Serge seit Eingang des Antrags im Dezember bislang nicht mehr getan hatte, als den Papierkram auf seinem Schreibtisch hin und her zu schieben.

Voller Zuversicht, dass er immer noch das nötige Fingerspitzengefühl besaß, welches ihn all die Jahre an der Macht gehalten hatte, betrat Serge Célines Büro und umarmte seine langjährige Sekretärin herzlich. Céline, die ganz benommen war von dem Schock, ihn nach so langer Abwesenheit leibhaftig vor sich zu sehen, und benebelt vom Einatmen der penetranten Rasierwasserdämpfe, wusste gar nicht, wo sie anfangen sollte. Sie griff nach einem Stapel von Papieren, die unterzeichnet werden mussten, und der Bürgermeister machte sich sogleich daran, jeden Brief mit einer schwungvollen Bewegung zu unterschreiben, während sie ihm die Nachrichten vorlas, die an diesem Tag hinterlassen worden waren. Bald schon war sie bei den letzten Punkten der Liste angelangt.

»Hm … was sonst noch? Ach, ja. Philippe Galy ist gerade hier gewesen. Er wollte unbedingt wissen, wann die nächste Gemeinderatsversammlung stattfindet.«

»Ich habe gerade mit ihm gesprochen«, erwiderte Serge, ohne aufzublicken. »Ist schon erledigt.«

Céline strich einen weiteren Punkt und kam zur letzten Notiz auf ihrer Liste.

»Und dann hat noch Pascal angerufen«, sagte sie. Ihre Stimme versah seinen Namen mit einem Schuss Verächtlichkeit.

»Ich dachte, der wäre im Urlaub«, blaffte Serge, der die Aufmerksamkeit nun auf seine Sekretärin konzentrierte.

»Ist er auch. Kommt nächsten Montag wieder. Er wollte bloß wissen, ob alles in Ordnung ist.«

»Er hat aus den Alpen angerufen, weil er fragen wollte, ob alles in Ordnung ist.«

Céline präsentierte eine gute Imitation von Pascals albernem Lächeln, und der Bürgermeister entspannte sich. Es war an der Zeit, die Falle vorzubereiten.

»Was ich noch fragen wollte, Céline«, sagte er mit ernstem und besorgtem Tonfall. »Hat der Trottel daran gedacht, Monsieur Web Ster den Brief zu geben, den ich letzte Woche für ihn auf dem Schreibtisch liegen gelassen habe, als er für mich eingesprungen ist?«

Céline runzelte die Stirn. »Da bin ich mir nicht sicher. Ich kann mich nicht daran erinnern, dass er etwas in der Richtung erwähnt hätte. War es etwas Wichtiges?«

»Sehr wichtig sogar.«

»Ich werde auf Ihrem Schreibtisch nachsehen. Seit er letzten Donnerstag Ihr Büro benutzt hat, ist niemand mehr dort gewesen.«

»Würden Sie das tun? Ich werde unterdessen hiermit weitermachen.« Serge hielt den Atem an, während Céline durchs Büro in den Raum nebenan trippelte. Als er sicher sein konnte, dass sie außer Sichtweite war, zog er einen Briefumschlag aus seiner Tasche und schob ihn in den Poststapel, der darauf wartete, abgeholt zu werden. Anders als der Brief unter seinem Schreibtisch, den Céline hoffentlich nicht entdecken würde, musste dieser hier schleunigst zugestellt werden. Er setzte die Besitzer der *Auberge* über die bevorstehende Prüfung in Kenntnis. Aber auf diese Weise, ohne Einweihung seiner Sekretärin, würde es, wenn der 26. Januar kam, keinen Akteneintrag des Vorgangs im Rathaus geben, und das war genau das, was er beabsichtigte.

»Wo lag er denn genau?«, rief Céline von der anderen Seite der Türöffnung.

»Auf meinem Schreibtisch. War eigentlich nicht zu übersehen«, erwiderte er und hoffte inständig, dass sie nicht zu genau nachschauen würde.

»Tja, jetzt ist er nicht mehr da.« Er vernahm das willkommene Geräusch ihrer Schritte, als sie in ihr eigenes Büro zurückkehrte und die Verbindungstür hinter sich schloss.

»Er muss es wohl erledigt haben«, sagte sie und nahm dem Bürgermeister die unterzeichneten Papiere aus der Hand. »Das grenzt ja fast an ein Wunder!«

Serge verabschiedete sich und versprach Céline, dass er bis spätestens Ende der kommenden Woche wieder zurück in seinem Büro sein würde. Sie erkundigte sich mit neckender Stimme, ob das daran läge, dass er seine Frau zurückerwarte, und er brachte in Erwiderung darauf ein jungenhaftes Grinsen zustande. Das wich allerdings rasch wieder von seinem Gesicht, als er die Treppe hinunterging, und an seine Stelle trat die gequälte Miene eines Mannes, dem das Schlimmste widerfahren war, was das Leben zu bieten hatte, und der dazu verdammt war, damit zu leben.

Verrat fiel Christian Dupuy nicht leicht, und als der Mittwochabend kam, machte sich diese Last langsam bemerkbar. Jeden Abend hatten er und René sich im Schutz der Dunkelheit in der *Auberge* getroffen, und gemeinsam hatten sie daran gearbeitet, den alten Heizkessel und den Öltank auszutauschen. Andere Gemeindemitglieder waren vorbeigekommen, um zu helfen, und hatten ihre Wagen am hinteren Ende des Dorfes geparkt, damit niemand Verdacht schöpfte. Bislang war zwar noch keiner erwischt worden, aber es schien nur eine Frage der Zeit, und Christian wollte nicht dabei sein, wenn der Bürgermeister herausfand, was hinter seinem Rücken vor sich ging.

Da er sich vor Nervosität ständig am Kopf kratzte, standen Christian inzwischen die Haare zu Berge, so auch, als er nun auf der Rückseite der *Auberge* aus seinem Panda kletterte. Froh, Renés Lieferwagen bereits außer Sichtweite der Straße dort geparkt zu sehen, streckte er seinen kräftigen Körper. Seine Muskeln protestierten bei dem Gedanken an vier weitere Arbeitsstunden. Aber sie waren ja beinahe fertig. Paul hatte die ganze Verkabelung erledigt, sodass sie den Heizkessel zu dritt installieren konnten, und heute Abend wollten sie ihn ausprobieren. Was auch gut war, da die Websters, abgesehen von dem Holzofen in der Ecke des Speiseraums, seit drei Tagen – seit René das alte System abgeklemmt hatte – ohne Heizung waren, und das war bei diesen Temperaturen wirklich kein Spaß.

Aber Lorna hatte sich kein einziges Mal beschwert. Sie lächelte eigentlich ohne Unterlass, seit sie am letzten Freitag in der *Auberge* aufgetaucht waren, und sie brachte jeden Abend für alle, die gekommen waren, um zu helfen, ein leckeres Essen auf den Tisch. Manchmal waren es zehn Leute, die um den großen Tisch herumsaßen, manchmal nur sechs oder sieben. Und inzwischen waren alle mit den Websters per Du. Monique Sentenac hatte oft in ihrem Friseursalon zu tun, und Josette und Véronique mussten sich abwechseln, da es, wie Josette richtigerweise zu bedenken gab, auffallen würde, wenn der Laden regelmäßig geschlossen wäre.

Christian verspürte einen gewissen Stolz darauf, wie engagiert seine Nachbarn die Sache unterstützten. Die fleckigen Zimmerdecken hatten eine frische Farbschicht erhalten, Annies Teppiche lagen nun im Flur und im beanstandeten Gästezimmer, und Moniques Bett war aufgebaut. Aber selbst als alle notwendigen Arbeiten für die Prüfung erledigt waren, kamen die Leute weiter vorbei. Sie putzten die Fenster und wuschen die alten Gardinen und Vorhänge, räumten das Gerümpel aus dem Keller, das sich über die Jahre dort angesammelt hatte, und halfen Lorna, die Haufen dreckiger Bettwäsche zu waschen und zu bügeln, die von den Loubets zurückgelassen worden waren. Nach fünf Tagen war die *Auberge* kaum wiederzuerkennen.

Nun, da er sich ein wenig frischer fühlte, spurtete Christian die Stufen hinauf und öffnete die Hintertür.

»*Bonsoir!*« Die versammelte Gruppe von Leuten an der Bar machte viel zu viel Lärm, um ihn zu hören. Stephanie hüpfte auf der Stelle, René klopfte Paul auf die Schulter, Annie lachte gackernd, und Véronique, die Lorna umarmte, sah einfach so … so … Christian hatte einen Aussetzer, als sich sein Verstand weigerte, den Satz zu beenden. Er blinzelte und betrachtete sie ein weiteres Mal. Der eng anliegende Pullover und die Schlaghose stellten eine gewaltige Verbesserung im Vergleich zu den unförmigen

Röcken und Strickjacken dar, die dem Feuer zum Opfer gefallen waren. Als seine Augen unfreiwillig über ihre Rundungen wanderten, erinnerte er sich mit einem Mal wieder an den Moment im Krankenhaus und an seinen flüchtigen Blick auf ihren perfekten … Ausgerechnet in diesem Augenblick schaute sie auf, ihre Blicke begegneten sich, und sein Gesicht begann zu glühen.

»Christian!«, kreischte Stephanie, die ihn entdeckte, wie er in der Türöffnung stand. Sie hüpfte auf ihn zu, schlang die Arme um ihn, und er, dankbar für die Ablenkung, schwenkte sie im Kreis herum. Erst als er sie wieder auf dem Boden abstellte, sah er, dass Véronique, deren Gesicht eben noch vor Freude gestrahlt hatte, nun ein gezwungenes Lächeln trug.

Für einen Moment kam er sich unsinnigerweise so vor, als hätte er einen Treuebruch begangen, rückte ein wenig von Stephanie ab und wandte sich an die anderen.

»Was gibt es denn zu feiern?«

Lorna reichte ihm zwei Briefe, die er rasch überflog. Im ersten wurde eine zweite Prüfung für die *Hôtel de Tourisme*-Zulassung am 26. Januar angekündigt, was eine großartige Neuigkeit darstellte. Aber eigentlich war es der zweite Brief, der alles veränderte.

»Ich glaub's nicht!«, rief er. »Der Bürgermeister hat eine zweite Brandschutz- und Sicherheitsprüfung für denselben Tag angeordnet. Wieso sollte er das tun, wo Pascal doch erklärt hat, das das unmöglich sei? Das kann doch nicht in seinem Interesse sein.«

»Egal! Jetzt können wir Zuschüsse bekommen und vielleicht auch Dach reparieren!«

»Ich werde mich noch heute Abend an den Papierkram setzen«, platzte Stephanie dazwischen. »Auf diese Weise sollten wir alles rechtzeitig schaffen.«

»Aber seht euch diese Passage hier an.« Christian deutete auf einen Satz mitten im Text und begann laut zu lesen.

»Unter Bezugnahme auf mein Schreiben vom 15. Januar setze ich Sie hiermit in Kenntnis, dass es mir gelungen ist, eine erneute Brandschutz- und Sicherheitsprüfung der Auberge des Deux Vallées zu organisieren, die am Montag, den 26. Januar stattfinden wird.«

Christian zog wegen des Datums seine Uhr zu Rate und rechnete kurz nach.

»Der 15. war letzten Donnerstag. Habt ihr letzte Woche einen Brief vom Bürgermeister bekommen?«

Paul schüttelte den Kopf. »Nein, kein Brief. Als wir im Rathaus waren, war er nicht da, nur Pascal Souquet. Er uns keine Hilfe gegeben, kein Brief.«

»Das habe ich mir schon gedacht.« Christians Stirn legte sich in Falten. »Also, worauf bezieht er sich?«

»Wahrscheinlich ist er nur durcheinander«, sagte Véronique. »Er scheint ja viel am Hals zu haben, seit seine Frau weg ist!«

René stieß ein unanständiges Lachen aus, aber Annie beeilte sich, sie zu tadeln.

»Du solltest es besser wissen, als zu klatschen, Véronique!«, sagte sie mit scharfer Stimme.

»Aber wie kannst du ihn verteidigen, Maman? Nach allem, was er getan hat?«

Annie presste die Lippen zusammen und gab einen schnaubenden Laut von sich.

Christian dagegen war nicht überzeugt.

»Der alte Fuchs führt irgendwas im Schilde. Ich weiß bloß noch nicht, was.«

Lorna legte eine Hand auf Christians Arm. »Vielleicht hat er sich anders überlegt? Warum fragen? Wir sind so dankbar!«

»Ja, natürlich, du hast ja recht.« Christian wollte nicht die gute Stimmung verderben. »Es sind tolle Neuigkeiten.«

»Aber nur, wenn wir hier auch fertig werden«, warf René barsch ein. »Also los, Schluss mit der Faulenzerei!«

Und damit ging die Gruppe auseinander, und jeder machte sich nach dieser unerwarteten Neuigkeit mit dem guten Gefühl an seine Arbeit, dass ihre Mühen nicht umsonst sein würden.

Christian war nicht so heiter gestimmt. Er kannte den Bürgermeister schon zu lange und traute ihm nicht über den Weg. Aber er entschied, die Sache für den Moment beiseitezuschieben und sich darauf zu konzentrieren, die Brandmauer um den neuen Heizkessel hochzuziehen. Doch seine Gedanken kreisten weiter um die Angelegenheit. Das Problem war, dass die abrupte Kehrtwende des Bürgermeisters für jeden in der Gemeinde nur von Vorteil sein konnte. Und genau das machte ihn so misstrauisch.

Während sich Christian alle Mühe gab, die komplizierten Drehungen und Wendungen in den Denkvorgängen des Bürgermeisters zu durchschauen, wünschte sich dieser zum ersten Mal in seinem Leben, dass alles ein bisschen weniger kompliziert wäre. Aber eigentlich war nichts simpler als der Tod, und das war die Realität, der er ins Auge sehen musste.

Es war der Abend vor der erneuten Prüfung der *Auberge*, und er wachte am Bett seiner Frau, wie er es während der ganzen letzten Woche getan hatte. Ihr Zustand verschlimmerte sich zusehends. Inzwischen vermochte sie kaum noch zu sprechen, verlor immer wieder das Bewusstsein, und ihre Atmung war flach und mühsam. Er brauchte keinen Arzt, um zu wissen, dass sie nicht mehr lange zu leben hatte.

Als draußen das Licht langsam schwand und sich der Klang ihres schweren Atmens mit dem Prasseln der Regentropfen mischte, die ans Fenster schlugen, fragte er sich, ob sie wohl Schmerzen hatte. Die Schwestern hatten ihm versichert, dass die Medikamente stark genug waren, um ihr Leiden zu mindern, aber er machte sich dennoch Sorgen. Sie war so schwach, wirkte so zerbrechlich. Serge war fast davon überzeugt, dass sie aus dem Zimmer schweben würde, wäre da nicht das Gewicht des Rosenkranzes, dessen Perlen um ihre Finger geschlungen waren und das sie wie ein spiritueller Ballast, einem Anker gleich, in dieser Welt festhielt. Er legte seine Hand auf die ihre, die so bleich und schlaff auf der Bettdecke ruhte. Im Vergleich zu ihrer war seine eigene, von vielen Jahren der Schufterei in den

Wolfram-Minen übel zugerichtete Hand von blühender Gesundheit.

Fünfundzwanzig Jahre. Er streichelte ihre regungslos daliegenden Finger. Ein Vierteljahrhundert, seit er zum Bürgermeister gewählt worden war. Er hatte die Landwirtschaft, die das Leben seines Vaters und seiner Vorfahren ausgemacht hatte, verschmäht, den mageren Lebensunterhalt verachtet, der sich von dem kleinen Stückchen Land erwirtschaften ließ, das überwiegend aus Fels bestand. Stattdessen hatte er sich für eine sicherere Existenz entschieden. Bergbau aber war körperliche Schwerstarbeit, und als die Minen dann nach und nach geschlossen und er Mitte der achtziger Jahre entlassen wurde, war ein Teil von ihm erleichtert gewesen. Binnen eines halben Jahres nach seiner Entlassung hatte er es geschafft, zum Bürgermeister aufzusteigen, hatte den alten Henri Estaque bei der Wahl knapp geschlagen und seine politische Karriere begonnen. Aber all seine Winkelzüge, all seine Machenschaften, die ihm zur zweiten Natur geworden waren, vermochten ihm nun bei der Krankheit seiner Frau nicht zu helfen. – Zutiefst frustriert schritt er zum Fenster, wo die Berge hinter Regenwolken versteckt waren, die von Sekunde zu Sekunde bedrohlicher wurden.

Darunter, auf der schmalen Ebene, lag das Wirrwarr der Lichter von St. Girons, das sich von den Pyrenäen weg erstreckte, Richtung Flachland, ganz so, als liefe es vor dem Sturm davon. Er drückte seine Stirn gegen das Glas. Die Kälte stellte eine willkommene Abwechslung zu der Stickigkeit des Zimmers dar, und er dachte über all die kleinen Umstellungen in der nächsten Zeit nach, all die winzigen Details einer gemeinsamen Existenz, die abgewandelt werden mussten. Nur wenn er über die Einzelheiten nachdachte, vermochte er überhaupt ansatzweise zu begreifen, wie umfassend sich sein Leben verändern würde.

»Monsieur Papon?«

Die Krankenschwester stand mit strenger, wenn auch verständnisvoller Miene in der Tür.

»Sie sollten jetzt nach Hause gehen. Sie müssen sich etwas ausruhen.«

»Nur noch fünf Minuten«, sagte er mit flehentlicher Stimme, und sie blickte auf ihre Uhr und nickte zustimmend. Dann schloss sich die Tür mit einem zischenden Geräusch wieder hinter ihr.

Thérèse hatte vom Tag ihrer Diagnose an darauf bestanden, ihrer beider Leben nicht von dieser Krankheit durcheinanderbringen zu lassen. Da sie ohnehin ein recht verschlossener

Mensch war, hatte sie den Gedanken verabscheut, Gegenstand von irgendwelchem Gerede zu werden, egal wie gut gemeint es auch sein mochte, und so hatte sie darauf bestanden, dass er niemandem davon erzählte. Nicht einmal ihrer einzigen noch lebenden Schwester. Sie hatte den Vorschlag abgelehnt, sich zu Hause pflegen zu lassen, da sie nicht wollte, dass sich ihr Haus in ein Hospital verwandelte oder die Erinnerungen ihres gemeinsamen Lebens vereinnahmt wurden von dem Gedanken an den Tod. Und als er vorgeschlagen hatte, dass er über Nacht im Krankenhaus bleiben könne, wenn es ihr schlechter ging, da hatte sie ein Machtwort gesprochen.

Die Erinnerung an ihre Entrüstung ließ ihn kläglich lächeln. Es war ein seltenes Aufblitzen ihrer inneren Stärke gewesen, von der nur wenige wussten, dass Thérèse sie besaß. Aber genau deshalb steckte er nun in einer Zwickmühle. Sollte er ihre Wünsche respektieren und gehen, obwohl sie nicht bei Bewusstsein war? Oder sollte er sich auf seine gewohnt egoistische Art und Weise benehmen und genau das tun, was er wollte, nämlich bei ihr bleiben?

Ein Geräusch vom Bett erregte seine Aufmerksamkeit.

»Thérèse«, flüsterte er und griff nach ihrer

Hand. Ihre Lider zuckten und öffneten sich, und ihre Augen mühten sich, ihn anzublicken.

»Geh heim«, murmelte sie, und ihre Finger schlossen sich um die seinen.

»Ganz bestimmt?«

Sie blinzelte, was einem Nicken am nächsten kam. Zu mehr war sie nicht mehr fähig.

»Also schön. Wenn das dein Wunsch ist«, sagte er mit resignierter Miene. »Dann bis morgen früh.«

Er küsste ihre eingefallene Wange.

»Serge … Es tut mir leid.«

»Aber sag doch so etwas nicht! Du hast doch gar keinen Grund, dich zu entschuldigen.« Er kämpfte mit den Tränen und drückte sanft ihre Hand. »Du bist das einzig Wahre in meinem Leben.«

Ihre Lider zuckten als Reaktion auf seine Worte, und er konnte sehen, dass sie versuchte, den Kopf zu schütteln.

»So … leid …« Ihre Stimme verstummte, und sie sank wieder zurück in diesen Dämmerzustand, in dem er sie nicht mehr erreichen konnte.

Er blieb noch ein paar Minuten an ihrem Bett stehen, sah zu, wie sich ihre Brust hob und senkte, bis er das betonte Räuspern der jungen Krankenschwester vernahm.

»Sie sollten jetzt wirklich nach Hause gehen«, sagte sie, und ihr Gesicht nahm einen weicheren Ausdruck an. »Ich werde mich heute Nacht gut um sie kümmern.«

Er nickte benommen und ging ein wenig taumelig zur Tür.

»Sie werden mich doch anrufen, wenn …« Die Worte gingen ihm aus, aber die Schwester verstand ihn auch so.

»Wenn es irgendeine Veränderung geben sollte, werden wir Sie sofort verständigen.«

Irgendwie schaffte er es bis zum Ausgang, wo sich eine Gruppe von Besuchern drängte. Viele inhalierten dankbar ihre erste Zigarette seit den vielen Stunden, die sie drinnen verbracht hatten, andere schlurften ebenso betäubt wie er zu ihren Autos.

Auf dem Nachhauseweg versuchte er sich auf die Straße zu konzentrieren, aber das fiel ihm schwer. Dieses Schamgefühl, das ihre Worte in ihm geweckt hatten, wurde immer stärker, bis er an nichts anderes mehr zu denken vermochte. Sie hatte sich bei ihm entschuldigt! Nach all den Affären, die er vor ihr verheimlicht hatte, den Intrigen, die er gesponnen hatte, der Art und Weise, wie er es als selbstverständlich betrachtet hatte, dass sie für ihn da war. Er schüttelte den Kopf, um die Bilder daraus zu vertreiben, und umklammerte das Lenkrad fester.

Immer noch aufgewühlt bog er um die letzte Kurve vor La Rivière, und die *Auberge des Deux Vallées* kam in Sicht. Das Erste, was er bemerkte, waren die Lichter. Es schien so, als seien in sämtlichen Zimmern des ganzen Hauses die Lampen eingeschaltet. Er drosselte das Tempo, und als er auf gleicher Höhe war, erblickte er einen Mann, der sich aus einem der unteren Fenster lehnte, um die Läden zu schließen. Ihre Blicke begegneten sich durch den herabfallenden Regen, und Serge begriff sogleich, was die Anwesenheit des Mannes zu bedeuten hatte.

Ein trockenes Lachen entschlüpfte ihm. So lief der Hase also jetzt. Die Besitzer der *Auberge*, die sich offenbar nicht scheuten, selbst zu einer List zu greifen, hatten sich fremde Hilfe geholt. Er bezweifelte, dass es ihnen in der Kürze der Zeit und angesichts ihrer angespannten finanziellen Lage gelungen war, viel zustande zu bringen. Aber wenigstens bewiesen sie damit Entschlusskraft und Unternehmergeist. Vielleicht würden sie ja doch ganz gut hierher passen.

Er beendete seine Fahrt die gewundene Straße nach Fogas hinauf leichteren Herzens. Als er an seinem Haus ankam – das einzige im

Dorf, dessen Fensterläden noch offen standen und das in völliger Dunkelheit lag –, konnte er den kommenden Tag kaum erwarten. Er freute sich ganz besonders darauf, Thérèse zu erzählen, dass er eingelenkt und seine Erlaubnis erteilt hatte, die *Auberge* wieder zu öffnen, obwohl sie auch bei der zweiten Prüfung durchgefallen war. Und dass es ganz so aussah, als würde das englische Paar doch hierbleiben.

»Mist!«, rief Christian und zog den Kopf mit seinen regenfeuchten Locken rasch durch das geöffnete Fenster der *Auberge* zurück in den Speisesaal.

Véronique, die auf einem Barhocker saß, das gebrochene Bein auf einen Stuhl gestützt, fiel beinahe von ihrem Sitz, als er immer noch fluchend das Fenster zuknallte.

»Was ist denn los?«

»Der Bürgermeister. Verdammt! Der Bürgermeister hat mich gerade gesehen. Er ist genau in dem Moment vorbeigefahren, als ich mich hinausgelehnt habe, um die Läden zu schließen. Scheiße!«

Eine nervöse Stille erfüllte den Raum, die nur von der kratzigen Akkordeonmusik unterbrochen wurde, die im Hintergrund aus dem Radio ertönte.

»Bist du dir auch sicher, dass er es war?«, fragte René, die Zigarette vergessend, die er halb gerollt in den Händen hielt.

»Dieses Gesicht ist nun wirklich unverwechselbar.«

»Na ja, vielleicht hat er dich ja gar nicht gesehen«, wandte Stephanie ein.

»Und ob er mich gesehen hat. Der Mistkerl hat mich sogar angegrinst.«

René zog vernehmlich die Luft ein.

»Das ist nicht gut«, sagte er. »Das ist gar nicht gut.«

»Herrschaft noch mal!«, rief Annie genervt. »Was kann er uns denn schon anhaben? Wir brechen ja schließlich kein Gesetz.«

Paul trat unruhig von einem Fuß auf den anderen. Er hatte sich bemüht, dem hitzigen Wortwechsel zu folgen, und begann zu ahnen, dass sich seine Nachbarn Schwierigkeiten eingebrockt hatten, weil sie ihnen halfen.

»Verdammt!« Christian schlug sich gegen die Stirn. »Und dabei lief doch alles so gut!«

»Ist nicht deine Schuld«, warf Véronique ein. »Er hätte es doch morgen ohnehin erfahren. Und sieh es mal positiv. Jetzt müssen wir unsere Mitwirkung nicht mehr verstecken und können alle bei der Prüfung dabei sein!«

»Sie hat recht.« René, der sich wieder an

seine Zigarette erinnert hatte, leckte den Rand des Papiers an, klebte den Glimmstängel zu und steckte ihn, nachdem er das Ergebnis kurz begutachtet hatte, für die Rückfahrt in seine Hemdtasche. »Ich weiß nicht, wie ihr das seht, aber ich werde morgen früh um neun hier sein.« Er wandte sich Paul und Lorna zu. »Wenn euch das recht ist?«

»*Merveilleux!*«, sagte Lorna. »Du auch, Christian? Ich mache viel zu essen …«

Christian grinste verlegen, während alle anderen schallend lachten. Nun, da der Heizkessel seit Mittwochabend lief, hatten sie Christian jeden Abend wegen seiner Anwesenheit in der *Auberge* aufgezogen, und René hatte angedeutet, dass sie mehr mit der abendlichen Mahlzeit als mit der abendlichen Arbeit zu tun hatte.

»Pssst!« Véronique bedeutete ihnen, ruhig zu sein, als sie sich von ihrem Hocker heruntermühte, um nach dem Radio zu greifen und es lauter zu stellen. »Ich muss mich wohl verhört haben!«

Die Stimme einer jungen Frau sprudelte aus dem Gerät. Das Französisch war schnell und die Stimme unglaublich schrill, aber es handelte sich eindeutig um eine Werbung für einen hiesigen Betrieb. Lorna verstand nicht, warum

Véronique es für so wichtig hielt, bis die letzten Worte aus dem Radio purzelten.

»… in der Auberge des Deux Vallées, La Rivière, Telefon …«

»Das sind wir! Werbung für uns! Im Radio! Wer von euch …«

Aber es hatte keinen Sinn, die anderen zu fragen. Sie schienen alle gleichermaßen überrascht und beseelt von der Vorstellung, ein bisschen Berühmtheit erlangt zu haben – wenn auch nur auf Radio Couserans. Lediglich Véronique blieb ganz ruhig und richtete einen prüfenden Blick auf Christian, dessen zuvor unbehagliche Miene einer zufriedenen gewichen war. Er spürte ihre Augen auf sich ruhen, griff ihre Krücken und ging zu ihr hinüber.

»Bist du so weit? Kann ich dich nach Hause fahren?«, fragte er betont beiläufig.

»Du bist ein guter Mann, Christian Dupuy.«

»Ich weiß wirklich nicht, womit ich das verdient habe«, erwiderte er, Erstaunen heuchelnd.

»Nein, natürlich nicht.«

Er zuckte mit den Schultern, grinste dann. »Wird mich das jetzt vor der ewigen Verdammnis retten?«

Sie verzog das Gesicht, als dächte sie ernsthaft über seine Frage nach. »Nein«, erklärte sie schließlich lachend. »Das glaube ich nicht. Ich fürchte, du bist verdammt, bis in alle Ewigkeit in den Flammen der Hölle zu schmoren. Aber wenn du mir die Stufen hinunterhilfst, dann werde ich für dich beten.«

Er stimmte in ihr Lachen ein, ergriff ihren Arm und führte sie durch den Raum. Die anderen verabschiedeten sich ebenfalls und versprachen, am nächsten Morgen vorbeizukommen. Sie verließen die kuschelige Wärme der *Auberge* und stöhnten über die Kälte und die Nässe draußen, als sie zu ihren Autos liefen. Da Geheimhaltung nicht mehr länger vonnöten war, drückte René auf seine Hupe, als er davonfuhr, während Stephanie ein letztes Adieu brüllte, als sie dem stotternden Panda mit dem knallenden Auspuff auf die Straße hinaus folgte.

»Mensch, was für ein Abend!«, sagte Paul, als er die Tür schloss.

»Was für eine Woche trifft es wohl eher.«

Sie standen für einen Moment schweigend da, als ihnen bewusst wurde, was sie alles geschafft hatten. Auf der Bar lag eine Mappe, in der sich alle notwendigen Unterlagen für einen Förderantrag befanden. Stephanie hatte sich vier Abende abgeplagt, damit sie die notwendigen Zuschüsse beantragen konnten. An der hinteren Wand befand sich der Thermostat für die Zentralheizung, die René und Christian installiert hatten. Die Gästezimmer oben waren makellos, alle komplett eingerichtet, die neuen Vorhänge von Véronique und Josette handgesäumt. Und dank Annie und Monique Sentenac blitzten die Fenster vor Sauberkeit.

St. Germaine thronte über allem auf ihrem Ehrenplatz, der Sockelleiste, im Flur.

»Madame Dubois wird den Laden nicht wiedererkennen«, sagte Lorna mit einem zittrigen Lachen.

»Ich erkenne ihn ja nicht mal wieder!« Paul schüttelte verwundert den Kopf. »Es kommt mir wirklich so vor, als hätten wir unser Ziel fast erreicht. Wir müssen nur noch zwei Prüfungen hinter uns bringen.«

»Dieses Mal wissen wir wenigstens, was auf uns zukommt.«

Mit einem Gefühl großer Zufriedenheit schalteten sie die Lichter aus, gingen nach oben und legten sich schlafen.

Draußen wurde der Regen immer stärker. Das Klatschen der Tropfen verwandelte sich in ein Trommelfeuer, das auf das Dach der *Auberge* niederging. Graue Schieferplatten schimmerten im Licht der Straßenlaternen. Das Wasser ergoss sich über sie, lief in Rinnsalen über sie hinweg, auf der Suche nach einer Öffnung, einem leichten Weg abwärts. Der kleinste Spalt genügte. An ein oder zwei Stellen begann es unter die Platten zu sickern, rann an der Innenseite des Daches herab und tropfte – plitsch, platsch – in die sorgfältig aufgestellten Eimer darunter. Abgesehen von einer Stelle in der Ecke, wo es keinen Eimer gab, keine Plane, denn bis zu dem Sturm an Silvester hatte es hier keine undichte Stelle gegeben. Dort sickerte das Regenwasser nun in die rauen Holzdielen und in die darunterliegende Decke.

Anfangs wurde der Putz dort noch damit fertig, quoll auf, als die Feuchtigkeit in ihn eindrang, und ein brauner Fleck breitete sich über die frische Farbe aus. Aber als es immer weiterregnete, war der Sättigungspunkt schließlich erreicht und der durchnässte Kalk nicht mehr in der Lage, sein eigenes Gewicht zu halten. Mit einem dumpfen, gedämpften Poltern fiel ein großer Teil der Decke herab. Staub und Schutt landeten auf dem neuen Bett, und eine der Lampen wurde vom Nachttisch gestoßen.

Am Ende des Flurs, in dem einzigen bewohnten Zimmer, rührte sich niemand. Alles war still. In den frühen Morgenstunden hörte der Regen endlich auf. Aber der Schaden war angerichtet.

19

Es war Lorna, die das Malheur entdeckte. Anderthalb Stunden bevor die Prüfung angesetzt war, ging sie von Zimmer zu Zimmer, stellte die Heizkörper höher und sah nach, ob auch alles so war, wie es sein sollte. Sie nahm sich Zeit dafür, was zum Teil damit zu tun hatte, dass sie versuchte, ihre gespannte Erwartung zu zügeln, die ihr Magenflattern verursachte, und zum Teil damit, dass sie immer noch über die Verwandlung staunte, die mit der *Auberge* vor sich gegangen war. Der düstere Tag Mitte November, als sie das undichte Dach und die schreckliche Küche entdeckt hatten, schien nur noch eine ferne Erinnerung, als sie nun mit der Hand über die frischgestrichenen Wände in einem Gästezimmer strich und in einem anderen die von Vorhängen eingerahmten Fenster bestaunte, deren Glas im strahlenden Sonnenlicht funkelte. Als sie an der letzten Tür auf dem Flur angelangt war, verspürte sie fast so etwas wie eine heitere Gelassenheit. Sie griff nach der Klinke, um sie hinunterzudrücken, verharrte dann aber einen Moment, denn ein muffiger, moderiger Geruch, der am Vorabend noch nicht da gewesen war, brachte ihre Nasenlöcher zum Beben. Sie dachte sich nichts dabei. Bis sie die Tür öffnete.

»OH MEIN GOTT!«, schrie sie, die Hände an den Kopf gepresst, als sie versuchte, das, was sie vor sich sah, zu begreifen.

Ihr Schrei drang bis nach unten, wo sich die Helfer um die Kaffeemaschine versammelt hatten. Sofort rannten sie los. Paul und Stephanie eilten, zwei Stufen auf einmal nehmend, die Treppe hinauf, und Christian ließ einen keuchenden René hinter sich, als der versuchte mitzuhalten, während Annie und Josette so schnell liefen, wie es ihr Alter erlaubte. Als Véronique endlich die Treppe hinaufgehopst war und an dem Zimmer eintraf, wurde ihr die Sicht von all den Leuten, die vor ihr dort angekommen waren, versperrt.

»Was ist passiert?«, fragte sie und versuchte, über Christians breite Schultern hinwegzusehen.

»Die Decke ist runtergekommen«, flüsterte Josette entsetzt.

»Eine Katastrophe!«, verkündete Stephanie. »Hier, sieh nur«, forderte sie Véronique auf und rückte ein Stück zur Seite.

Das neu gestaltete Zimmer war nicht wiederzuerkennen. An der Decke klaffte ein riesiges, schartiges Loch, durch das man die immer noch feuchten, rauen Bodendielen des Dachbodens erkennen konnte; staubiger Sonnenschein fiel durch die Spalten. Ungefähr ein Drittel des Putzes war heruntergekommen, auf dem Boden zerschmettert und hatte die Möbel mit dem Schmutz von Jahrzehnten bedeckt. Einer der Vorhänge war von einem herabfallenden Bruchteil entzweigerissen worden, während der andere vollkommen verdreckt und schmutzverkrustet war. Das Bett, oder besser gesagt das, was Véronique noch davon sehen konnte, schien unbeschädigt zu sein und lediglich einer gründlichen Reinigung zu bedürfen, aber der Teppich … Ein riesiger nasser Fleck war an der Stelle sichtbar, wo es hineingeregnet hatte, nachdem die Decke eingestürzt war, und schmatzende Geräusche ertönten, als sich Paul und Christian einen Weg durch die Schweinerei bahnten. Aber am schlimmsten war der Gestank. Der starke, feuchte Geruch reizte den Hals und erschwerte das Atmen.

Es würde Ihnen niemals gelingen, das Zimmer rechtzeitig herzurichten.

Als habe er Véroniques Gedanken gelesen, gab Paul Christian ein Zeichen, und sie verließen das Zimmer und schlossen die Tür hinter sich.

»Ich glaube, wir können Prüfung vergessen«, sagte Paul und legte einen Arm um Lorna, deren Gesicht aschgrau war. »Wir müssen sechs Zimmer haben für Zulassung von *Hôtel de Tourisme*. Minimum.«

»Was ist mit eurem Zimmer?«, schlug Véronique vor, aber Lorna schüttelte bereits den Kopf.

»Als wir angekommen sind, haben wir schlimmstes Zimmer für uns genommen. Die Decke ist so«, sagte sie, deutete mit einer Bewegung an, wie weit sie durchhing, und stieß einen schweren Seufzer aus. »Es wird nicht bestehen.«

»Aber was ist mit den Zuschüssen?«, stieß Stephanie hervor. »Ihr werdet dann keine Zuschüsse bekommen!«

Paul deutete auf die geschlossene Tür. »Aber es ist nicht möglich zu beheben.«

»Er hat recht.« Christian kratzte sich am Kopf und fuhr sich mit einer Hand über die Stirn. Er spürte die Niedergeschlagenheit der Leute um sich herum, die so schwer dafür gearbeitet hatten, die Prüfung zu ermöglichen. »Wir können nichts tun. Zumindest kann die Brandschutz- und Sicherheitsprüfung durchgeführt werden, und wenn ihr bestanden habt, müssen wir den Bürgermeister dazu bringen, die Schließung aufzuheben.«

»Die ganze Arbeit umsonst«, murmelte Stephanie, die nicht bereit war, das Leben von der heiteren Seite zu betrachten. »Warum musste es ausgerechnet dieses Zimmer sein? Warum konnte die Decke nicht in eurem Zimmer herunterkommen oder im … im …« Als ihr klar wurde, dass man in ihre Worte hineininterpretieren konnte, sie wünschte Paul und Lorna den Tod, warf sie hastig einen finsteren Blick den Flur hinauf und hinunter und entschied sich für die einzige Alternative: »… im Wäschezimmer! Warum konnte nicht das Zimmer beschädigt werden? Das wird ja nicht einmal kontrolliert!«

»Es ist nicht Teil der Prüfung?«, fragte Véronique.

Lorna schüttelte den Kopf.

»Wie groß ist es?«

»So groß wie der Raum, in dem wir schlafen.«

»Darf ich es mir mal ansehen?«

Lorna bedeutete Véronique, sich keinen Zwang anzutun. Sie ärgerte sich über diese ihrer Ansicht nach unnötige Abschweifung. Die anderen sahen ebenso verständnislos zu, wie Véronique die Tür zur Wäschekammer aufriss und hineinhopste. Ihre gedämpfte Stimme drang nach draußen.

»Es gibt schon etwas, was wir tun können.« Sie tauchte mit einem triumphierenden Blick wieder im Türrahmen auf. »Wir können die Wäsche umquartieren.«

»Die Wäsche umquartieren?« Christian war ein bisschen schwer von Begriff. Aber Paul hatte kein Problem, zu verstehen, was sie meinte.

»Ja! *Naturellement!* Superidee! Wir können das da als Gästezimmer machen.«

»Wir müssen nichts weiter tun als die Wäsche in das andere Zimmer bringen und die Möbel aus dem beschädigten Zimmer hier hineinstellen«, erklärte Véronique. »Wir sollten sie natürlich erst sauber machen. Und um das ganze restliche Chaos kümmern wir uns dann nach der Prüfung.«

»Haben wir denn noch genug Zeit?« Josette schaute auf ihre Armbanduhr.

»Dafür werden wir schon sorgen!«, verkündete Annie, rollte ihre Ärmel auf und marschierte in die Wäschekammer, wo Véronique bereits damit beschäftigt war, Handtücher und Laken zu stapeln, damit sie herausgetragen werden konnten. Josette beeilte sich, ihrem

Beispiel zu folgen, auch wenn dies bedeutete, dass sie den Laden ausnahmsweise einmal später öffnen musste. René, der wegen der Verwüstung des Zimmers und der Rennerei die Treppe hinauf ausnahmsweise einmal stumm blieb, ging in das beschädigte Zimmer und begann die Nachttische abzuwischen, während Christian und Paul sich an die schwierige Aufgabe machten, das Bett freizuräumen.

»Was kann ich tun?«, erkundigte sich Stephanie bei Christian.

»Du und Lorna, ihr könnt unten warten, und falls dieser Inspektor zu früh auftauchen sollte, dann versucht ihn hinzuhalten.«

»Und wie stellen wir das an?«

»Oh, ich bin sicher, ihr werdet einen Weg finden. Wendet nur keine Gewalt an!«

Stephanie lehnte sich an den Türrahmen, klimperte mit den Wimpern und machte einen verführerischen Schmollmund.

»Genau so!«, sagte Christian lachend. »Sieh nur, es funktioniert schon.« Er zeigte auf René, der aufgehört hatte, die Möbel abzuwischen, und Stephanie mit dem Ausdruck eines ausgehungerten Wolfes dabei beobachtete, wie sie sich langsam eine Locke um einen langen Finger wickelte.

»Das Problem ist nur, dass der Inspektor eine

Inspektorin ist, ihr kleinen Paschas«, sagte Stephanie und machte sich daran, Lorna nach unten zu folgen.

Am Ende bestand gar keine Notwendigkeit für Stephanie, ihre weiblichen Reize einzusetzen. Eine Viertelstunde vor der mit der Inspektorin vereinbarten Zeit hatte sich die Wäschekammer in ein helles, freundliches Gästezimmer verwandelt. Dem Bett, flankiert von zwei Nachttischen mit nicht zusammenpassenden Lampen, sah man nicht an, dass es noch vor kurzem mit Putz bedeckt gewesen war. Die Bettdecken waren nicht mehr zu gebrauchen gewesen, und daher war es nun unter einer leuchtend gelben Tagesdecke verschwunden, die ebenso wie die am Fenster hängenden passenden Vorhänge in aller Eile aus Chloés Zimmer hergeholt worden waren. Stephanie hatte außerdem eine Vase mit frühen Osterglocken mitgebracht, die sie auf einen Tisch in der Ecke gestellt hatte. Und im Flur hing nun ein Sträußchen mit getrocknetem Lavendel, um von dem durchdringenden Feuchtigkeitsgeruch abzulenken. Die Tür zu dem beschädigten Zimmer war abgeschlossen.

»Großartig!«, gratulierte Christian Véronique, als sie beide zusammengesunken und schlapp von der körperlichen Anstrengung auf einem Barhocker vor ihrem Kaffee saßen. »Und ganz schön clever noch dazu. Ich hatte ja keine Ahnung, was so alles in dir steckt!«

Véronique neigte angesichts des Lobs den Kopf zur Seite.

»Der Apfel fällt nicht weit vom Stamm«, murmelte Annie und klopfte ihrer Tochter liebevoll auf die Schulter.

»Er ist da!«, ertönte Renés schriller Schrei von draußen, wo er mit schlechtem Gewissen eine Zigarette geraucht hatte, die er nun fieberhaft auszudrücken und dabei gleichzeitig die Vordertür zu öffnen versuchte. »Er ist da, er ist da!«

In Reaktion auf die Panik in Renés Stimme versammelten sich alle in der Nähe der Bar und drängten sich in der primitiven Überzeugung zusammen, dass man zu mehreren sicher sei. Paul stellte erstaunt fest, dass lediglich Monique Sentenac und Josette fehlten. Sie hatten sich beide dafür entschuldigt, dass sie ihnen in der entscheidenden Phase nicht beistehen konnten. Paul, der sich sehr wohl bewusst war, welches Risiko die Anwesenden auf sich nahmen, empfand mit einem Mal eine tiefe Zuneigung für seine Nachbarn, die an den letzten zehn Abenden zu seinen Freunden geworden waren.

»Ihr könnt gehen, wenn schnell, schnell«, sagte er und zeigte auf die Hintertür.

Renés Augen huschten Richtung Hintertür, als zöge er in Erwägung, die Flucht in diese Richtung anzutreten, bevor der Bürgermeister die Vordertür erreichte, aber Annie schnaubte nur verächtlich.

»Zu spät!«, polterte sie. »Hat keinen Sinn mehr. Er weiß ohnehin, dass wir mitmischen.«

Die Worte hingen wie ein Todesurteil über ihren Köpfen, während sie warteten und die dröhnende Stimme des Bürgermeisters immer näher kam, bis man sehen konnte, wie seine Wurstfinger nach der Türklinke griffen.

»Der Moment der Wahrheit«, murmelte Christian, und er spürte, wie jemand solidarisch seine Hand drückte. In dem Moment, als er erkannte, dass es Véronique war, betrat auch schon der Bürgermeister den Raum.

»*Bonjour*, Monsieur, Mad …« Die Begrüßung des Bürgermeisters erstarb auf seinen Lippen, als er die Gruppe vor sich erblickte. »Messieurs, Mesdames«, verbesserte er sich und klang dabei alles andere als freundlich. Nachdem er einen nach dem anderen mit einem eiskalten, eindringlichen Blick bedacht hatte, als präge er sich ihren Verrat in sein Gedächtnis ein, tat er sie mit einem Zurückwerfen des Kopfes ab und schritt mit ausgestreckter Hand auf Paul und Lorna zu.

»Monsieur Web Ster, Madame Web Ster. Ich will hoffen, dass es Ihnen gutgeht?«

»Ja, vielen Dank«, brachte Paul heraus, während sich Lorna Mühe gab, nicht einzuatmen, als das Rasierwasser des Bürgermeisters sie einhüllte.

»Ich glaube, Sie kennen ja schon alle.« Er deutete auf die Prüfungsbeteiligten, die ihm gefolgt und ebenso von der Anwesenheit so vieler Leute erstaunt waren. Madame Dubois löste sich von der kleinen Gruppe und trat vor, um ihnen ebenfalls die Hand zu schütteln, wobei sie sich nach vorn neigte, um Lorna etwas zuzuflüstern.

»Haben Sie alles fertig bekommen?«

Lorna nickte kaum merklich, und Madame Dubois' Gesicht hellte sich auf.

»Ausgezeichnet!« Sie schloss sich wieder der kleinen Gruppe an.

»Also. Wo fangen wir an?«, fragte der Bürgermeister.

Paul entschied sich, die Initiative zu ergreifen. »Vielleicht möchte Major Gaillard den neuen Heizkessel ansehen? Oder den neuen Öltank?«

Der Bürgermeister blinzelte zweimal, aber das war seine einzige sichtbare Reaktion.

»Und ich zeige Madame Dubois die Gästezimmer«, fügte Lorna hinzu. »Es ist alles vollendet.«

Die beiden Inspektoren stimmten bereitwillig zu, und als der Bürgermeister spürte, wie ihm seine Macht entglitt, färbte sich sein Gesicht puterrot. Er hatte zwar bereits gestern Abend, als er vorbeifuhr, vermutet, dass etwas im Gange war, aber er hatte ja keine Ahnung gehabt, in welchem Maße er ausmanövriert wurde. Er hätte niemals gedacht, dass sie all die Arbeiten pünktlich schaffen würden. Und auch wenn er zu der Schlussfolgerung gelangt war, dass es das Beste wäre, die *Auberge* wieder zu öffnen, brachte es ihn zur Weißglut, dass seine Autorität auf eine solche Weise untergraben worden war.

Das Geträller seines Handys bewahrte ihn davor, sich dazu äußern zu müssen. Er stiefelte zum anderen Ende des Raumes, während sich alle anderen zu unterhalten begannen. Als er kurze Zeit später zurückkehrte, war er kreidebleich.

»Ich muss leider sofort weg«, sagte er, und seine ernste Stimme durchschnitt das Geplapper. »Eine dringende Angelegenheit.«

»Aber die Prüfung?« Paul vermutete eine neue List. »Sie müssen hier sein.«

Der Bürgermeister breitete die Arme aus.

Zum ersten Mal, soweit sich die Anwesenden erinnern konnten, fehlten ihm die Worte. Annie, die sah, wie er um eine Antwort rang, verspürte plötzlich Mitleid mit ihm, denn sie vermutete, dass der Anruf aus dem Krankenhaus gekommen war.

»Tut mir leid«, sagte er, ganz offenbar ehrlich bestürzt. »Tut mir wirklich leid.« Und damit eilte er davon, und gleich darauf brauste sein Wagen Richtung St. Girons an der *Auberge* vorbei.

Unterdessen begann Major Gaillard die Unterlagen wegzupacken, die er in der Hand hielt.

»Sie gehen ebenso?«, fragte Lorna mit zitternder Stimme.

»Es tut mir leid, aber wir können ohne den Bürgermeister keine Prüfung durchführen. Das wäre nicht ordnungsgemäß und damit ungültig.« Er zuckte mit den Schultern, als räumte er ein, dass sie alle von einem großen Meister ausgetrickst worden waren.

Stephanie warf wütend die Arme in die Luft. »Das kann doch nicht wahr sein! Was für eine Unverschämtheit! Er hat die Prüfung ein zweites Mal auf unverfrorene Weise manipuliert. Der Mann hat wirklich keine Skrupel.«

Während die anderen zustimmend murmelten, trat Annie, die ihre Meinung so lange für sich behalten hatte, vor, und als sie ihre Stimme erhob, übertönte ihr schroffer Klang alle anderen.

»Seine Frau liegt im Sterben«, sagte sie, um sie gleich mit der Wahrheit zur Einsicht zu bringen. »Deshalb musste er so schnell weg.«

Alle verstummten. Niemand rührte sich. Einzig der Sekundenzeiger der Uhr war im Hintergrund zu hören. Und dann fand Christian seine Stimme wieder.

»Das gibt's doch nicht. Thérèse liegt im Sterben? Ich dachte, sie sei in Toulouse!«

Annie schüttelte den Kopf. »Sie ist in St. Girons im Krankenhaus.«

»Aber … wie lange ist sie denn …« Christian geriet ins Stocken, nicht sicher, was er fragen sollte, während sich die Puzzlesteine des Rätsels, warum sich der Bürgermeister in letzter Zeit so seltsam verhalten hatte, allmählich zusammenfügten.

»Sie wurde Silvester eingeliefert. Sie wollte nicht, dass irgendjemand davon weiß, und ich habe es auch nur durch Zufall erfahren. Also, als ihr alle angefangen habt, euch über Serge das Maul zu zerreißen, da konnte er nichts sagen.«

Ihre Worte setzten ihnen zu. Umso mehr, als sie begriffen, welche Last er in den vergangenen

Wochen getragen hatte, die von ihnen unwissentlich auch noch vergrößert worden war.

»Also, trotz seiner Vorliebe für Täuschungsmanöver glaube ich ausnahmsweise einmal nicht, dass es seine Absicht gewesen ist, euch hereinzulegen. Und deshalb sollten wir versuchen, doch noch irgendeinen Weg zu finden, diese verdammte Prüfung hinter uns zu bringen.« Annie wandte sich an Major Gaillard. »Warum muss der Bürgermeister anwesend sein? Reicht nicht auch irgendein anderes Ratsmitglied?«

»Ich fürchte, es muss der Bürgermeister sein. Er war es, der die Prüfung ursprünglich angeordnet hat, und deshalb ist seine Anwesenheit zwingend erforderlich.«

»Nein! Nicht der Bürgermeister«, warf Lorna ein. Sie zeigte auf Christian. »Er hat die Prüfung angeordnet.«

Ein aufgeregtes Stimmengewirr erhob sich im Raum, als die Leute die Tragweite ihrer Worte erfassten, und niemand bemerkte, dass Lorna es geschafft hatte, gleich zweimal hintereinander einen Artikel korrekt zu benutzen.

»Stimmt das?«, fragte der Feuerwehrmann Christian. »Ist Ihr Name auf dem Prüfungsbescheid?«

Christian verzog das Gesicht zu einem bitteren Lächeln, da ihm die Ironie der Umstände nicht entgangen war. »Ja, mein Name steht drauf. Dafür hat der Bürgermeister gesorgt.«

Major Gaillard lächelte, als Lorna das erste Mitteilungsschreiben aus einer Mappe zog und triumphierend auf die maßgebliche Stelle tippte.

»Na, worauf warten wir dann noch? Los geht's!«

Pascal Souquet vermochte ein Gefühl der Beklommenheit nicht abzuschütteln, und er hatte keine Ahnung, warum dies so war. Die Woche Skiurlaub, die er in Les Houches verbracht hatte, war exquisit gewesen. Seine Schwester und ihr widerlich erfolgreicher Mann hatten sie in ihr luxuriöses Chalet eingeladen, wo sie eine Reihe prominenter Gäste aus der Pariser Oberschicht empfingen, und Pascal war in seinem Element gewesen. Intelligente Unterhaltungen, gebildete Diskussionen, exzellenter Wein. Nicht ein einziges Mal hatte er das Wort Maulkrankheit vernommen, es hatte keine Debatte über die beste Methode zum Abrichten eines Jagdhundes gegeben, und er hatte nicht ein Mal den Geruch eines Pastis erdulden müssen. Aber nachdem er nur einen einzigen Tag wieder in Fogas war, spürte er bereits, wie dieses Leben an seinen Nerven zerrte, geradeso wie ein schlecht sitzender Kragen an der Haut scheuerte.

Zuerst war da dieser Vorfall im Rathaus gewesen. Céline hatte sich ihm gegenüber wie immer anmaßend benommen, weshalb er sich genötigt gesehen hatte, sich im Geiste eine Notiz zu machen, herauszufinden, wie er sie am schnellsten feuern könnte, wenn er das Bürgermeisteramt übernahm. Sie hatte sich kaum die Mühe gemacht, ihn zu grüßen, und ihn gleich wegen irgendeines Briefes ausgefragt, den er angeblich vor seinem Urlaub den Websters hätte aushändigen sollen. Anscheinend war er sehr wichtig, denn der Bürgermeister hatte sich danach erkundigt.

Pascal hatte unerschütterlich daran festgehalten, dass ein solches Dokument nicht existiere und der Bürgermeister eine derartige Bitte niemals an ihn gerichtet habe. Aber Céline hatte darauf beharrt und irgendetwas vor sich hingemurmelt. Schließlich war sie ins Büro des Bürgermeisters marschiert gekommen, in dem Pascal arbeitete, und hatte begonnen, nach diesem Brief zu suchen, den Schreibtisch durchwühlt und Papierstapel durchgeblättert und schließlich seine Kaffeetasse umgestoßen. Die heiße Flüssigkeit hatte sich über den Schreibtischrand auf seine Beine und weitaus empfindlichere Stellen ergossen, und als er vor Schmerz aufsprang, hatte sie hinter vorgehaltener Hand gekichert.

Um ihre Unverschämtheit zu überspielen, hatte sie sich gebückt, um die Tasse aufzuheben, und als sie sich wieder aufrichtete, war da ein Brief in ihrer Hand und ein selbstzufriedener Ausdruck auf ihrem Gesicht gewesen.

»Der ist Ihnen wohl runtergefallen«, sagte sie und schwenkte den Umschlag wie eine Kriegsbeute. »Da wird sich der Bürgermeister aber gar nicht freuen, wenn er herausfindet, dass die Websters ihn nie bekommen haben. Am besten fahren Sie gleich mal bei der *Auberge* vorbei und geben ihn ab.«

Er besaß weder den Scharfsinn seiner Frau, noch vermochte er davon zu profitieren, da sie sich immer noch in Les Houches aufhielt und den Neuschnee fern von ihrem Handy auskostete. Trotzdem spürte Pascal, als er die Straße nach La Rivière hinunterfuhr, dass etwas nicht stimmte. Aber er kam einfach nicht dahinter, was es sein könnte.

Nun, da er den Wagen vor der *Auberge* abgestellt hatte, wurde ihm noch mulmiger zumute, denn neben ihm parkten ein Fahrzeug des Brand- und Arbeitsschutzes aus Foix und ein blauer Mannschaftswagen der Polizei. Außerdem befanden sich noch einige andere Autos dort, was darauf schließen ließ, dass eine größere Gruppe die *Auberge* besuchte.

Pascal kaute am Rand eines manikürten Nagels und fragte sich, was das wohl alles zu bedeuten habe. Und je mehr er kaute, desto eindeutiger wiesen die Fakten auf einen bestimmten Sachverhalt: eine Prüfung. Aber das konnte unmöglich sein. Nicht einmal Céline war so aufsässig, dass sie es ihm nicht erzählt hätte, wenn etwas so Bedeutungsvolles in seiner Abwesenheit angeordnet worden wäre. Außerdem war vom Wagen des Bürgermeisters nichts zu sehen, und ohne ihn wäre eine Prüfung unmöglich.

Pascal, der in irgendeinem Teil seines Unterbewusstseins ahnte, dass er dabei war, in eine wohldurchdachte Falle zu tappen, stieg mit dem Brief in der Hand aus dem Wagen und machte sich auf den Weg zur Vordertür.

»*Bonjour*«, rief er, als er Stimmen aus der Küche vernahm.

Madame Webster kam herausgeeilt, und als die Küchentür hinter ihr zuschwenkte, erhaschte er einen Blick auf Major Gaillard, den leitenden Brandschutzinspektor für Ariège. Neben ihm stand kein anderer als sein Vizebürgermeisterkollege Christian Dupuy, der den

Feuerwehrmann mit irgendetwas, was er sagte, zum Lachen brachte.

Pascal erstarrte mit dem Brief in der ausgestreckten Hand wie ein Kaninchen, dem man den Weg zu seinem Bau abgeschnitten hat. Er witterte die Gefahr, aber er vermochte nach wie vor nicht zu ermitteln, in welcher Form sie auf ihn zukommen würde, noch wie er ihr ausweichen könnte.

»Was wollen denn *Sie*?«, fragte Madame Webster, die offensichtlich einen Benimmkurs bei Céline absolviert hatte. Sie sah den Brief, und ihre Finger schlossen sich darum, aber Pascal zog ihn instinktiv wieder zurück, da er endlich begriffen hatte, wie die Falle zuschnappen würde.

»Ist für uns, *n'est-ce pas*?«, sagte sie mit Nachdruck und zog den Brief entschlossen zu sich herüber.

Pascal wusste, dass er verloren war.

»Das ist alles?«, fragte Madame Webster, die den Brief nun gegen ihre Brust drückte.

Er nickte stumm.

»Wir haben Neuigkeit für Sie«, sagte sie mit triumphierender Stimme. »Wir haben Prüfung bestanden. Morgen öffnen wir *Auberge*.«

Pascal versuchte sich an einem würdevollen Abgang und rauschte hinaus. Draußen ließ er sich in den Autositz sinken. Lornas Worte hallten noch in seinen Ohren wider. Mit einem Mal wusste er, warum er nervös war. Irgendwie hatte er diese Sache gehörig vermasselt. Fatima würde ihn umbringen.

Es dauerte eine Weile, bevor Pascals Brief geöffnet wurde. Lorna hatte ihn gegen die Kaffeemaschine gelehnt und war zu den anderen in die Küche zurückgegangen, wo Monsieur Chevalier vom Veterinäramt gerade seine Untersuchung des Fritteusenöls beendete. Es war alles nur noch reine Formsache, da der größte Stolperstein der vorherigen Prüfung bereits aus dem Weg geräumt war und Major Gaillard unter lautem Jubel verkündet hatte, dass er der *Auberge* zu seiner großen Freude bescheinigen könne, die Prüfung bestanden zu haben. Madame Dubois bestätigte dasselbe für ihren Bereich. Sie hatte zwar angesichts der veränderten Zimmeraufteilung im oberen Stockwerk eine Augenbraue in die Höhe gezogen, aber falls sie eine Vermutung hegte, so sagte sie es nicht. Sie hatte sich allerdings diskret nach dem Zustand der Statue von St. Germaine im Flur erkundigt und ungeheuere Erleichterung gezeigt, als Stephanie ihr versicherte, dass ihre Anwesenheit dort nur vorübergehend sei.

Nachdem die Prüfungen abgeschlossen und die Formalitäten erledigt waren, versammelten sich alle im Gastraum, der von Lärm und Lachen erfüllt war. Christian, Alain und einer der Polizisten schoben unter Stephanies zunehmend gereizten Anweisungen Möbel hin und her, um eine einzige lange Tafel in der Mitte des Raums zu schaffen, während Annie und Madame Dubois schon mit Geschirr bereitstanden, um sie zu decken. Unterdessen bot René Aperitifs an, und Véronique, die sich schwer auf den Arm des galanten Major Gaillard stützte, humpelte mit einem Tablett Appetithappen herum, das sich rasch leerte.

Als sie an Paul vorbeikam, bot sie ihm das letzte Stück Ziegenkäse-Walnuss-Tarte von dem Tablett an. Paul, der realisierte, wie hungrig er war, nahm dankend an und biss hinein. Der süße Geschmack des Honigs, den Lorna tags zuvor von Philippe Galy gekauft hatte, milderte den intensiven Geschmack des Käses, und es schien endlich in sein Bewusstsein zu dringen, dass seine Frau die Chefköchin in einem Restaurant war. Nein! Nicht bloß in irgendeinem Restaurant, sondern in einem FRANZÖSISCHEN Restaurant! Und als er das fröhliche Chaos um sich herum betrachtete, da hatte er tatsächlich zum ersten Mal das Gefühl, dass sie es schaffen könnten.

Das war der Moment, in dem er den Briefumschlag erblickte. Er griff danach, öffnete ihn und zog das Schreiben daraus hervor.

»Was ist denn das?«, fragte Christian, der die Insignien des Rathauses auf dem Briefkopf sah, als er sich gegenüber von Paul auf einen Hocker an die Bar setzte. »Ein Brief vom Bürgermeister?«

Paul nickte, konzentrierte sich darauf, die Worte zu verstehen. Dann stieß er einen leisen Pfiff aus und reichte Christian das Schreiben zum Lesen hinüber. Als der fertig war, blickte er Paul mit einer hochgezogenen Augenbraue an.

»Wann hast du den bekommen?«

»Monsieur Souquet hat ihn Lorna vorhin gegeben. Aber schau.« Paul zeigte auf das Datum in der rechten oberen Ecke, und Christian nickte.

»Ja. Das ist der Brief, auf den sich der Bürgermeister in seiner Mitteilung letzte Woche bezogen hat. Aber warum habt ihr den nicht schon am Fünfzehnten bekommen?«

»Monsieur Souquet hat ihn vielleicht zurückbehalten? Mit Absicht? Wer weiß? Aber das ändert alles. Ich erzähle das sofort Lorna.«

Christian drehte sein Bierglas in den Händen, während er über den Inhalt des Schreibens grübelte.

»Ich würde zu gern wissen, was du gerade denkst«, krächzte Annies raue Stimme in sein Ohr und ließ ihn zusammenzucken.

»Oh nein, das würdest du bestimmt nicht«, erwiderte er und erklärte ihr, was er gerade erfahren hatte.

»Also hat der Bürgermeister die Schließung der *Auberge* am fünfzehnten Januar aufgehoben, und Pascal hat ihnen den Brief nicht gegeben?«, fragte Annie ungläubig.

»Scheint so.«

»Also hätten sie schon die ganze Zeit über öffnen können? Und die Prüfung war gar nicht notwendig.«

»Sieht ganz so aus.«

»Du wirkst aber nicht sehr überzeugt.«

Christian blickte zynisch drein. »Es passt einfach zu gut.«

»Inwiefern?«

»Na ja, der Bürgermeister ändert angeblich seine Meinung und entscheidet sich, die Schließung aufzuheben, und ordnet dann die zweite Prüfung an. Unterdessen vergisst Pascal, Paul und Lorna das Schreiben zukommen zu lassen, beziehungsweise enthält ihnen den Brief ganz bewusst vor. So oder so, nun trägt Pascal die Schuld, und der Bürgermeister ist mal wieder fein raus.« Christian zuckte mit den Schultern und nahm einen Schluck von seinem Bier. »Wie schon gesagt, das Ganze fügt sich zu gut.«

»Wirst du etwas sagen?«, fragte Annie, die beobachtete, wie Paul Stephanie den Brief zeigte, worauf diese Pascal lauthals verfluchte.

»Ich kann nichts beweisen. Und im Übrigen glaube ich, dass er am Ende die Interessen der Gemeinde im Sinn hatte.«

Annie schnaubte.

»Ich würde allerdings zu gern wissen, was ihn dazu gebracht hat, seine Meinung zu ändern«, sinnierte Christian. Doch Annie, die vermutete, dass der Grund eher ein »Wer« als ein »Was« gewesen war, schwieg. »Wie auch immer, jetzt sollte ich wohl lieber mal deine Tochter retten«, sagte er und neigte den Kopf zur hinteren Ecke des Raums, wo Major Gaillard großes Interesse an Véronique zeigte, die als Überlebende eines Brandes zweifellos einen gewissen Reiz auf ihn ausübte.

»Auf mich macht sie nicht den Eindruck, als ob sie gerettet werden wollte!«, witzelte Annie, als sie den Müllbeutel zu ihren Füßen aufhob und zur Tür hinausmarschierte.

»Genau da liegt ja das Problem«, murmelte Christian.

Froh, draußen an der frischen Luft zu sein, nachdem sie den ganzen Morgen drinnen verbracht hatte, trödelte Annie ein wenig, während sie den Müll zum Abfallbehälter brachte. Sie sah zu, wie der Fluss vorbeibrauste, betrachtete die Wirbel und Strudel, als das Wasser über das Wehr stürzte und Richtung St. Girons floss. Sie wollte gerade wieder hineingehen, als sie einen kleinen silbernen Peugeot die Straße hinaufkommen sah, der den Eindruck erweckte, als habe der Fahrer einen über den Durst getrunken und gebe sich große Mühe, vorsichtig zu fahren, um das zu kompensieren.

Es war Serge Papon.

Er hielt neben ihr und kurbelte dabei das Fenster herunter. Sie musste ihn gar nicht fragen. Ein Blick in sein Gesicht reichte aus.

Thérèse Papon war tot.

»Haben sie die Prüfung geschafft?«, fragte er und versuchte, sich nicht anmerken zu lassen, wie aufgewühlt er war.

»Ja.«

Er nickte und machte Anstalten, davonzufahren, aber Annie legte eine Hand auf seinen Arm.

»Fahr nicht, Serge«, sagte sie leise. »Wir wissen um Thérèse. Du solltest jetzt nicht allein sein.«

Als er den Gang einlegte, war sie davon überzeugt, dass er sie ignorieren würde, aber stattdessen stellte er den Wagen neben der Auberge ab und stieg aus. Annie hakte sich bei ihm unter und führte ihn zu den Stufen.

»Auf die bestandene Prüfung«, sagte Paul und reichte Lorna ein Glas Kir.

Sie hob das Glas und nahm dankbar einen Schluck. Nun, da das Pot au Feu vor sich hinköchelte und die Zwiebelsuppe beinahe fertig war, betrachtete sie mit einem gedankenverlorenen, zufriedenen Gesichtsausdruck den Gastraum. Die lange Tafel dominierte das Zimmer. Sie war beladen mit Körben frischen Brots und mit den Weinflaschen aus der Region Ariège, die René als Geschenk zur Eröffnung mitgebracht hatte. Dieser Wein schmeckte allemal besser als das Zeug, das sie im Keller entdeckt hatten! Jemand hatte den Holzofen in der Ecke angezündet, und das Feuer spiegelte sich auf den Gedecken wider, Lichtfunken glitzerten auf den Messern und Gabeln und tanzten auf den Gläsern. Über dem gesamten Raum lag eine feierliche Stimmung.

»Ich kann es immer noch nicht glauben«, staunte Lorna. »Es kommt mir nach all den Scherereien so unwirklich vor. Wir haben die Prüfung endlich bestanden!«

»Und wir haben den Förderantrag für die Zuschüsse gestellt. Nächstes Jahr um diese Zeit sollten wir ein neues Dach haben!«

»Ohne sie hätten wir es nie geschafft«, sagte sie und schaute zu den Leuten hinüber, die ihnen geholfen hatten. Véronique plauderte mit Major Gaillard, während René und Alain eine hitzige Diskussion mit einem der Polizisten führten, bei der es, wie Lorna vermutete, um das Thema Brotbackmaschinen ging. Christian war voll und ganz von Madame Dubois vereinnahmt worden, die schamlos mit ihm flirtete, was ihm augenscheinlich peinlich war und gar nicht behagte. Chloé, die gerade aus der Schule gekommen war, streichelte die Katze und lauschte Stephanie, die in eine Unterhaltung mit Monsieur Chevalier vertieft war. Worüber auch immer sie reden mochten, ihre Hände waren dabei ständig in Bewegung, und ihre Armreife klimperten im Takt zu ihrer Stimme.

»Hast du das Gefühl, dass wir dazugehören?«, flüsterte Paul, als er einen Arm um seine Frau legte.

Lorna nickte. Sie war so gerührt, dass es ihr die Kehle zuschnürte.

»Na, warte mal ab, bis sie deinen Pot au Feu gekostet haben! Dann wird man uns in der Gemeinde todsicher mit offenen Armen willkommen heißen!« Paul hob die Nase und schnupperte genüsslich den köstlichen Duft, der aus der Küche drang. »Wann können wir essen?«

»Ich finde, wir sollten erst noch Stephanie Bescheid sagen, meinst du nicht?«

»Was, jetzt? Vor dem Essen?«

»Warum nicht? Das ist doch der perfekte Zeitpunkt.«

Paul wandte sich der Gesellschaft zu. »Entschuldigung!«, rief er laut genug, dass alle ihn hörten. Als die Gespräche verstummten, hob er sein Glas.

»Auf unsere neue Kellnerin«, verkündete er. »Stephanie Morvan!«

Stephanie öffnete den Mund, aber es kam kein Laut heraus.

»Du möchtest nicht bei uns arbeiten?«, zog Lorna sie auf.

»Ihr gebt mir den Job? Im Ernst? Ihr wollt mich haben?«

»Wann kannst du beginnen?«

»Auf der Stelle!«

Alle prosteten ihr zu, während sich Stephanie Chloé zuwandte, sie hochhob und fest an sich drückte.

»Jetzt müssen wir nicht wegziehen«, flüsterte sie ins Haar ihrer Tochter. »Wir können hierbleiben.«

Chloé lehnte sich zurück, um ihrer Mutter ins Gesicht zu schauen. »Ich hatte nie vor, wegzuziehen, Maman. Wir gehören doch hierher«, sagte sie mit feierlicher Stimme.

Stephanie drückte ihr einen dicken Kuss auf die Wange, was Chloé ausgenommen peinlich war, und erst als die frischgebackene Kellnerin ihre Tochter wieder auf dem Boden abgesetzt hatte, erblickte sie Annie mit Serge Papon im Türdurchgang.

Beim Anblick des Mannes, dem man sein Alter plötzlich ansah, der von Kummer gebeugt und völlig verunsichert war, verstummten alle im Raum. Christian tat den ersten Schritt, ging auf ihn zu, ergriff seine Hand, und seine breite Handfläche umschloss die knotigen Finger des älteren Mannes.

»Es tut mir leid«, sagte er bloß. »Sie war eine gute Frau.«

Serge nickte, vermochte kein Wort herauszubringen. Dann nahm Lorna, deren Augen voller Tränen waren für eine Frau, die sie gar nicht gekannt hatte, behutsam seinen Arm und führte ihn zu einem Stuhl am Tisch.

»Bleiben Sie. Essen Sie mit uns«, sagte sie. »Sie können jetzt nicht nach Hause.«

»Danke«, sagte Serge nur.

»Sie ist eine gute Köchin«, platzte René nervös heraus, der die Anspannung spürte. »Obwohl sie Engländerin ist.«

»René!«, rügte ihn Véronique, während die anderen, Serge eingeschlossen, lachten, und die Stimmung hellte sich ein wenig auf, als einer nach dem anderen am Tisch Platz nahm.

»Aber es stimmt«, stotterte René, der seinen Ausrutscher unbedingt wieder wettmachen wollte. »Sie kocht französisches Essen. Sie benutzt sogar Rezepte von Jamio Le Vert.«

»Von wem?«, fragte Stephanie, die gleich in ihre neue Rolle schlüpfte und ein Gedeck mehr auflegte.

»Den kennst du nicht? Jamio Le Vert? Er ist Franzose«, erklärte René mit gallischem Stolz. »Sehr berühmt. Meine Frau schwört auf ihn.«

»Ich glaube«, sagte Lorna, die ein Lachen unterdrückte, während sie die Suppe austeilte, »du meinst Jamie Oliver.«

»Ja, habe ich doch gesagt. Jamio Le Vert.«

Ein wahrer Tumult brach aus, als Renés

Nachbarn begriffen, welchem Irrtum er da aufgesessen war.

»Der Kerl ist Engländer, du Idiot!«, rief Christian, und René blickte entgeistert drein, als die Suppenteller mit schmelzendem Käse unter schallendem Gelächter herumgereicht wurden.

»Was soll das heißen, er ist Engländer? Meine Frau setzt mir dieses Essen seit Jahren vor, und sie hat mir versichert, er sei Franzose!«

Als René klar wurde, auf welch schamlose Weise seine Frau ihn getäuscht hatte, wurde er immer ungehaltener, was zur Folge hatte, dass sich alle um ihn herum noch mehr amüsierten. Inmitten dieses ganzen Aufruhrs bemerkte Annie mit einem Mal, dass jemand fehlte. Sie rief Chloé zu sich und flüsterte ihr etwas ins Ohr, woraufhin sie mit wehenden schwarzen Locken zur Vordertür hinausflitzte und die Straße hinauf zur *Épicerie*.

»Josette«, rief sie, als sie zur Tür hereingestürzt kam und die Vögel wie wild zum Zwitschern brachte.

Josette kam aus der Bar gelaufen.

»Du meine Güte, Chloé! Ist alles in Ordnung?«

»Annie sagt, du sollst abschließen und zum Essen in die *Auberge* kommen. Wir feiern.«

»Ihr feiert? Dann haben sie die Prüfung also bestanden? Tja, dann mache ich wohl besser, was Annie sagt! Warte hier auf mich, Liebes, ich bin in einer Minute wieder unten.«

Als Josette die Treppe hinaufeilte, um ihre Jacke zu holen, da war ihr seit langer Zeit mal wieder so richtig leicht ums Herz. Das waren phantastische Neuigkeiten! Damit hatte sich ja der ganze Stress gelohnt. Und Jacques würde sich erst freuen!

Als sie wieder nach unten ging, hörte sie, wie Chloé in der Bar mit jemandem redete, und stieß einen Fluch aus – was sie selten tat. Das hatte ihr gerade noch gefehlt. Ein einzelner Gast, der sich zur Mittagszeit ein Gläschen gönnen wollte. Tja, da musste er ausnahmsweise einmal woandershin gehen. Sie würde jedenfalls schließen.

Aber als sie die Bar betrat, war abgesehen von Chloé und Jacques, der mit einem breiten Grinsen auf dem Gesicht am Kaminfeuer saß, niemand da. Erleichtert, dass der Gast doch nicht gewartet hatte, nahm sie Chloé an die Hand und schickte sich an, zu gehen.

»Josette«, fragte Chloé, als sie am Durchgang waren, »kommt Jacques denn nicht mit?«

Josette erstarrte und blickte in Chloés ernstes Gesicht herab.

»Was meinst du denn damit, Liebes? Jacques ist doch letztes Jahr gestorben.«

»Ich weiß«, erwiderte Chloé und zeigte auf die Kaminecke, wo Jacques still in sich hineinlachend saß. »Aber er ist wieder da. Sieh nur.«

»Du kannst ihn sehen?«

»Ja.« Sie winkte, und zu ihrer Freude winkte er zurück.

»Nun ja«, sagte Josette, der es große Mühe bereitete, mit ruhiger, fester Stimme zu sprechen, »nicht jeder kann ihn sehen, Chloé. Ich glaube, das sollte unser kleines Geheimnis bleiben. In Ordnung?«

Chloé zuckte mit der Lässigkeit einer Neunjährigen die Achseln. »Meinetwegen. Aber wenn er nicht mitkommt, dann sollten wir vielleicht die Läden offen lassen, damit er wenigstens hinausschauen kann.«

»Das ist eine gute Idee«, stimmte ihr Josette zu, und mit einem letzten liebevollen Blick auf ihren Ehemann folgte sie Chloé aus dem Laden und schloss die Tür ab.

Jacques stand auf, um ihnen hinterherzuschauen. Er blieb am Fenster stehen, als sie auf das Gebäude zuschritten, das sich inmitten des Mahlstroms befunden hatte, der sie fast alle mitgerissen hätte. Eine große Zufriedenheit erfüllte sein Herz, als er über den Ausgang dessen nachdachte, was sich als Katastrophe für die Gemeinde Fogas hätte entpuppen können.

Als Josette und Chloé die *Auberge* erreicht hatten, drehten sie sich um und winkten ihm ein letztes Mal zu. Dann nahm Jacques wieder seinen Platz am Kamin ein, und bald schon wurde sein Kopf schwer und sank ihm auf die Brust.

»Das Leben ist schön«, dachte er, als er in den Schlaf glitt. »Und der Tod ist auch gar nicht so übel.«

Danksagung

Dieser Roman ist das Werk eines Geistes, aber das Produkt vieler guter Seelen. Fürs Lesen und Redigieren, für all die Tassen Tee und die Unterstützung schulde ich den folgenden Leuten eine Flasche vom besten Wein, den Ariège zu bieten hat, und eine Dose Cassoulet noch dazu:

Claire, Brenda, Matthew, Karen, Ellen S., Mìcheál, Ellen Mc, Simon, Peter, Gary, Anne, Ali, Jenni, Swati und Alice.

Mein besonderer Dank gilt den drei Grazien, ohne die dieses Buch immer noch ein Haufen DIN-A4-Blätter in einer untersten Schublade wäre.

Judith, Sue und ihr Katalysator Meg.